兩岸當代女性小說選讀

陳碧月◎著

五南圖書出版公司 印行

推薦序

探索兩岸女性生命經驗與關懷意識

　　今日女作家的全球性崛起，意味著女性群體已成功地開闢出屬於自己的天空。從十八世紀以來，小說大部分是由女性所寫，寫小說曾是女性在當時最有經濟效益的一種工作。例如擔任家庭教師的勃朗特年薪不到20英鎊，但作為《簡愛》的作者，她從出版商那裡得到了500英鎊的稿酬，經濟的誘因，吸引大量女性投身創作。

　　小說與女性的不解之緣，主要在於其適合女性的生活方式與內在需求。瑪麗‧伊格爾頓曾指出：小說缺乏地位和傳統，被認為不如其他文學類型的創作那樣需要才智聰穎，這為婦女創作小說提供了種種可能，小說被貶得最低之時就是它被看成是婦女最能勝任的寫作樣式的時候。

　　大陸作家王安憶卻認為：這個世界上，婦女寫作會這樣活躍和興旺，是和她們所處的邊緣位置有關係的。邊緣化不僅給了女性們觀察社會總結人生的機會，也使她們時常地沈浸在自己的內心世界，並無中生有地創造出幻想，而且也能在小說廣泛地被認為是一種降低格調的寫作方式的典型例證時，相對安全地接近一度被男人所唾棄的小說世界。

一、

　　1920年代，受到世界潮流的影響，臺灣的婦女解放思潮開始萌芽，並且首度掀起婦女解放運動。但因整個社會環境對於女子教育的種種限制，文壇又受男性掌控，女作家的創作相當稀少。楊千鶴的〈花開時節〉，被認為是日據時期「唯一的一篇描寫高等教育的臺灣女性在青春期的思想、精神風貌」，作品描寫臺灣受過良好教育的中上階層女性，仍不能掌握自己的命

運，反映臺灣婦女的社會地位和家庭地位低落；但由於社會風氣急劇轉變，女性的自主意識覺醒，終能主動把握自己命運中的幸福契機。

　　相較於日據時期文壇主流的男性作家，如賴和、呂赫若、楊逵、龍瑛宗，女性創作顯得薄弱多了。一直要到戰後渡海來臺的女作家大量湧現在50年代文壇，才以豐沛的創作力，帶來嶄新的氣象。這些在戰後臺灣文壇享有盛名的女作家，不少來自性別觀念較開放的中產階級家庭，父母重視女孩的受教權，再加上五四新思潮的衝擊，她們的作品常出現性別議題書寫，開拓了臺灣女性創作的新空間。

　　50年代文壇，「反共懷鄉」文學當道，一些女作家別闢蹊徑，以身邊的「家庭、男女關係、倫理」為主題，展現明顯的女性自覺。50年代女性小說最大的特色，在於呈現橫跨兩岸的性別議題，本省與外省族群通婚的例子，也是女性小說最喜歡探觸的題材之一。

　　70年代中期以後，臺灣都會文化成形，社會型態的改變對性別關係造成不小的衝擊。在文化懷舊的氛圍下，張愛玲的小說逐漸受到都會年輕人的喜愛，並影響新生代女作家的創作風格。這些女作家的作品圍繞在年輕的都會男女的愛情與婚姻上，她們是兩大報《聯合報》、《中國時報》文學獎得獎的常勝軍，也是出版暢銷排行榜上常見的名字，其中如袁瓊瓊、蘇偉貞、蕭麗紅、蔣曉雲、朱天文、朱天心等，還被評論家稱為「閨秀文學」，這類作品裡「中產階級」、「都會」文化的傾向頗能獲得在都會就業女性的共鳴。

二、

　　1987年臺灣解嚴，政治社會結構發生劇變，女性小說延續80年代對女性議題的關心，並各自運用獨特的方式介入和回應對後現代的處境或家國族群的身分定位。90年代性別議題的討論，主要有兩條線索，分別是「女性論述」和「同志論述」。

　　女同志小說的出現對90年代的臺灣女作家生態，產生相當大的衝擊。1994年，邱妙津的《鱷魚手記》獲得主流媒體文學獎的肯定，小說以女同性戀為主題，締造了90年代臺灣女同志書寫的里程碑；她藉「鱷魚」批判異性

戀社會。曹麗娟的《童女之舞》，有別於以往此類小說呈現「創傷」，而是以較為「光明」的勵志面來歌頌同志情愛的。

在同志論述之後，90年代中期又出現了「酷兒（queer）小說」。「酷兒」明顯地取代了過去同性戀者裡稱之為的「玻璃」、「同志」的代名詞，突出了同志的反抗與顛覆精神。陳碧月在〈從「酷兒理論」看陳雪《蝴蝶》的多元情慾書寫〉文中，精闢地指出：「陳雪『酷兒』的寫作特色在於呈現臺灣世紀末的時代氣息，其小說試圖揭露更多的自覺與自省，打破二元對立的觀點，內發於性的情慾空間，尋求各種可能的出口；並以極端的方式，試圖復原同性性愛和異性性愛並非兩異，是不該被掩蔽，甚至被妖魔化……」。

三、

1985年世界婦女大會在中國大陸召開，推動了女性文學的繁榮與發展。文學創作中的女性意識不但來自作家內心深處的困擾與痛苦，同時也來自西方女性主義理論的暗示。戴錦華在〈奇遇與突圍──90年代女性寫作〉文中指出：「90年代的女性寫作最引人注目的特徵之一便是充分的性別意識與性別自覺。……女性寫作顯露出在歷史與現實中不斷為男性話語所遮蔽，或始終為男性敘述所無視的女性生存與經驗。」陳染即是個人化寫作的代表之一，有力地創造了女性意識的審美境地。陳碧月在〈女性書寫──陳染小說的藝術風景〉文中指出：「陳染以『私語』形式去處理屬於她自己的女性書寫，把她們對生活的體驗，以她第一人稱──『我』真實披露，貼近讀者的靈魂。」「陳染以第一人稱的敘事觀點，舒展最大的經濟效益，將其情慾模式加以展現，其情慾模式不單只是性而已，對象不同，人與人之間也會產生不同的關係，在她的潛意識裡要把那種被壓抑的慾望與心理鬱結，以反抗社會規訓的力量，坦率地表現為熾烈的愛慾流動。」

從以上引述的這段論述，可以略窺碧月教授嚴謹的學術訓練，清晰的理路，論述層次分明。她更擅長尋找別人忽略，卻十分重要的議題，如〈90年代：顛覆「母親神話」的大陸女性小說〉，即以六位女作家的小說文本所顛

覆的「母親神話」的主要情節為研究範圍，探討母愛的異化的議題，並展現其不同於傳統以往的母性特質。值此論著出版之際，我有幸先睹為快，獲益良多，更迫不及待想預約她下一部令人眼界大開的著作。

陳信元

佛光大學文學系副教授

C🍎ntents

臺灣卷
Chapter 1

淺談琦君〈橘子紅了〉所呈現的意義

前　言

　　我們所認識的琦君是一位出色的散文家,至於她的小說對我們來說是陌生的,〈橘子紅了〉是琦君難得的小說作品,這篇將近四萬字的中篇小說,原載於民國76年6月號,第32期的《聯合文學》,但隨著電視劇的改編而聲名大噪。

　　〈橘子紅了〉說的是這樣一個故事:老爺在外當官娶了個交際花當二房,誰知她也像大太太一樣,久婚不孕。大太太遵從老爺的指示,為他尋覓了一個鄉下女孩,這個買來的女孩的重責大任就是要為他們家傳宗接代,這事讓家裡接受新式教育的六叔和姪女十分不苟同。在等待老爺回鄉圓房期間,六叔和三太太之間產生了一段若有似無的情愫。老爺回到城裡不久,三太太懷孕的喜訊也隨著傳到。二太太親自下鄉,要將三太太帶回城裡,表面上是要照顧她,實際上是想監控她。三太太嚇壞了,流產了,她對大太太感到愧疚,最後抑鬱而終。

　　〈橘子紅了〉是琦君以追敘的方式,以紀念逝世的親人長輩的心情所寫成的小說,曾被改為廣播劇,今又被改編為電視劇演出,可見相當具有戲劇張力。

　　〈橘子紅了〉的敘事觀點是屬於限知觀點裡以第一人稱配角敘事的。

　　限知觀點,顧名思義是有所限制的,它不像全知觀點那樣的無所不知、無所不能,它必須受限於敘事人的角度。第一人稱的敘事者,是作者化身為小說中的主角或配角,用第一人稱「我」的形式,親身去演述整個故事的進行,並參與小說人物的交談、動作和對話。第一人稱的角度所以常用,是因為它是最容易藉以去講述故事的一種觀點,其特色就是作者已被揉合於故事中,變成小說人物的一份子,成為推演故事的媒介,除了講述小說裡的「我」對人物事件的所見所聞外,更可以把「我」本身的思想感受、心理活動或對主要人物的看法和感覺,直接而細膩的告訴讀者。

　　這一類以配角作第一人稱「我」敘事的小說，是表現主角的視點和手段，在這種敘述模式下，作者透過配角這個「我」的觀察和思想去展現有關主角的故事，而建立起讀者對這個「我」的同體感。而這個「我」只能告訴讀者他所看到的、所聽到的有關主角的一切種種，雖然使用此種觀點固然有所限制，但比起其他觀點來，還是僅次於主角敘事較容易引起讀者的親切之感。

　　〈橘子紅了〉是琦君就她的年少經驗寫成的小說，琦君化身為故事中十六歲的秀娟，以她「純真」的眼睛去看主角令他們難懂的世界。

　　這個受過新式教育的女子秀娟，慶幸自己不過和秀芬相差兩歲，但卻有著天壤之別的命運。她同情秀芬「要跟一個像她父親一般老的男人過一生世，卻又不能經常在一起，我心中又不由得為她擔起沈重的心事來。也有點怪大媽，她一廂情願地製造這麼一件古里怪氣的事，安排了一個年輕女孩的命運，究竟是憐惜她，還是害了她呢？」[1]

　　以下我們便從秀娟的角度來看看〈橘子紅了〉所呈現的意義。

小說所呈現的意義

（一）傳統女性的悲情

　　長久以來「女子無才便是德」的錯誤觀念一直深植民心，傳統的女性因為沒有機會接受教育，思想封閉，沒有自己的想法；她們無法發掘所長，在沒有一技之長的情況下，當然也無法從事生產，自然經濟就不能自主，一切都要寄生於男人，出嫁前，父親代表著權威；出嫁後，丈夫成了她的天；丈

1　琦君：《橘子紅了》，臺北：洪範書店，2001年5月，頁25。

夫死後，兒子又成了她的寄託，在男系社會權威的控制下，身為從屬地位的女子是卑賤的。

琦君說秀芬「是好幾個舊時代苦命女孩子的揉合。我狠心地讓她承當了更多的苦難。」[2]

無知的女人其實是最可悲的，小說裡的女人，不論是主張：「女人家一定要做一個賢妻，成全丈夫。」[3]的大媽；為了保有丈夫而耍手段的交際花；還是像秀芬一天到晚忙進忙出，伺候大伯的起居飲食，無微不至，因為大媽要她好好服侍老爺，她說「侍候」兩字，還顯出一副死心塌地的神情。這三位女性共有一位丈夫，各有各的悲情。

傳統觀念的迷思，讓大媽自認為是自己的肚子不爭氣，沒有資格氣丈夫討二房。她遵從丈夫的口信，找一個清白的鄉下姑娘，身體要好，早點給他養個兒子。大媽說：交際花「不會養兒子，再漂亮的花又有甚麼用？」「早點給他養個兒子，我也安下了心。再說，那個交際花也威風不起來了。」[4]雖然大媽像疼女兒般地疼惜著秀芬，但秀芬不過也只是大媽利用的一個工具。

女人與女人之間勾心鬥角的戰爭，也是處在兩性不平等的社會中的另一項悲情。

認命的宿命觀，也是傳統女性的可悲所在，其中還涵蓋了一些迷信的成分。

十八歲的秀芬，小學沒念畢業就休學了。她娘是填房，爹死了，娘就改嫁了。娘死後，跟著沒有血緣關係的哥嫂在一起，日子很難過。哥哥嫂嫂甚麼事都叫她做，還嫌她在家吃閒飯。又嫌她命硬，訂了親，新郎不久得痢疾死了。這樣的望門寡，連做填房都沒人要，只有做偏房的。大媽打聽了她家左鄰右舍都說她又勤快又規矩，就叫人去說媒，她哥嫂一聽就願意了，說好

2　同註一，頁106。

3　同註一，頁15。

4　同註一，頁22。

五百銀元當禮金，以後兩家就不來往了。

「算命先生說她八字太硬，做新娘一定要從豬欄邊進來，對男家才會吉利。新娘衣服外面還得罩件黑布衫，跨進豬欄邊門，把黑布衫脫在門外，晦氣也就攔住在後門外了。」[5]當然從小說的結局來看，這個所謂的化解的方法，也是沒什麼效果。

在秀娟的眼裡，秀芬「對自己沒有一點期望，只是依順著命運的安排，無怨無尤。」[6]秀芬並不抱怨老爺的來去匆匆，「他是當差使的人，公事忙。我哥哥對我講過，凡事都要忍耐。」[7]

秀娟的家教先生對秀娟說：「真可惜了，她沒有你命好，可以讀書。」[8]他指的是秀芬只能做大伯的偏房。秀娟覺得家教先生是個有學問的人，怎麼也相信命呢？

「當初我肯來你們家，是因為記著娘改嫁時對我講的話，娘說：『女人家的命就捏在男人手裡，嫁個有良心的男人，命就好，嫁個壞良心的，命就苦。』我想你們大戶人家的男人總是好的，做小有甚麼要緊？況且一看見你大媽，我就放心了，我原不知還有個姨太的。」[9]

先生常講一些三從四德的故事給秀芬聽，為的就是要她認命，傳統的女人本該認命嗎？秀娟對於一向自作主張，從城裡回來一共不過半個多月的權威大伯。在心中提出了質疑：

> 她到我們家來，就是要給大伯生孩子，不生孩子，大伯不會再要她，大媽也會不喜歡她了。我心中萌起對她無限的同情。我與她只差兩歲，但我們的處境完全不一樣，我可以無憂無慮地讀書、玩樂，在大媽跟前撒嬌。但她得天天像個大人，

5　同註一，頁26。

6　同註一，頁36。

7　同註一，頁67。

8　同註一，頁32。

9　同註一，頁89.90。

一個千依百順的婦人，命運都繫在生不生孩子上面。然而她要
的是愛，她已經在愛大伯了，但大伯會愛她嗎？[10]

女人不但擅長等待，還容易滿足，因為她們的生活範圍狹隘，丈夫便是
其中心與重心。大伯給大媽的信，仍舊是簡簡單單幾句，最後加了「秀芬均
此」四個字，秀芬看了後和大媽看見「賢妻妝次」嘴角笑咪咪是一樣的。

作者在小說中還利用「物件」和「夢兆」做了細節描寫：

大媽到廟裡為秀芬求了一個磁娃娃，秀芬懷孕後，二太太到鄉下說是要
把秀芬帶回城裡，秀芬嚇得逃回娘家，被娘家拒絕，回到家後才發現她帶在
身上的磁娃娃在她跌跤時給砸碎。

有一次，秀芬夢見在一間空空的屋子裡轉，找不到一扇門，好容易看見
一扇邊門，卻又被一枚大釘子釘住，拉不開門閂。廟裡的法師說，門上有枚
釘子是個好兆頭，表示家裡要添丁了。

秀芬流產後，耿耿於懷，覺得對不起太太：「觀世音菩薩給了我娃娃，
我不當心砸掉了。我還記得在廟裡求的夢，那扇厚門上給一枚大釘子釘死
了，明明是個不吉利的夢，老法師還說是添丁呢，現在不是不準了嗎？」[11]
這個情節設計，為迷信之說，不攻自破。

家教先生得知秀芬小產生病後表示：「世間事，都不是人的力量能挽救
的，秀芬是個好姑娘，菩薩會保佑她的。萬一有甚麼，也是她前生數定。你
也十六歲了，讀了一些書。世上許多事，看去都是不公平的，但我們也不能
抱怨。這都是佛家說的因果，都是數定的。」[12]

而同樣接受新式教育的六叔，在秀芬死後卻對秀娟說，不可相信前生數
定，「命運是靠自己奮鬥的，幸福是要自己爭取的。先生年紀大了，唸經拜
佛，思想古老落伍了。現在是個新的時代，你可不能這樣想法。我不是帶許

10　同註一，頁63.64。

11　同註一，頁85。

12　同註一，頁82.83。

多新書給你看嗎？我認為拜佛是幫你增加自信心和勇氣，不是依靠佛。」[13]

　　小說中的三位太太的悲劇在於她們不自覺地認同了男性中心意識對女性的價值期待，甚至不曾對於封建包辦婚姻產生質疑，當然也談不上有勇氣提出反擊，甩脫傳統包袱。

　　在這裡我們見到了在傳統婚姻角色扮演下，喪失自我的女性，她們受到傳統觀念的捆束，甘願淪為男性的附庸，為男性的需求去調整自己，充滿了無法掌握自己命運的不確定感。

　　儘管一直到五四時期的女性高舉著反傳統、反封建的大旗，其自我意識逐漸被鼓吹、被喚醒，但是她們仍舊有著共同的普遍重視傳統的時代特性，宿命地把愛情和婚姻視為生活的重心，可以想見她們在開闢這條女性解放的道路時，是何等地艱難和狹窄。

（二）女性受教育的必要

　　秀芬雖然只念到小學四年級就被退學了，但是卻認得不少字，她一直背著哥哥嫂嫂偷偷看書，有一次不小心被嫂嫂看見了，嫂嫂把書都燒掉了。

　　老爺知道秀芬會認得一些字很高興，他要秀芬再跟著秀娟讀書寫字，他說會寄些淺的故事書給她看。男人喜歡有見識的女子，卻又害怕女子有見識後，就會有主張。

　　大媽雖然不反對秀娟教秀芬讀書認字，但卻對秀芬說：「說實在的，女人家少認幾個字也好，像我這樣的，心裡頭清靜，甚麼也不想了。」[14]這話卻是從另一個角度，肯定了讀書識字的重要性。男人說話沒有女人插嘴的餘地，因為女人沒有受教育，沒見識。女人一旦接受了教育，有了自我的主見與看法，首先大亂的一定是她心中的疑惑，她必定要和過去傳統根殖在她心中已久的傳統約制交戰，心裡頭當然是「不清靜」了。

　　鴉片戰爭以後，西風東漸，有些人開始意識到中國各方面的落後，與婦

13　同註一，頁101.102。

14　同註一，頁40。

女的不受教育有直接或間接的關係。清如在〈論女學〉一文中開頭就說：
「女學興廢，綜其關繫大要，約有五端：一曰體質之強弱，二曰德性之賢
否，三曰家之盛衰，四曰國之存亡，五曰種族之勝敗。」[15]梁啟超先生更是
語重心長地說：「推極天下積弱之本，則必自婦人不學始。」[16]這兩段話確
實言之有理。女性人口占了全國總人口的半數，怎可等閒看待！

　　自光緒20年，甲午戰爭之後，才有興辦女子學校的運動；江蘇金一的
《女界鐘》，在光緒29年出版，是一部鼓吹女權與革命的書，書中極力宣傳
女子應受教育及其受教育的重要性。

　　辛亥革命爆發後，女權運動隨即趁勢展開，而中國女性教育的解放，也
因為該運動的鼓吹與推動，而大見效果。中國女性的生活在此時有了很大的
轉變，而「五四」是一個相當重大的關鍵。

　　受到「五四」思潮的影響，女作家筆下出現了接受教育洗禮，而正視自
我存在價值意義的女性，在那些作品中，我們不難發現為什麼許多鼓吹應該
重視女子教育的人會認為：「『教育』是解決『女子問題』，達到『婦女
解放』的根本。」[17]冰心在關注女性命運的問題上，直接點出了封建性的根
源，告訴讀者唯有「教育」才是解放女性的途徑。

（三）婚姻當以愛情為基礎

　　六叔，周平，二十歲，現在是城裡師範學校的學生。以前和秀芬兩人念
同一所小學，秀芬低他兩屆，有一次秀芬在學校後山採山楂果跌下來，跌破
了額角，流了不少血，是六叔看見把她帶回家，還幫她擦藥。秀芬說六叔是
全校學行兼優的好學生，加上他對學弟妹都很和氣，所以大家都很喜歡他。

　　有一次在橘園裡，六叔給秀芬一個梨，說不要跟她分梨。秀芬對秀娟

15 李又寧、張玉法：《近代中國女權運動史料（1984—1911）》，臺北：傳記文
　　學出版社，民國64年10月，頁556。
16 前引書，頁549。
17 喻蓉蓉：《五四時期之中國知識婦女》，臺北：政治大學歷史研究所碩士論
　　文，民國76年6月，頁57。

說：我怎麼不難過？我們怎麼能不分離呢？

有一天晚上，大媽對六叔說希望大伯早一點回來和秀芬成親，以免秀芬心不定，六叔了解大媽的意思，馬上表示以後不會常回鄉下來了。

秀芬夾在老爺和六叔之間，對於愛情她感到疑惑。她對秀娟說：「你大伯來了，我起初真想逃走。沒想到他待我也那麼和氣，他那滿口的濃茶與香菸味薰到我臉上，我就作不了主了。躺在他被窩裡，就像躲在一個沒有風、沒有雨的山洞裡，暖和又安心。但是一到白天，爬出山洞，他就像高高站在山頂上，看也不看我一眼了。那時，我就會想念六叔。若是跟著他，就完全不一樣了。他會教我讀書寫字，帶我爬山釣魚下棋。那該多快樂。但我那裡會有那樣好的命，我的命已經捏在你大伯手裡了。因此我只好一心一意地等生孩子，等他回來，等孩子長大了過平平安安的日子。那裡想到胎會掉，他也不再理我了！」[18]

秀娟在心中又怨起逍遙在遠方的大伯，「他可曾想到他的冷漠與自私，給予秀芬精神與肉體上的折磨有多大？他收到我的信後，究竟會不會兼程趕回？純潔的秀芬，她貢獻了全部的愛，真個抱著一夜夫妻百夜恩的痴情。而大伯只不過是要她為他生個男孩，回去以後，連一封信都吝惜地不給她寫，秀芬為這樣一個陌生的薄情人，病到這步田地是值得的嗎？而六叔？明明對秀芬一見鍾情，卻是相見已晚，單是在橘園裡他對她的注視神情，就可看得出來。但因彼此礙於身分，不得不強自壓制。我知道秀芬的心情是非常複雜，也非常迷茫的。她可能自己也分不清愛的是大伯還是六叔，為甚麼她盼望大伯回來，又那麼希望見到六叔呢？」[19]

秀芬迷失在愛情與婚姻的徬徨中，也許正因為不曾談過愛情，所以也就不明白婚姻的基礎是愛情。

秀娟在生氣大伯之餘，也不免怪大媽。如果她不把秀芬討進來，她可能會遇到一個心愛的如意郎君，一夫一妻，生兒育女。

---

18 同註一，頁90.91。
19 同註一，頁88.89。

秀芬往生後，秀娟在收拾她的東西，發現木箱裡有六叔送給她的一本筆記本，第一頁上寫著：「給秀芬寫生字，一天認兩個字也好。」第二頁是六叔用鉛筆畫的自畫像。

　　清末以後，西方婚姻自由的觀念傳入中國，到了五四時期，知識份子接受新思潮的激盪與影響，開始對傳統的「父母之命，媒妁之言」的婚姻質疑並反抗，他們要爭取的是自由的戀愛婚姻。

　　在當時的女性小說中，我們見到知識女性因為受到新思潮——「戀愛自由」、「婚姻自主」的影響，越來越多的人反抗不自由的舊式婚姻，退婚、逃婚或以生命抗議的事例層出不窮，父母代定的專制或買賣式的婚姻，往往造成無愛的婚姻以及有愛情但不得結婚的痛苦，因此受到嚴重的抨擊。為彌補舊式婚姻的缺陷，戀愛自由便成為她們追求的目標。當時瑞典女作家愛倫凱（Ellen Key）所主張的戀愛理論，高唱以戀愛為主的婚姻，影響了中國的婚姻觀念：「無論怎樣的婚姻，有戀愛的便是有道德，即使經過法律手續的婚姻，沒有戀愛總是不道德的。」[20]

　　女性的生活與地位受到傳統婚姻制度的束縛，其不幸絕大部分來自婚姻與家庭。我們要要求所謂的男女平等，就必須改變女性在婚姻生活的不合理的情況。當時的知識女性有變革自己命運的決心，婚姻自主成為女性解放的重要課題。

　　在當時為著經濟利益而結婚的女性還算不少，當然女性依賴男性的傳統性的社會心理，和女性無法在經濟上獨立，有著直接的關係。

　　把婚姻當成交易，把自己的幸福寄託在男人的金錢上，這種金錢婚姻，是會使女性徹底的物化、俗化，而這也一直是中國長期封建社會婚姻的主要特徵。

　　在過去有太多因為長輩代訂、政治因素、甚至是利益輸送而結成的夫妻，這種婚姻一定是痛苦的，作者似乎有意在小說中直接或間接地宣揚志同道合的愛情的重要性——唯有有著共同語言的終身伴侶，才能在生活與事業

---

20 同註一，頁159。

上創造出絕對融洽的情感，相互扶持，同甘共苦地走完一生。

（四）兩性平等的重要

　　兩性若是平等要造就的幸福是相當廣泛的，社會的和諧、經濟的發展，都有賴於兩性平等，反之亦然。

　　作家冰心在很早的時候就考慮到「職業」的問題，因為她的雙親都認為女孩子長大後應該有自己的工作，尤其是她的母親。母親曾痛心地對她說起發生在她十八歲時的一件事——母親的哥哥結婚前夕，長輩布置新房時，她高興地插上一句說：小桌子上是不是可以放一瓶花？一位堂伯母就看著她說：「這裡用不著女孩子插嘴，女孩子的手指頭，又當不了門閂！」這句話帶給她很大的刺激。她自問為什麼女孩子的手指頭，就當不了門閂呢？因此，母親常常提醒冰心：「現在你有機會和男孩子一樣地上學，你就一定要爭氣，將來要出去工作，有了經濟獨立的能力，你的手指頭就能和男孩子一樣，能當門閂使了！」[21]

　　當然女孩子要有職業，先決的條件就是我們所說的要先受教育，這是兩性平權最為重要的一環。

　　沒有受教育的女子，沈浸在傳統的洗禮中，男人是天，她是地，她只有被動與等待的資格。就像小說中秀娟所忿忿不平地：

> 　　秀芬已經愛上了大伯，願意託付終身，而大伯卻是匆匆來，匆匆去，沒有絲毫留戀之情。他回來只是為了娶一個小妾，圓一次房，以後的一切，似乎就交給大媽和秀芬了。[22]
>
> 　　大伯和大媽之間，一向好像是手足之情，大媽千般萬般地關心大伯，但知道他娶了二房，卻一點也不生氣，又高高興興

21　冰心：〈從「五四」到「四五」〉，北京《文藝理論》，1979年，第1期，頁23。
22　同註一，頁55。

為他娶三房。她怎麼不想想，大伯分身乏術呢？難道她真只要
他每年橘子紅時，才回來一次嗎？[23]

秀芬對秀娟說出對老爺的感覺：「我也說不出來，白天裡伺候著他，常
常覺得他像是我最親的長輩。但有時半夜醒來，覺得邊上有個人對我這樣親
近，這樣好，我又覺得終身有了依靠。但我擔心得很，擔心他很快就要走
了。」[24]女人的不安全感，正因為她扮演著附庸的角色，她只是按照男人要
的方式過活。

五四時期，女性第一次意識到自己所處的非人的地位，她們開始要求教
育自由、婚姻自主、社交公開，並希望藉由謀生能力在工作上與男性平起平
坐，被壓抑的個性得以擴張。

女性的生活與地位受到傳統婚姻制度的束縛，其不幸絕大部分來自婚姻
與家庭。我們要要求所謂的男女平等，就必須改變女性在婚姻生活的不合理
的情況。當時的知識女性有變革自己命運的決心，婚姻自主成為女性解放的
重要課題。作者在小說中，寫出了秀芬的矛盾，六叔的克制，終究以悲劇收
場，這從另一個層面來看，提供了我們不同的思考方向：兩性都應該要有勇
氣做出尋求幸福的抉擇。

結　語

琦君在小說裡，將當時未能走出傳統陋習，而活在迷信與認命的象牙塔
中的女性，對婚姻迂腐迷信觀念含蓄而有力地揭示。

而女主人公所表現的「軟弱」與「迷信」者，提供給讀者更深一層的省

23 同註一，頁55.56。
24 同註一，頁52。

思，讓讀者從另一個角度了解破除封建思想與禮教的重要性，這也是作者所揭露的特殊意義及其價值所在。

　　小說裡的女主人公有共同的「至痛不哀」的時代通病，她們無法去主宰自己的命運，只能宿命地默默承受時代與環境所賦予她們的「責任」與「使命」，並且任重道遠地接受她們的「責任」與「使命」毫無怨尤。

　　傳統的貞操觀造就為人妻的女性對丈夫有一種休戚與共的關愛，不管丈夫如何對待，特別是在困境中，更能顯出他們在婚姻生活中求其安身立命的憑藉的女性特質；當然，另一方面也相當諷刺地把傳統「重男輕女」的觀念，表達得相當透徹，這讓我們也隱然見到了父權傳統潛藏的「物化」女性的企圖。

　　在小說中我們還可以想像到在當時想要離婚的女子是沒有任何退路的，外人歧視的眼光不說，就連自己的親人也會落井下石，秀芬只是要逃回娘家避難，娘家卻表示惹不起。身為現代的女性，如果不幸遇人不淑，還有娘家這個避風港可以依靠，家人還會為妳挺身而出。由此一比較更可見當時婚姻不幸的女子的悲哀。

（原載於《臺灣文學評論》第一卷第二期，2001年10月。）

問題與討論

一、未來你會排斥相親介紹結婚嗎？為什麼？

二、你認為傳統「重男輕女」的觀念至今是否存在？請具體舉例說明。

Chapter 2

林海音小說的女性自覺書寫

前　言

　　林海音，是50年代臺灣文壇上最閃亮的一顆星。她以身兼作家、編輯、出版者的身分，縱橫臺灣文壇半世紀。

　　她的小說在女性議題方面有特殊的表現，反映出對女性問題、婚姻生活的關注，在其所披露的女性經驗，我們見到了在性別壓迫中掙扎，且無法翻身的女性，也看透了女性所面對的桎梏與困境，林海音可說是開創了具有「性別符號」的女性文學，算得上是新時代女性的先鋒。

　　林海音書寫的重點在於從女性的思考角度出發，思考女性的婚戀觀，以及整個社會傳統封建禮教加諸在女性身上的不公平待遇，呈現了女性敘事的話語風格，建立了獨立的女性視角，突出了特有的女性經驗，這是作者的自覺嘗試。

　　林海音筆下的女性形象是勤懇賢慧，刻苦認命的，然而她們的悲劇在於不自覺地認同了男性中心意識對女性的價值期待。讓我們見到封建禮教和封建倫理道德觀念不僅猖獗於舊中國，也遺毒於新社會，主宰著舊時代女性的命運，也影響新時代女性的生活。透過其筆下傳統女性的婚姻與戀愛，反映生活現實與社會變遷，相信對未來研究中國女性的婚姻史有相當之影響。

　　在林海音的書寫中，我們見到她運用小說寫作的方法和技巧，透過文字傳達她的自我期待，在其書寫進程中呈現對女性同胞的關注。

林海音小說的女性自覺

2

（一）性別身分的自覺

　　林海音在其小說中，有意無意地顯現出一種自覺，那種自覺主要是來自於那些處於劣勢的女性，在父權社會中所遭遇到的不平等對待，她像是一名為這些被壓迫的女性揭竿而起的英雄。

　　〈惠安館〉裡的秀貞和從外地到北京來讀書的大學生思康相戀了，她跳脫禮教的束縛，和思康發生了關係。思康決定回家秉告雙親來提親。送走思康後，秀貞發現自己懷孕了，可是思康卻一去不回，音訊全無。秀貞在親友鄰居的道德指責、批判諷刺下產下她的小孩，可是秀貞那對覺得丟人現眼的父母卻趁著天未亮便把剛落地的小嬰兒包裹起來丟到城門底下，秀貞在受不了這樣的雙重打擊下，終於發瘋了！

　　被指責的不該是薄悻的男子，怎麼反而是受到離棄的女子遭遇如此的傷害。傳統觀念對男人的絕對寬容，對女人的相對嚴苛，已經讓很多女人受到嚴重的傷害。作者最後設計秀貞精神崩潰，為的是要引起讀者高度重視兩性長久以來的不公平對待。又在〈地壇樂園〉裡也有無法忍受男朋友移情別戀而發瘋的項小姐。

　　〈蘭姨娘〉裡的小英的母親是一個恪守三從四德的中國傳統婦女，她忍氣吞聲地承受她所視為天的丈夫和蘭姨娘之間的曖昧關係，因為她在封建禮教的長久洗滌下，早認定自己扮演的便是「無聲」的角色。

　　而至於蘭姨娘呢？在她三歲時便被賣到北京，為的是要醫治哥哥的病。二十歲時，很「幸運」地遇上了一位六十八歲的有錢男人，他為她贖了身，成了他的姨太太。

　　蘭姨娘對英子表示——

「……要是你爸媽願意，我就跟你們家住一輩子，讓我拜你媽當姐姐，問她願不願意？」蘭姨娘笑著說。

「媽願意吧？」我真的問了。

「願——意呀！」媽的聲音好像在醋裡泡過，怎麼這麼酸！[1]

這兩個女人都有屬於她們自己的悲哀。愛情豈容與他人分享，但她們因為傳統封建觀念的浸染已久，且在經濟上是全然受惠者的立場，她們只能認命地聽任男人的安排。

〈驢打滾兒〉裡貧窮的村婦宋媽，嫁了一個好賭的丈夫，只好忍痛捨下自己的小孩，到城裡工作。她在城裡照顧的小女孩問她，為什麼放著自己的兒女不照顧，卻跑來照料他們，她只含糊地說是丈夫沒出息，動不動就打她，所以一氣之下就跑出來當奶媽自己賺錢。

她辛苦賺錢養家，但丈夫卻因賭錢，導致他們的兒子在意外中溺斃，甚至還把剛出生的女兒，隨手送給路人。

在經濟的壓迫下，女性堅強地發揮中國傳統女性的特質，無怨無悔認命地擔負起一切環境的磨難。

從以上的小說中，我們見到命運被大環境所操控的悲劇女性，她們被男尊女卑的傳統觀念長期迫害——不能自主於命運的秀貞和蘭姨娘；雖然宋媽的女性意識的覺醒從「物質經濟」開始，但還是逃不了男人的「控制」——她們都成了時代的犧牲者。

作者有意透過這樣的「反面」書寫，在彰顯其悲劇之餘，也同時讓讀者對女性的「性別」問題有所自覺。

〈殉〉裡的女主人公是一位出身於書香門第的女性，雖然，當時正值五四改革時期，但她還是守信地履行十四歲時所訂下的婚約，在十九歲那年為了沖喜，嫁給了肺病日益嚴重的方家麒。新婚一個月，便成了寡婦。

1　林海音：《城南舊事》，臺北：純文學出版社，1979年8月，頁132～133。

　　她利用精緻費時的刺繡，打發時間，但她只是個凡人，也有七情六慾，她不自主地暗戀著英姿勃發的小叔——家麟，後來又將愛轉移昇華到過繼給他們這一房的家麟的女兒身上——「每逢緊摟著小芸，除了親子之愛，在內心還盪漾著神祕的快樂。她常想，這是她的孩子，也是家麟的孩子。許多人說小芸的眼睛像她，但她更喜歡對人說：大手大腳，跟她叔叔一樣。」[2]

　　作者宛如舉著反封建、反傳統的大旗，對迷信、對包辦婚姻提出了強烈的質疑。

　　林海音以細膩的筆觸描寫一個守寡少婦的寂寞：

　　　　她最怕晚飯後的掌燈時光，點上煤油燈，火光噗噗噗地跳動著亮起來，立刻把她的影子投在帳子上，一回頭總嚇她一跳。她不喜歡自己的大黑影子跟著她滿屋子轉，把燈端到大榆木櫃旁邊的矮几上去，那影子才消滅了。就這麼，聞著晚香玉和茉莉混合的香氣，她冷冷清清的把自己送進帳子。躺下去，第一眼從帳子裡看出去，就是箱子上高疊著十六床陪嫁過來的緞被。她幾乎每天都想一遍，就憑她一個人，今年二十三歲，要到什麼年月，才能把這十六床被子蓋完呢？[3]

　　守著活寡的方大奶奶固然為小叔心動，但礙於禮教輿論，錯失了幸福。

　　中國傳統女性的「認定哲學」是否真是被荼毒至深，不但擅長等待，也優於壓抑。當時女性的實際困境是：自我的壓抑造成自我設限的嚴重狀況，以及認定父權傳統對女性角色的定位，這應該也是作者要控訴的重點。此外，也反映出當時男人再婚比起女人容易被世俗接受多了。

　　除了上述的幾種女性類型外，林海音還塑造了介入他人婚姻的第三者形象。

2　林海音：《綠藻與鹹蛋》，臺北：純文學出版社，1980年12月，頁41。
3　同註二，頁32。

《春風》裡的呂靜文隻身前往北京求學，為了賺取學費，到曹家當家教，而以姐弟般的感情和曹宇平發展為男女之情。呂靜文到臺灣後，用心辦學，努力構築她理想的事業，成為在教育界受人敬重的校長，她原期待曹宇平也有一番作為，但他卻只想過平凡安穩的日子，她覺得他沒出息。曹宇平承受不了壓力，南下避居高雄，而認識了父親亡故，母親在大陸的安立美，她雖孤苦卻有出人的堅強，她獨自帶著弟弟到臺灣，並供養弟弟到大學畢業。

　　安立美對於自己扮演第三者的角色，深感愧疚──「每一念及臺北的那位，就真有愧汗的感覺。」也許正因為這樣的精神壓力，她的生活過得相當不安，身體的狀況越來越差。[4]

　　作者似乎對於介入別人婚姻的第三者有著懲罰的意味。

　　安立美在自己病入膏肓之際，將女兒託付給呂靜文，呂靜文牽著女孩的手，欣然接受命運的安排。

　　〈奔向光明〉裡的第三者覺悟自己的身分，決定主動走出不正常的三角關係：「你說過的，你的夫人既賢且慧，你的孩子又乖又巧，你在你的家裡是最偉大的人物。我相信你，如果你做了我的丈夫，一樣是我心目中永久的英雄，我也將終身依賴著你。可是這份幸福早已賦予你的夫人了。明天見，明天見，我們還有多少個明天見？」[5]

　　林海音筆下無論是身為丈夫有外遇的妻子或是介入人家婚姻的第三者，當面對問題時，我們見不到她們像傳統的女人又哭又鬧，她們多能了解自己和對方的處境，深思熟慮地做出決定，重新掌握自己的生活。

（二）階級地位的自覺

　　林海音不但對女性「第二性」的次等地位提出關懷，也對其所處的不平等的社會地位所造成的傷害，試圖提出解放。

4　林海音：《春風》，臺北：純文學出版社，1972年10月，頁90。
5　林海音：《冬青樹》，臺北：純文學出版社，1983年11月，頁142～143。

　　《曉雲》講了一對母女不幸的婚姻，曉雲的母親算得上是「五四」的新女性，在北京才剛成為大學新鮮人，便愛上了一位文學教授，決心要嫁給他。七七事變突發，文學教授趁勢丟下家中老小，帶著曉雲的母親到臺灣，生下曉雲後，「第三者」的不幸延續到下一代，曉雲只是小太太的女兒，沒有名分、地位，當大太太的女兒到臺灣來爭財產時，她們母女也莫可奈何。

　　〈燭〉裡的韓大奶奶為了成就自己「賢慧」的美名，她不敢對丈夫納妾有任何異議。

　　秋姑娘是到韓家幫忙帶孩子的，可是就在韓大奶奶還在坐月子時，秋姑娘便已和她的丈夫——啟福有了關係。韓大奶奶所以讓秋姑娘留下來，是因為「寬大是她那個出身的大家小姐應有的態度，何況娶姨奶奶對於啟福只是遲早的事情。這件事情應當由她來主動地做，而且她也預備做的，……老爺的姨太太是大太太給挑的，這對大太太的身分，有說不出的高貴尊嚴。」[6]

　　但韓大奶奶畢竟是個女人，她無法超然到眼睜睜看著啟福到秋姑娘的房間去，並且聽著房間裡傳來的「吟吟的笑」，所以每當啟福與秋姑娘在享受魚水之歡時，她就喊著不舒服引起注意，藉以打斷他們。可是久而久之，沒有人再理會她，而她也因為假戲真做，從最剛開始謊稱的頭暈、腿痛，到後來變成真正的病人，後半輩子都癱在小小的床褥上，陪伴她的只是一截暗沈的蠟燭。

　　沒有女人不要一份完整的愛，但傳統封建以來加諸在女性身上的狹隘的價值觀，約定俗成地荼毒著那些婦女，使得她們把那樣的「分享」，視為「寬大」，就現在看來，其實是一種愚昧無知。林海音說：「上一代的婦女和我們一樣，是要整個占有愛情的，所以假大方，只是當時社會環境沒有給他權利反抗。」[7]

　　在階級地位的較勁下，為難女人的，還是女人——有婆媳問題者，如〈地壇樂園〉裡受不了大家庭中婆婆和小姑的壓迫而精神崩潰的鄭太太；又

6　林海音：《燭芯》，臺北：純文學出版社，1981年12月，頁53。

7　林海音：《婚姻的故事》，臺北：純文學出版社，1981年12月，頁31。

有如大老婆和姨太太間的爭奪戰，尤之更甚。

〈燭〉裡的韓大奶奶為了顯示大太太的寬厚，表面上對秋姑娘和善，其實股子裡她恨透了秋姑娘——「她恨死了！恨死了秋姑娘在她面前的溫順！恨死了啟福和秋姑娘從來不在她房裡同時出現！恨死了他們倆從沒留下任何能被人作為口實的舉動！」[8]可悲的是她不僅虐待秋姑娘，也折磨自己。

傳統女性在丈夫所給予的狹小的生存空間中載浮載沈，尤其，傳統舊社會的納妾制度，考驗著正室與侍妾間的「容忍度」，這樣對立的有形與無形間的爭戰，是對人性極大的扭曲與殘害。林海音透過這樣的書寫，揭露納妾制度的不合理。

〈金鯉魚的百襉裙〉中的「金鯉魚」六歲被賣到許家，因為被太太視為是她的自己人，百依百順，逃不過她的手掌心，所以，在她十六歲時，便收房給老爺做姨太太。年頭收到房，年底便給許家添了個唯一的男孩。大家都說金鯉魚有福氣，她自己也這樣認為，但是她以為自己的幸運並不是遇上了太太，而是她肚皮爭氣，生了兒子。可是她卻沒有作母親的權利，兒子一出世便被抱到太太房中撫養，接受人們祝賀的也只有太太。

兒子十八歲那年，準備成親。她長久等待的一天終於來了，她可以在兒子的婚禮上，穿上只有正室才可以穿的百襉裙。她自認為是她的兒子要結婚，理當可以穿上百襉裙，於是去做了一件大紅的百襉裙。那是一條象徵身分地位的裙子，可以讓她暫時擺脫姨太太次等地位的象徵。

> 很早以來，她就在想這樣一條裙子，像家中一切喜慶日子時，老奶奶、少奶奶、姑奶奶們所穿的一樣。她要把金鯉魚和大紅百襉裙，有一天連在一起——就是在她親生兒子振豐娶親的那天。誰說她不能穿？這是民國了，她知道民國的意義是什麼——「我也能穿大紅百襉裙」，這就是民國。[9]

8　同註六，頁55。

9　同註六，頁74。

　　金鯉魚將改變其地位的希望寄託在百襉裙上，我們似乎見到「五四」女作家凌叔華筆下〈繡枕〉裡的那個被「物化」的大小姐——一位名門望族的大小姐為了繡好一對靠枕煞費苦心，因為繡枕是要送給豪門巨族的白總長，白總長有個二少爺還沒找到合適的親事，而算命的說大小姐今年正遇到紅鸞星照命主。大小姐認為她把用心繡好的靠枕送給白總長後，也許二少爺會因物及人而愛上繡枕的主人，成就一門好姻緣；若二少爺不成，大小姐還考慮到繡枕被擺在終日高朋滿座的白家客廳，定會有人欣賞這對繡枕，一傳十，十傳百，那麼上門來求親的人必是門庭若市——大小姐和金鯉魚有著一樣的悲情。

　　太太看出金鯉魚的心思，特別在婚禮前夕，發布了一個命令，說是娶親那天，家裡的女人一律穿旗袍，一是因為現在是民國了，大家都穿旗袍了；二是因為兩位新人都是念洋學堂的，大家都穿旗袍，才顯得一番新氣象。

　　金鯉魚的夢想破滅了——旗袍人人都可以穿，但百襉裙可是有身分的區別啊！

　　金鯉魚到死都擺脫不了她的次等地位，因為不是正室，所以棺材不能從正門出去。兒子情緒激動地為母親發出不平：「我可以走大門，那麼就讓我媽連著我走一回大門吧！就這麼一回！」[10]當他扶著金鯉魚的棺柩走過大門後，他才感到如釋重負。作者安排金鯉魚的兒子如此悲戚的伏棺吶喊，喊的是傳統女性桎梏已久的悲哀。

　　金鯉魚處於父權經濟體系中，其利用價值只在於家族運作的傳承延續，她因為無法擺脫階級地位的迷思，將自我價值的判斷建立在「母以子貴」之上，因此其悲劇命運可想而知。

　　林海音說：「姨太太，是某些時代很自然的產物，給男人們寫下多少豔麗的人生史章，他們多得意！但是也唱出了不少人生悲歌吧！」[11]這一類的悲歌由女性作家來書寫，更能直接而準確地呈現出作家在書寫活動中所展現

10　同註六，頁53。

11　同註七，頁40。

的關懷意識與期許內涵。

　　從林海音的小說中，我們見到了在傳統婚姻角色扮演下，喪失自我的女性，無論是大太太還是姨太太都有其悲哀，她們受到傳統觀念的捆束，甘願淪為男性（父親、丈夫）的附庸，為父權的需求去調整自己，認命於現實傳統的安排，充滿了無法掌握自己命運的不確定感。

　　林海音並不迴避女性自身的怯弱與困窘，尤其突顯了性別角色的刻板認知，還傳達了在傳統婚姻的地位下，沒有自我的女性永遠只是他人的工具，終會逼自己走上絕路。

林海音女性小說的內涵特色 3

　　女性意識由覺醒到成熟的全面發展，可看出文化約制的程度，也代表著女性自我成長的程度。所謂的「成長」，我們可從生理和心理兩個層面來看，生理層面指的是，生命生長發育的自然過程；而心理層面則是精神層次上的，指的是「個體存在的趨向成熟，有較明確的自我意識，能協調個人意願與社會規範之間的衝突從而在一定程度上實現自我價值。」〔潘延：〈對『成長』的傾注——近年來女性寫作的一種描述〉〕[12]而女性從女兒、妻子到母親，是最能展現其「成長」的，尤其當他們在面對或處理婚姻問題時，是最能反映其女性意識的覺醒程度的。

　　傳統文學作品中大抵缺乏從女性主體的經驗或角度呈現，而林海音的女性小說承繼著「五四」的血脈，並加以拓展，我們從她的婚戀小說裡的女性很能見到這樣的「成長」。

12　北京《中國現代、當代文學研究》第11期，1997年，頁105。

（一）聲音想法的空間拓展

　　林海音為了讓她筆下的女性有翻身的機會，她安排不同階層身分的女性在不同的遭遇中，讓讀者傾聽她們的聲音，我們似乎已經可以見到她們發出了不願活在傳統的角色裡的呼喚。

　　〈殉〉，從年輕便守寡的方大奶奶為過繼的女兒籌備婚禮，追溯起她悲劇的一生開始。她見到小芸自己選擇幸福，對婚姻充滿了憧憬與希望，對照到自己被動、認命的一生，有著無限的感傷，才頓悟認命的時代已經過去了。

　　林海音安排方大奶奶處於新舊交替、青黃不接的時代，其實更是加強了她的矛盾與掙扎。當時正是所謂的民國新時代，主張新女性要有新觀念，但諷刺的是方大奶奶的生活卻還是活在舊傳統中，一點也沒有改變。小說中有一段說：「不錯，女人可以離婚啦，自由戀愛啦，再嫁啦，都是應當的，因為時代不同了。可是，怎麼就沒有一個人出來主張讓大奶奶再嫁呢？當然，當然，當然，這絕不是說她想再嫁了，她只是隨便想想罷了。」[13]

　　林海音說：「她雖然沒有以死相殉，但是這樣生活著，也和死殉差不多吧。」[14]我們能想見作者在其書寫活動中，以反諷的方式寄寓了女性要有自我主張，勇敢站起來的內在想望。

　　《春風》裡的呂靜文家境貧苦，但她的母親含辛茹苦供她讀完中學，雖然家裡需要呂靜文就業賺錢，但她卻想出外升學。母親了解她的心意，堅強地說：「我還有力氣，讓我再苦四年不成問題。」靜文伏在母親的胸前哭了，母親卻勸她：「要走就挺起胸脯走，也沒有人攔阻你，我還沒哭呢，你哭什麼？」[15]

　　我們見到的是一個堅韌的勞動婦女，不願女兒重蹈其覆轍，咬著牙也要讓她受教育。

13　同註二，頁40。
14　同註七，頁18。
15　同註四，頁25。

〈臺北行〉裡的滿芳在西螺遇見六年不見的小張，小張向她說起同學在臺北的成就，且邀請她到臺北一遊。

　　滿芳對現實的婚姻感到不滿，不甘做個平凡的家庭主婦，甚至有要離婚的念頭。

　　心情灰色的她決定到臺北見見老朋友，她想「在都市裡找一點兒刺激，讓她再享受一下，像從前那樣的——在男孩子包圍下的甜蜜而浪漫的氣氛裡，那怕一點點。她在鄉下過夠了，讓貧苦磨夠了，被家庭纏夠了。」[16]可事與願違，她只約到了兩位同學，其他的時間都在電話機旁等電話，後來閒到只能逛西門町了。她從滿懷期待到希望落空，終究還是要回去面對她認為索然無味的生活。

　　林海音有意提示「肯定自己」才是重要的，要藉由別人來改變心情或環境，其實是可悲的。女主角是個教師，經濟獨立，但在面對婚姻瓶頸想要離婚時卻思索：「女人怎麼這麼容易想到離婚！可是，離婚上哪兒去？她又憑什麼要離婚？就這麼，在矛盾中過了這些年了……」[17]她無心去改善困境，更無力去跳脫。

　　女性的傳統認知（就算是接受了教育的女性），並不會隨著時代的發展而有大的變動，林海音在這篇小說中並不迴避女性自身對「環境」的盲從，同時也展現了女性安於現狀，不敢求改變的現實。

　　而〈遲開的杜鵑〉裡的亞芳當她和現實環境妥協時，內心的聲音卻向反方向拉扯。四十歲的亞芳年輕時拒絕了許多追求者，現在面對他人的詢問或背後的議論，開始覺得有壓力，也接受相親的安排，可是她「雖無太高的目標，但也不能『人盡可夫』呀！」她是一朵遲開的杜鵑，「開得雖晚，又有什麼關係。」[18]

　　林海音以其身為女作家的優勢，掌握女性的特質，在處理家庭問題時，

16　同註五，頁163。

17　同註五，頁162。

18　同註五，頁168、171～174。

我們見到她筆下的女性比起男性有「肩膀」多了。

　　《曉雲》裡的三角關係的男主角——梁思敬的懦弱性格，是從曉雲的想法見出的——

　　　　「每逢她（梁夫人）對梁先生下一道命令的時候，梁先生總是『嗯——』一聲，然後才點頭說：『好吧！』我想他『嗯』的時候，一定是在考慮要不要反對，但是某一種意念又壓倒他前一個反抗的企圖，於是他終於還是『好吧！』這一定也就是母親那天所說的『依賴』——被我解釋的所謂『惰性吧！』」[19]

　　　　「我仔細想想，他的確是個容易遷就現實的人，就像那次我倆談到『逃獄驚魂』和『魂奪情天』的結局，他曾說過，如果不使逃犯和壞女人被捕和死，社會的秩序怎能維持，雖然逃犯和壞女人都有他們善良的本性。」[20]

　　梁思敬的妥協性格和小說結局曉雲不受其妻威脅利誘，毅然決定離開，獨自撫養小孩的不屈服現實，形成強烈對比。

　　特別要提出來的是，古繼堂在《臺灣小說發展史》中提到：「夏曉雲的悲劇不具太大的社會意義，基本上是女性的變態心理造成的不幸。這種悲劇如果分析和追溯其社會內容，最多也是一種資本主義社會的所謂現代文明病。即不顧一切地去追求所謂愛，那怕破壞別人家庭，這正是變態社會中的一種變態心理，這種變態心理在開放的資本主義社會中司空見慣。」[21]筆者認為如此說法不但過於決斷、籠統且明顯泛政治化。感情層面的問題，豈容以「變態心理」四個字概括，而且，基本上，多數女性對於愛情，在某些層

---

19 林海音：《曉雲》，臺北：純文學出版社，1974年10月，頁51。
20 同前註，頁280。
21 古繼堂：《臺灣小說發展史》，臺北：文史哲出版社，1992年3月，頁191。

面是有一種盲目而執著，明知不可為而為的傻氣，男人把愛情看成生命中的一部分，但卻是女人生命的全部，愛情之於兩性在生命中的比重是有很大的差異的，也就因為這樣的差異，我們見到了小說中苦多於甜的愛情以及現實生活愛情婚姻中的悲劇。

舉例來說大陸作家虹影在1996年出版《飢餓的女兒》一書，那是她的自傳，除了寫真實的自己，還寫她的母親，她的母親一生遇上了三個男人，有遭到拋棄，也有不得不分離的。十八歲生日那天她發現了自己是私生女的身世——母親在大饑荒那一年，與一個小她十歲的男人相愛，偷偷生下了她，後來因為種種壓力，只得和她的生父分離；就在她知道她身世的這年，她愛上了一個可以作她父親的人，後來這個男人很自私地結束了自己的生命。虹影說她承繼了母親那種愛到盡頭也不休的血液。

如果就古繼堂先生的看法推論，這是不是也是屬於「變態心理」的作品呢？

林海音從有別於傳統的心理分析角度出發，讓她筆下的女性有機會發出被壓迫者的聲音，雖然視野仍嫌狹隘，但從現在的眼光倒回去看，她彷彿是為女性主義意義的發展開導出一條路。

（二）深層心理的空間拓展

在這個部分的研析中，我們可以見到林海音將其書寫的範圍擴大至女性幽微的內心世界，其意識隨著社會環境的變遷而開展。

〈燭芯〉裡的元芳為了讓丈夫志雄順利逃到後方，遭到日軍踢打而流產。就在她好不容易熬到了與志雄約定相見的時間，準備前往時，卻因母親的不捨而延宕；而她並不知道因抗戰而分離的志雄已在南方另娶。後來兩人在臺灣重逢，志雄一方面對元芳感到愧疚，另一方面又無法放棄新組的家庭，於是一邊一個星期的家庭生活勉強維持了十八年。

對於要和另一個女人分享丈夫的元芳和鳳西而言，兩人都有其委屈和難堪。元芳面對鳳西，雖說有所不滿，但卻能站在同樣身為女人的立場去體諒：「她看志雄可憐，鳳西也可憐。憐憫之情，油然而起——憐憫自己的情

敵，這話真不知道該怎麼講。」[22]由此可看出女性向其「成熟」邁進。

就在元芳提議離婚，退出三角困境時，志雄才結巴地說：

> 「元芳！妳這樣會使我的良心受到譴責的！我一直在想，怎樣賺到更多的錢，使雙方的生活過得更好些。」誰知志雄說完這些話，倒哭了。是流的二十五年來的良心的眼淚嗎？
>
> ⋯⋯
>
> 居然對志雄那男子漢的軟弱哭泣，完全不放在眼下，她也把脖子伸得老長老長的，冷笑著說：「這不是物質生活的問題，而是精神的。唯有離婚才可以減輕，——甚至可以說，解除雙方這種精神的負載。」[23]

當女性開始追求精神層面，而不考量物質問題時，那代表著「兩性平等」的大門即將被開啟。

後來，元芳在深思熟慮下決定離婚，她不要這種施捨的愛情。最後她嫁給在大陸有妻小的男人。

朋友責難元芳：「因為丈夫另有一個女人，所以才離婚，但為什麼又跟一個大陸上有了太太的男人結婚呢？為什麼甘受這種欺矇呢？」[24]元芳並不在乎他人的看法，她理性而勇敢地面對自己——知道自己要的是一個有名有實的家庭生活，並且接受兩岸已經隔離的現實。這是一個勇敢宣示自主權的表現。

又如〈陽光〉裡的師娘獨自帶著女兒和丈夫分居，分居之日，在別人眼中，她是「堅強地絕裾而去」[25]她在給敘述者的一封信裡表達自己的心聲：

22　同註六，頁20。
23　同註六，頁24。
24　同註六，頁28。
25　同註五，頁189。

她非常珍惜自己的婚姻，也希望能挽回丈夫的心，但她有自己的矜持，她也認清丈夫永遠不可能回頭的現實，所以同意分居。〈冬青樹〉裡的女主角面臨婚變後，自我激勵：「我的身體雖仍嫌瘦弱，但意志卻堅強；我的婚姻雖告失敗，但這並不證明我從此失去光明的前途。」[26]

　　林海音小說裡的女性形象，大抵上都是被賦予正面意義的，尤其以上三篇裡的「妻子」都被塑造成不向環境低頭，努力忠於自我；這和先前那些可憐兮兮的小媳婦認命形象，簡直是大相逕庭。

（三）自我世界的空間拓展

　　在這一部分所要分析的小說中，我們見到女性懂得主動爭取自己的幸福，做自己的主人，她們要將桎梏掙脫，那些來自性別，還有性別之上的——封建、社會與經濟的因素，當然在此過程中，披荊斬棘的她們不免遍體是傷。

　　〈蘭姨娘〉中的敘述者英子覺得蘭姨娘夾在爸爸和媽媽中間，是對媽媽的傷害，所以在有意無意間促成了蘭姨娘和德先叔的好事。伶人出身的蘭姨娘戀愛了，她放下離家後她所閱讀的《二度梅》（此書象徵著她不向環境屈服，有著為自己打算的計畫）改讀德先叔推薦的《傀儡家庭》（此書象徵她不要繼續受舊社會壓迫，準備接受新思維）；打扮得和在女高師念書的張家三姨一樣；她變得很有志氣，敢向惡劣環境反抗。最後她結束自己非正常婚姻關係的第三者角色，而找到真愛。

　　當然，蘭姨娘的幸運在於她有幸遇上一位時代的新青年，引領她擺脫身分的牢籠，鼓勵她走向新人生。雖說不乏被動成分，且自主意識也不甚明確，但無庸置疑地，卻是為中國婦女勇敢反抗命運展現了一線曙光。

　　《曉雲》裡的曉雲到梁思敬家當他女兒的家庭教師，卻和同是孤兒的梁思敬戀愛了。

　　梁思敬本來是何家紡織廠的職員，被老闆看中後選為女婿，梁太太是個

---

26 同註五，頁154。

精明幹練的女人，她要梁思敬放棄繪畫的興趣，全心經營家族事業。

　　面對梁思敬的第一次婚外情，梁太太逼死了外遇，再抱養私生兒。

　　曉雲很同情梁思敬淪陷在無愛的婚姻之中。他們兩人策劃離開臺灣，卻被梁太太阻止，她試圖以金錢解決丈夫又一次的婚外情，卻被已懷孕的曉雲嚴正拒絕，她獨自到新竹鄉下待產，無怨無悔地嘗受愛情所帶來的酸甜苦辣。

　　曉雲的母親當初是為了撫慰一個被舊式婚姻綑綁的男性的孤獨的心，而成為他人婚姻的第三者，為了愛，她向傳統規範挑戰，義無反顧；而曉雲也步上母親的後塵，要把梁思敬從無愛的婚姻中拯救出來。當曉雲還是「女兒」時，她曾為自己的身分感到自卑、羞愧甚至氣憤，但是當她自己將成為「母親」時，她變得堅強無比；而曉雲的母親也勇敢接受女兒也成為第三者的事實，她犧牲幸福，放棄再婚，竭盡全力照顧受傷的女兒，當她從「女兒」升級為「母親」時，愛情與親情擺在面前作選擇，她毅然選擇了親情。

　　且拋開道德觀念而言，相對於曉雲對愛情的自主與拿得起放得下，梁太太算是活在新時代的傳統舊女性（一次次的忍氣吞聲、委曲求全，並對情婦的小孩視如己出），她兩次都想以金錢來解決丈夫婚外情，甚至讓第三者見到她哀求的可憐模樣，進而同情她，她完全不想擺脫無愛的婚姻。

　　〈某些心情〉裡的珊珊愛上了一位音樂家，音樂家和她發生關係後，拋棄了她，一走了之。她嫁給了母親為她安排的男人。在她給友人的一封信裡我們見到她的心聲：「因為確實那個人毀了我一下，然後他走了，給了我這麼樣的難堪。我恨他，所以我聽從了母親，嫁給另外一個人。這回是真正的『嫁了』，母親拿我當作一塊純白的玉，給了我豐富的嫁妝，一禮堂的客人，粉妝玉琢的把我送入了洞房。一切從頭兒做起，誰知我身心受了多麼大的創傷！……一個女人怎麼能第一次是隨便和一個男人在一起，第二次反倒正正經經的結起婚來？」[27]在她的自覺認知裡，女人一生只能產生一次刻骨銘心的愛。

---

27 同註六，頁35～36。

丈夫在意她的過去,她在跌跌撞撞的婚姻裡,對音樂家的思念有增無減,於是她前往花蓮,尋找音樂家,但當她如願以償見到的一幕是:一個老頭在搧爐火,一個髒小孩從屋裡衝著他叫爸爸,他厭惡的用扇子去拍打那孩子。她無法相信眼前那個痀僂的老頭兒竟是她魂牽夢繫的人。

　　作者有意強調新時代的女性比男性堅強果決許多。最後安排珊珊走出過去的迷思,面對現實生活,她有這樣一段內心告白:「其實我沒有資格把自己擱在傷感的情緒裡的,看看我能不能讓自己從難堪的現實中站起來。」[28]

　　〈瓊君〉的故事背景發生在30年代的中國大陸。瓊君十六歲喪父,為了報恩,嫁給大她三十歲的韓四叔。為了不讓兩人看起來相差太多,她刻意把自己打扮得較老氣。韓四叔的大女兒滿珍和她同年,兩人像是無話不談的好姊妹。到臺灣後,韓四叔過世了,瓊君把韓四叔對她的恩重如山哭得死去活來。瓊君帶著獨子生活,就在她失去依靠時,年輕的工程師掀起她心湖的波瀾,但她卻將此視為犯罪,因為韓四叔有恩於她,她不能對不起他;工程師要她:「抬起頭來,你有戀愛和結婚的權利,沒人阻擋你。」[29]後來在滿珍的支持,並取得兒子的諒解,瓊君決定「朝前走一步」,追求自己第二春的幸福。

　　林海音在《春風》裡安排了一個呂靜文的好友秀雲,藉以和她形成對比——靜文畢業後便投入就業市場,一手打造自己的家庭,並且供應丈夫讀書;秀雲畢業後隨丈夫出國,但非深造,而是「作隨件」。靜文深知求學不易,於是將畢生的心力投入教育事業,希望每個小孩都能有機會上學,成了模範校長;秀雲滿足於富裕舒適的家庭生活,不想外出工作,全心為家庭奉獻,成了模範妻子;靜文有強烈的事業心,希望丈夫也能積極求上進,結果和丈夫貌不合、神也離;秀雲則是成為丈夫事業成功背後的那個女人,家庭美滿幸福。

　　作者在小說中刻意安排呂靜文強調家事的重要,並在學校蓋了棟家事

28　同註六,頁46。

29　同註六,頁97。

樓，可諷刺的是她在自己現實的婚姻生活中並不完滿，在新舊時代交替的過渡時期，我們從呂靜文身上見到了當時女性知識份子在事業與婚姻無法兩全兼顧的艱難處境。

傳統的父系文化——父權為上，夫權為尊，無論中西對女性的要求十分嚴苛，不但要無才無能，還要溫柔順從，一生以服侍男性為職責，不能有自我的意見和想法，一切都要仰賴男人。

呂靜文終日埋首事業，疏忽了婚姻的經營；曹宇平無法共享妻子的成功，在婚姻之外找到一段讓他能夠找回男性尊嚴的婚外情。事業成功的呂靜文竟不知道丈夫早在外地有了新歡，還養大了一個女兒。

女性走出家庭，進入社會，這代表著傳統權威的式微，女性和男性一樣也擁有了社會地位，但這並不代表完全的解放。傳統的觀念沒有隨著時代的進步而改變，女性的負荷不過是更加沈重罷了。當那些力爭上游的知識女性，針對個人的事業付出努力時，往往就易於疏忽婚姻家庭，她們實在是受困於事業和家庭兩難的處境啊！

林海音的這篇小說應可算是臺灣女性文學中第一篇提示了女性要兼顧婚姻、事業的辛苦與兩難的小說。

〈愛情像把扇子〉裡的女主角有著繪畫的才華，曾希望能發揮所長，有自己的工作，可是她的醫生丈夫卻希望她待在家裡扮演賢妻良母的角色，她為著丈夫的成功而慶幸，也以為「一個女人嫁了人，他的事業就等於她的事業。」[30]結果卻被丈夫拋棄在感情之外；能幹的趙小姐在事業上協助她的丈夫，兩人朝夕相處發生了婚外情。女主角有一次到診所，方才驚覺，沒有自己存在的餘地，她連丈夫要一杯水都不知道要到哪裡找？

被家庭拘禁多年的她，終於決定要結束這段有名無實的婚姻，她說：「如果我不能得到整個愛情，我為什麼不把它整個讓出來？愛情像把扇子，舊了沒關係，撕破就不好，如果一把嶄新的紙扇，撕了一條縫，雖黏補後照

---

30 同註五，頁126。

樣搧得出涼風，可是那條補痕看了並不舒服，寧可丟了不用。」[31]

　　作者從女性的角度提供讀者思考，男性兼顧婚姻和事業易如反掌，因為女性理所當然要在背後做後盾給予支持，可是女性卻是魚與熊掌不易兼得，難道真要放棄其中一項？

　　〈風雪夜歸人〉裡的李明芳是個話劇演員，她的丈夫失業，她撐起家計，兩人角色互換，主內的丈夫隨著她舞臺地位的提升而日益消沈，她說：「當我盛裝回家來，看到紹清獨坐在桌前看閒書，心中竟感到莫名的抱歉，好像有什麼對不起他的地方。」[32]

　　丈夫無法調適傳統「男主外，女主內」的制約，讓婚姻蒙上了陰影。

　　沙文主義的大男人對自我總有一份自豪，一方面他想找一個與他志同道合的伴侶，在事業上有能力輔佐他，在家庭中又能扮演好賢妻良母的角色；但另一方面，又不希望妻子的能力或成就超越他，儘管他所要求的是那樣一個幾近完美的女子。

　　林海音承襲了從冰心的〈西風〉、陳衡哲〈洛綺思的問題〉和凌叔華〈綺霞〉裡的女主角面臨處於家庭與事業的十字路口的徬徨，更是深刻地刻畫了女性無法兼顧兩者，以及無論選擇其中之一都會是一種缺憾的痛楚。

　　又在《春風》和〈風雪夜歸人〉中，林海音傳遞了一種訊息：社會往往以犧牲女人的利益或事業，去成全男性的事業。然而，當這些已婚女性在長久為家庭竭盡心力後，才發現自己和社會脫節，甚至在家中沒有地位，連屬於自己的空間都沒有；而當那些走出家庭，進入職場的女性抓到對生命的控制力，在工作上獲得了自我價值、尊嚴與愛時，她們想往前，但也同時擔心自己會在婚姻生活方面失去什麼。當刻板的性別角色改變或顛倒後，表示女性已自覺要去抗拒那種權力關係失衡的婚配關係。

　　這些處於新舊時代過渡時期的女性，因為外在環境的變化，其精神氣質起了反叛，她們半自發性地認識到自我受到的蠶食與剝削，反思其生命歷

---

31 同註五，頁128。
32 同註五，頁183～184。

程，一反純為「附屬品」的姿態，其角色有了從傳統女性步入現代女性的轉換。然而，改革的步調並不是一下子就有辦法扭轉的，所以，有的現代女性會在女強人和賢妻良母的二重身分中掙扎，會在堅持自我與放棄自我的精神摧折中，調整自己的個性與作風，以符合傳統的習慣。

結　語

　　林海音反映其女性意識的小說，主要以女性的婚姻悲劇為題材，確實為戰後的臺灣文學傳統，建立起具有文本價值的美學意義的女性書寫。

　　屬於林海音的女性文學的內涵是女性的文學或女性表現自身生活的文學。其女性意識的呈現是女性對自己作為人的價值的體驗和醒悟。她在面對女性議題時，是相當有其自覺的，總能見到女性的弱勢。她所關心的是「女人」的命運，其女性解放是向社會疾呼，索回女性獨立自主的權利。

　　應鳳凰教授曾強調《城南舊事》的特色之一是：它是50年代一部披露女性經驗與困境的女性文學，以其藝術的開創性和主題的代表性，有資格讓今後的文學史家，在評析本時期文學作品時，注意或創立這樣一個新文類。[33]的確，我們可以肯定林海音在其作品中，加強了「女性論述」的關懷面，為臺灣的女性文學史建構了更為寬廣的一面。

　　在中國大陸由盛英所主編的《二十世紀中國女性文學史》中論及〈林海音及其文學創作〉中說：「在林海音的小說中，沒有激情，即使是寫到不幸的婦女被生活所迫自殺時，也沒有憤怒的控訴，沒有強烈的抗議。這就削弱了她的作品的思想性。」[34]筆者逆向思考，反倒認為，這正是作者無聲的控

---

33 應鳳凰：〈林海音的女性小說與臺灣文學史〉，《中國女性書寫——國際學術研討會論文集》，臺北：臺灣學生書局，1999年9月，頁247。
34 盛英：《二十世紀中國女性文學史》，天津：天津人民出版社，1995年6月，頁

訴與抗議，她對於小說人物的命運，不參與任何批判，而是留給讀者更多的思考與反省的空間——對封建、對禮教——這樣的思維是超然而深切的，因為表現作品的思想性，並不一定就是要呈現作者「憤怒的控訴」或「強烈的抗議」。我們未嘗不可把它視為是作者的藝術風格。

除此而外，林海音的小說提供了我們這樣的思考：

第一個是父權意識型態中女性的可奴役對待或被物化，是由社會、經濟、文化和意識型態等因素環環交織成緊密的控制網，因此可以想見那些被侵犯、被掠奪、被背棄或身心被傷害、被拘禁的女性所受的創傷是多麼重的，所以，若想使這些創傷復原，除了女性要通過重新找回主宰生命權的歷程外，還要整個大環境重新建構兩性平等的觀念才行，而不是在傳統封建結構或父權意識型態不變的情況下，單單的改變現有環境或只是要求女性個人自覺就可以達成。

第二個是林海音的小說揭發了婚姻建制與男女情慾規範的不平等，刺激我們去思考女性的生命是可以自己作主的，不是也不該任由他人主宰。女性經由更多的學習後有更多的知識和能力，去懂得如何善待自己的身心靈。此外，透過小說的閱讀，提供了現代女性讀者對於自身和所處的社會的理解，也有益於對平等兩性關係社會的追求。

中國女性處於漫長的封建傳統重壓中，其權利受到直接侵犯，她們辛苦地生存著，經由她們在尋找女性自我的過程中所遭遇的危機與坎坷歷程，我們見到了傳統婚姻的弊病，以及在父權體系下的女性所遭受的扭曲，呈現了顛覆父權傳統的意義。就此一層面而言，無庸置疑地，林海音為中國女性文學繳出了亮麗的成績單。

林海音不但繼承了「五四」的精神，將女性的特質極致展現，且在其作品中還保留了古典的抒情傳統，傳達獨特的女性情懷，尤其重要的是透過傳統女性性別、地位的覺醒，給予其成長轉變的空間；相反地，也為未能覺醒者，提示女性空間的不可抹殺的關懷。林海音以其女性之筆秀出了精采的女

性書寫，在50年代臺灣近代史上的重要轉折期，她被稱為是重要的女性作家，乃實至名歸。

　　（原發表於2002年12月1日，由國立中央大學主辦，國立文化資產保存研究中心與文建會協辦的「林海音及其同輩女作家學術研討會」，文見《林海音及其同輩女作家學術研討會論文集》。）

問題與討論

一、談談你對兩性平權的看法？

二、你認為現代女性如何拓展自我空間？

Chapter 3

關懷意識：張曼娟
〈嗨，這麼巧〉

前　言

　　學者吳森說：「儒家對現代世界文化的貢獻，就是一個『情』……中國的社會最具人情味，人情是我們傳統的寶貴遺產，儒家把人情發揚光大，那就是孔孟所說的『仁』。我說的人情就是人心，人與人之間所產生的同情與了解，也就是一種關懷意識。」[1]張曼娟的小說，便是具備了這樣的關懷意識。

　　張曼娟是目前兩岸三地、東南亞及美國各地華人地區最具知名度與最受歡迎的華人女作家。現任東吳大學中文系副教授，亦為「紫石作坊」總策劃。曾獲「全國學生文學獎」、「教育部文藝創作獎」、「中華文學散文獎」及「中興文藝獎章」等，至今共有十四部作品問世，提起當代女性作家，首屈一指的便是張曼娟。張曼娟的第一部小說《海水正藍》在1985年出版以來，使她在文學界迅速竄起，成為家喻戶曉的人物；1990年該書獲得中國時報讀者票選四十年最具影響力好書前十名；1996年金石堂《出版情報》統計在1986年至1995年暢銷女作家排行榜中以第一名領先。故而可以肯定張曼娟在臺灣小說界的重要地位及其影響。

　　從〈海水正藍〉開始，我們見到張曼娟透過社會問題的提示，對筆下人物賦予悲憫的關懷，在她1999年所出版的《喜歡》裡的〈嗨，這麼巧〉中，更是極度地展現了她的關懷意識。

　　〈嗨，這麼巧〉說的是這樣一個故事：

　　若葵在男友提出分手時，知道自己懷了身孕，決心瞞著他生下小孩，讓他日後後悔，獨立扶養女兒多年後，碰上已經為人父的他，才發現後悔的是自己。

1　文森：〈比較哲學的健將〉，《比較哲學與文化（二）》，臺北：東大圖書公司，1977年7月，頁272。

　　麥明傑是個小兒科醫師，四年前送妻子、兒女去美國移民，兩年前妻子提出離婚，他原想挽回，卻發生車禍瘸了腿，於是簽下了離婚協議書。

　　若葵與麥明傑在一場停車誤會中相識，又因若葵的女兒——楚楚生病，而有近一步的接觸。麥明傑前妻再婚的消息以及麥明傑的求婚，讓若葵誤以為自己是替代品；麥明傑在若葵和友人合開的咖啡店——「客人說故事時間」中，真誠告白對若葵的感情，終於感動了若葵。

張曼娟筆下的關懷意識

（一）對失婚者的關懷

　　張曼娟在她的《溫柔雙城記》中提及周遭友人不幸的婚姻時，曾提到：「看著這些婚姻之中的，婚姻以外的，感情不和諧圓滿的朋友，使我愈發堅定的相信，婚姻非但不是生活的救贖，極有可能還會成為不幸的詛咒。但，我也不會因此而激烈的去寫一本『不結婚才能成功』之類的書，因為我相信，一個人若能在單身生活中安適自足，便有很大的可能在婚姻中悠遊自在。」[2]

　　基本上麥明傑是安於婚姻的美好的，他為挽救婚姻，在一場車禍中傷殘了腿，他體認到自己條件的降低，不希望因為婚姻的束縛讓另一半不快樂，所以他簽下了離婚協議書，成全了他的妻子。我們可以確定的是麥明傑是一個心中充滿愛的人，正因為他心中的愛，所以作者讓他的愛得以永續不滅。

　　若葵說，她是反對婚姻的，「婚姻本來就是一種不合乎人性的制度。」麥明傑卻表示：「婚姻不見得適合每個人，但是，能在婚姻中安定下來，是

2　張曼娟：《溫柔雙城記》，臺北：大田出版有限公司，1998年7月，頁32。

一種很幸福的感覺。」[3]若葵很久沒聽到這樣的說法，她發現：「這些年交往的朋友，不是離婚的，就是不結婚的，大家把婚姻當成一個無可救藥的腐敗朝廷似的，冷嘲熱諷，恨不得徹底推翻，讓所有還想結婚的人幡然醒悟。」[4]

　　作者採取欲露先隱、欲揚先抑的曲折方式，先是說明人物對婚姻的畏懼與排斥，但故事結局卻又讓人物絕處逢生。

　　一天晚上，麥明傑送若葵母女回家，兩人有了激情。早上醒來後，麥明傑從背後環住在廚房準備早餐的若葵，說：

　　　「早上起來吃你做的早餐，是我最渴望的夢想。甚麼時候可以實現呢？」

　　　「現在不是實現了？」若葵帶著笑。

　　　「不夠，我很貪心，天天都想要。」麥明傑吻了吻她的耳垂。

　　　「你的意思是……」

　　　「我們結婚吧。」他的聲音有些喑啞。

　　　這一句話，曾是若葵全心全意期盼等待的，甚至在懷著楚楚和楚楚誕生以後，她仍幻想著一個情節，葛懷民得知她為他懷了孩子，於是滿心感動與歉疚的向他求婚。然而，到了現在，她不認為婚姻是自己迫切需要的，她也無意在一夜纏綿之後，就匆促決定一種固定的關係。

　　　「你還敢結婚啊？」她玩笑地說：「上次付出的代價還不夠啊？」

　　　「我並不後悔付出那些。」[5]

3　張曼娟：《喜歡》，臺北：皇冠文化出版有限公司，1998年8月，頁223。

4　同註三，頁224。

5　同註三，頁228～229。

　　若葵因為曾經感情受挫，所以並不贊同婚姻是人生絕對必經的過程。但後來當她從側面了解麥明傑的真心，她明白原來被愛是可以有這樣的選擇，雖然麥明傑有殘疾，但在愛情的奉獻中是沒有瑕疵，讓她感動地落下淚來，決心再給自己一次機會。

（二）對身心障礙者的關懷

　　在小說中我們知道跛腳的麥明傑，在婚後接受憂鬱症的治療，基本上說來，他算是一個身心障礙者，但是作者在刻畫他時，把他塑造成是一個具有健康形象的人物，他坦然向若葵表明自己曾患憂鬱症，同時也渴望幸福的婚姻。他能和來看病的孩子打成一片。殘障者的自悲與消極，在他身上完全找不到，這是作者有意經營的美感，告訴讀者身心的障礙是可以克服的。

　　現在的麥明傑在對若葵敘述過往時，表現出虔靜安和的姿態，其實當時的內心是波濤起伏的，「憂鬱」可能是他當時面對煩躁多事而無法排解的心情，他無法靜心思考，在無人幫助下而患病。

　　心理學家馬基爾博士發現屬於男性的有七種生活目標：一、事業有成就。二、家庭幸福美滿。三、身體健康。四、社交關係良好。五、充實自己的知識與技能。六、了解自己的潛能與理想的自我。七、擁有男性的魅力。越能完成這七項生活目標者，其自我認同就越高，失落感就越低，就越不易罹患憂鬱症。

　　顯而易見地，麥明傑在發生車禍，又離了婚的雙重打擊下，嚴格說來，只有第一種生活目標是他還擁有的，其他追求上所受到的阻礙，或者連鎖效應無心追求而引起的失落，都足以讓他產生沈重而強烈的危機感。

　　作者賦予麥明傑神聖的使命，讓我們知道憂鬱症是可以治療的，她安排麥明傑在憂鬱症痊癒後，仍能對婚姻抱存希望。

　　作者安排讓麥明傑有機會說出他心底的話——

　　　「聽到前妻結婚的消息，我真的覺得很失落，不是因為情感，是因為過去的歲月，一去不回……所以，我去找那個女

孩，她收留了我，還給我早餐吃。」

「她很驕傲，也很天真，那一天做早飯的時候，她好美，我看著她，忽然有一種很幸福的感覺，已經很久，沒有過了，那樣的感覺……我就是想看見她，看見她的小女兒，只要有機會，都不願意放棄。有一次，她請我喝咖啡，我其實不能喝咖啡，因為會心悸，可是那一天，為了想和她親近些，也勉強喝了兩杯……」

「可是，她不能明瞭我的心意，她以為我只是想結婚，其實，我是想和她在一起，結婚不結婚，也不是最重要的事，我應該爭取，是不是？我當然知道，但是，我常常想起自己是一個有殘疾的人，她其實可以有更好的選擇……」他的聲音充滿情感：「但是，我可以開車，我能看病，我可以好好照顧她們，讓她有一天能相信幸福這種東西，就像我看到她以後相信的。」[6]

儘管失去婚姻後，獨自面對憂鬱症的無力，但他並沒有因此放棄對婚姻美好的信仰，反而是懂得抓住機會，再求一段美好的姻緣，這應該是他在治療憂鬱症時所得到的最佳成績。

麥明傑雖然退一步讓前妻自由，自己暗受憂鬱症的煎熬，但在走出憂鬱後又能適時地抓住機會，為自己的幸福加分，這樣的勇敢，是婚戀受挫的男女所該看齊的。不要因為愛情的結局是婚姻，婚姻的結束是離婚，而去終結自己再戀、再婚的權利。

身體有缺陷的人，往往知道自己有著無法彌補的外型殘缺，有著積極人生觀的，會更加努力充實自己，讓自己比正常人過得更好。五體不滿足的人多的是，但這些人都懂得活出自己的一片天。這是作者對傷殘人物的關懷。

6　同註二，頁231～232。

（三）對單親家庭的關懷

作者在小說起頭便以夢境起頭。若葵夢見一隻怪龍伸出舌頭，舔向女兒，她想衝過去救她，卻發現自己只是一個小女孩，小孩怎麼救小孩？在若葵的驚怖大叫中，女兒的撫慰讓她回到現實。

> 她被環抱住，一個小小身子全心全意抱住她。她從夢境跌進現實，接觸到深秋的涼意，接觸到暖暖的身體。
> 「媽媽作惡夢，不怕不怕！媽媽好乖哦……」
> 「楚楚。」若葵驀然哽咽，她不是一個小女孩，她是一個母親。
> 「媽媽不要哭啦，楚楚好疼妳哦……」[7]

透過作者這樣的情節設計，我們見到單親媽媽獨立撫養小孩的茫然，以及單親家庭長大的小孩的早熟與解事。

想必當初若葵認定她應該可以扮演好未婚媽媽的角色，她可以過得很驕傲，因為她並不需要婚姻，卻可以擁有小孩；而在意氣用事的盲點當口，她並沒有用心去思前想後，一些可能引發的相關問題。她所想到的只是：

> 將來，孩子長大了，挽住她在街上散步，與老邁的葛懷民相逢，葛懷民用豔羨的眼光看著那孩子：
> 「這是妳的孩子？長得真好。」
> 「這原來也該是你的孩子，但，你永遠都不會知道。」
> 她的身心都因為這樣的計謀而狂喜顫慄了。這是她今生最大的冒險，做一個未婚的單親媽媽。
> 幾年來，她一直沈浸在這種獨特的幸福感受之中，直到上

7　同註二，頁211。

星期遇見葛懷民，和他的太太，和他們的兒子、女兒。

其實，一點都不稀罕。

葛懷民什麼都有，什麼都不缺。

該後悔的根本是若葵，因為自己一廂情願的意氣用事，她缺了丈夫，楚楚少了父親。[8]

若葵與前任男友分手時，已得知自己懷有身孕，但卻抱以報復心態，要在日後讓前任男友看得到，卻碰不得孩子。若葵在這樣的心態下生下楚楚；孰料事後後悔的是她，因為在多年後前任男友結了婚，有了一雙兒女，什麼也不缺，這報復反而回歸給自己，因為自己的任性讓楚楚沒了父親。

作者這樣的情節安排，在於警誡未婚男女處理感情時，切要理性面對，不可感情用事，以免造成無法挽回的遺憾。

一天晚上，若葵去診所接楚楚，隔著玻璃門，看見麥明傑專注地陪著楚楚拼圖，她伸出去的手停在半空中，因為楚楚撒嬌的笑，因為麥明傑愛寵的神情……[9]

這樣的畫面也許是當初抱著報復心態，而生下楚楚的若葵所想像不到的，但現在當她看著麥明傑專注陪著自己心愛的女兒拼圖，而感到幸福時，這表示她已從自我的陰霾中走出來，也願意敞開胸懷接納另一個男人。

此外，值得一提的是，小說中的未婚媽媽若葵，說起來是個幸運的未婚媽媽。楚楚雖然沒有爸爸，卻有疼她的媽媽和外婆。但現實生活中，這樣的案例卻在少數。通常，女孩因未婚而懷孕都會引來側目與閒言，而且老一輩的傳統婦女也不太可能可以接受，就算在二十一世紀的今日，也不例外。若葵非但沒有因此遭受異樣眼光，反而幸福的和媽媽、女兒過著生活。這是一

8　同註三，頁213。

9　同註三，頁226。

篇未婚媽媽理想生活化的故事，事實上，社會對未婚媽媽的接受度並不高，甚至有所誤解。女性應該好好保護自己，未婚懷孕是一種冒險，一種盲目的冒險，所以，不應該拿未婚懷孕來作為達成任何目的的工具。

結　語

研析這篇小說所得的結果有五點：

㈠諾貝爾文學獎得主高行健，之所以超越絕大多數中國作家，在於他是同時具有人文、生命與生態關懷意識的作家，以其戲劇《野人》為例，作品表現出對世界多層面的關懷。如果就這樣的角度看來，張曼娟筆下的關懷主題的作品，大有自我開發的超越目標。

㈡張曼娟是一個具有文化藝術的關懷意識的作家，她在她的小說中從不同視角採取全方位的關懷態度，以愛為中心，經由小說中人物具體的生命情境所引發的積極性的社會關懷意識，提示讀者關切當前社會關懷的疏離現象，與弱勢者站在一起，關心社會中被忽略的小人物，盡力使他們得到釋放，從生活中培養關懷社會的信念與能力，積極投身社會關懷，力求建設一個更富同情心的社會，這應該是這篇小說相當重要的教化意義。

㈢在婚姻上受挫的男女，往往在重建信心時或多或少會將前一段的感情或婚姻作為下一段開始的標準，這容易讓下一段感情有了高標準，而不容易快樂。在愛情中，分手是結婚前每段感情的結束，若用報復的心態來讓前任情人後悔，往往真正快樂的不在多數。小說中的若葵便是很好的例子。

㈣作者在小說中有意提示不要以時間和空間去考驗愛情或婚姻。對感情而言，兩地相隔是相當大且嚴厲的考驗，不論是情侶或者是夫妻，兩

地相隔一直都是考驗感情的嚴厲課題。小說中的麥明傑將妻小送到美國去，換來的竟是漸行漸遠的婚姻關係，這和當初要給妻小好的生活的本意完全違背，對他而言，無疑是重大的打擊。不論是在小說裡或者是現實生活中，兩地相隔的殘酷考驗的確讓人需好好省思。

㈤作者在其作品中，充斥著強烈的人道關懷，從早期的〈海水正藍〉——提示父母離異對子女的影響；〈永恆的羽翼〉——關懷老人安養問題，到最近的〈如果長頸鹿要回家〉——提示自閉症的成因及對其患者的關懷；〈若要落車，請早揚聲〉——一個唇顎裂的巴士司機，在「溫馨接送情」中得到幸福。因此，單就該主題，可提供學者日後的研究方向。

要得到幸福不一定要結婚，但結婚，就盡力讓自己與另一半幸福吧！最後，引張曼娟所言：「認識自己，妥善安排生活，是現代女性應該具備的智慧，非關命相。」[10]作為本文的結束。

（原載於《明道文藝》第三二二期，2003年1月。）

問題與討論

一、張曼娟說：「認識自己，妥善安排生活，是現代女性應該具備的智慧。」智慧的你，請說明對自己的認識？以及對未來的計畫。

二、如何給予身邊身心障礙的朋友伸出友誼之手與關懷？

---

10 同註二，頁35。

Chapter 4

蘇偉貞「距離」小
說裡女性的時空定
位

前　言

1

　　蘇偉貞，臺灣80年代的重要女作家，廣東番禺人，1954年生。曾獲聯合報小說獎，國軍文藝小說金像獎，中華日報小說獎，中國時報百萬小說評審團推薦獎。以《陪他一段》崛起文壇，出版小說十餘種，近期作品有論文《孤島張愛玲》。現任聯合報「讀書人」版主編。

　　蘇偉貞的小說人物在時空的「距離」中行走，是她不同於其他女作家的寫作風格，不論是為其人物安排「離開」或「旅行」，在在都因為「距離」而表現出作者對人際社會關係的想法，而其小說中移形換位的時空轉換，是蘇偉貞為其筆下女性所安排的另一出路。

　　所謂的「距離」小說，由蘇偉貞對小說篇章的命名即可得知，從她80年代的成名作《陪他一段》、《有緣千里》、《陌路》和《離開同方》，到90年代以來《過站不停》、《單人旅行》、《沈默之島》，直到2002年出版的《魔術時刻》都是——比如：《有緣千里》裡的素文和高奧的母親從大陸逃到臺灣和家人重逢；《陌路》裡的天末和之白在美國和臺灣兩地留下歲月的刻痕；在《離開同方》裡蘇偉貞安排了到處遷徙演出的戲班子，劇團裡的女人都想安定下來，例如：阿秀最後和劇團的鼓手私奔了，她不想再流浪了，雖然鼓手年紀不小了，又沒什麼特長，然而全心要和她結婚，就算是「賭」，她也願意試試；《魔術時刻》裡的成群和言靜，除了橫越兩岸的距離、足跡還到了德國和香港——以上所舉的八部小說為本論文所預定的討論篇章。

　　在蘇偉貞的敘事語言中，藉由女性人物的出走，傳達了人物面對愛情的困頓、不安與焦慮，充分展現了長期處於傳統父權體系下，卻堅毅或被迫地選擇出走的女性的內心矛盾與掙扎，由此可見，其小說裡的女性人物在時空中的定位是很值得探討與分析的。

　　又何謂人物的「時空定位」？簡單舉例來說：假如我們把時間看成是縱

的，把空間看成是橫的，那麼在這縱橫交會的那一個點上，就是「這個人」的座標位置，例如：時間的縱軸位在2003年12月31日晚上，空間橫軸坐落在臺北市政府前廣場，兩者的交點是跨年狂歡晚會。

　　接在前言之後，本論文將從所設定探究的蘇偉貞的小說篇章，討論其文本所呈現的「性別：時間與空間」；然後，經由研析結果再為其女性所處的時空加以定位。

　　要特別提出先說明的是：因為《沈默之島》基本上已經不是一部容易閱讀的小說，又加上小說裡的兩位主角同名，故為便於文本分析，將在第三部分特以表格呈現，並獨立於其他幾部小說之外，單獨探究。

　　本文試圖從臺灣女性特殊的生活經驗——政治環境、殖民背景及其社會地位的提升——希望藉此重新檢視當代臺灣女性形象；再者，試圖透過蘇偉貞小說中的女性形象，開拓當代臺灣女性在人際、家庭、社會中的主體地位。希望藉此可以提供當代臺灣女性研究之參考資料，並對臺灣女性文學史的接續增添新的一頁。

性別：時間與空間

　　不可否認地儘管時代再進步，兩性平權的呼聲再高揚，性別的差異仍舊賦予男女角色扮演上在時間與空間上的不同。

　　克莉絲蒂娃（Julia Kristeva）在〈女人的時間〉（womens's time）裡將性別觀念納入時間概念，她指出女性具有兩種時間模式：一是，循環、反覆的時間；另一種是永恆的、母性的時間。[1]前者指的是每天固定的作息，如起床、上下班；後者指的是，小自烹飪或接送小孩的時間，大至對自己生命

1　Julia Kristeva, "Women's Time." In The Kristeva Reader, ed. Toril Moi (New York: Columbia University Press, 1986), pp.187~213。

的成長心路歷程，或對自我內在情感慾望的探求，也比男性敏感。

　　在臺灣傳統社會裡，重男輕女的觀念否定著女性的存在價值，因為傳統性別的刻板印象，女性被要求以家庭為重，在臺灣80年代前期以前的小說，我們可以看得出來，「家」是女性的整個世界，在那個侷促的世界裡，大部分的女性被三從四德給緊緊綑綁著；慢慢地女性走出廚房，她們不僅要爭取「自己的房間」，同時還要努力擴大「自己的房間」。

　　臺灣女性文學發展到蘇偉貞80年代後期的小說，女性那樣以「家」為主的狹隘空間——小孩‧家務‧廚房——已經很少出現在她的小說中。她重新建構臺灣文學裡的女性形象——主動出擊去改變，而不再處於處處挨打的社會或傳統所賦予的角色，要把一直以來被遺棄在黑暗角落的邊緣弱勢位置的女性意識給喚醒，和男性一起平等共享這個世界。至此，蘇偉貞算是開創了女性的新空間。

　　蘇偉貞擴大了她筆下女性的存在空間，為生存於不同空間的女性執著書寫，而隨其空間的擴大，對其筆下的女性形象進行反思和批判，記錄她們內心的困惑、迷惘、堅持和勇敢，並試圖通過自己的小說，建構一種兩性平等的新文化。

　　蘇偉貞在2002年出版的《魔術時刻》的自序中表示，她察覺這些年來的心境宛如迷路岩洞中，岩壁上消逝的史前紀事以既快又緩慢的速度，已默然無聲浸染她的國度、她的小說。她開始捕捉關於人與人之間難以定位的生命情境，著手寫就系列小說，此時系列小說自主形成一個不確定的磁場，姑且稱之為「灰色地帶」，那時她還沒有為系列書寫找到名目。後來在一場座談會，聽見朱天文談及電影技術「魔術時刻」捕捉「曖昧不明、幽微難測的灰黑地帶」狼狗時光的效果。狼狗時光銜接白晝與黑夜中間暮色，只有短短幾分鐘，要留住頃刻畫面，搶拍手法叫「魔術時刻」（magic hour）。她猜測生命情境不確定的灰色地帶便是這個空間。[2]

2　蘇偉貞：《魔術時刻》，臺北：INK印刻出版有限公司，2002年5月，自序頁5～6。

　　閱讀蘇偉貞的小說，發現她也把那樣「不確定的生命情境」賦予在她筆下的人物中，以下我們從五個方面來看其筆下女性的時空定位——如何拓展生活與思維空間，並在此經驗中更新人生觀念。

（一）隨遇而安

　　若以兩性相比較，女性較男性具有易於妥協於環境的性格，女性較能調整自我，以適應外在環境的需求，以便解決時空定位的衝突。例如：大陸遷臺的女性遭逢性別、族群、階級三方面的身分調整，她們比較容易安於固有的女性位置上去面對現實處境。

　　《有緣千里》裡的秦世安在老家是個大少爺，半輩子就只學會了一身吃喝玩樂的本事，大陸淪陷前，他們家老太爺硬找了個部隊塞進去，糊裡糊塗到了臺灣，在空軍補了個下士缺，帶著的金條在船上丟到海裡去，什麼吃喝玩樂的本錢也沒了，下了東港娶了個本地人——寶珠，兩人起初語言不通時，秦世安老急得拍桌子、踢板凳出氣，鬧得最嚴重的一次是，寶珠瞞著秦世安懷了三個月的身孕，秦世安說是時局不好，自己都快餓死了，還想要養孩子，其實擔心的是：將來回去怎麼辦？大陸家裡還有一個呢？寶珠執意生下了個男孩，她總是這麼想：「走一步算一步吧！她咬咬牙根，盤算著不要去跟老秦討論，她現在知道老秦愛孩子，多生幾個孩子，就拴得住他了。」[3]

　　幾年後，秦世安的大老婆——素文，輾轉到了臺灣，知道秦世安又成親有了後代，表示要回老家去守爹娘的墳。

　　寶珠湊上前，撲通就朝素文跪下，緩緩說道：「大姐不要走，我早料到會有這一天，我家就在臺灣，該走的是我，孩子我帶走，大姐千萬別回去，老秦說共產黨好狠哪！」[4]

　　素文找了個工作養活自己，秦世安安排兒子陪她住，有個寄託。

3　蘇偉貞：《有緣千里》，臺北：洪範出版社，1984年11月，頁22。
4　同前註，頁146。

一天，一群孩子到海邊游泳，結果有兩個沒回來。素文見到傷心欲絕的母親，領悟到孩子還是要回到寶珠身邊。

　　康政第一次見到素文時，發現她像極了他那被共產黨逼得上吊的未過門的表妹，大家幫忙安排要素文考慮。為免康政和秦世安在同一聯隊尷尬，康政請調獲准，素文找到了她的幸福。

　　敬莊，金陵女大畢業，到臺灣之初，只有當主婦的天地讓她施展，但她對眼前「無一不感激、不動容、他們真活了下來，而且越來越有味，這就是全部。」[5]

　　管堂而的老婆離家出走後，鄰居玉寧除了自己的孩子，也一起照顧管家三個孩子。後來，玉寧的先生出事了。往後她靠撫恤金過日子，聯隊也安排她到基地上班。管堂而開始照料起自己的小孩，有時遇見玉寧還向她請教烹調的方法。後來，管堂而主動向玉寧求婚，玉寧受到敬莊的鼓勵，終於答應，至此，兩人合為一家。

　　以上的寶珠、素文、敬莊和玉寧都是被命運牽著走的，可是總能在現實環境中妥協遷就，而找到「隨遇而安」的出路。女性的主體性，不管是被迫或自主，總是能隨著轉變的空間文化，而重新建構其生命軌跡。

（二）角色顛覆

　　在蘇偉貞筆下出現了幾個顛覆傳統角色的女性人物。

　　《有緣千里》裡的管堂而在民國後隻身往俄羅斯求學，回國後娶妻生子。到了臺灣，陰錯陽差補了個文書士官長缺，他會俄文，又會多種樂器，在村子裡受人讚歎，但他那受過正統聲樂訓練，有著杭州音專學歷的妻子蒙期采，分外排斥他的不學無術。後來，蒙期采決定離家到臺北去參加考試，實現她的夢想。

　　拋夫棄子的蒙期采覺得「來臺灣後什麼都變了，生活、素質、包括管堂而；她喜歡有才氣的人，單單有才氣便好，『情』字大可略去……她也不是

5　同註三，頁29。

不想理好這個家，根本沒辦法，生物學家沒有實驗室，醫生沒有病房，園丁沒有土地，都無法謀其成，單衹聲樂家，嗓子隨軀體存在，開口即可成調，她不過需要提神、需要廣大的聽眾。」[6]

在這裡我們見到了不同以往地拋開家庭束縛去追求理想的男性，取而代之的是勇敢衝出牢籠，尋求自我實現的女性，儘管在另一個層面，她可能是被指責的——顛覆了母親的角色，不再扮演傳統犧牲的丑角。

對「外遇」的角色，蘇偉貞也有不同以往的處理態度。

《陌路》裡的之白的行徑放任，常鬧緋聞，她和丈夫各過各的日子。後來，天末才發現，原來之白填補了她還沒到美國前唐闐的空白時光，甚至，唐闐到現在還放不下之白，常常半夜去會她。期間，天末的父母過世，唐闐正和之白「僵持」中，唐闐不想天末回臺灣，他希望她能留下來，支持他。臺灣那邊是「死」的消息，而美國這邊則是之白要唐闐猜猜她是不是懷孕了，她並不要他負責。後來，之白也為他流掉了一個小孩。

天末不恨之白，她覺得之白的放任自己，其實是寂寞，不見得幸福。她氣的是唐闐的自私和算計——「這麼遼闊的幅地，居然逼她走到窄路。他居然能不管她。」[7]

天末和之白先後回臺灣，有了更多的機會長談，面對現實問題。天末說起唐闐以前的熱情，不像後來的漠然、不在意；之白反倒勸她不要太熱情；天末又反問她——

> 「妳呢？」
> 「我是濫情，傷不到自己，也傷不到別人。」
> 「妳恐怕已經傷到了唐闐。」
> 　之白眼神一黯，點點頭，無以辭對。天末的話當然有一位
> 做妻子的難堪，受傷最深的，應該是天末，天末毫不避諱指責

6　同註三，頁93～94。
7　蘇偉貞：《陌路》，臺北：聯經出版公司，1987年5月第三次印行，頁15。

她，是替唐閟申訴。這恐怕是一個妻子最痛的傷疤吧？

「我很抱歉。」

「為什麼要這樣子呢？這麼複雜。」天末深深歎口氣，由衷感慨。她笑得平靜：「之白，我不恨妳，但是妳自己以後要留點情。」[8]

在這裡我們見不到蕭颯筆下正室和第三者之間的爭鋒相對或劍拔弩張，反而是兩個成熟女性體諒性的對話與忠告。

《過站不停》裡的先文和先文所認識的女孩，亦是反傳統的新女性——一直在尋求改變，不曾計畫未來，認真活在當下。先文說：「我認識一個女孩子，她一輩子都不願意固定，她的個性沈默而固執，不願意做固定的工作，也不願意待在固定的地方，她好像很少回頭看，也很少計算未來，她似乎只活在現在，她說她一輩子都不肯定任何事情，包括人的情感及尊嚴，她認為人生有任何可能，她認為人們為了某個目的什麼事都做得出來。當然，她這樣固執並不代表她很消極，或者毫無人生的方向，她也談戀愛，也做些暫時性的工作，也熱愛某些東西……甚至會千里迢迢飛去另一個遙遠的國度探望男友，她往四方散去，卻從不走舊路，也不累積經驗，愛情對她而言，永遠是一頁新的內容。我曾經問她將來怎麼辦？她說：我現在就不知道怎麼辦了。我笑她：妳的方向就是沒有方向的方向。沒有人能影響她，她也不影響任何人。」[9]

先文認為她還算有方向，而且認為自己其實更貼近那個沒有方向的人。

（三）愛慾糾葛

女性置身在情愛的風暴中有一種義無反顧的絕決，男性則被反襯得懦弱許多。

8　同前註，頁112。

9　蘇偉貞：《過站不停》，臺北：洪範書店，1991年2月，頁183～184。

　　《有緣千里》裡的趙致潛暗地裡交往本省人的男友——林紹唐，是在南京唸書時，兩人同校而相識。敬莊從趙致潛口中得知後驚訝地表示：「趙家規矩如何且不論他，聽說臺南因是府城，有底子的世家省籍觀念特別保守，對門第的要求也忒嚴……」[10]

　　他們常常祕密約會，有時林紹唐覺得敵不過現實環境，想帶著趙致潛回南京，走遠一點，他的家人就管不著了。他的寡母老認為他們外省人是來逃難的。後來，兩人有了共識，林紹唐先回家秉告母親。但母親已經看中安平從日本回國的陳家小姐，再聽見林紹唐中意的對象是「內地人」、「逃難來的」、「父親早逝」、「哥哥是飛行員」更是為之氣結；林紹唐去向九叔公陳情，也被拒絕了。後來，林紹唐向趙致潛的大嫂請罪，要趙致潛和他回臺南請求母親的成全，同時也決定若不成，趙致潛便回去等他來找她。

　　趙致潛到的那天，林紹唐的母親一方面故意托病支開林紹唐和趙致潛；另一方面又叫人去請陳小姐。林紹唐的嬸嬸要趙致潛回去，免得兩人撞見了讓林紹唐不好做人。後來，林紹唐跪請母親成全，趙致潛也跟著跪了半天一夜，母親全不露面。趙致潛終於絕望了，把酒餞別，搭上最後一班火車回去。

　　八年過去了，林紹唐來訪時留下了名片給趙致潛，趙致潛感傷之餘，想著她是否該責怪他當年何以不離家，和她會合，而毀了信約？

　　小余在老家是獨生子，名下的家業數不清，逃婚出來的，到臺灣後，和方景心的父親是同事，差了九歲的小余和方景心，偷偷談戀愛的事全村人都知道，就方媽媽和方伯伯不知道。小余面對方景心對感情的執著，終於也溶化在她的柔情中。方景心有心故意懷了小余的孩子；方媽媽罵小余喪盡天良，誘拐晚輩，硬是帶方景心把小孩拿掉，而小余則被降調外島服務。方景心偷偷和小余通信，小余休假和方景心約會，方景心又懷了孩子，她堅持要小余留下來，後來，兩人失蹤了。接著，一把大火燒了臺糖的甘蔗園，也燒出了兩具屍體，其中一具肚子裡還有個小生命。

---

10 同註三，頁47。

方家兩老傷心欲絕，幾年過去了，方伯伯卻陸續收到方景心寄來的信，原來他們兩人遠走他鄉，到臺北成了家，並把小孩生了下來。當他們帶著孩子回家請求原諒，卻惹來爭議，有人對任性的方景心只要愛情，不顧親情的作為相當反感；方伯伯要他們離開，他說方媽媽再經不起任何刺激了，就讓她接受她所認定的現實吧。

　　《離開同方》裡男女的愛慾糾葛，幾乎以現在式和過去式的時空均等的比重出現在小說文本中。

　　李伯伯因為戰亂沒念過幾天書，打仗那幾年，糊裡糊塗給人抓兵抓了去，跟著部隊東追西趕，他們那個師負責把流亡學生送到安全地方去，李媽媽就是在那逃亡的路上生了病，而被李伯伯救了起來的。李伯伯受著李媽媽的牽制，像是生來光是為了照顧她似的，他們之間卻是清清白白。李媽媽說她肚子裡的小孩多半是因為被人強暴而留下的，但又流產，前後幾次都是一樣的說詞，也都同樣留不住小孩。後來，李伯伯的老家淪陷了，回不去了。李媽媽生下阿瘦那一年，「他們已經糾葛了好些時日，他們周圍同時認得的人不是早死了便是離開了……沒有人知道他們的歷史，他娶了她。」[11]阿瘦長得像李媽媽，免掉了某些尷尬。

　　袁忍中有半年時間整天跟戲班子的女人混。袁忍中的兒子大家都叫他瘋大哥，袁太太也生了病，精神恍惚，但還一直在等待著丈夫回家，有一天一輛救護車把她送走，就傳來她過世的消息。懷著身孕的李媽媽喜孜孜地夾在人群中送走了袁太太。

　　李媽媽從血崩的噩耗中活了過來，從外島趕回來的李伯柏，為小孩取名為「念中」。

　　後來，李媽媽不告而別，失蹤了。

　　仇阿姨是個死了丈夫的女人，帶了個孩子——趙慶，跟著戲班子到同方新村，袁忍中和仇阿姨交往了一段時間後，仇阿姨為了要給兒子交代，要求規規矩矩辦手續、請客。於是，袁忍中娶了仇阿姨。懷了孕的仇阿姨，不顧

---

11 蘇偉貞：《離開同方》，聯經出版事業公司，1990年11月。頁182。

袁忍中的反對，堅持要生下小孩。

　　戲班子又回到同方新村了，劇團裡出現了一個叫全如意的大樑，班主極力捧著她，阿瘦覺得全如意簡直就是她失蹤了的母親。

　　全如意完全無視於新村裡的人，和袁忍中調情糾纏著。

　　袁忍中在老婆懷孕期間，照樣夜不歸家，生產那天才出現。全如意主動到袁家，送了條金鍊子給娃娃。後來，袁伯伯消失不見了，原來他和全如意窩在旅館裡三天三夜。阿瘦跟著袁媽媽要去證實全如意究竟是不是她的母親？念中究竟是誰的孩子？

　　全如意面對詢問，可憐巴巴地看著袁伯伯說她想不起來，不久，就昏過去了。

　　喝醉了的袁伯伯被帶了回去的同時，戲班主來照顧全如意，旅館又成了他倆的天地。

　　全如意又去找袁伯伯，兩人為了「征服」對方，又因為念中的身世之謎，而有了爭執，袁伯伯知道全如意並不在乎他後，心情很糟，就在袁媽媽在院子裡準備祭拜前夫，怒氣沖天的袁忍中故意找碴，在慌亂中趙慶阻止袁伯伯再踢燒紙錢的鐵桶，袁伯伯乾脆拳腳轉到他身上，袁媽媽上前去保護趙慶，瘋大哥又上前要去保護袁媽媽，結果袁媽媽腳一滑栽進了火桶中燒死了，接著，瘋大哥在袁媽媽的尖叫中，抄了火鉗朝袁伯伯劈擋去。全如意在混亂的邊緣，整個人也傻了，她不願意和阿瘦回家，李伯伯也要阿瘦放手。後來，班主帶著全如意離開了。

　　空間遷移的過程應是變動的、暫時的，「家」終究是歸屬，但這群外省族群想回家，卻回不了家；在強迫性地被放逐後，有人可以隨遇而安，有人卻不甘成為「新移民」社會裡的弱勢，而選擇自願放逐去尋找生命的出口，但往往也可能在取捨得失間，身心俱疲。

　　《陌路》裡的之白曾向天末談起她和以淮的愛情：之白以為自己會等他退伍然後結婚，沒想到出國後就結了婚。他在演習中踩到地雷當場炸死的消息傳來後的兩天，她收到他生前寄給她的信，在信裡他說要她好好過，不要難為，他不怪她。之白表示：「其實我一點不為難，我早想過，就算我嫁給

他，我也會跟別人好，再說早死並不算壞事，祇是我回不去了，臺灣一定有很多人等著罵我，我也覺得再去面對那些往事陳跡很無聊，我不想讓自己難受。」[12]

之白沒有和以淮發生過關係，她反而覺得那種思念夠怕的。她曾想：「一個人和一個人有關係，又沒什麼屬於時間性質的關係，不是很好嗎？天末沒出來前，唐閱因怕寂寞，所以很熱情，並非毫無顧忌，因此愛得更傳神。他們在許多場合見面，她越放任，唐閱越急；天末到達以後，唐閱整個冷了下來，那冷，並且及於他和天末之間。這樣的愛，不是簡單多嗎？可惜天末太在意。破壞了這種變態的平衡。」[13]

天末不曾有之白的經歷，所以她是以「秩序」的思維，循著正軌而去，她當然無法苟同天末的遊戲規則。

之白回臺灣後，到以淮家的窗外幾次徘徊，終於確定以淮還活著，以淮向之白道歉，他原以為她至少會回來一趟，所以才設計了這樣的騙局。他想彌補對她的傷害。

以淮那長得酷似之白的妻子找上之白，之白向她表明：讓以淮陪她一段時間，算是對這段感情劃下句點，她也好真正放心。

以淮的妻子謊稱流產，其實以淮心裡有數，他早無心和她床第爭逐。他不願離開之白；但之白終究決定要回美國，不再回來。

在這樣交錯複雜的情愛追逐中，映照出現代人渴望被愛和失落已久的親密關係。

在《過站不停》中，蘇偉貞安排薛敬和先文在電視公司上班，讓先文能更敏感地「知道扮相、化妝、電視人生全是假的，它們像視覺暫留，過了這站又是另一個新天地。」[14]

在導播男友薛敬的眼中，先文這位現場指導是大而化之而豁達的人。他

12　同註七，頁11。

13　同註七，頁52。

14　同註九，頁9。

們交往很久了，卻沒想過要結婚，他甚至沒碰過她。先文在工作上遇到了瓶頸，請假回家鄉。

先文一心想回楓港，回去後和薛敬通著長途電話，突然害怕起那種孤獨，她想離開人群，其實卻又最渴望真正去接近人。她提筆寫信，才寫下「薛敬」，便不知還能寫什麼，因為他們隔了時間、地點，他能體會到什麼？她自己想講什麼？

薛敬關懷新進的演員李磊，在一次宵夜後，李磊留在薛敬那過夜。兩人的關係日漸難以言喻。薛敬體悟到他和先文的感情危機，於是，請假去探訪先文。先文覺察到薛敬是來避感情的難。一天晚餐後，薛敬向先文提議結婚；先文沒有回答，反而等著他說別的，因為這話不是他此行的原因。

> 「妳要考慮嗎？」他略有不快。
> 「你不考慮嗎？」先文的語氣別有意味。
> 「我也許該考慮妳所考慮的事情。」薛敬萬沒料到此行的
> 失落是雙重的。[15]

在一次酒後，薛敬向先文談起李磊，說她有一股原動力，很能打動他。薛敬離開楓港前對先文說，要是對他還有一點諒解就早點回去。

薛敬回臺北後，面對李磊的若即若離，發現自己更不能沒有她。李磊不說話光哭泣，相對於先文的從不掉淚，薛敬簡直束手無策，李磊說，她知道她比不上先文，等先文回來，她就會走。

先文回到工作崗位後，李磊約先文見面，先文要薛敬準時到，但心裡是打定不會去赴約，她不過希望直接告訴李磊她不與她為對手，這個假對手是薛敬找的，就讓他自己解決；可是約定見面當天卻只有薛敬出席，他才警覺從先文回臺北後就沒有辦法再碰李磊了，他一直以為自己是了解她的，後來才發現他只是光了解她的身體，絲毫不含心理因素。

---

15 同註九，頁120。

李磊離開薛敬，去陪伴秀場老闆，算是給薛敬、給這個環境最大的報復。李磊沒有留下任何話就離開了薛敬，薛敬此刻才想到當初是多麼地傷先文的心。

　　薛敬出國進修後，先文在去信中告訴他，她已經成為首席導播了，有機會會去度假，但不會再回楓港。

　　楓港是先文失去愛情的地方，在那樣的時空裡她釐清了和薛敬的感情，也因為這段感情，讓她更為茁壯，並經由事業找到平衡支點。

　　有時愛情若非兩人同步經營，就會像「單人旅行」，蘇偉貞曾在《單人旅行》的序言中說：「我們沒有成為精神病患者，大約也就因為在突梯的性格與感傷的行為中找到了平衡。《單人旅行》彷彿就在這樣的平衡之旅中撞擊出來的新板塊，可以被命名為『情感的旅行』之島。」[16]

　　而〈魔術時刻〉描寫的卻是一對男女分隔兩岸卻心意相通，超越言語的成熟中年之愛。

　　鄭宇森和言靜在美國求學相遇、結婚。回臺後，鄭宇森到大學任教；言靜是出版社的總編輯。臺北文化圈在70年代後便形成一股文化混風，鄭宇森視她為奇珍異類，偶爾帶她參加社交，缺少話題時還能助興。

　　結婚七年來，言靜知道他對她的依賴程度，她明白若是離開他，他的生活絕對應聲垮掉。

　　言靜陪鄭宇森到大連參加學術研討會，在那裡和擔任會議總召集人的財經系主任——成群相遇並相戀。

　　言靜回臺灣後，成群覺得自己不能昧著良心娶一個他不愛的女人，於是解除婚約，但家世背景雄厚的女方家怒氣難消，成群被除去了系主任的職務。

　　鄭宇森邀請成群到臺灣，言靜正好到德國出差，後來，兩人居然在香港重逢，在過境旅館裡讓情感又加了溫。成群在留給言靜的信說：清除路障，醒悟婚姻真的不該是他們之間的話題，那未免太俗套，他希望和言靜約定，

---

16 蘇偉貞：《單人旅行》，臺北：聯合文學出版社，1999年2月，頁13～14。

二個月、三個月、六個月、一年的見面都很好，這就是他們的關係。基於學術倫理概念，成群不允許自己背叛鄭宇森。

　　言靜到大連舉辦新書簽名會，卻被成群解除婚約的未婚妻找上門，說傳聞他們兩人單獨玩了一天；言靜才知原來鄭宇森亦應早有耳聞。成群到飯店找她，兩人外出用餐時遇見熟人。深夜，成群留言給和同事去唱歌的言靜，要她永遠可使用「魔術時刻」的手法捕捉他們之間隱藏的感情。

　　隔天，言靜回到臺北後，她感覺到「長久以來她其實一直有種漂浮在海裡的感覺。現在，莫名被推到了岸邊。」[17]

　　鄭宇森意外地到機場接言靜，她感激他此時所展現的寬闊，他們彼此都很清楚現在無法談那件事。「她終於了悟成群為什麼一向不聯絡了，她在臺北時必須截斷與他相關的一切，讓她完整。直等到她在他的城市，她的另一次完整才歸於他。多奇怪的發展，很明顯，這就是他們的處境，彼此心底清清楚楚，大環境制衡，個人是沒有解決的能力。」[18]鄭宇森要她保持現狀，她自言自語地回答說：「我會的。我答應你，在一切明朗前，我和成群只是朋友。」[19]

（四）打破秩序

　　蘇偉貞筆下的女性在情感經驗中成長，並在此經驗中拓展生活與思維空間，以其所屬於女性氣息的情感和思維方式，去關注自我定位的問題，她們在挑戰社會既成的道德規範時，表現了難能可貴的勇氣。

　　《離開同方》裡的席阿姨家是湖北大戶人家備受寵愛的獨生女，書念到女高，因為打仗，才被叫回家，八年的戰役，席阿姨和佃農家兒子段叔叔有了感情，一下子周圍的人都知道了，誰也不敢這樣的媳婦進門，席家逼到最後，暗中送錢給段叔叔要他帶席阿姨走，走遠一點，等事過境遷再回家。

---

17 同註二，頁39。

18 同註二，頁39。

19 同註二，頁40。

到臺灣後，他給席阿姨做了一櫃子的衣服，規定她穿高跟鞋，讓她跑不遠。他放出風聲說她穿好、吃好誰供得起？好徹底打消所有男人的主意。她累了，變得完全沒有個性，直到小佟先生出現。

　　有一次小佟先生救了袁伯伯，和席阿姨在後巷照過面後，便打破了從小他以為女人都是不正經的想法。段叔叔越是強烈阻止席阿姨和小佟先生的正常接觸，他們兩人間的情愫就越是曖昧。小佟先生送含羞草和小青鳥給席阿姨，她的生命有了寄託，面對襲來的感情愈之果決，相較於段叔叔對她的不正常的管束，她開始有了反抗與爭執。

　　結婚開始，段叔叔就沒有碰過席阿姨，又否決了席阿姨要領養小孩的建議。

　　終於，席阿姨不願再欺騙自己。

　　一天，小佟先生心絞痛病發送醫，席阿姨趁著段叔叔去上班時，便到醫院照顧小佟先生，東窗事發後，段叔叔跑到醫院去鬧，席阿姨表明，他若再鬧，保證一定離開他。席阿姨變得堅強，甚至不在乎別人如何議論她。後來，段叔叔也只好放手。

　　《陌路》裡的天末飛到美國嫁給唐閔後，她覺得他的熱情消退了，他甚少碰她，也不想要有小孩。他每天回家的時間不定，像是蓄意在考驗著她，以前她懷疑他對她有精神虐待之嫌，四年來，她是什麼都沒有心了。她知道自己不是對這樁婚姻絕望、或對愛情太美化，但是她的「點」擺在哪裡呢？她祇知道這種日子很難過下去，她又不願意用「捱」的。

　　大學時期天末和中硯，他們兩人因屬本家，都姓沈，曾有一段若有似無的曖昧情愫。中硯一直愛著她，到達一種愛惜的程度。唐閔到美國後，中硯努力壓抑自己，彼此都不願說破心裡的想法。天末懷了唐閔的孩子，她不想讓唐閔知道，便要中硯陪她去墮胎，他對天末的愛惜成了交情。在天末離開臺灣前，中硯終究沒把希望天末不要走的話語說出口。

　　慕文是中硯的妻子——「簡單、正常，使他不至於疲累」，天末的出現，使中硯的心情和生活起了變化，但懷著身孕的慕文懂得放線，反而更抓住中硯的心，而天末也是理智的。

　　唐閎在美國酒醉駕車車禍身亡，他原是和之白的丈夫有約，她丈夫本是要唐閎勸之白和他離婚的。

　　面對唐閎的死，天末突然明白了，是她的性格使然，害死了唐閎，她故意不去揭穿他和之白的事，也不當面責罵之白，或者是她根本開始在等待自己回臺灣？走到這一個地步？和中碩也是如此，她像是故意加重他們所能負擔，使他們徬徨，她再前又再退。

　　天末很清楚：如果沒有事情發生，他們不過陌路。她現在不驚倒於任何事了。她決定先搬回婆家，和愛她的公婆同住。

　　小說裡的慕文是個成熟的女性，懂得駕馭人心，允許對方有更多的活動空間，等於也讓自己更自主；而天末從切身定位的不確定，到自我檢討、修正，探求自我的定位與追尋，而經過沈潛，生命暫獲穩定。

　　女性在情感的定位中，比男性清醒條理分明，《單人旅行》中的女主人公清楚地分析自己的感情——「命運與我們對現實生活的追求有關：一個人怎麼會沒有任何需要呢？承認自己的需要又算什麼羞恥呢？頑固地背負過去的錯誤又有什麼悲壯呢？……你的想望和你的行動無法一致，行動就算再熱情，我一向不迷信這種行為。」[20]

　　「我承認你不需要我這個事實以後，無論情感上或生活上，心裡好過得多，回復空白的以前，我因此不必處處心繫你，不再感覺深受屈辱。當我再遇見你，我現在終於知道會面對什麼狀況，在一個全然陌生的地方，我們將會有一個全新的開始，類似回到以前的感覺，卻不同於以前；這一次會合，我將順著你的意志走向情感的單行道過程。我明白你要的結果後不再覺得孤獨。」[21]

　　還有《過站不停》裡有這樣的描寫——「單純的生活本身便是力量，使我們直接感動……做愛本身成為一種裝飾，以加強我們的份量。我也承認這種單純的力量有時候會近似動物性，完全是一種身體的存在和實踐。我曾經

20　同註一六，頁51。
21　同註一六，頁52。

聽一位女子說起她的婚外戀情，她說當愛起那戀人時，會愛到恨不得多出一
個身體，而那身體是沒有用過的，也完全為他準備的。這是她生物性的本能
吧？愛的力量有多大？」[22]

關於性愛方面的自主，蘇偉貞在《過站不停》裡藉著女主人公說：「我
很喜歡用時間來衡量我們之間的關係，該結束的時候就該結束，我寧願我們
之間的問題是情感的需要，不是時間的安排。我不希望我們緣分長卻只需要
一點點情感劑量，我也不認為時間短所以愛的劑量通常顯得重而反應猛，所
以，你在短時間裡會愛上別人，我一點不難過，那是你的需要，你需要她比
需要我強烈吧。」[23]這樣的觀念是把女性的地位提升到和男性等同地成熟。

還有《魔術時刻》裡言靜對其性的自主。成群帶言靜進城玩，然後去坐
飛天輪，旋轉到上端可以眺望到外海，成群開始講他十四歲知青史，他被下
放去伐木，獨自在荒山野地裡徒步了三天，他找食物、找落腳處，他告訴言
靜，他當時害怕自己連一次愛都沒做過，就死在山裡。小說裡有一段這樣的
描寫：

> 言靜老於情感遊戲仍覺心虛，心慌意亂遂本能瞳孔逼近再
> 逼近，讓自己暫時失去焦距。……既陌生又熟悉的男人雙唇稜
> 線刺激著言靜一遍又一遍探索，成群語意模糊：「言靜，我不
> 能這樣。」言靜：「再說一次。」「我不能這樣。」言靜失
> 笑：「不是，再叫我名字一次。」成群想起來，他一直沒喚過
> 她名字。這次，他懷抱更緊，熱烈回答。那個雪天寒夜害怕沒
> 做過愛就死掉的小男孩，開始他愛的第一吻。言靜覺得不夠，
> 空間太小了，挪動身子面向成群坐到他大腿貼密他劃過他心
> 臟……褪下成群衣服：「打賭我們再下來的時候已經做完愛

---

22 同註九，頁32。
23 同註九，頁167。

了。」[24]

　　總之，蘇偉貞筆下的女性已能扭轉局勢，不再處於劣勢，她們打破了夫妻的主從關係，妻子出走家庭，尋求自我，例如《離開同方》裡的李媽媽、《有緣千里》裡的蒙期采。而關於「性」，蘇偉貞敢於裸露女性身體與慾望，並忠於其內心慾望之流動。

（五）「沙文」職場文化

　　雖然在蘇偉貞的小說中可明白見到她傳達著女男平等的意識，但她卻也很具現實性地在小說中反映職場上確實仍存在著性別差異與權力分配的問題。

　　《沈默之島》裡的晨勉在職場上，深覺女人做事的困難，其中有力的援手是辛，當然辛也在晨勉身上得到性的滿足，晨勉「非常關心自己的事業，她像一頭鷹盤旋覓食，任何開拓人事的機會她都不放棄。」[25]

　　都蘭是白種印度人，他喜歡晨勉，但晨勉明白表示：她無法進入他的家庭，她喜歡他的事業。後來，他們在事業上合作，晨勉感激都蘭在事業上照顧她，也並不在乎用身體回饋他。都蘭為她租了房子，在性方面她開啟了他，當晨勉對他說以後要跟她上床，必須付費後，他即刻明白晨勉用性挾持他，晨勉清楚地傳達：我們彼此利用，你要從我這裡得到什麼，必須付出代價。不一定是金錢。[26]

　　在這裡我們見出在蘇偉貞的女性書寫裡也似男性文學一樣，有著對權威的渴望，同樣也見到空間對性別身分的不同意義，而女性若不是成長到那樣的年紀，是無法理解所處的困境。

---

24 同註二，頁19～20。
25 蘇偉貞：《沈默之島》，臺北：時報文化出版公司，1994年11月，頁189。
26 同前註，頁260。

3

《沈默之島》

在臺灣的晨勉	不在臺灣的晨勉
不在乎自己一生的形式是否完整	認為自己的生活是「一片片的」[27]
出生於正常家庭，父母俱在。	從小性格怪異的母親，考完大學後，認識了父親，不等放榜就住在一起。懷孕後，只好結婚。父親開貨車，沿途找女人，回到家，一問便招，從不隱瞞。父親二十七歲那年，母親殺了他，被判無期徒刑。
雖然已結婚，卻從末停過婚外性愛。對他們從事戲劇工作而言，那是常態，若有人要啟發你，創造情感生命，那才荒誕。 　　從不在乎男人愛不愛她，她只要求誠意，她的丈夫重視她的快樂、煩惱。	和妹妹晨安到監獄去探望母親時，覺得「會客的時間感覺是片段、片段的靜止在飄浮，但是並不特別漫長」[28] 　　「母親在牢裡停止了生長，晨安說因為沒有性」[29] 　　母親對她們說：「我寧願妳們一切像妳爸爸，而不是像我。妳父親是個很有活力的人，充滿了變化。他能控制我們的關係，卻無法控制自己該去的方向，我們無路可走，他必須把我們推到沒有空間的地步。」母親一直懼怕沈悶的生活，她想到母親在牢裡，那裡什麼變化也沒有，生命裡最小的空間。[30]
祖為他的博士論文研究回臺灣半年，並和晨勉共事。晨勉「可以在感情上撞得頭破血流，她不能讓身體受到折磨與試煉，她要保持身體的獨立。但是祖似乎正在摧毀她這個意念」[32] 　　晨勉無法拒絕對祖的慾念，她的慾念對他有強烈的渴望。越抵抗和他做愛，就越渴望，她的性格裡沒有不滿足的成分，只有不安的成分。她對祖說：「跟你做愛讓我產生悲哀的感覺，但是我喜歡這份悲哀。那是一種真實的東西。」[33]	和晨安陸續出國求學後，母親在牢裡自殺，後來外婆把她和她所深愛的丈夫葬在一起。 　　覺得「母親激烈的過去，帶給她更深沈的生命記憶」[31]

27　同註二五，頁22。
28　同註二五，頁13。
29　同註二五，頁12。
30　同註二五，頁14。
31　同註二五，頁28。
32　同註二五，頁75。
33　同註二五，頁82。

　　晨勉「從不作夢，人生在她，是永遠單一狹窄的空間。這種生命類型，的確使得她毫無熱情可言；祖對愛情強烈的需要，她相信，緣由他的夢想太深。她無法理解如此抽象的事情該如何追求，她對情感強烈的感應完全來自做愛，但她絕不作這樣的宣示：『我對做愛有強烈的需要。』她的身體不孤獨，她的精神就不孤獨。祖兩樣都要。」[35]

　　做愛使晨勉「完全失去了時間感。有時候好長一段時間像一會兒；有時候幾秒鐘像一輩子。」[36]

　　晨勉無法認同祖的母親病態地對兒子的占有慾，就在晨勉向祖的母親表示：如果祖知道父親的死訊，她將什麼也不是後，祖的母親自殺了。祖來了一封信說是他早知道父親身亡的事實，他的母親早已失去理性，只是具行屍走肉，完全活在演戲的空間，而且嫻熟於那樣的環境，為什麼不能容忍一個瘋掉的人呢？他說他那樣取悅晨勉，但願她能諒解他的母親，可是她卻殺了他的母親，也又殺了他父親一次。他已無法再見她。

　　越來越沒有辦法在一個地方固定下來；每次離開一個地方，就不再在乎與當地的人、事糾葛；遠走香港，因為她「喜歡島嶼的感覺，小而完整、孤獨」[34]

　　到香港工作結識德國人丹尼，並相戀。丹尼直接表達他的情感，她認識的男人裡沒有一個具備這份勇氣與情操。

　　晨勉的父親愛喝酒，喝完酒以後喜歡沈默的做愛，他的職業整天在跑，走到哪兒喝到哪兒做到哪兒，就是這樣的命，不要家庭，但是喜歡妻兒，他「完全是個原人，只有原始的本能與意志。她這些年來所遇見男人，最稀少就是這類人，她最渴望交手的也是這類人。……是不是年輕才越接近原始本能？她在丹尼身上依稀看見這股氣質。」[37]

　　她愛丹尼，可是「她又相信終有一天，她如果和丹尼交往下去，丹尼會絕望地說：『妳是個瘋子，妳知道嗎？』」[38]

　　晨勉不願和丹尼回德國，她不想拿自己的生活下注，她剛了解愛，不願介入太深，「他們是兩個可以分辨愛之不同的人，他們的能力可以深入愛，卻無法擴大愛的生活。」[39]

　　在丹尼之後，晨勉繼續保持一種社會身分，和別人交往。她從不認為人要有貞潔觀念，她認為人只需要有愛情觀念。

---

34 同註二五，頁21。

35 同註二五，頁140。

36 同註二五，頁169。

37 同註二五，頁31。

38 同註二五，頁42。

39 同註二五，頁47。

分別十個月後，丹尼約晨勉在巴里島為她過生日；別後，晨勉一時興起，到慕尼黑找丹尼，她不一定要和他見面，但是想要知道他真實生活空間的背景。丹尼果然度假去了，她在丹尼家對面租了間套房，並找人教她德文；直到發現丹尼和一金髮女子交往，她「通過丹尼終於明白真實的自己——她從小沒有父親和完整的愛，她渴望一種家的感覺。丹尼已經有家了，文化背景的不同，性別的差異，他不會了解一個東方女人對愛的深層需要。最糟糕的是，她以前從不承認自己的內在感覺。」[40]她明白，她可以離開了，離開她的情感公園。

晨勉認識了雙性戀者——辛，兩人在事業和性愛上相依相伴；直到丹尼到新加坡來看晨勉，辛看上丹尼，渴望得到丹尼的愛情。三角關係的緊張氣氛，讓晨勉發現「丹尼激發她愛慾的潛力，給予她愛力的意願；卻是辛啓發了她明白慾的蠻橫，不安定性。」[41]

晨勉曾告訴丹尼，以前最怕命運，她這麼努力工作，無非要擺脫命運。

晨安，那個她並不愛的美國老公——亞伯特，有了外遇，她堅持離婚；晨勉要晨安檢討自己當初結婚，也只是利用他，讓帶她們長大的外婆高興，同時又心傷晨安，「暗想晨安這一生，除了外婆、母親、女性的愛，連婚姻都沒有得到男性的愛，是晨安不相信愛情嗎？還是不相信男性，若真不相信男性，晨安如果是個同性戀者可能還幸福，她可以得到情感的慰藉。現在她卻為失去尊嚴而痛苦，晨安難道不明白，在愛情的身世裡，沒有尊嚴的尺度，只有愛的尺度？看來晨安真的沒有愛過。」[42]

---

40 同註二五，頁127。
41 同註二五，頁200。
42 同註二五，頁115～116。

	兩人離婚後，晨安反而覺得和亞伯特保持來往並不困難，她相信「個人會比夫妻這個形式更具吸引力。」[43]他們願意從頭開始，晨安好像在這種狀況中找到了重心，並且認識到可發展的空間；但後來復合之路並不如理想的有階段性的進步空間，他們彼此和其他異性都有性關係，晨安說：「感情沒有動機就沒有熱情。」[44]晨安最終還是選擇了自我結束。
晨勉發現懷了祖的孩子，但祖恨她，孩子有祖的血統，以後是否也會恨她，所以，她決定去作人工流產。	丹尼對於晨勉到他家對面租屋偷窺他的生活非常不諒解，兩人別後不再聯絡。 晨勉發現懷了丹尼的孩子，她找到為取得合法居留臺灣權的辛當現成的爸爸結婚。晨勉「終於可以擺脫與丹尼的關係了，她整個人，沈到生命最深處，只惦記未出世的孩子。」[45]

　　蘇偉貞在這裡所塑造的兩個晨勉都是「非凡」的女子，所謂的「非凡」指的是，不平凡非普通的女子，她們的情愛觀幾乎是等同於男性的「雄性動物」理論的。

　　蘇偉貞側重對女性主體性的質詢，運用多重、分裂而不穩定的女性身分，凸顯其關注的女性議題。在小說文本中隨著時序的變化，女主人公和來自不同空間文化的人，在新場域的交集互動中，產生對自身身分的新生活與新思維的轉變。在其空間座標，可見出女性在尋求自主的過程，亦對主體有所焦慮與思索，同時也揭現她們與存在環境的不協調以及性別經驗的差異，導致無法在情愛關係中與對方溝通的現實。

　　女性藉著旅行或出走，或是逃避，或是尋找自我，無非希望藉由時空的轉換，以外在去影響內在，重新設定新的心情，尋找新的出口。

---

43 同註二五，頁118。

44 同註二五，頁257。

45 同註二五，頁274。

結　語

4

　　經由以上的分析，可以提供我們以下六個方向的思考：

　　㈠蘇偉貞曾在《過站不停》的序言說，無論她有多麼強烈的修改意願，她努力保持當年的情懷痕跡：「我深信人的創作刻度一如人的本能情感，是原始而自然的，但是會隨著年齡的增長有不同階段性的原始圖騰，我們無須在三十歲時去修改已經發生過的二十歲的心境。修訂過而你也較能控制的現狀並不一定是好的，沒有辦法重來一次而失控的過去不一定是壞的。我們都會在其中發生得到一些什麼，也失去一些什麼。」[46]這段話正說明了人在不同階段的時空中的定位。

　　時間是有壓迫性的，所有「存在」的一切，都有可能在一夕之間「消失」，而且那個存在的點，也不可能再重來。蘇偉貞以自身的生命經驗，對那些擺脫了舊觀念，成長於新時代的女性，寫出了她們的徬徨、掙扎、困頓和痛苦──她以她的文字書寫把這些情緒留了下來。

　　㈡蘇偉貞相當重視女性在情感世界中的定位，有的是女性對於其處境所感到的窒息的描寫──

　　《陌路》裡的天末回到臺北後覺得「臺北這幾年變化最多的是人的增加，似乎隨溫度急遽上升。指數爆炸後再也下降不了，讓人無從定點自己的位置。所經過處，都不是定點。」；找不到感情定位的天末「整天坐對愁城」；之白覺得：「越黑散步其實越好，連自己也不存在了。」天末陡然了解為什麼之白回來不住家裡卻要住旅館──「這城市有太多令人眼熟而不想馱負的空間，空間中什麼都可能存在──友情、工作、金錢。」[47]

　　《單人旅行》──「什麼樣的心靈騰出什麼樣的空間。」；「我從來無

---

46 同註九，頁2。
47 同註七，頁18、33、88、186。

法向神預支時光，向你預支生活的現在。」[48]

《魔術時刻》──「目眩神迷打破界限的都市生活言靜位置在那裡，成群行走一個現實禁令尚未解除的空間，他們的領域已然確定。」[49]

還有的是女性勇敢面對感情的義無反顧的描寫──

《過站不停》──「在我們交往的空間裡，我也願意順其自然地發展我們的肉體關係如同發展我們的愛，讓它是可以有進步的。如果不幸，我無法用精神充盈身體的愉悅感受濃度，我很可能翻了個身從另一頭走開，我答應你，至少不會羞辱你。在愛的成績單裡，也有五育並重嗎？你會對我進行一種精神的勾引嗎？」；「大部分的情感都經得起浪費，情感可以再生，但是時間不能再生，這是許多人追逐開始也追逐結束的潛因吧？總像是與時間來競爭空間，而非與情感爭時間。」[50]

《單人旅行》──當時存在時，重視的只是感覺「我們都不是注意力集中在一個人或空間的人，長或短的分別，不會在交往中特別明顯，允許我再任性一次：我才不重視時間呢？」；「短短半月，所謂旅行，如同生活，尚未命名，我們只是離開一個地方而已。」；「是一次旅行的開始，這次，我們一起出發，你離開，我留下，在一個新形成的時空裡作單人旅行。」[51]

㈢從蘇偉貞所揭示的兩性問題中，從她筆下那些尋求獨立自主新生活的女性們，可清楚地見到她欲提升女性自覺的意圖，以及她對兩性平等、和諧關係的期望。我們或可結合女性主義的批評觀點來重新閱讀、詮釋，而對當代女性問題的研究態度，提供一個不同角度的探討。

㈣隨著兩性距離的拉近，女性意識的抬頭，女性比男性喜愛「出走」，女性利用「出走」來證明自己的存在價值，給予自己獨立的思考空間。舉兩個例子來看──

48　同註一六，頁183、17。

49　同註二，頁29。

50　同註九，頁58～59、203。

51　同註一六，頁88、19、27。

有一本名為《旅向曙光》的書，是一個叫作南恩・瓦特金絲的女人為了慶祝自己六十歲生日而決定要環遊世界之後所記錄下來的旅遊書。她說當她還是小女孩時，就很享受到新地方旅行的過程，她喜歡各種旅行方式，坐飛機、搭火車、騎假踏車、駱駝，還是走路，她愛上「出走」，喜歡獨自出遊的挑戰，喜歡勇闖新城鎮和陌生人交談的挑戰，忖度著旅程中可能發生的狀況，既能欣賞外在的景物，又能享受內在的心路歷程。

　　第二個例子是日本作家小林紀晴的《日本之路》，這本書裡面的中年職業婦女，利用午休時間，想離開辦公室，到某處去，於是她到了捷運車站。捷運列車進站時帶來強風，吹得人滿頭亂髮，這一瞬間不同於平常，彷彿也別具意義。她要離開辦公空間，即使只是三十分鐘的車程，但是跳脫像隻旋轉木馬似地，日以繼夜旋轉著的圓圈，也足以讓人期待。

　　㈤也許女性自傳統以來存在著「在家從父，出嫁從夫」的觀念，她總是要從一個地方遷徙到另一個地方，這樣的「油麻菜子」命，所以對於原生家庭的歸屬感，絕對不太可能會大於男性。

　　蘇偉貞筆下的那些女性總會在「出走」之後，找尋到另一個新的方向，不管這條路是通往光明或黑暗，然而那些女性又總是懷抱著絕決的擔當的勇氣。

　　㈥透過蘇偉貞筆下突破傳統的女性形象，可尋求臺灣女性自我的定位，且重新建構當代臺灣女性的形象。臺灣女作家在建構臺灣文化發展中扮演的角色一向被忽略，直到最近學者才予以正視，相信「女性經驗的探索」應該是未來可以繼續深化與值得研究的議題。

　　　　（原發表於2004年7月3日，由元培技術學院主辦的「主題文學研討會」，文見《主題文學研討會論文集》。文見《自然的書寫——第三屆主題文學學術研討會論文集》，2005年3月。）

問題與討論

一、「女性在情感的定位中，比男性清醒條理分明」你贊成這樣的說法嗎？
　　為什麼？請舉例說明。

二、你認為「距離」是愛情關係中的殺手嗎？有沒有長距離戀愛成功的經驗
　　或見聞？

Chapter 5

曹麗娟《童女之
舞》的同志情愛書
寫

前　言

　　90年代臺灣小說的一大特色，便是出現許多以女性情慾、性別跨界及情色頹廢為題材的作品。其女性小說書寫的主流，包括：書寫女性情慾；呈現女性自戀而實際的慾望，對頹廢男性抱以輕蔑，出現了反異性戀情的傾向；女同志小說對愛慾的歌頌，及其自我追尋；女女情慾的惺惺相惜，對照出異性戀情的不足與貧乏；因著異性戀的社會壓力，同性戀所充滿的紛擾與糾纏。

　　90年代性別議題的討論，主要有兩條線索，分別是「女性論述」和「同志論述」。而這兩條線的發展，源自70年代以來的小說與性別議題探討的暗潮洶湧，這是沿著女性情慾的發展，漸漸鬆動過去僵化而傳統的情慾論述；而另一條是從家庭結構的變化出發，而糾扯出政治的性傾向和性別認同的議題。這兩條路線，水到渠成地到了90年代以後，在性別議題的反思上——女性自覺的體認、性別流動——發展出多種樣貌的小說作品。

　　本文所以以曹麗娟的小說作為研究對象，是因為曹麗娟的作品可以說是在「同志論述」中也涵括了「女性論述」的重點，而且有別於以往的同志小說的「創傷」，是以較為「光明」的勵志面來歌誦同志情愛的。而本文則以其代表作《童女之舞》作為研究範圍。

　　本文擬從曹麗娟的創作技巧與風格特色深入研究，從而分析小說文本中同志的養成背景，同志的拒絕同化、渴望認同到自我認同的吶喊與掙扎。

正統道德裡的暗流洶湧

2

（一）性別探索：女女・男男・男女

十六、七歲，正是奔放的青春期，出現第二性徵，此時的性格較不穩定，可能已經意識到生理的變化，但心理上卻還未能適應，並且認同於兩性分別的社會約制，因此，很容易產生性別的迷惑。

在〈童女之舞〉中的兩個女生相識在十六歲；十八歲那年一起去游泳，鍾沅為童素心抹防晒油，第一次除了媽媽和妹妹外，有人碰觸童素心裸露的肌膚，童素心感到「一股不知來自何處的熱流貫穿全身，像是要將我引沸、融穿一般。」[1]

青少年時期開始對於性別產生好奇，於是鍾沅沒有拒絕男生的求歡，她和童素心有了這樣的對話——

> 「因為我很好奇，我不知道男生和女生有什麼不一樣……做了以後我才曉得做愛很簡單，不過可能還有一些別的什麼吧。」
>
> 「什麼？」
>
> 「比方說——」鍾沅把菸扔到地上踩熄，然後跳上堤防坐在我身邊，抓起我冰涼的手指頭一根一根玩。「比方說，我在想，兩個女生能不能做愛。如果我是男生我就一定要跟妳做愛。」[2]

1　曹麗娟：《童女之舞》，臺北：大田出版社，1999年1月，頁25。
2　同前註，頁30。

鍾沅在兩性之間探索著，呈現出性別認同間的弔詭性格，所以進入大學後平均半學期換新戀人，對象男女有之。

　　小米是鍾沅第三任女友，交往最久，但鍾沅還是離開了她，她懷著自殺的念頭去找童素心，童素心憤怒地對她說：「鍾沅那個人妳還不懂嗎？要跟她在一起就要有她那種本事！就算跟她一直下去又怎樣？妳想過沒有？做一輩子Lesbian啊？妳不苦不累不怕？別傻了，鍾沅的新歡可是個男的！」[3]一口氣說完後，童素心驚覺自己何時蘊積了這麼多不平之詞？小米抹去眼淚，恍然說：「我的天！童素心妳比我還慘。」

　　童素心從十六歲起就曾天真得想要和鍾沅相伴到老，然而童素心想：「說我們是兩個不同世界的人不如說我們是兩個同樣的人——同樣是女人——這恐怕才是我真正不能擺平的罷！」[4]

　　二十八歲那年鍾沅要到國外去，童素心也要和交往多年的男友結婚了。

　　童素心經過探索，選擇了異性戀，在當時那是一條比較好走的路；至於鍾沅未來的性別抉擇，一直到小說結尾還未知，作者安排她到國外去，也許因為開放的環境，讓她更有機會去思考或游移自己的性別取向，於是，成為異性戀或同性戀都有可能。

　　曹麗娟筆下的女女之愛都是女主角自我追尋的一部分，然而因為同性戀的社會壓力，愛情在苦難中掙扎浮沈，許多女女關係也充滿了紛擾與糾纏，不論是純粹柏拉圖式的精神至上，或者是無所遁逃、掩藏的洪荒情慾。

　　〈關於她的白髮及其他〉阿寶認為費文最有本錢去誘拐未成年少女。費文寬肩、平胸、窄臀、長腿、高額、線條俐落，最重要的一點是，完全對失戀症候群免疫，她缺心少肝，但離開她的人還能留有處女之身好嫁人。

　　她的Tomboy的養成過程簡直是天時地利人和——母親在她六歲時便和一個「女人」跑了，她從小由父親和三個哥哥帶大，她撿哥哥的衣服穿，一樣去理髮廳，一起幹架、泡妞、抽菸、看黃色刊物、初吻獻給她大哥的波霸

3　同註一，頁34～35。
4　同註一，頁36。

女友阿霞。國中前後那一兩年，她居然也有幾次想拿童軍繩上吊自殺，後來大徹大悟自己的生理結構是不同於哥哥們的。

國三那年，她無計可施只好找阿霞給她講習關於「月經」的種種狀況，臨走阿霞交給她一袋生理褲衛生棉。

有一次，費文生平第一遭赤裸裸地藉由鏡子仔仔細細觀察自己的身體，才發現這個與她相處了三十幾年的肉體，居然那樣隔閡那樣遙遠。感覺自己逐漸枯萎的費文，她「一點都不想要像她老爸老娘她大哥二哥三哥，她誰都不要像。她甚至也不要『像』一個Tomboy。」[5]

詩人作家陳克華曾對某報導宣稱他說「我不是同性戀」答案的不足，提出澄清，他說：「更接近真實的回答應該是多重選項，且允許個人因時空差異而有不同勾選。我是同志嗎？我認為在精神上，我絕對是一個無從定義、與時俱變、遵從當下感覺的雙性戀者。」[6]

其實，每個人身上都有同性情結，只是比重問題而已，就女同志來說可能30%喜歡男生，70%喜歡女生，如果在成長的性別探索的過程，因為心理的因素或外在環境的影響或刺激，發現自己偏愛同性的比重高於異性便較容易被引導走向同志的路。

（二）拒絕同化：在苦難的裂縫中掙扎

有人用有色的眼光去檢視同性戀者，認為他們多是因為出身於不正常的家庭所致。臨床心理師游乾桂說：「醫學的定義與社會的看法應該分開。……沒有人是絕對的同性或者異性戀者。美國精神醫學會的判定聖經《診療與統計》，且早在1973年把同性戀定義為不是病。」[7]會成為同性戀的原因至今還不知，因為同性戀不是病，也不是不正常，所以不能只是簡單

5　同註一，頁163。

6　陳克華、游乾桂對談，蘇林整理：〈陳克華：我無須主動公開自己的性傾向〉，《聯合報》，讀書人週報，週日版，2004年12月5日。

7　同註六。

地歸為——破碎家庭，關於同志的養成，出身於破碎家庭只是原因之一，在本論文所討論的四篇小說中唯有〈關於她的白髮及其他〉符合。然而，我們又必須承認有多少人是在溫暖和安定的家庭中成長的？就像是天氣，只是每個人對溫度的感受不同。

　　出身於破碎家庭的同性戀者，或許多少都有一段慘痛的成長經歷，而那些令「多數人」所無法承擔的痛苦，造就了曹麗娟筆下的同性戀者，有的為了尋求父愛的延伸；有的為了追求一份家的溫暖和安定，正巧地在同性身上找到慰藉，且拒絕同化。他們在同志圈裡，追求不需主流價值評判的幸福，期待在屬於自己的遊戲規則中，活出自我；但其另一邊所身處的表象世界，拉扯著的還是殘酷的現實，當掙扎不下去了，宿命擺脫不了了，生命也被選擇結束了。

　　〈關於她的白髮及其他〉裡的就讀哲學研究所的蓋書婷，沒有遺書、沒有遺言，毫無預警地跳樓自殺，同窗四年的好友詠琳哭得比蓋書婷的父母還難過，她心痛蓋書婷的漂亮臉蛋摔成了補破網，「又對壽衣直跳腳，差點把蓋子從棺木裡揪出來換成男裝」[8]蓋書婷最後的愛人說，他們沒吵架、沒第三者，什麼異樣都沒有，還說要找房子一起住，等她口試通過一起攢錢出國，她跳樓時，她還在幫她買鞋子啊！

　　每個人的挫折耐受度不同，當你有辦法勇敢地走過去，幸福就是你的——〈在父名之下〉高三生林永泰猥褻遭學校退學，父親知道後，用皮帶毒打著這個獨生兒子，半夜林永泰割腕自殺獲救；還有〈關於她的白髮及其他〉裡費文的父親知道她的同性情事後，啐她「賤種」，正式將她掃地出門後，她在同志圈裡浮浮沈沈，後來大病一場，被同志友人送醫後，最後也和林永泰一樣理出自己未來的方向。

　　通常重獲新生後就有一番新的契機。

8　同註一，頁111。

（三）渴望認同：邊緣人的吶喊

　　人從小就從他所敬畏的父親身上汲取人格理想的內容，但孩子到了青春期，可能因為父子關係的變化，或由於自覺無法扮演父親所預期的角色，對父親的印象也隨之改變，而「父親一輩僵化在道德成俗的教條中，似乎已失去了基本的人性，對亟需親情扶持的稚弱子女表現得毫無愛心與體諒之情」[9]父親的權威破滅了，兒子便開始尋找一個新的替代。

　　〈在父名之下〉的林永泰，被父親毒打後割腕獲救。之後，徵召入伍。

　　其實部隊裡的環境又提供給林永泰確定自己性別取向的空間。

　　所以，幾個月後，大姐收到林永泰寄回以前父親買給他的錶、母親求的護身符的包裹還有一些衣物，信上說這些東西暫時都不需要，之後，從此再也沒有他的消息。

　　六姐無意間發現一則同性戀活動的消息，她鼓足勇氣到活動地點，但「只停留了一分鐘，因為心跳得太厲害幾乎暈厥——頭一次站得這麼近，近到可以從許多『疑似』同性戀者之中辨認自己的弟弟——她受不了，除非她向自己承認阿泰是一個會抱著男人親嘴的男人⋯⋯活動現場不就有這樣一張好大的海報⋯⋯何況她根本看不出哪些是看熱鬧的，哪些是『他們』，他們並沒有貼名牌，沒有人掛著牌子寫說：『我是同性戀者，我叫林永泰』⋯⋯沒有，沒有。難道要她高高舉個牌子：「尋找我的弟弟，同性戀者林永泰」？或者，『我是同性戀者林永泰的姐姐林美如』？」[10]

　　同性戀運動者抒發同性戀者在臺灣社會的受壓迫處境，許多同性戀者不敢曝光，主要是因為家人的壓力，尤其是父母。在臺灣，父母第一個反應一定是自責自己是做了什麼孽？以前在中國大陸，更是殘酷，父母會押著同性戀的孩子遊街示眾。

　　曹麗娟利用同志的遊行活動去檢視臺灣社會對於同志的認同和接納的程

9　樂牧：〈敏感的電影‧不敏感的電檢——評「孽子」〉，臺灣：《當代‧文藝》第7期，1986年11月1日，頁121。

10　同註一，頁82。

度，社會的建構若是多元而包容的，那麼同志所爭取的權益其實就像過去女性、勞工們、原住民爭取權益的狀況是一樣必須被等同看待的，同志社群的聲音，期待能被用心聆聽，在曹麗娟的小說中傳達著這樣的訊息。

80年代白先勇《孽子》裡的龍子的父親認為龍子羞辱了家門，於是把龍子放逐到美國，且命令他：「除非我死，你不准回來。」龍子在美國等了十年，等父親的一道赦令，但父親一句話也沒留下，就入土了，父親交代的是，等遺體下葬，才發電報給龍子；類似的不被父親認同的事件，到了曹麗娟筆下的〈在父名之下〉裡的林永泰，則是以一身黑衣裙的女裝，不動聲色地出現在父親的喪禮中，曹麗娟不願讓龍子無法奔喪的遺憾，再重蹈在林永泰身上。

曹麗娟在文本中所表達的較偏重在關懷層面──不像杜修蘭《逆女》感受到的是環境強烈的壓迫與悲劇氛圍；也沒有朱天文《荒人手記》裡對於肉體生命的易朽，而發出深歎──那是一部多層面的小說，通過同性戀故事的描寫，寫人性，寫臺灣的社會面貌，算是一部現實主義的社會和人性小說。

（四）自我認同：同志的最難

曹麗娟在《童女之舞》的自序裡說：「80年代尾聲，丹麥以破天荒之姿完成同性戀者婚姻的合法化，90年代初，亞洲女同性戀聯盟（ALN）與臺灣第一個女同志團體『我們之間』誕生，然而多數存在於芸芸眾生裡，對上述革命大事不感痛癢，以及正四散臺灣島內外，面臨而立之年，在家庭、事業與愛情的衝撞中打拼的我的同志朋友們，孤單者依舊孤單，不慣結盟者依然不結盟。」[11]她要以其書寫遞上祝福，才不致有遺憾，我們至少可以確定她是「直同志」，即對同志友善的人，她其實還有意透過其書寫，喚起同志的自覺，她說：「與其說是我有所決定，不如說是我有所察覺。」[12]

自我認同其實是同志本身最難克服的關卡，有多少同志經過迷惘的探

11　同註一，頁8。
12　同註一，頁6。

索，或在情海中浮沈後能夠勇敢地出櫃（come out），並且堅持下去為自己的未來作規劃。

〈童女之舞〉裡的童素心那麼愛鍾沅，卻還是選擇嫁給季中平，第一，因為季中平是男的；第二，因為這個男人對她好；而〈關於她的白髮及其他〉裡不願與同志發生性關係的費文，也許是因為她還無法非常肯定她的性別取向，也許也是還沒有遇到她愛的人。

在曹麗娟的小說中最具勇氣、最有希望的應該是〈關於她的白髮及其他〉裡的詠琳和愛瑪，這一年多來，她們一直努力在物色雄性篩選精子，居然也讓她們找到一個單眼皮、哲學系出身、血型星座與詠琳相同的男人，艾瑪孕種成功，據說這個男人渾然不知自己被當成易開罐喝過就丟，更不知道這個世上已經有一個遺傳他的DNA的人類正在逐漸成形。如今愛瑪已經懷孕九週，她們倆現有銀子、車子和房子，加上未來的孩子，是有意要定下來了。不過費文認為：白首偕老尚未成功，同志仍需努力──要等頭髮白了才算數啊！

的確，同性戀情也和異性戀一樣──情感善變，慾望無窮，一樣要經過考驗。就像〈斷裂〉裡的愛達對於席拉說是要為了她而拋夫棄子，愛達感到惱怒。而這樣的惱怒，和異性戀情裡某些男人不願擔負責任、不願輕易承諾是一樣；而站在同性戀愛的立場看來，或者愛達對於同性的戀情還沒有那麼樣的勇敢和堅定。

「畸形」？「變態」？

在這個部分首先要強調的是，這裡所言的「變態」，其實只是因為「常態」的多數，而使得少數的「變態」受到「畸形」的矚目。赤裸裸地來說，哪一個人的性格裡沒有被因為道德或法律而規範壓抑住的變態成分？

王曉峰在〈當代小說中的變態行為描寫芻議〉中說：「當代小說也為我們描繪了正常生活之外的另一個世界。在這裡，精神病、抑鬱與自殺、智力落後、行為乖張、精神創傷等等，不同程度地凝聚於形象的個性心理特徵之中。」又說：「個體變態行為的形成有兩方面的原因，一個是個體方面的主觀原因（先天條件），如遺傳、身體與心理的先天素質等；二是社會文化方面的原因，如家庭和教育的影響，個人生活經驗等。」[13]如果要說在曹麗娟小說中出現了「畸形」人物的話，那是屬於後者的狀況。

　　〈關於她的白髮及其他〉裡費文的「變態」應該和個人的生活經驗是脫不了關係的。

　　席拉讓愛達介入她的生命，她崇拜她，模仿她——「遇見愛達，她才知道大便時可以不關門並且跟另外一個人聊天，才知道怎樣把餐廳的銀匙偷回家，怎樣說三字經。如果假以時日，她甚至相信自己也能學會怎麼把老人推倒路邊、把小孩扔進井裡。愛達令她歎為觀止令她嫉妒令她著迷。才短短幾個月，她便迅速說服自己滿懷熱情勇往直前，等著愛達發給她一張結業證書。即使先天血統不正，她也要憑後天的努力成為愛達那樣的人。愛達說過，她完全有潛力。」[14]

　　席拉原本是在她自以為正常的軌道中行走的，但遇見愛達引發起她性格裡「惡」的一面，她的「隱性基因」被喚起。朱光潛說：人有一半是魔鬼，一半是仙子，當心靈扭曲不能自我察覺時，即已逐步而入悲劇的陷阱。

　　席拉準備結業了，只差最後測驗。下定決心前，她先去理了個大光頭。她拿師父當對手。她對愛達說，她和她丈夫簽字離婚了，並在汐止看了一棟房子。

　　愛達被席拉的舉動感到煩躁，她催促著席拉去接兒子的時間到了，席拉不動，愛達變了臉說：「你要離婚，我沒意見，你要拋夫棄子，不當賢妻良

---

13 王曉峰：〈當代小說中的變態行為描寫芻議〉，《中國現代、當代文學研究》，中國人民大學專報資料中心，1988年7月，頁70。
14 同註一，頁64。

母要搞Lesbian，我也沒意見，你搞什麼我統統都沒意見，拜託不要再說是為了誰，誰都擔當不起！」[15]席拉原以為愛達可以助她一臂之力，她是百分之百真的下了決心要回去和丈夫離婚的，只要愛達站在她這邊。編造謊言的興奮掩蓋了悲傷，真是青出於藍勝於藍，從愛達那裡學會的本事，都不知不覺地發揚光大了，然而師父不要她了，得自立門戶了。

〈關於她的白髮及其他〉裡還探討到性壓抑的議題，那愈是壓抑，卻愈騷動的女女情慾，站在三十三歲開端的費文，看到衰老，同時也看到死亡——「她沒膽她無能她有病，她們說的統統都對，大家都在做愛，只有她沒有，沒有做愛的人，沒有性的同性戀者，這就是她的罪。」[16]

腹痛又咳嗽的費文甚至寫好了遺書，準備好最常穿的襯衫長褲，她不希望像一個老湯包一樣，生前一生男裝，死後卻讓人換上旗袍梳包頭戴首飾。

把自己封閉起來的費文，在第六天自己練習自慰，她發揮自己的想像還有藉助色情書刊和錄影帶。第七天費文被送進了醫院；出院後，費文對潔西說起她自慰和作春夢的經驗，說是病癒後要跟她們每一個人都做一次。

小說裡費文的「壓抑」，我們可以藉由佛洛依德所界定「自我」來看看這個問題：「自我是對它自身所有的行為過程進行調控的心理力量。……壓抑也是從這個自我發生的。自我產生壓抑，不僅把某些心理傾向排除在意識之外，而且阻止它們採取其他表現形式和活動形式，……自我存在著用外界的影響對本我施加壓力並令其改變的傾向，而且試圖用現實原則取代本我中占主導地位的快樂原則。知覺在本我中起作用，而本能在本我中發生影響。自我代表理性，本我蘊藏情感。」[17]費文病癒後的表白與反應正是把她本我的一面誠實地展現了出來。

曹麗娟對於其筆下「畸形」人物的描寫，除了通過其「變態」心理映射其性格，主要也是利用人物哀傷與黑暗的悲劇色彩，反襯人性光明面的可貴。

---

15 同註一，頁61～62。

16 同註一，頁163。

17 佛洛依德：《佛洛依德文集》，中國：東方出版社，1997年，頁262～268。

書寫的特色

（一）象徵的描寫

　　張小虹說曹麗娟的文字靈動多變：「彷彿從白衣黑裙的青春無悔，走到了紅顏白髮的唏噓感傷，有時清淡悠遠，有時卻辛辣老練，但皆是一逕女女情慾中各種五味雜陳的翻擾與糾纏。」[18]的確，曹麗娟在剖露女同性戀的情慾世界時，不管是勾勒其愛戀間的挫敗、嗔痴或艱難，都自有其書寫的特色，能夠輕易地顯而不露地傳達給讀者。

　　在〈童女之舞〉中曹麗娟設計了這樣的情節——鍾沅會到童素心的宿舍悄悄留下她母親給她的巧克力、香水或口紅；而童素心會寄給她沈從文、魯迅或老舍的盜版書——「彼時化妝品還沒開放進口，大陸作家的作品尚未解禁，藉這些不易取得的東西，我們溫習著或許已經不存在的默契。」[19]舶來品和大陸書在當時都是被禁止的，似乎象徵著當時的同性之愛其實也是不被允許的，而這種「不存在的默契」其實也是她們兩人心照不宣的。

　　而在〈童女之舞〉和〈關於她的白髮及其他〉兩篇小說中，曹麗娟都提到了「月經」。童素心因為月經來，沒辦法游泳；鍾沅附和說：「所以我好煩當女生。」而費文呢？健康教育課本裡對於月經的說明，已經夠她冒冷汗，加上幾個死黨形跡鬼祟地頻頻交換著關於「好朋友」的私語，她幾乎悲憤難平認為她們已經祕密結盟摒除了她；而為了她的死黨們，她甚至願意祈求月經快點來。因為「月經」，女生和女生之間有了親密對話，於是有了鍾沅說：「所以我好煩當女生。」「所以」這兩個字就又把這兩個人緊密地串連在一起，就像費文也想可以因為「月經」和她的死黨交換私語。

---

18 同註一，序頁2。
19 同註一，頁33～34。

在過去被「男性多數」所掌握的醫學科學中，月經被賦予以「未能受孕」的失望，以及「組織剝落」的負面觀，所以，過去的社會文化對月經所抱持的是「不潔的」、「排斥的」；但隨著時代的進步，就現代女性而言，每個月月經的報到反而有著「成功避孕」的正面意義。

筆者認為曹麗娟或許也是在有意無意間透過「月經」的意象，去象徵「同性戀少數」所以被「異性戀多數」給排擠，而被定義為異常，是邪惡的、骯髒的，那是因為長久以來多數掌控了少數，而被賦予不正常的評斷；當然還有很大的一部分應該是女女之間對於經期前後痛苦經驗的惺惺相惜。

童素心陪鍾沅去作人工流產，她坐在手術室外，回想鍾沅躺在手術臺上的模樣，打了麻醉劑之後，閉著眼睛安靜睡著了，兩隻腳敞開來，分別擱在兩頭高高的金屬架上。那兩隻會跳躍打水、蹄子一樣美麗的腳，她還是忍不住哭了起來。那晚她陪著鍾沅，半夜醒來，見到鍾沅斜靠在床頭不知道在想些什麼，她問鍾沅是不是還在痛？鍾沅搖頭說是和月經來的感覺差不多，並和她談起醫生說兩個月大的胎兒大約五公分；她推開被子，靠到鍾沅身邊，抓起她的手緊緊握住，心口彷彿裂開一個深不見底的洞，感覺好痛。

從另一方面來說，面對月經，就必須面對自己是女生的事實，女女之間可以沈溺在戀愛中，可是當每個月的好朋友來訪時，就不得不敲醒自己：我是女生，她也是女生。感情是盲目的快樂，但月經提醒了現實，男女之愛才是被認同的。

然而，作者還在〈關於她的白髮及其他〉中設計了費文在生病期自我閉關，並寫好遺書，但屋陋偏逢連夜雨──「感到胯下有異，低頭發現月經來了，而且血崩一樣染紅整面床單。很好！真他媽太好了！不賭也輸衰到這種地步，一輩子月經沒這麼準過！她下床關上窗戶，搜集屋內所有大幅布塊紙板將每個通光口一律堵住。斗室頓成洞穴，她垂首踱步，任經血沿腿間流淌滴在地板，一步一印，血跡斑斑。天旋地轉，口乾舌燥，她不禁懷疑自己已血水盡失成一具屍乾了」[20]這樣的一段月經來潮的描寫，更加體現出費文的

---

20 同註一，頁101。

孤絕，和前面女女相伴分擔經痛形成對比。

（二）角色襯托

　　配角，是主角的親信，其任務在幫助作者避免獨白和插敘。[21]

　　曹麗娟在〈在父名之下〉塑造了一個重要的配角來襯托林永泰——長得和小舅林永泰酷似的周珮瑩。周珮瑩曾多次參與支持同性戀的活動，還有幾個同志朋友，所以，當外公病危，林家展開找尋林永泰的行動，周珮瑩開始興致勃勃分別托各路人馬找尋林永泰的下落；甚至，還找到當初因猥褻一起被退學的鄭智偉，但遠在美國的鄭智偉說是他們十年沒聯絡了，反而要林家若找到林永泰，請林永泰和他聯絡。

　　林永泰的父親過世了，林家在各大報刊登消息，一直到無法再拖下去，必須入殮，只好放棄找尋的動作。然而，就在出殯前的一個守靈夜周珮瑩察覺到埋藏在母親唇角那極具戲劇性的笑意，她注視著自己母親的側影——「現在想起來了，想起來了！原來她不是酷似小舅，而是酷似自己的母親，母親跟小舅姐弟倆的側臉是如此神似啊……沒錯，就是『她』！出殯前的那個守靈夜，那個戴著墨鏡一身黑衣裙來上香的，與她母親面貌相似的『女人』……」[22]

　　而在〈童女之舞〉中，曹麗娟利用事件的發生，產生角色對比去作襯托——石杰在蹲牢；童素心陪著鍾沅去作人工流產。

（三）母親形象的全面描寫

　　在臺灣80年代的女性小說中，出現了顛覆母職的描寫，以往傳統無私奉獻的母親形象，受到了強烈的考驗和質疑——廖輝英〈焚燒的蝶〉裡的封碧娥、《盲點》裡的丁素素和蕭颯《如何擺脫丈夫的方法》裡的苡天都是不會為了兒女而勉強自己去維繫生病了的婚姻。到了90年代曹麗娟的同志小說

---

21 王平陵：《寫作藝術論》，臺北：正中書局，1975年，頁41。
22 同註一，頁96。

中，更是在遠離母愛的歌頌外，反而還以書寫的方式，去證明並不是每個女人天生就有當母親的能力或本事，母愛絕不是天生的。

三至六歲的孩子會有「戀父母情結」，男生會對母親有很強烈的占有慾，而女生又會希望自己可以取代母親的地位，然而，這種原本發生在「異性戀」（子女與異性父母之間的愛）身上的「伊底帕斯情結」，被放到同性戀者身上時，所產生的竟是母子間的敵對與仇視。[23]

〈斷裂〉裡的席拉——「直到開始痛恨自己的五歲小兒——因為愛達痛恨——她才終於害怕起來。她無法與兒子獨處，她感到羞愧，繼而憤怒；兒子看她的眼神彷彿洞悉一切，那無邪的、殘忍的、理直氣壯的眼神啊！她簡直懷疑最後不是她手刃骨肉就是有人弒母。」[24]

還有〈關於她的白髮及其他〉裡費文的母親，在她六歲那年棄下四個小孩離家，和她的「她」——陳仔一起生活到老死。當陳仔葬了費文的母親後，費文和她是GAY的三哥到墳前去祭拜——

> 阿桂，囝仔來看你了……那個當初偕老娘私奔的人向「顯妣費氏許桂」的墓碑介紹他們兄妹倆，費文瞄墓碑左下側幾個字：孝男正文明文鴻文泣首。拜託他們誰來「泣首」過了？要捏造何不捏造到底，連費文名字一併列上？她倒寧願墓碑上頭刻的是「愛人某某某立」——如果這個陳仔夠膽識的話。也許，老娘跟陳仔終究還是害怕到了陰曹地府無容身之地吧。費文撇了一下嘴角，臉上的冷笑還來不及成形就遭寒風吹散。[25]

---

23 在佛洛依德的心理學認知中，人類文明是建立在父子相弒的伊底帕斯情結——男孩在五歲左右對母親的性愛幻想，會因受到父親的壓抑而產生憎恨和恐懼——若能夠克制及跨越這種恐懼，便能夠從戀母情結中抽離而轉向對父親的認同，進而成功進入文明體系。

24 同註一，頁64。

25 同註一，頁144。

曹麗娟利用側寫的方法，從費文的角度去看她的母親，然而，費文並未因為自己的同志身分，而去理解母親的作風，因為那是站在女兒對母親的立場，也許費文所考量的是：如果母親未曾離家，那麼也許她也不會走上這條路，不管是好或壞，對或錯。

隨著文明發展與社會的進步，女性在社會、政治和經濟上的地位，也因著其改變而有不同的定位，因此，女性為人母的角色與本性，在曹麗娟筆下也有著不同的形象呈現。

此外，如果要說曹麗娟在這四篇小說中的寫作風格有不足的話，應該是〈在父名之下〉裡的周珮瑩的內心描寫應該是可以再多加著墨的，她和林永泰算是兩個不同時代的人，她有同志朋友，支持同志活動，即使她避免和母親提起，但其內心世界的心聲應該是可以給讀者知道更多的，而為同志發聲。

5

結　語

綜上所述，我們做出以下六點結論：

㈠「性教育改革聯盟」發起人之一的何春蕤教授曾表示：教育要鬆綁，那麼強調道德、規範式的「性教育」也該鬆綁，教改標榜的「提倡多元、尊重差異、強調創意」等理念，在「性改聯盟」中也都適用，強調「人本」的「性改」完全符合李遠哲先生的教改理念。[26]

這樣的說法揭示了這個在臺灣社會中存在，而受到大家所規避的現實問題，其目的就是希望能因此激起人們對這個族群的尊重與幫助。

㈡梅家玲曾讚譽：「曹麗娟觸及到女性愛慾流動幽深駁雜的動人心事。

---

26 梁玉芳：《聯合報》，第三版，焦點，1996年6月29日。

她的同志關懷每多植基於生活現實，遂使生養與老死，病痛與孤寂，環境與規範，一皆見證並介入了與時俱進的認同辯證，自有其真誠感人處。」[27]曹麗娟在作品中所要表現的是親子間的衝突和愛，以及各種關懷，但她也寫創傷，是整個社會加在同性戀者身上的歧視造成的創傷，而這種創傷，往往又以自己的父親所帶給他們的最為深切，可是又讓她筆下的人物有能力去自我療傷，找出解決之道，例如：費文在病癒後的自我認同；林永泰以女裝出現在父親的喪禮中。

(三)曹麗娟的小說不走新舊世紀交替之際女性小說書寫的主流路線——性別跨界的交混，女性身體與政治權力的交換、角力，怨懟與縱情的情色頹廢，也並不強調或質疑異性戀體制下的兩性差異的傷害，而是很單純的為這一個處在社會陰影中的弱勢人群說話。

(四)在本論文所研析的四篇小說裡，都呈現出「樂觀」，看不出邪惡，也沒有被污名的感覺。曹麗娟以冷靜的筆調，沒有憤世嫉俗，沒有激烈的抗議場面，只是淡淡地交代經過，也不以社會的框架故作批判或檢討，甚至沒有責難任何男人，包括讓鍾沅懷孕的石杰，石杰讓她見識到許多新玩意兒——場子、應召站、兄弟、大麻還有性，鍾沅墮胎是他安排的，當時他人在牢裡。文本中看不出有被異性戀排擠，或排擠異性戀的問題；尤其過去對於同志的「歧視」、「標籤」、和「偽善」的反動，也已不復見。曹麗娟並沒有寫太多的創傷，反而較多的是在女女之間的情誼上多加著墨，像是一部同志的勵志百科，傳遞著性別多元繽紛的訊息。

(五)臨床心理師兼作家游乾桂說：「同性戀是正常的，但同志又該怎麼做？無可諱言的，社會的歧視依舊存在，怎麼重塑一種無關乎性別，但確令人喜歡的形式是有必要的。蔡康永模式是很好的示範。當正向的形象取代轟趴，同性戀者便可以聲音洪亮的說著自己的性向了，如

---

27 同註一，序頁3。

同紀錄片《美麗少年》裡呈現，毫不遮掩經營自己的人生。」[28]每個生而為人，都是獨一無二的個體，就該享有同等權利，不因其性傾向而受到歧視，無論是男、女同志、雙性戀、跨性別都是天生的性傾向，我們都應尊重與理解。

㈥ 90年代的性別論述發展得非常迅速，在同志論述之後，又出現了所謂的「酷兒（queer）論述」——顛覆瓦解傳統定於一尊的意識，向主流的文學或文化挑戰。作家藉著文字的力量，穿梭於超現實幻境，試圖揭露更多的自覺與自省，尋求可能的各種空間與出路。其實這些作品都反映了臺灣的某個族群的社會現象。

（原載於《明道學術論壇》第一卷第一期，2005年9月。）

問題與討論

一、請談談你對同性戀的看法？

二、你會學習去尊重包容「同志」這個邊緣族群嗎？

---

28 同註六。

Chapter 6

從「酷兒理論」看
陳雪《蝴蝶》的多
元情慾書寫

前　言

　　1987年，臺灣解嚴之後，社會結構的巨變，以及後現代商業文化的影響，一群所謂的「新人類作家」蠢蠢欲動，開始打破過去的種種禁忌，躁進而積極地表現自我。陳雪，即是在這波新世代同志情慾書寫的創作者中受到矚目的新星。

　　90年代臺灣小說的一大特色，便是出現許多以女性情慾、性別跨界及情色頹廢為題材的作品。其女性小說書寫的主流，包括：書寫女性情慾；呈現女性自戀而實際的慾望、怨懟與縱情的情色頹廢，對頹廢男性抱以輕蔑，出現了反異性戀情的傾向；女同志小說對愛慾的歌頌，及其自我追尋；女性身體與政治權利的角力或交換。

　　「酷兒小說」興起於90年代中期，陳雪的小說可算是最為經典的代表作。陳雪，1970年生，以寫作同志小說在文壇上備受矚目。畢業於國立中央大學中文系，文學啟蒙來自《三三集刊》，以及大學時期熱情閱讀的翻譯小說──《茱萸集》、《瘋癲與文明》和《班雅明作品選》等。從出版處女作《惡女書》──刻畫女同志的情慾開始，經常將作品的關注範圍放在性別、同志議題和情慾描寫，如《夢遊1994》所探索的主題，包括感官經驗、情色慾望、頹蕩情調等，在在顯示出世紀末臺北的社會各階層人物的都會生活和人間世態，突顯了對「世紀末」特徵的展示，她訴諸感官知覺，極力在作品中描述探討同性戀、異性戀、雙性戀、亂倫等她所感興趣的情慾模式。除此之外，她還關心「階級」，還有隱藏在階級背後層層的社會問題，所以那些經濟弱勢、遊走社會邊緣的群眾、精神病患和創傷倖存者，都是她筆下的關懷對象。

　　著有《夢遊1994》、《惡魔的女兒》、《愛情酒店》、《鬼手》、《橋上的孩子》和《只愛陌生人》等書。短篇小說〈蝴蝶的記號〉於2004年由香港導演麥婉欣改編、拍攝成電影《蝴蝶》──臺灣文本、香港電影，跨越

性別的愛情，華人電影中首度如此直接深刻描繪女同志戀情；而近作《陳春天》為描寫貧窮與精神病，以討論「社會放逐」之長篇小說。

本文所以選擇印刻所出版的《蝴蝶》為研析的對象，乃因該部作品所收錄的——〈蝴蝶的記號〉、〈色情天使〉和〈夢遊1994〉觸及的是多層面的感情，且情慾模式也展現了酷兒小說的豐富樣貌。

透過本文的研究，預期能增進讀者對陳雪小說的了解，提供對女性文學及臺灣性別文化研究相關參考資料，了解臺灣性別文化的歷史演進過程，以及在過程中如何建構社會中的性別議題及意識，並透顯出酷兒文學的發展脈絡。

酷兒理論

80年代末期，國外同志／酷兒運動的熱潮傳入我國，再加上解嚴之故，媒體已鬆動其界限大量地介紹同性戀及其作品。

「酷兒理論」這一說法最早是由美國加州大學的女同性戀者T.羅利帝斯（Teresa de Lauretis）在1991年提出來的。在英語"queer"這個單字，指的是有與預期不同的、古怪、怪胎的意思，是個貶義詞。

臺灣最早出現「酷兒」（queer）這個詞，第一次是出現在島嶼邊緣雜誌社於1994年所出版《島嶼邊緣》第十期中的——「酷兒QUEER專輯」。「酷兒」來自英語"queer"的譯音，在漢語中，「酷」來自"cool"的英譯，是一個褒義詞，指的是美好的事物——我們形容一件事很完美、如所願，會說「酷」；形容一個人長得很帥，也會說「酷」。所以很明顯地見到「酷兒」，取代了過去同性戀者被稱之為的「玻璃」、「同志」的代名詞，語義的巧妙置換，也突出了同志的反抗與顛覆精神。因此，「酷兒」一出現後，即成為二十一世紀既前衛又時髦的流行新名詞。

「酷兒」的出現洗刷了昔日同性戀者給人的悲觀絕望的懺情情調，白先勇筆下的「孽子」、朱天文的「荒人」、邱妙津的「鱷魚」的時代已經全然過去，取而代之的是天馬行空、囂張活潑、豪放浪漫的「酷兒」書寫時代，曹麗娟的「童女」、陳雪的「蝴蝶」、「天使」，都為同性戀者帶來美好的文學意象；而洪凌的「吸血鬼」和陳雪的「惡女」又更具挑釁的意味。

　　「酷兒小說」不同於「同志小說」的感傷、消極，以一種自得的積極姿態，藉著文字的力量，顛覆傳統，向主流挑戰。而典型的代表作家陳雪的作品充滿想像，最常藉由夢境的手法，穿梭於超現實幻境，上天下地，無入而不自得，所描寫的情慾流動是冒險而多樣的，同時也不諱言人性的扭曲。

　　葛爾‧羅賓的《酷兒理論》一書中說：「按酷兒理論的理想，在一個男人不壓迫女人、異性戀不壓迫同性戀的社會中，性的表達可以跟著感覺走，同性戀和異性戀的分類將最終歸於消亡；男性和女性的分類也將變得模糊不清。這樣，性別和性傾向的問題就都得到了圓滿的解決。」[1]所以我們得知「酷兒」所定義的範圍很廣，包括女男同性戀者、女男雙性戀者、女男變裝慾者、女男變性者、女性化的男生或男性化的女生，以及肯定同性慾望流動之可能的女男異性戀者，可以是雙性戀、男女同性戀、易裝者、變性者、第三性公關。

　　酷兒理論強調性別取向具有強烈的政治性，宣稱「性別（gender）和性（sexuality）乃一種『行為』（performances，亦可譯為表演），可以偽裝、模仿、誇耀、混淆及嘲弄，是一種關於性及性別呈示的激進理論，也可視為一種『性別反叛的女性主義』」（gender rebellion feminisms）[2]基本上酷兒理論可視為是女同性戀政治的進一步延展。

1　葛爾‧羅賓等著，李銀河譯：《酷兒理論》，北京：時事出版社，2000年2月，頁152。

2　轉引自林樹明：《多維視野中的女性主義文學批評》，北京：中國社會科學出版社，2004年5月，160～161。

反權威重「邊緣」

　　90年代的臺灣女性文學寫作，在酷兒小說的這一塊，呈現了反權威、反神聖的輕鬆風格，喬以鋼在談論到90年代的臺灣的後現代思潮的興起對女性創作的影響時說：「女性身分本身的邊緣性由此得到前所未有的重視，這首先體現在對邊緣議題的開發上：女性在歷史、政治中的邊緣地位開始得到發掘，曾被禁止進入文學公共空間的女性生理、心理和情慾描寫開禁，女同性戀、畸戀等邊緣之邊緣的『性少數』問題也成了女性寫作的熱點。其中女同性戀文本的流行，甚至有從邊緣地位向中心地帶演進的趨勢。可以說，90年代女性小說創作是一種在邊緣行走的創作，藉『邊緣』題材，她們對女性被遮蔽的本質有了更深入的表現……」[3]

　　酷兒理論挑戰著男尊女卑的父權社會，陳雪描繪女性的身體，也描述其掌控自己的身體，她採用了一種激進反叛、慷慨張揚的敘事策略，藉著踰越來突顯她所書寫的情色小說，以誇張、荒誕、魔幻現實主義的筆觸，意圖鬆動、乃至顛覆霸權的傳統道德和社會體制，但其踰越並非否定，而是一種超越，他們不再在意現實生存環境對同性愛的精神壓迫，而是要努力構築出同性愛的美好。

　　以〈蝴蝶的記號〉為例，這篇小說說的是：女主角小蝶，一個從來都不願意讓別人失望的三十歲已婚，有一個女兒的中學教師，在超級市場偶遇一個偷東西吃，卻令她著迷的女孩——阿葉，喚醒了她體內的多重慾望，在她情慾流動的搖擺掙扎時，她的學生——武皓和心眉的女同志戀情曝光，受到各方的壓力與阻撓，最後，一個自殺，一個發瘋；同時也帶出她自己在學生時代和同性愛人——真真的戀情；而母親又在邁入老年之後女性自覺，決

3　喬以鋼：《多彩的旋律——中國女性文學主題研究》，天津：南開大學出版社，2003年1月，頁236～237。

定要和父親離婚，和其女同志友人一起生活。經歷過這些外在的刺激，與自我內心的性別認同激盪，小蝶一改以往習慣放棄的性格，她要讓自己做回自己。

〈蝴蝶的記號〉一方面剖露同性愛戀間的挫敗煎熬和艱難心情，另一方面也呈現在異性戀體制下的兩性差異。陳雪將同性戀人可能遭遇到的現實社會問題，透過文字，把她們的痛苦擺盪與萬般無奈，深刻地表現出來，除了呈現同志的情慾外，還加入了作者的關懷意識。

真真在高二那年開始追求小蝶，接著四年真真完全占據了小蝶的生命。

升大三的暑假，小蝶的母親發現了她倆的戀情，母親和真真在小蝶面前彼此攻擊叫罵，後來母親以自殺威脅，帶走了小蝶，並馬上幫她介紹男朋友。

真真整整失蹤了兩年，小蝶以為以真真的個性一定會自殺，誰知當她找到她時，她已經落髮出家了。

陳雪故意安排小蝶「為人師表」的身分，讓她頂著高帽子扛起教育下一代的社會責任，然而，當心眉與武皓的同性戀情一曝光，即再度觸痛她，面對社會輿論的否定與嫌惡，即使她心裡有所反動，也無法或不敢給予真誠的支持——

「乖乖回家去，沒有事的。好好唸書將來才可以長久在一起啊。」我說這話時感覺自己在說謊，我身為她們的老師，卻不知道應該說什麼才對，我怎能鼓勵她們去走一條我明知道會很坎坷的路呢？但我又要怎麼違背良心說妳們不要在一起了，這樣不好。[4]

女同志通常在生命早期的階段在生命底層就具有一股沛然而莫之能禦的衝動，經過長年的生命經驗的累積，她會持續地與自己的內在開戰——思

4 陳雪：《蝴蝶的記號》，臺北：印刻出版社，2005年1月，頁33。

考、感情，與行為方式，因為她的內在，是渴望要去做一個更徹底與更自由的人，比她所處的社會所允許的還要徹底自由。

陳雪是一步步在性格上去塑造小蝶的自我認同過程，還未遇見阿葉之前，在小蝶心中是認為過得平靜而幸福的，溫柔體貼的阿明會賺錢又會幫忙家務，是個無可挑剔的好丈夫；但認識阿葉後，小蝶漸漸勇於承認一切都是海市蜃樓，她是在殘缺的家庭長大的，並不是阿明所見到的幸福假象，出身於破碎家庭的阿明以為只有像小蝶那樣出身於溫暖家庭的人，才能給他理想的生活。小蝶再也不要去維持外人眼中的和諧美好，而扭曲自己的人生。

且看當她決定要和阿葉一起分享生命後的內心一連串地對異性戀機制的反抗的聲音——

> 是不是只要做錯一個決定就要賠上一生來償還？我不知道，是我自己選擇這段婚姻，難道我沒有權利選擇放棄嗎？我不想和媽媽一樣，痛苦了幾十年到老了才說要離婚，我不認為兩個女人不能撫養孩子，什麼是正常的家庭正常的小孩呢？悲劇不斷在我身邊上演，使我無法再輕易地順從別人的期望，滿足旁觀者無聊的評斷，也許孩子會問我關於爸爸的事，也許她會因為別人的恥笑而受傷，但我會讓她明白，這世界不是只有一種樣子，別人有爸爸，但妳有兩個愛妳的媽媽，我不會編織美麗的謊言來騙她，我要讓她知道，即使我們跟別人不同，但我們有屬於自己的世界，我們需要更多勇氣才能走下去，但我們絕不輕易放棄自己的希望。[5]

陳雪寫出了小蝶內心底層仙子與魔鬼的交戰，那是一種雙重矛盾性格的交戰，交戰過後，她從無限虛假和扭曲的精神裡破蛹而出，打破父權制的威權，小說結尾小蝶選擇和阿葉站在一起——

5　同前註，頁75。

「明天陪我去見律師好嗎？」

　　我說。失去孩子但她仍在我心底。但失去妳我連心都沒有了。

　　「蝴蝶。」

　　她說，不能飛就不是蝴蝶了。

　　是的。蝴蝶是我的名字。[6]

　　小蝶最後選擇擁有自己，或許那是她唯一可以擁有的，也是唯一不能失去的。

　　阿葉是小蝶同性情慾甦醒的重要角色，在此同時，小蝶參與了武皓和心眉同性愛的火花爆裂的灼傷，讓她憶及年輕時被壓抑的女女情慾，再加以決心要離婚的母親帶著同性友人阿琴來看小蝶和阿葉，就像小蝶的兩個女學生——武皓和心眉，被家長發現後，離家出走前去找小蝶幫忙，尋求認同是一樣的，彷彿有著女同志生命共同體的意味，在小蝶持續和丈夫、父母、學校、社會，還有自己開戰的同時，有了同袍並肩作戰的勇氣，這是陳雪刻意安排的角色襯托，讓這些配角也能在社會邊緣現身說法，這是一種很好的映照。

　　陳雪的小說不像邱妙津或杜修蘭小說裡沈重的出櫃和悲劇意識，反而有一種反傷痕的書寫，她直接讓筆下的人物去表現女同志的社會能見度，以正面迎接的開放度去探討同性愛的靈魂世界。

6　同註四，83。

去性別區劃

　　酷兒理論激進地搗毀男女兩性的性別區劃，強調一種「非性」或「去性」的存在方式。它懷疑所有關於性別（gender）和性徵（sexuality）的傳統設定，宣稱「男人」、「女人」、「異性愛」、「同性戀」、「男子氣的」、「女子氣的」等範疇只不過是一種行為與展示。「酷兒理論向性的本質主義挑戰，試圖將既存的性別區劃『中性化』，藉此而建立尊重個人性別選擇的自由空間或存在極端自主狀態。」[7]

　　在〈夢遊1994〉裡情慾的部分不只限於女同性戀的刻畫描寫，也觸及雙性戀，還有變性的問題。

　　小說裡的女主角和女同志「慶」原是認識六年的朋友，她幫慶布置房子等慶的女友來住，忙了三天，慶突然吻了她，她也無法拒絕，彷彿等的就是這一刻，在慶一樁樁戀愛事蹟之後，在看過她無數荒唐、痴迷的行徑之後，她所期盼的就是慶來吻她。

　　她第一次見到慶的女友，是慶第一次帶離家出走的她來她家借住一夜；第二次慶的女友帶了大包小包的行李開門見到她倆，東西掉了滿地，而後坐在地上嚎啕大哭。那時如果沒有她的介入，慶和她的女友或許按計畫到國外結婚了。但是慶和她的女友分手後，女友傷得很重，自殺獲救後，和男人結婚去了。

　　慶很愛她，為了她放棄了她的女友，離開學校，發瘋似地在電動遊樂場賭博，和人賭玩命飛車，為的就是賺很多錢去動變性手術，但當時她連說實話的勇氣也沒有：對不起，不要去變性吧，我會害怕的，暑假過完就要去上大學了，上了大學出國，然後嫁人，才是我想要的人生啊！

　　每次她去銀行存錢心都痛得要死，如果慶知道自己摔得一身傷痕賺來的

_____

7　同註二，頁162～163。

錢根本留不住她，慶會發狂的。在她十八歲那年，還是離開了慶，還說了她也自認為是狼心狗肺的話：「不行喔！我是大學生妳連五專都沒念完，而且又不是真正的男人。」[8]

她從慶身邊逃開後，就一直逃來逃去，從男人L身邊逃向女孩S，接著是M、W、P、O……二十六個英文字母都不夠用，從現實游移到夢境中和慶生活對話，又在兩者之間徘徊，錯亂不已，結果是落得什麼地方都容不下她。

小說裡的她困住了自己，因為無法確定自己的性別取向而痛苦，跌進自己創造的陷阱出不來，她的自我被苦苦壓抑得扭曲變形，當她決心自殺，倒在血泊中醒來後，她突然明白了一定要活下去，獨自一個人勇敢地活下去。

陳雪有意透過女主角的矛盾，以及「慶」在追求幸福過程中的跌跌撞撞，提示在異性戀的思維系統裡，性別二分的觀念是一種嚴苛的毒害，因為有了「性別」，進而發生「階級」，才產生「歧視」，因此，酷兒理論，談的並不是同性戀去宰制異性戀，而是「平等」，所以，酷兒理論談論的就是去中心，去階級，去性別，唯有不再讓異性戀霸權一直宰制整個社會，才能消滅同性戀的弱勢。

在90年代的同志小說中，邱妙津〈柏拉圖之髮〉裡的異性戀的暢銷女作家，假扮成男性和一個從事性工作者的女性同居，體驗真實的情慾世界；曹麗娟〈在父名之下〉裡的男同志主角無法得到家人的認同，後來以女裝出現在父親的喪禮上；吳繼文《天河撩亂》裡和主角相依為命的姑姑，其實原是他的伯父，他是變性人。這些例子都說明了性別是可以超越的。

再看〈蝴蝶的記號〉裡的阿明在以柔情攻勢挽救婚姻不成，帶著小孩離家十天後回家見到小蝶和阿葉在家等候，一改過去的好形象，說：

> 「她就是妳要離婚的理由嗎？妳自己考慮清楚，要離婚還
> 是要孩子，我是不可能讓我的孩子給同性戀養的，那她長大不

會變同性戀嗎？…」

　　「妳跟她滾吧！有本事妳們自己生啊，有話妳等著跟法官說吧，現在妳不想離婚也由不得妳了，我不會要妳這種妖怪做老婆的，滾吧！」[9]

　　當性別不再成為問題，而是以愛為出發點，這些社會約制的概念性的傷害話語就不會出現了。莫尼克·威蒂格在〈女人不是天生的〉中提出「拒絕做女人」的主張：「一個新的為所有的人類所做的個人和主體的定義，必須超越性別的分類（女人和男人）……我們當中沒有任何一個人是『女人』，『女人』是那個要求我們必須摧毀性別的分類，不再使用這種分類，並且拒絕所有用這一分類作為其基礎的科學（實際上是所有的社會科學）」[10]這段話正好符合酷兒理論的去性別區劃的概念。

▼5

情慾無罪

　　在酷兒文學的代表作家中，紀大偉和洪凌距離現實較遠，前者善於以狡黠嘲弄的手段去展現酷兒的激進的想像；後者則是有意展現酷異科幻的奇幻世界；而陳雪則是較貼近現實的，從她1994年最早的〈尋找天使遺失的翅膀〉開始，她的小說有一些重要的元素：前所未有的大膽地對性的探索與描寫，不管是同性、異性、雙性，甚至是兄妹戀的情慾糾葛，這些都是陳雪小說獨有的特色，而她所要宣揚的正是情慾無罪。

　　陳雪在描寫性愛的題材時，極寫人物性愛的感官細節，以肢體感官、做愛場面，甚至赤裸裸的性器展覽的「新感官」描寫顛覆了白先勇式的傳統古

9　同註四，頁81～82。

10　同註一，頁355～356。

典筆法和朱天文式的現代唯美情調，徹底跨越了前輩們所無法超越的文化心理障礙。

　　且看〈蝴蝶的記號〉裡的小蝶對阿葉的渴求——「是的，我想要跟她做愛，對她的愛慾如潮水洶湧在我體內已有多時，我在夜裡因渴望她而醒來，一次又一次洗手沖澡仍無法平復那種波動。」[11]在異性戀的社會體制下，小蝶每天努力扮演被社會認同的女性角色，無形中早已喪失自我的主體性，所以當她一開始以為人妻母的角色接觸到小葉，去面對伺機而起的同性戀情時，是惶恐而罪惡的；但當經歷過內心交戰，坦然面對女女結合時，她所展現的是她生命底層真實的一面——

　　　　在心愛的人面前是不需要害羞的，我從來缺乏的就是這麼放心大膽地表現自己的情緒和慾望，我一直小心翼翼戰戰兢兢深恐自己傷害別人、影響別人，甚至連做愛時都要考慮自己表現得夠不夠溫柔體貼，以前和阿明做愛，一會擔心保險套破掉，一會心疼他明天上班沒精神，不是想到會弄髒床單，就是害怕自己姿勢難看、叫聲不好聽……簡直就是在作秀不是做愛嘛！阿明還說他就喜歡我這種氣質優雅、性情陳靜的女人，可是我不喜歡做這種人，我已經厭倦了。就算只有一次也好，我要讓自己再次熊熊燃燒。[12]

　　陳雪所關心的是那些被隱藏起來非檯面上主流地位的，我們見到她歌頌慾望，尤其強調情慾解放，重視個人選擇權，宣示情慾人權，按著自己的意願來使用自己的身體，而最重要的課題是傾聽內在的聲音、解放自己，對自己誠實，解放情慾。

　　誠如何春蕤所言：「性解放要求更寬廣的慾望空間，超越一夫一妻的父

11　同註四，頁40～41。

12　同註四，頁42。

權式婚姻，超越單一的性伴侶，超越異性戀，超越單一僵化的性模式，性解放像是自助餐一樣，各種個行的性活動和情慾經驗攤在你面前，你永遠可以任意挑選⋯⋯解放的空間裡，情慾活動是多元的，脫出了單一的模式和軌道，不受限於特定的人際關係、性別、年齡層，也因此才有可能在最大的自由空間，在最鼓勵創意、最肯定主體意願的條件下充分的豐盛起來，提升情慾品質。」[13]

　　從陳雪的小說看得出她所感興趣的情慾模式，不單只是性而已，對象不同，人與人之間也會產生不同的關係，在她的潛意識裡要把那種被壓抑的慾望與心理鬱結，以反抗社會規訓的力量，坦率地表現熾烈的愛慾流動，就算是家人愛的亂倫也可能會提升的性的境界，而且在她的認知裡是可以被寬容、被允許的。在〈色情天使〉裡小鹿和相依為命的哥哥產生原始的情慾——

　　　　「等妳長大就會要男人，其他的男人，不止一個，妳會迷
　　失在愛情中，妳的身體會向別人張開。妳不會拒絕。」
　　　　「我不要男人，只要你。」
　　　　我說。我在他肩上更用力回咬了一大口，血絲都滲出來
　　了。
　　　　「會的。性像是含毒的果子，妳吃一口就上癮了。」⋯⋯
　　　　「哥哥給我吧！每一次都給我。」⋯⋯
　　　　「不行。這樣我們會下地獄的。」⋯⋯
　　　　「讓我們一起下地獄吧！」[14]

　　後來繼父老王終於找到機會準備強暴小鹿，哥哥失手殺死了老王，小鹿在昏迷中醒來——「我吻他。他不再拒絕。在那溼涼的草地上，當老王

---

13 何春蕤：《豪爽女人》，臺北：皇冠出版社，1994年9月，頁38、39。
14 同註四，頁136～137。

逐漸沒入泥水中，終於斷了氣時，我和哥哥做了愛。之後無數次。我們做愛。」[15]

最後，陳雪安排小鹿懷了哥哥的小孩，母親強行墮胎，哥哥選擇自殺，小鹿病癒後則繼續尋找她生命中的「哥哥」角色。

從佛洛依德的精神分析觀之，人的行為發展全與性相關，因為，那是最原始的一種驅動力——「原慾」。

90年代的臺灣文學已大膽突破情色的禁區，酷兒小說，更是相對於主流霸權思想的反動，把情色課題裡的性的禁忌，拉提到正統道德文化的檯面上，宣揚情慾無罪。

崇尚享樂

二十世紀末、二十一世紀初的世紀交替之際，90年代臺灣女同性戀小說出現了對愛慾的歌頌，同性戀、異性戀、變性、扮裝等性別跨界的小說，在陳雪的筆下以末世憂鬱和及時行樂的思想刺激的書寫，展示出酷兒們玩世不恭，肆無忌憚的寫作姿態。

〈色情天使〉更是最多的表現了佛洛依德的「本我」——本我是人格結構中最原始的部分，是與生俱來的，包括一些生物性的或本能性的衝動，是個人行為的原始動力，它受到唯樂原則所支配，藉著立即的滿足，宣洩原始的衝動，以減低緊張狀態。

時代在改變，性別、情慾的關係愈形複雜，很多正常人眼中的變態，在酷兒小說中漸漸浮出檯面。〈色情天使〉裡的小鹿在醫院中認識了富有的老爺，老爺以極高的價錢雇用十六歲的她當看護，她住進了老爺城堡一般的莊

---

15 同註四，頁138～139。

園，名義上她是他的養女，實際上是他隱密的愛人，「是他以精液、血汗豢養的小寵物」「我們用毒素彼此餵養」，多年來他們輪流吸食香菸、雪茄，甚至大麻，在老爺的調教下她閉上眼睛憑著氣味就可以分辨它們的品牌。老爺喜歡看她表演，她也樂在其中──「穿戴各色各樣的胸罩、三角褲，以及蕾絲吊帶襪、高跟鞋，披上黑色大衣來到他面前，在他犀利如刀的目光凝視中，隨著彌賽亞的樂聲翩翩起舞……我會推著他的輪椅跟她跳舞，讓他一件一件慢慢卸下我身上的裝束，只留頸子上的銀項圈，他喜歡撫摸那冰冷光滑的金屬項圈嘴裡喃喃自語，他喜歡撫摸我身上最隱密的三角地帶，讓它汩汩流淌出汁液，許多次我任由他扭曲搥打我的四肢，在痛楚痠疼中體驗到喜悅的幻覺……我在這近似表演的儀式中得到釋放。」[16]在性行為中，觀看和撫摸是正常的，陳雪藉由文字激起觸覺和視覺的挑逗，引發人物的樂趣。

　　另外，有戀物症（性對象的替代品）的交通警察小蠻，是小鹿的男友之一，小鹿每個月和他見面一次，都是月經來的時候：「你無法想像他是如何酷愛我的經血。他收集了十幾張沾染了血漬的白色床單，不見面的日子便逐一拿出來賞玩、舔舐。」[17]還有小說裡小鹿所愛戀的男子，喜歡病態地詢問小鹿和別人做愛的細節，在鉅細靡遺的敘述中得到滿足。這些超越了常人所應有的嫌惡感，還有被虐待症的表現，在酷兒小說的表現手法中所呈現的都是在不影響他人的情況下的「享樂」，所以似乎不算是一種病態。

　　陳雪的筆調，天真無邪近乎恥，以崇尚享樂至上，似乎對傳統文化進行無情的嘲弄，讓我們見識到一個女人如何操縱及享受性慾而超越了性別、年齡、身分與關係的界限，而此時，陳雪所書寫的身體擁有自己絕對的主體性，在渴求他人也樂於被渴求的狀態中自由穿梭。

---

16 同註四，頁104。
17 同註四，頁91。

荒誕無序

　　陳雪所感興趣的是夢境、夢囈、精神分裂狀態等超現實的書寫，她利用那樣的書寫去張揚反正統文化主流地位的離經叛道，並擅長在小說中以時間與空間變換自如，虛構與寫實交替的多變風格，去書寫記憶的重現及隱匿。其小說敘述手法裡的「錯綜」正好可以表現酷兒小說的荒誕無序。

　　所謂的「錯綜」指的是，時空交錯法，以現在、過去、未來三種時態，揉合在一起，間雜錯綜進行。把時間和空間分割成許多碎片，錯置開來，或以主線、支線交叉進行。形成互不連貫的混合體，時間變成一張複雜的網路，敘述和回憶可以交替出現。

　　在〈蝴蝶的記號〉中當小蝶向阿明表白她愛上了一個女孩子後，阿明偷看小蝶的日記，以為那個人就是真真，並且上山去找真真，阿明轉述真真的話說是她命中注定和佛有緣，和小蝶無關；小蝶生氣阿明侵犯隱私，眼前一陣昏黑，小蝶跌倒在地，失去了知覺。陳雪在這裡安排了時空跳接──「我看見了真真。那是什麼時候呢？」[18]接著小說文本回到高中二年級的時空，交代小蝶與真真的那一段青澀的歲月。

　　Judith Lorber在《性別不平等：女性主義理論與政治》中提到：「酷兒理論表明，個體可以有意識有目的地創造無序和性別的不穩定性，從而展示了社會變化的方式。」[19]陳雪以荒誕的故事情節，焦灼迷醉、性感頹靡的文字風格，高揚無序的末世氣息。

　　佛洛依德依據臨床的經驗，歸納常見的心理疾病有七種，其中的「抑鬱」（Depression）：遇事過度悲傷、不振、退縮、嚴重者有自殺的傾向；「妄想」（Delusion）：虛構許多自以為是的觀念，因而終日焦慮不安；還

---

18 同註四，頁55。
19 同註二，頁163。

有「離解反應」（Dissociative Reaction）：產生幻覺、妄念或精神分裂等，以逃避外界之刺激，這些都反映在〈夢遊1994〉和〈色情天使〉的人物中。

〈夢遊1994〉裡的敘事者「我」的女同志情人「慶」在小說中若隱若現，似有若無，又揮之不去，以「夢」為框架，揭發邊緣黑暗隱諱的一面，顯現「我」在情慾長河中的自剖，在自由聯想、混亂斷裂的時空錯置，在在以人物在肉體與精神上所感受到的悲喜，呈現出不穩定的荒誕無序。

又〈色情天使〉裡的小鹿徘徊在與哥哥間的性愛糾纏、同性與異性間的情愛啟蒙、性愛與金錢交換，都是刻意挑戰踰越與禁忌的話題。

在陳雪的小說中，討論了性與死亡，她的情色是用來批判主流價值所建構的體系，在小說中，男女主角透過種種變態的、不見容於社會的性行為去享受踰越局限的樂趣。那樣的踰越代表了一種脫序的強烈控訴，其意識形態所傳達的或許就在於藉由荒誕無序的手法，更能顯示出在黑暗邊緣的這一群在情感需求上的無邊的法力。

結　語

90年代風起雲湧的同志理論與批評，於二十世紀末為酷兒小說開啟了前所未有的文化表現與社會空間。近幾年來，酷兒理論大為流行，陳雪藉著情色要達到顛覆的效果，顛覆傳統既定的兩性現象，企圖揭發廣泛的性別議題面向，走出性別刻板印象，讓非主流的弱勢文化可以暫時得到舒緩，如此一來，性別扮演便具有更大的彈性發展空間。

陳雪「酷兒」的寫作特色在於展現臺灣世紀末的時代氣息，其小說試圖揭露更多的自覺與自省，打破二元對立觀點，開發新生的情慾空間，尋求各種可能的出口；並以極端的方式，試圖復原同性性愛和異性性愛並非二異，是不該被掩蔽，甚至被妖魔化，那些被自我道德所禁錮的靈魂，是應該要從

外界所綑綁與隔絕中跳脫出來的。

　　因此，陳雪極力在筆下讓酷兒思想盡性發展，提倡順應情慾的自然，於是她筆下不再受到道德良知的約束，那些過去所謂見不得光的情慾也得以解放。暫且不考量某些嚴厲的社會批評，以著重「新感官」書寫的陳雪，不再讓她的小說人物成為教條化的人，所以她的寫作技巧故意不以時間排序，反而利用交錯描寫的方式引出故事情節，真實而殘酷地展露每個人的面目。

　　此外，值得一提的是，陳雪在〈蝴蝶的記號〉裡算是相當中立的，並不全然寫男性（異性戀）的不好——小蝶的父親在婚姻中出軌；但阿明卻是一個居家好男人；而她也不全然寫同性戀的好——阿葉在十七歲那年愛上了一個唱那卡西的女人，她跟那女人四處走唱，後來那女人跟一個男人走了，留下身無分文的阿葉還有一個月的欠租；阿葉還有一個女朋友也是偷走了她所存的一百萬，還把她趕出去。

　　陳雪很客觀地寫出了同性愛和異性愛一樣也是會情感善變、慾望無窮，也是要通過人性的考驗。

　　還有經由陳雪的小說也讓讀者了解到時代環境的變遷，以及臺灣社會民主自由化以後，對於「性別」漸而寬厚包容的社會氛圍。

　　（原發表於2005年11月19日，由中國現代文學學會與南亞技術學院所主辦，教育部協辦「2005海峽兩岸華文文學學術論文研討會」，文見《2005海峽兩岸華文文學學術論文研討會論文集》。）

問題與討論

一、現實生活中有哪些「酷兒」現象？對此你有何看法？

二、佛洛依德依據臨床的經驗，歸納常見的心理疾病有七種，其中的「抑鬱」（Depression）：遇事過度悲傷、不振、退縮、嚴重者有自殺的傾向。每個人其實都會有憂鬱的經驗，請問你如何排解你的「抑鬱」？

Chapter 7

臺灣「青春成長小說」所呈現的生命經驗與關懷意識

前　言

1

　　2005年9月分的《康健雜誌》提到：根據美國兒童青少年精神醫學會的調查，青少年罹患憂鬱症的點盛行率是4～8%，十八歲之前的累積發生率可達20%。而臺灣的調查也發現，青少年憂鬱症盛行率在1.5～5.6%之間，而終身盛行率在7.7～28.1%間。數字顯示，臺灣青少年憂鬱疾患與西方高壓力及都市化國家不相上下。

　　二十一世紀是個富裕的時代，然而物質越是富裕，人們的精神生活卻越貧乏，存在價值是生命的意義，但現在很多青少年找不到生命的意義，不知道自己為何存在，所以有人會戕害自己以證明自我的存在，也有人會因為自己精神上的失落，進而作出傷害社會國家的事情，因此這個課題成為相當嚴肅且必須正視的問題。

　　文學記錄在每個生命時空階段的思想與情感，小說在文學裡算是多元性的文類，它可以是社會的、文化的，也可以是藝術的，透過作家完整的故事情節和現實環境的描寫，塑造多樣的人物形象，廣泛地反映人生，而其價值觀與教化意義就蘊涵在故事裡。藉由小說文本的閱讀，可以感受它的時代性，可以見到人的價值與其對生命的尊重與關懷。

　　而本文所要介紹的青春成長小說，正是對青少年影響巨大的。作者用長大的眼睛，重看過去的青春成長經驗，經由其具體的生命經驗體悟的呈現，讀者可經由作者的記憶分享，建立共同的情感連結，找到相同的孤單、創傷與寂寞。

　　因此，青春成長小說在生命關懷的這一層意義上，是相當值得研究的，透過文本中作者的情感回憶，讀者可以了解他人的感受與立場，進入他人的生命經驗，而當自己也面對生涯歷程的變動時，也能從中重整生命經驗，找到力量，去洞察生命、探索生命，活出自己後，讓生活更有彈性，穩定地作出下一步的選擇，為人生找尋積極的定位。

　　馬奎斯在《百年孤寂》中說：「事物有其生命，在於如何喚醒它們的靈魂。」人生其實沒有挫折，只有歷練，青春成長小說正是要試圖喚醒青少年的靈魂，讓他們在歷練中成長。

　　本文首先將定義題目所謂的「青春成長小說」，然為切合研究題目，將著重在青春成長小說所呈現的生命意義與思考的角度去加以探討。

　　其次，對於研究的作品，則是審慎地了解其作品的形成背景，及其關乎生命責任的內容特色，並著重關注在作品生命存在價值的探究——接納、尊重、珍惜、欣賞和超越生命。

　　最後，總結小說作品所呈現的生命關懷意識。

定義「青春成長小說」

　　青春成長小說，以青少年啟蒙的過程為書寫的主題，限定於表現人在「青春」的這一個具體階段的「成長」，在這些文本中的青少年們，都因為情節的推展、事件的鋪陳，而歷經某種轉變。這個概念最初源於德國，稱為啟蒙小說（novel of initiation），是西方近代文學中相當重要的一個類型。而在中國古典小說中第一個想到的，便是《紅樓夢》裡的賈寶玉從未成年人到成年人，從天真無邪到懂事成熟，親身經受「大觀園」的由盛而衰的過程。又如林海音的《城南舊事》也被認為是一部成長小說，整部小說是一個成長的過程，最後一段「爸爸的花兒落了」，寫道：爸爸去世了，英子也長大了。

　　這類小說處理的青少年主角，通常在經歷某個重大事件後，而對人生有所領悟，進而有所改變、而成長，最後受到社會的尊重。大抵上來說比較充滿積極向上的精神價值。

　　以上所說的是過去比較狹義的定義，現在使用「青春成長小說」的概

念，有比較廣義的說法：青少年蛻變成長為成年人，未必非得被社會尊重，但著重在成長的歷練。其所描寫的題材也更為廣泛——抒發晦澀苦悶、教育黑暗、都市愛情、情慾揭露，相當真實的青少年生活寫照。比如對岸的韓寒的《三重門》是作者的自傳體小說，道出十七歲時面臨升學壓力的迷惘與苦悶，直敘慘綠少年的考生生活。這部小說獲得廣大莘莘學子的回響，上海復旦大學更因此破格錄取韓寒，不過韓寒卻和「拒絕聯考」的吳祥輝一樣，拒絕被框束在教育體制內。還有春樹的自傳性小說《北京娃娃》也是顛覆了青春成長小說的天真爛漫基調，真實地揭露作者十四到十七歲悲慘坎坷的情感經驗，當中有十分赤裸的情慾書寫；而在臺灣當代文壇中，張大春的《少年大頭春的生活週記》和王宣一的《少年之城》，從書名就可得知其為青春成長小說。

在青春成長小說中，不論是以青少年作為第一人稱的敘述者（白先勇〈寂寞的十七歲〉、侯文詠《危險心靈》），或是以第三人稱對青少年作全知觀點的敘事（王文興《家變》、曹麗娟〈童女之舞〉），小說時常展現自我追尋的過程，中間可能經歷失敗、幻滅，或是無解，但總有所其生命關懷的啟發留下。一代有一代的青春讀本，各個時代的青春成長小說都深具時代意義，也反映了當代的社會現實。

內容及其關懷

作家們在作品中所提示的關懷，一是提供給成年人（包括家長、老師、政治人物等）的，讓這些已經走過青澀歲月的成年人，能夠人同此心地對正經歷青春生命的青少年給予關懷。二是給青少年的，要讓他們知道：也有人和你一樣走過相同的路，你並不孤獨，還有對於你還未經驗過的也可以從中得到借鏡，比如社會經驗，在學校裡懷抱著滿腹理想，但出了社會才發現理

想與現實的差異，若先藉由青春成長小說的提示，可以找到調適的方法。

　　本文將青春成長小說依其內容概分為以下六類加以探討，然因礙於篇幅，對於文本所呈現的關懷亦將一併研析。

（一）對家庭關係的迷思

　　王文興的《家變》曾獲多種推薦，被譽為五四以來最偉大的小說之一。小說真實地描寫了父子的矛盾衝突，反映家庭社會問題。

　　范曄幼年對父母親無限崇拜和依賴，但隨著范曄的成長，見識越多，越覺得父母親的愚蠢不堪，甚至有了近似仇恨的蔑視。范曄嫌惡貧窮的環境，所以把氣加諸在造成貧窮的父親身上。而在他職掌家中經濟大權後，便有意無意地對父親施以精神虐待。父親在無預警的情形下，離家出走，但范曄卻先是冷漠以對；後來又花一個月的時間，環繞臺灣一週，尋找失蹤的父親，還持續在報上刊登尋人啟事期間，他回想起童年生活——兒時生病的他、迷信的母親、貧困的環境、家裡的爭吵，到後來父親退休後的點滴，在范曄心裡卻也對父親有著極度的懊悔與強烈的歉疚。在夜晚時他總是想起了父親的優點，尊高的品德，純良的性情，又同情父親幼時喪母，前妻去世，兩個兒子都不在身旁；他總在最後入睡前想著，一定要徹底改過他對待父親的態度，但這樣的半夜咎悔已不知道幾回了，每一次他最多只能維持個一兩日罷了，對父親的愛與憎恨，在范曄的心中不斷地重複出現、輪替。

　　這部作品成書於70年代戒嚴時期的臺灣社會，很寫實地描繪了殘忍的現實，揭示了傳統家庭觀念的激變，與家庭變遷中的家人關係，藉由作者描寫父子之間的矛盾和相剋，可供處於家庭關係衝突中的青少年藉由小說中的父親角色，引起對長輩的關懷，並認知對「家」無法拋棄的責任。

　　杜修蘭《逆女》的主角——天使，出身於外省老兵與本省婦人結褵的家庭中，隨著家中經濟權力的轉移，父親不再擁有原先的傳統地位。離開家後的天使，仍舊無法逃脫家庭，生養她的母親就像永生的魔咒糾纏不休，天使遂利用父母之間的矛盾、安排父親回大陸探親，甚至定居。天使以此作為對母親的報復，報復母親對她的無理責難，報復母親對父親的輕視折磨。

母親的瘋狂作為越演越烈；不斷寫信給任何人，在信中署名為被丁天使棄之不顧的可憐母親，內容說她協助父親與大陸孫女通姦，藏匿大陸偷渡人口，更逼得母親自殺。

後來，天使病重住院後，小弟來看她，兩人談到破碎的家庭及近乎變態的母親，也許是重病讓她心軟，甚至是她對於母親的報復，對她來說本來就是矛盾的。她終於看出了家的另一種內涵：彼此折磨、至死方休，同時也對母親產生後悔與原諒之心——原來根本上她是一個絕對戀家的人，因為太愛它，它的傷害更讓她心碎，她終於絕望地離開家，卻始終沒能擺脫它的陰霾，而她這麼些年來沒能離開同性愛人美琦，是因為她也是讓她認同的家人，美琦其實不笨，她營造布置了個家來死死拴住她的心，玩累了，受挫了，她終歸是要回家的。

青少年在家庭中扮演著需要被關懷的角色，張曼娟的〈我真的想知道〉裡的阿敏為著父母鬧離婚而苦惱，後來父母分開後，關係反而變和善了，她感到輕鬆，反正不會再更糟了。

蕭颯的〈死了一個國中女生之後〉透過兩個問題青少年，揭示臺灣社會道德倫理觀的轉變。小說起頭於國中女生藍惠如墜河身亡，記者深入查訪藍惠如的背景，從導師和父母的口中，知道這個出身於家庭環境很不錯的獨生女，性格有些孤僻，沈默寡言，但不是個惹事的孩子；另一條線是警方依目擊者的描述找到同樣是國中生的兇嫌高宏輝——一手帶大的祖母溺愛他，酗酒嗜賭的爸爸怨恨他，只會鬥毆、逃學，因竊盜目前在管束中。

高宏輝怨恨他父親只會喝酒，趕走他母親，讓他在沒有愛的環境中長大。一天下午，他想起觀護人的話，決定要好好往正路走。此時他見到藍惠如從堤防往河邊走，高宏輝去逗她，兩人聊了起來，原來藍惠如並非表面那樣幸福。他對警察轉述：「說她爸爸在外頭有女人，生了個兒子。她很生氣，可是又不敢說，她在家裡都沒人可以說句真心的話。她說她的家庭很不正常，因為她媽媽就是不正常的女人，她媽媽知道爸爸有女人一點都不氣，因為她高興他有別的女人，可以不用煩她，他們很多年前就不同房，她媽媽不喜歡同房，她是個不正常的女人。她說大人以為她什麼都不知道，其實她

什麼都知道。她知道她媽媽很後悔憑媒妁之言就結婚，她嫌她爸爸只會做生意，沒有一點藝術修養，她媽媽可是很棒的，會彈琴，喜歡看書，欣賞畫展。可是她卻喜歡爸爸，也喜歡媽媽，所以十分痛苦。」[1]

　　然而，事情就發生在藍惠如主動要高宏輝親她，就在他親遍她全臉到脖子，她也沒有拒絕後，他不可遏止地想要更進一步，但她用力掙脫了他，他追著她，抓住她的外套，她丟下外套，掉進河裡去了，他不敢去救她，怕被送進感化院。

　　小說結局，提供了讀者思考在「死了一個國中女生之後」，家庭、學校和社會應該提供給青少年更多的愛與關懷，以及傾聽的重要。在白先勇〈寂寞的十七歲〉裡那個寂寞到自己寫信給自己，自己打電話給自己的「我」，道出了十七歲青少年得不到父母的肯定的對自我的看低。另外，張大春《少年大頭春的生活週記》裡充滿批判的大頭春，也是處在青黃不接的青少年時期，他逃學也逃家，在週記裡建立起自己的小王國，表現了面對家庭問題和現實生活變化的不安與徬徨。

　　時代的進步，考驗著家庭關係變化中，叛逆青少年的迷思與徬徨，生命中的混亂和不安其實是人生所要克服的重點，小說文本中那些重複而來的對生命的恐懼，所提供的關懷正在於讓讀者以「脫離」的姿態，去思考生命的意義。

（二）對教育制度的質疑

　　從小到大，我們面臨著一大堆的考試，只是為了得到成績單上的高分而努力，總覺得學習是盲目的，看不見努力的目標，這可能是很多的莘莘學子內心的疑惑，不知道讀書考試的目的在哪裡？

　　《拒絕聯考的小子》的作者吳祥輝認為青年人應該了解自己的能力與限制，弄清楚適合自己的發展方向。這部小說來自吳祥輝本人的真實經歷——

1　游喚、張鴻聲、徐華中，《現代小說精讀》，臺北：五南圖書出版公司，1998年，頁369。

主角是個高材生，是絕對有能力考上大學的，但卻在聯考前作了一個驚人的決定，拒絕參加聯考，他所考量的是：不一定只有在大學殿堂裡，才能提升自我，他決定要把自己放到社會生活中，教育自己，以自己的努力去證明，不需要大學文憑，也可以自我實現。

　　當然作者的重點除了在抗議這種考試定終生的制度外，更多的是提示年輕人：人生最大的成就，在於對自己負責，但是當我們要做出決定之前，一定要以個人的反省與認識為基礎，才能達到自我實現的目的。

　　以考試成績至上的教育體制，的確扼煞了很多學生離開成績後的天賦。羅蘭的〈畫馬的孩子〉主角是一個六年級的小朋友，下課後的他故意搭要多繞一大段路的公車，為的是會經過動物園——那是曾經和老師學畫的地方。白天的算術課令他十分在意，他也自認為很專心，只不過把老師講的時鐘換算問題所說到的長針具體化，幻化成馬的腿而已——「假如我是一匹馬就好了！小馬可以不學算術！」

　　他被老師叫到後面罰站，內心很不是滋味，只好盼望快點下課，可是，下了課，假如老師忘了准他回位子上去，那才更糟，他心想：真希望我是一匹馬，遠遠跑開去，跑得飛快，誰也追不上我，誰也不敢小看我。我要跑得遠遠的！在那塗滿晚霞的天邊，在那長滿綠草的原野！

　　在當時的教育體制除了無法適性發展外，學生們也常在教育環境中，成為大人世界爭權奪利的犧牲品。

　　張曼娟〈我真的想知道〉裡的阿星是阿敏班上的轉學生，他不聰明但很用功，總是說要出人頭地不能辜負他父親的期望；他母親在市場擺攤子，相當辛苦。

　　有一次，阿星沒帶課本，被老師罰站了一天。原來他父親是嘉義的組頭，欠了一屁股債，偷偷搬上來臺北，現在黑道又來追債了，全家逃了出來，課本也來不及拿。他說他一定要用功考上高中，然後，半工半讀念大學，他要讀法律系，說是比較不會被欺負。

　　阿星連續被罰站了三天，他不願意讓老師和同學知道他爸爸是組頭，所以寧願罰站。阿敏想到阿星的可憐相，在前任班導劉老師關心的詢問下，把

阿星的隱情告訴了劉老師，劉老師也答應她不會說出去。

阿星順利回家取得課本後，他送了一個打瞌睡的小沙彌給阿敏，謝謝她替他保密。就在這個時候，劉老師在一次和現任班導楊老師的爭執中，責怪她不夠關心學生，而把阿星的狀況說了出去。

模擬考時，數學老師忽然喊了一聲：「不准作弊！」

下午班導進教室說，一個人出身在什麼家庭並不重要，爸爸做什麼事也不重要，但不該自甘墮落，她要害群之馬在放學前認錯。阿星被幾個男生帶走，說要清理門戶，阿敏跑去拯救他，並對他道歉，但他卻喊著要她走開。放學前，不見阿星回來，阿敏把小沙彌放進他的抽屜，想他大概不要她這個朋友了；隔天，小沙彌又回到了她的抽屜，她很高興他原諒她了。但是，當警察和記者出現後，他們才知道阿星在「育英樓」下被找到，還背著書包，那些書是他冒險從家裡偷出來的。他永遠離開大家了。

一條年輕生命因為大人的明爭暗鬥給犧牲了。大人利用了孩子的善良，爭權奪利。阿敏從自己在家中的被忽視，再透過阿星的事件向大人的世界提出質疑，遮蔽了我們內心不敢面對的殘酷的真實──那些少年也正在為成人塑造的世界付出慘重的代價。

當一個人對於他的所處環境適應不良時，他可以選擇像阿星一樣無奈地，消極地結束自己的生命，或者也可以像侯文詠《危險心靈》的主角一樣對抗這個世界。

侯文詠的《危險心靈》從一個十五歲國中生的角度直敘他奮勇面對人生的第一場大挑戰的經過。小傑在導師的課堂上看漫畫，而被罰坐在教室外，隨後一連串意想不到的吵鬧、對質和遊行抗議，就像連鎖反應般排山倒海而來──「電視一再播出我從宣傳車頂被水柱沖翻下來的畫面，一個多禮拜之後的星期天，朱委員以及謝委員又發動了一次全民關心教育抗議遊行，這次經過申請的合法遊行一共吸引了將近一百五十個團體、七萬多名民眾參加。我並沒有參加這次遊行。一方面我還打著石膏住在醫院，一方面，對我來說，當我在車頂上說完那些話時，這整件事情，其實就已經告一個段落

了。」[2]

　　作者所呈現的關懷在於：藉著小傑，讓他勇敢地探索心靈，挑戰整個教育體制，並且希望相關單位加以重視。

（三）對兩性關係的探索

　　青春期的青少年，正處於對兩性關係好奇、性意識萌動的時期，他們對愛情是渴望的、對性是懵懂的，卻都急於探索。朱天心〈方舟上的日子〉、〈長干行〉和〈天涼好個秋〉是純粹的青春小說，有著少年男女的朦朧情愫，及其深刻的溫情體驗。

　　吳錦發〈閣樓〉寫的是處於血氣方剛的青春期的青少年，對異性的好奇與性的啟蒙，所引發的一連串趣事；〈秋菊〉寫的則是離鄉背井到外地求學的青少年，與秋菊的愛戀，還有性慾的需求；至於被吳錦發界定，是一篇清晰的成長小說的〈春秋茶室〉——「針對少年在成長過程中必然會遇到的，愛情的感覺、正義的啟蒙、對成人的反抗等問題，有精采的描寫。小說一方面藉著少年的眼睛突顯了貧窮、買賣人口、族群等社會問題，另一方面，對於少年微妙敏感的心理變化也處理得很好，從顫抖的愛慕和營救到對成人世界與命運的失望，而走上傷害身體以證明愛情、證明自我的路途，這悲哀乃是經歷現實衝擊而帶來的成長的代價。」[3]

　　這一類內容提供了價值觀念的重要判斷，白先勇〈那晚的月光〉所提示的問題，就很可以提供大學生深思。

　　李飛雲是班上出了名的聖人，三年的大學生活沒有談過一句女人，經常和女同學在一塊兒竟會窘得說不出話來，然而那天晚上李飛雲卻將臉偎到余燕翼的頸背上去，余燕翼是第一個輕柔的對他說「我喜歡你」的女孩子。在美麗朦朧的月色下，兩人發生了關係，余燕翼意外地懷孕了，就那麼一次，因為「都是月亮惹的禍」，李飛雲不得不放棄留學的計畫，到處兼家教賺

2　侯文詠，《危險心靈》，臺北：皇冠出版社，2003年，頁354。
3　楊佳嫻，《臺灣成長小說選》，臺北：二魚文化，2004年，頁199。

錢，挺著大肚子的余燕翼為著家計精打細算，兩人面對著未來的茫然，足茲警惕。

（四）對性別認同的困惑

在青春成長小說中，場景若是設定在純淨無瑕的校園的，多數也能見到作者對同性情誼的描寫與歌頌，而這一段時期也正是青少年容易產生性別認同的困惑的關鍵階段。十六、七歲，正是奔放的青春期，出現第二性徵，此時的性格較不穩定，可能已經意識到生理的變化，但心理上卻還未能適應，並且認同於兩性分別的社會約制，因此，很容易產生性別的迷惑。

白先勇〈寂寞的十七歲〉裡皮膚白皙的楊雲峰好不容易得到班長的友誼，便幾乎和班長形影不離，連上廁所也跟著他，幾個惡作劇的同學常在他的書本寫上「楊雲峰小姐」、「楊雲峰妹妹」。幾次避開楊雲峰的班長，終於老實告訴楊雲峰，他們交往太密了，班上同學把他們講得很難聽。楊雲峰又開始寂寞了，當和尚的念頭又在他腦中盤旋。

大考之前，楊雲峰到學校唸書，誰知班上的唐愛麗正在教室裡等不到約好的男生，她把大衣解開，開始挑逗楊雲峰，楊雲峰嚇得跑出教室。後來，楊雲峰寫了一封信向她道歉，說他很寂寞，要和她作朋友。隔天，唐愛麗把信公開，釘在黑板上，楊雲峰受到大家的嘲笑，沒有參加考試就離開學校了。

逃學兩天後，父親氣急敗壞的告訴楊雲峰，說他找過校長了，明天一定要參加結業式，下學期開學前讓他補考。楊雲峰心情糟透了，他逛到新公園，一個男人向他借火，兩人聊了起來，男人脫下雨衣給楊雲峰禦寒，之後突然男人捧起楊雲峰的手，放到嘴邊用力親起來。楊雲峰逃出了新公園，蕩到小南門時，趴到鐵軌上，就在一輛火車差點壓到他身上時，他滾到路邊，嚇得一身冷汗，跑回了家。

小說結尾白先勇只說楊雲峰打定主意再也不回學校了，白先勇沒有交代楊雲峰是否參加了結業式，他把結局留給讀者自己去想，讀者在思考的過程，應更能理解楊雲峰的處境。

到了白先勇的長篇《孽子》更是形象豐滿地寫出每一位「孽子」背後的故事——桃太郎和十三號、塗小福和一個華僑子弟、龍子和阿鳳都是。龍子被父親放逐到國外,他命令龍子:「除非我死,你不准回來。」不被父親認同的事件,到了曹麗娟筆下的〈在父名之下〉裡的林永泰,則是以一身黑衣裙的女裝,不動聲色地出現在父親的喪禮中,曹麗娟不願讓龍子無法奔喪的遺憾,再重蹈在林永泰身上。

　　杜修蘭《逆女》裡的天使在畸形的家庭中慢慢察覺到自己與生俱來的特性,一種不被祝福的情慾,對於同性的愛使她恐懼。她有過純真的愛戀,與一個名叫清清的女孩,即使在歡愉的時刻,她仍舊驚恐不能長久,然而,她的疑慮是正確的,戀情被撞破,清清殉情而死,留下天使向命運臣服。

　　後天的成長的環境加上先天的同性愛戀,使得天使養成了向命運屈服的習慣,可事實上,她又不甘為俘,便興起逃離的念頭。最後,她也終於能面對自己是同性戀的事實。

　　相信出身於破碎家庭的同性戀者,或許多少都有一段慘痛的成長經歷,而那些令「多數人」所無法承擔的痛苦,造就了作家筆下的同性戀者,有的為了尋求父愛的延伸;有的為了追求一份家的溫暖和安定,正巧地在同性身上找到慰藉,且拒絕同化。他們在同志圈裡,追求不需主流價值評判的幸福,期待在屬於自己的遊戲規則中,活出自我;但其另一邊所身處的表象世界,拉扯著的還是殘酷的現實,當掙扎不下去了,宿命擺脫不了了,生命也被選擇結束了,這是我們所必須加以關注的。

(五) 對未來前途的疑慮

　　求學的目的,是為了以後能夠在職場上發揮所長,所以出社會以後的發展也是莘莘學子的關注範圍。

　　朱天心〈風櫃來的人〉裡那三個來自澎湖島上的逐風少年——阿清、郭仔、阿榮,守在藍天大海的家鄉,正值高中畢業,等待著入伍當兵,過著家人眼中遊手好閒的無聊日子。虛耗多餘的精力、扔擲旺盛的青春,卻無力面對自己的未來,於是離鄉背井從澎湖鄉間到高雄大都市工作,努力的探

索未來的生活——當兵、愛情或生存，都成為一種莫名壓力；即使他們有所自覺，茫然與壓力仍揮之不去，故事的結尾，城市走了一遭的主人翁——阿清，還是決定返鄉了。

蕭颯〈我兒漢生〉把一個男孩成長期的叛逆言行、進入大學的雄心壯志，以至成為社會新鮮人的失意挫折，描寫得相當寫實——漢生是一個具有熱忱和正義感的青年，他在高中時因為懷著虛無和無政府主義心態，從玩鎖匙到和同學去書店偷書被抓，甚至後來因打抱不平殺傷同學，轉學後在學校辦報紙抨擊師長。大學畢業後秉持著熱忱，積極參與社會服務，從教育協進機構、傷殘服務中心、保險公司、廣告公司到開計程車，因堅持自己的理想，不願面對現實，最後面臨被倒帳欠債的結局。

全篇透過漢生母親的觀點，來描述漢生從年少到出社會後，因堅持理想而凡事處處碰壁的經過。整篇故事明顯地表現出漢生和他身邊環境的對立。小說一開始，寫到漢生高中時玩鎖匙，稱此為「也算一種收集」，並說是「一種心智訓練」，接著，漢生和同學到書店偷書被抓，說道：「哎呀？誰偷書嘛，只是，只是打賭看誰拿得了。」從此可約略感覺出漢生的特異。在他轉學後，在學校辦報紙抨擊師長，理由是：只是為了正義，說大家不敢說的話……導師沒有學問沒有品德，兼課外活動組長的時候只知道汙學校的錢。當母親要他只唸書，不去管學校的事情，他回答：「怎麼不關我的事，我要接下去辦校刊，怎麼不關我的事。」對於漢生不願同一般人一樣只求潔身自保，要能積極參與謀求改進，卻不曾考慮如何在社會許可範圍內發揮他的熱忱和正義感。

漢生畢業後，在求職道路上一直碰壁，只因為他受不了一些同事，成天抱怨薪水低，沒有前途，他見到這樣的事情就生氣，還不如離開他們遠一點。漢生的這份志氣，使他看似一個虛幻的理想主義者。他的雙親只得暗中幫他拉保險，籌錢，甚至幫他還債。看到漢生處處碰壁，他的母親想幫助漢生順利創業，卻又怕漢生會接受這樣的安排，而失去他早先想要自力更生，為社會服務的理想和熱情。

現代的社會一定也有不少這樣的「漢生」，他們自我要求想要成為一個

獨立自主的年輕人，但因為理想與現實的差距，有的還不夠成熟到有能力去
調適，有的空有熱忱，又不面對現實，在這樣不穩固的根基上，當然容易形
成架空的虛幻理想。

　　對於生活的目標的追求，也是在思考生命價值時，要放進去考量的。白
先勇〈芝加哥之死〉的吳漢魂，六年來，他在那間潮溼陰暗的地下室，不分
晝夜地完成了他的碩、博士論文，；一旦，他通過了資格考，離開了書堆，
擺脫了已習慣的緊湊的生活作息，他的時間突然完全停擺，他對於地下室衝
鼻的氣味開始感到噁心，開始思索生命存在的意義。為了專攻學業，他不但
沒有回家奔喪，也疏離了在臺灣常來信的女友，還斷絕了在美國的社交活
動，把自己隔絕在親情、友情和愛情之外，生活不是打工賺錢，就是讀書。
今天他畢業了，希望得到完全的解脫，但他沒有朋友，沒有別的去處，他跟
著人群走過芝加哥金碧輝煌的大街，他轉進一間酒吧，隨一個前來搭訕的妓
女到她的公寓發生關係。但是性慾的發洩卻無法填補他心裡的空虛，最後他
跳密西根湖自殺了。

　　每個人在成長的過程一定會對價值觀產生困惑與矛盾，但卻要時常反省
檢查自己，認清自己的狀態與目標，並在其中尋求平衡。

（六）面臨生死經驗後的成長

　　失落是人生中無法避免的，所以，學習以正面的能量去迎接失落的經驗
是很重要的生命管理的一環，在生活中，小從遺失心愛的東西、輸掉了非常
在意的競賽、重要目標完成後的空虛，大至和心愛或關係親密的人生離或死
別，這些都會對我們的生命發生或大或小的影響。

　　朱天文〈小畢的故事〉裡善變多情的小畢，無法了解帶著他改嫁的母親
的辛苦，一直到他面臨生死離別的磨難而成長。現在可能有很多年少輕狂的
年輕人正經歷著「小畢」的叛逆——拉幫結派、惡作劇、交女朋友、對家庭
冷淡、無法體會家長對生活的無奈與委屈——但如果他們有機會接觸到青春
成長小說，卻可以跳過小畢面臨母親自殺的痛苦的這一段，而重建其價值觀
並成長。

　　朱天心〈愛情〉裡的女主角在青春洋溢時提早面對男友的死亡，她發現有好多話還沒對他說，也還有很多問題來不及問他：「第一次的舞會，他到底是不是自願要送她的，這個問題不知為什麼這麼重，老是壓在心底，幾次話到口邊了，還是沒有說出來。」還有〈天之夕顏〉裡的丁亭也面臨生命中的兩場死亡：一是父親；一是女友。

　　丁亭的父親退役了，在家裡吃終身俸。他父親害了氣喘，長年吵得人不安寧，於是在後院貼著廁所處搭了間木屋，常年一人縮在後頭自己開伙，弄得一股怪味。他們家買了架電視，小朋友都跑到他們家來看。晚飯後，他坐定了第一好的位置，其他人一一聽他發派。有一回正在看節目，就在一個回頭，他看到了父親，從後門口探出一個頭來，他看了一驚，匆忙起身跨越過地上坐著的人手人腿，拼命把父親往外推，當著他父親面把門砰一聲摔上。後來他也不讓小朋友來家看電視，總覺得父親所帶給他的可恥是怎樣都無法刷掉的了。

　　他父親跟兩個朋友投資，到外地去開了家小店。半年後他父親回來了，原來錢都被騙光了。他母親閑閑笑笑的告訴他這件事，他聽了簡直不能相信，不光是因為他父親這樣的事，而是他母親的態度。

　　上了大學，放假回家，母親又以淡然的態度告訴他父親意外摔死的消息。他大哭了起來。他母親連著幾天都在忙父親的喪事。他則是一生到現在才好像懂了各樣的哭法。那日送他父親上山。母親見他仍在哭，忽然說：「他不是你爸爸，不用這個樣子哭法。」

　　他母親仍是那個神氣，告訴他，他的親生父親是在他多大時死去的，而她為了他，嫁給了這個父親。他母親講到後來，兩手摀著臉不說了，那是他第一次看到她哭，可是他半途跳下車走了。他一個人沿著大街急急的走，他恨極了他父親這一生竟是全然與他無干，簡直莫名其妙極了！

　　當他和紀塵愛得熱烈時，紀塵住進了醫院。她最討厭住院時給他看到，所以不准他到醫院看她。

　　丁亭考完了期末考，反而覺得有些若有所失似的。到路上走去，想到認識她有一年了，而這一年卻好像是完整的一輩子，可是也太可怕了，這樣就

一輩子了,下面怎麼辦,他很怕這樣就成了,就沒了。

打了電話去她家,是她母親接的,她母親告訴他,紀塵動手術後,發現是癌症第三期,醫生說是放射治療也許可拖三四個月,又要他還是先不要去醫院的好,因為打算瞞她,唯恐他的神色有異。

他收拾好自己了才去看紀塵,看了好久,想到死的事情,這是幾天來反覆又反覆拷刑自己的,打了個寒顫。以後他並不天天去看她,一方面是因為她不許,一方面他總得花上好幾天才能整頓好自己,去看她一次回來,人就要整個瓦解一次。

農曆新年回家過了幾天節便又匆匆趕去醫院。後來才曉得紀塵轉了院。紀塵心掛著怕他來看她,一意堅持轉了院。他還是找到醫院去了,紀塵扭著身子半趴半跪在床上,頭髮覆了一床。她仍不看他,好久了,靜靜的說聲:「你們都幫不上忙的。」他麻在那裡。回過神時,氣極了她對他的認生,這是紀塵對他說過的最狠心的一句話。

他想只等她起來,他有好多的話要告訴她,好多他以前想告訴她而還沒對她說的事。

後來紀塵又轉院了,是紀塵要換的,紀塵媽媽說,她死了我自會通知你的。紀塵死在一個星期後。她走的那天下午忽然說要看他,紀塵說,快點,來不及了,就睡著了。晚上有個牧師來做禱告,紀塵又迷迷糊糊的醒了,哭起來,是又氣又急的哭,大約是第一次感到了自己要死了,太不甘心了。

作者安排丁亭的生命一下子經歷兩場死亡而成長。人生無常,及時把握應該是讀者最能強烈感受到的。

結　語

法國文學家莫泊桑說:「人生,不像人所想像那般美好,也不像意想中

那麼壞。」的確，就如成長和叛逆是共生的，生命的歷程在做選擇的時候，往往有得必也有失，懂得去用心調適，便是做好生命管理。

　　青春成長小說，因為「貼近生活」，所以能得到讀者的認可。因此，它的文學力量是很強大的，所提供的生命經驗，可以協助讀者渡過生命轉折，生命也將因交流而豐富。它可以直抵讀者的內心，牽制我們的情感，有時逼迫我們直面青春成長的殘酷、生活與生命的殘酷；有時經由小說人物的成長受挫經驗，自我內化，逐漸領悟人生的意義；或者經由理想的幻滅，明瞭並接受自己的能力所及或無能為力，正視生命當中本來就有的負面因素，以正面的態度去迎接它、面對它。所以，青春成長小說所呈現的生命經驗，可以幫助讀者尋找自我的生命主題、照顧滋養內在的自我、加強自癒能力；而其所展現的關懷意識，是那麼多層面的，可以讓我們被理解、被看見，如此，生命的力量就能自然展現，進而從生活中體驗生命、欣賞生命、經驗生命、反省生命，就像羅蘭的〈二弟〉和鄭豐喜的自傳小說《汪洋中的一條船》這兩部勵志作品便是。

　　學者吳森說：「儒家對現代世界文化的貢獻，就是一個『情』……中國的社會最具人情味，人情是我們傳統的寶貴遺產，儒家把人情發揚光大，那就是孔孟所說的『仁』。我說的人情就是人心，人與人之間所產生的同情與了解，也就是一種關懷意識。」[4]青春成長小說，便是具備了這樣的關懷意識。

　　透過青春成長小說的研析，可以讓我們發掘青少年小說內蘊的啟蒙價值與成長真諦。我們得以了解青少年在成長過程中某些受冷落者的自卑缺陷與障礙，不論是對外表的迷思；性別的枷鎖；對家庭問題的因應；對親情、友情與愛情的渴求或者成長的徬徨；乃至家庭的社經地位所引發的種種生活問題——社會與人群；職業與生存，在他們坐困愁城之時，是急需大人伸出關懷的援手，幫助他們洞悉自卑、超越自我的。

　　此外，還有幾個延伸的問題值得思考與研究：

4　文森，《比較哲學與文化》，臺北：東大圖書公司，1977年，頁272。

第一、為什麼會有個人、時代與人類的永恆？值得我們提出什麼樣的關注？

第二、傳統教育方式的改變，現在的學校是不是只淪為職業訓練所，教育被扭曲，應該如何化解？

第三、傳統對性的相關問題的迴避，造成青少年的迷思，我們應該用怎麼樣更健康的態度去看待性事？

第四、現代人缺乏生命教育，是否因此而產生性別認同的困惑，而現代人在性別認同上究竟有何問題？

第五、成長的不確定性，是否造成人和生態環境中的疑惑？

第六、現代人應該如何看待赤裸裸的死亡問題。

生命教育強調層次性和漸進性，我們必須要樹立正確的生命意識，學會尊重、關懷生命，尊重他人、欣賞人類文化，便能理解生命、熱愛生命，提高豐富精神生活的能力，進而感悟生命的價值。

（原發表於2005年12月17日，由萬能科技大學主辦「第四屆生命關懷教育學術研討會」，文見《第四屆生命關懷教育學術研討會論文集》。）

問題與討論

一、請談談你成長過程中最為喜樂與悲苦的一件事。

二、請說明你對死亡的看法？你要如何撰寫你的遺囑。

Chapter 8

論陳雪〈蝴蝶的記號〉的寫作特色

前　言

　　1987年，臺灣解嚴之後，社會結構的巨變，以及後現代商業文化的影響，一群所謂的「新人類作家」蠢蠢欲動，開始打破過去的種種禁忌，躁進而積極地表現自我。陳雪，即是在這波新世代同志情慾書寫的創作者中受到矚目的新星。

　　陳雪，1970年生，以寫作同志小說在文壇上備受矚目。畢業於國立中央大學中文系，文學啟蒙來自《三三集刊》，以及大學時期熱情閱讀的翻譯小說──《茱萸集》、《瘋癲與文明》和《班雅明作品選》等。出版處女作《惡女書》後，經常將作品的關注範圍放在性別、同志議題和情慾描寫，除此之外，她還關心「階級」，還有隱藏在階級背後層層的社會問題，所以那些經濟弱勢、遊走社會邊緣的群眾、精神病患和創傷倖存者，都是她筆下的關懷對象。

　　著有《夢遊1994》、《惡魔的女兒》、《愛情酒店》、《鬼手》、《橋上的孩子》、《只愛陌生人》等書。短篇小說〈蝴蝶的記號〉於2004年由香港導演麥婉欣改編、拍攝成電影《蝴蝶》──臺灣文本、香港電影，跨越性別的愛情，華人電影中首度如此直接深刻描繪女同志戀情。本片獲香港及不少海外影展垂青，並榮獲今年「臺灣金馬獎」最佳改編劇本提名；而近作《陳春天》為描寫貧窮與精神病，以討論「社會放逐」之長篇小說。

　　本文所以選擇〈蝴蝶的記號〉為研析的對象，乃因該篇小說所觸及的是多層面的感情，且情慾模式也展現了豐富的樣貌，正因如此，可以見到陳雪在小說創作的方法與技巧上的用心。

2

寫作特色

　　在討論〈蝴蝶的記號〉的敘述特色之前,先來介紹這篇小說的大要:女主角小蝶,一個從來都不願意讓別人失望的三十歲已婚,有一個女兒的中學教師,在超級市場偶遇一個偷東西吃,卻令她著迷的女孩──阿葉,喚醒了她體內的多重慾望,在她情慾流動的搖擺掙扎時,她的學生──武皓和心眉的女同志戀情曝光,受到各方的壓力與阻撓;同時也帶出她自己在學生時代和同性愛人──真真的戀情;而母親又在邁入老年之後女性自覺,決定要和父親離婚,和其女同志友人一起生活。經歷過這些外在的刺激,與自我內心的性別認同激盪,小蝶一改以往習慣放棄的性格,她要讓自己做回自己。

　　〈蝴蝶的記號〉一方面剖露同性愛戀間的挫敗煎熬和艱難心情,另一方面也呈現在異性戀體制下的兩性差異。陳雪將同性戀人可能遭遇到的現實社會問題,透過文字,把她們的痛苦擺盪與萬般無奈,深刻地表現出來,除了呈現同志的情慾外,還加入了作者的關懷意識。

　　以下就來探究〈蝴蝶的記號〉的寫作特色。

(一) 敘事觀點

　　第一人稱敘事(first person narrative),是作者化身為小說中的主角或配角,用第一人稱「我」的形式,親身去演述整個故事的進行,並參與小說人物的交談、動作和對話。第一人稱的角度所以常用,是因為它是最容易藉以去講述故事的一種觀點,其特色就是作者已被揉合於故事中,變成小說人物的一份子,成為推演故事的媒介,除了講述小說裡的「我」對人物事件的所見所聞外,更可以把「我」本身的思想感受、心理活動或對主要人物的看法和感覺,直接而細膩的告訴讀者。

　　陳雪習慣以第一人稱的敘事觀點來寫作,〈蝴蝶的記號〉亦是,是站在主角的角度敘事的。

角度固定，易於剪裁、集中的第一人稱，可以將頭緒複雜的材料，和自己部分的真實情感勾連在一起，相互映襯補充於虛構文本中，將意識思維間接透露給讀者，陳雪就是利用第一人稱的特點，以非常陰性的語法去大膽地表現女性的情慾。陳雪曾表示：她覺得第一人稱是很有挑戰性的，她選擇第一人稱，而且是一個女性的敘述者的第一人稱，她認為那是很有技術的。她堅持用女性的聲音，而且是非常陰性的聲音，她想證明，可以用那樣的方式寫出好的作品。[1]

　　以「第一人稱」——「我」，作為小說敘事觀點，優點是與讀者的參與感互動得最為強烈，缺點是寫作時會受到一些限制，因為作者只能透過小說中的「我」去觀察、描述。但若是小說內容是討論到人生、人性的，反而可以善用第一人稱的特性，因為在現實生活中的複雜多變，並非我們所能一切皆知，而第一人稱小說的所展現的「不可盡知」正好可以利用。

　　馬振方先生說：「不同的人見聞不同，感受也不一樣，甚至可能完全相反。選取什麼人作敘述，關係作品的基調和全局，關係構思的巧拙成敗。有經驗的作者總是精心選擇敘述人，使『我』在提煉情節、刻畫人物、表現主題諸方面充分發揮能動作用，成為藝術構思的重要手段。」[2]

　　這也正是我們在〈蝴蝶的記號〉裡能夠很容易地見到透過文字的誠實與煽情的表達，而見到小蝶自己的內心的渴望與掙扎——

　　　　我總是愛上女孩子但我從來不能這麼做。我一生都在做違背自己的事。我好羨慕武皓和心眉她們能勇敢相愛，我想幫助她們結果是害了她們。我好害怕，我覺得自己再也無法回去原來的世界做個讓人放心的好人了，可是我把事情做了一半放那兒，如果我就這樣逃走會傷害很多人的。

1　邱貴芬策劃，劉于琪，林逸萍整理：〈在情慾書寫中翻轉身分定位〉，《臺灣文藝》（新生版）第158期，1996年12月。
2　馬振方：《小說藝術論稿》，北京：北京大學出版社，1991年，頁333。

> ……武皓死了，真真還在廟裡，心眉已經精神失常了，我
> 該怎麼做呢？我會連阿葉都失去嗎？我不要再失去我愛的人
> 了。[3]

　　且看當她決定要和阿葉一起分享生命後的內心一連串地對異性戀機制的反抗的聲音——

> 是不是只要做錯一個決定就要賠上一生來償還？我不知
> 道，是我自己選擇這段婚姻，難道我沒有權利選擇放棄嗎？我
> 不想和媽媽一樣，痛苦了幾十年到老了才說要離婚，我不認為
> 兩個女人不能撫養孩子，什麼是正常的家庭正常的小孩呢？悲
> 劇不斷在我身邊上演，使我無法再輕易地順從別人的期望，滿
> 足旁觀者無聊的評斷，也許孩子會問我關於爸爸的事，也許她
> 會因為別人的恥笑而受傷，但我會讓她明白，這世界不是只有
> 一種樣子，別人有爸爸，但妳有兩個愛妳的媽媽，我不會編織
> 美麗的謊言來騙她，我要讓她知道，即使我們跟別人不同，但
> 我們有屬於自己的世界，我們需要更多勇氣才能走下去，但我
> 們絕不輕易放棄自己的希望。[4]

　　利用這類由主角敘事的寫法，可以把第一人稱角度的優點發揮了出來——讀者讀了「我」的陳述，會產生一種由「當事人」講述他自己親自經歷的親切感，無形中更容易接受小說人物、故事和情節，因為作者、人物與讀者之間的交流達到了最高效益，敘事者的敘述則使讀者有如聽當事人侃侃而談，其內容皆為敘事者的親身見聞與感想，所以真切感人、生動鮮明。

　　陳雪集中在小蝶的角度去寫，所以我們見不到她的丈夫阿明在面對第三

3　陳雪：《蝴蝶》，臺北：印刻出版公司，2005年1月，頁39〜40。
4　同前註，頁75。

者是個女人時的心裡的震撼與轉折，除非阿明和小蝶有所互動，讀者才可由對話或行動見出他的想法：「我對妳不好嗎？我做錯什麼了妳可以告訴我啊，我可以為妳做任何事妳不懂嗎？難道我比不上一個女人嗎？只要妳不說要離婚，隨便妳要做什麼我都不會干涉妳好不好？」[5]

也正因為這樣的「留白」，讀者可以有更大的想像空間，然而，這是優點，也是缺點，有些讀者會認為阿明在以柔情攻勢挽救婚姻不成，帶著小孩離家十天後，見到小蝶和阿葉在家等候，一改過去好形象的口出惡言，實在太過唐突：

> 「她就是妳要離婚的理由嗎？妳自己考慮清楚，要離婚還是要孩子，我是不可能讓我的孩子給同性戀養的，那她長大不會變同性戀嗎？……」
> 「妳跟她滾吧！有本事妳們自己生啊，有話妳等著跟法官說吧，現在妳不想離婚也由不得妳了，我不會要妳這種妖怪做老婆的，滾吧！明天我的律師會去找妳，錢跟房子妳一樣也別想要。是妳先背叛我的，別怪我無情。」[6]

以上的話語從原本央求小蝶回家的阿明口中說出，這樣三百六十度的大轉變，的確讓人措手不及。

筆者認為陳雪在選擇以第一人稱主角敘事觀點的角度外，應該還是要顧及到主角與配角互動出來的結局安排，建議應可利用對話或書信的表情達意多加著墨阿明的內心，以說服讀者接受小蝶走出異性戀機制的現實。

（二）性格刻畫

人物的性格是在不斷的運動當中，所以人物的性格結構中相反兩極的各

5　同註三，頁67。
6　同註三，頁81、82。

種元素，也會隨著空間或時間的改變，而有所變化。任何一個人，不管他的性格多麼複雜，都是相反的兩個極端所構成的。

　　陳雪故意安排小蝶「為人師表」的身分，讓她頂著高帽子扛起教育下一代的社會責任，然而，當心眉與武皓的同性戀情一曝光，即再度觸痛她，面對社會輿論的否定與嫌惡，即使她心裡有所反動，也無法或不敢給予真誠的支持──

　　　　「乖乖回家去，沒有事的。好好唸書將來才可以長久在一　　　　起啊。」我說這話時感覺自己在說謊，我身為她們的老師，卻　　　　不知道應該說什麼才對，我怎能鼓勵她們去走一條我明知道會　　　　很坎坷的路呢？但我又要怎麼違背良心說妳們不要在一起了這　　　　樣不好。[7]

　　在異性戀的社會體制下，小蝶每天努力扮演被社會認同的女性角色，無形中早已喪失自我的主體性，所以當她一開始以為人妻母的角色接觸到小葉，去面對伺機而起的同性戀情時，是惶恐而罪惡的；但當經歷過內心交戰，坦然面對女女結合時，她所展現的是她生命底層真實的一面──

　　　　在心愛的人面前是不需要害羞的，我從來缺乏的就是這麼　　　　放心大膽地表現自己的情緒和慾望，我一直小心翼翼戰戰兢兢　　　　深恐自己傷害別人、影響別人，甚至連做愛時都要考慮自己表　　　　現得夠不夠溫柔體貼。以前和阿明做愛，一會擔心保險套破　　　　掉，一會心疼他明天上班沒精神，不是想到會弄髒床單，就是　　　　害怕自己姿勢難看、叫聲不好聽……簡直就是在作秀不是做愛　　　　嘛！阿明還說他就喜歡我這種氣質優雅、性情陳靜的女人，可　　　　是我不喜歡做這種人，我已經厭倦了。就算只有一次也好，我

━━━━━━━━━━━━━━━━━━

7　同註三，頁33。

要讓自己再次熊熊燃燒。[8]

　　女同志通常在生命早期的階段在生命底層就具有一股沛然莫之能禦的衝動，經過長年的生命經驗的累積，她會持續地與自己的內在開戰——思考、感情，與行為方式，因為她的內在，是渴望要去做一個更徹底與更自由的人，比她所處的社會所允許的還要徹底自由。

　　陳雪是一步步在性格上去塑造小蝶的自我認同過程，還未遇見阿葉之前，在小蝶心中是認為過得平靜而幸福的，溫柔體貼的阿明會賺錢又會幫忙家務，是個無可挑剔的好丈夫；但認識阿葉後，小蝶漸漸勇於承認一切都是海市蜃樓，她是在殘缺的家庭長大的，並不是阿明所見到的幸福假象，出身於破碎家庭的阿明以為只有像小蝶那樣出身於溫暖家庭的人，才能給他理想的生活。小蝶再也不要去維持外人眼中的和諧美好，而扭曲自己的人生。

　　這種不要重蹈覆轍的聲音也出現在小蝶母親的身上，小蝶沒想到她那一向堪稱是模範夫妻，退休後總是和朋友打網球、唱KTV、出國旅行，生活過得好愜意的父母，也會鬧離婚。小蝶的母親要拋開多年的壓迫，不再逆來順受。

　　陳雪寫出了小蝶內心底層仙子與魔鬼的交戰，那是一種雙重矛盾性格的交戰，交戰過後，她從無限虛假和扭曲的精神裡破蛹而出，打破父權制的威權，小說結尾小蝶選擇和阿葉站在一起——

　　　「明天陪我去見律師好嗎？」
　　　我說。失去孩子但她仍在我心底。但失去妳我連心都沒有了。
　　　「蝴蝶。」
　　　她說，不能飛就不是蝴蝶了。

8　同註三，頁42。

　　是的。蝴蝶是我的名字。[9]

（三）角色襯托

　　紅花要有綠葉來陪襯，所以，主角也需要配角來烘托。配角的地位和任務是要來烘托主角，使主角得以充分表現。

　　成功的小說家會善用不同人物之間的性格對照，讓兩個特徵相對應的人物，互相補充，彼此襯托，這種參差對照的手法，不但寫出次要人物的性格，也襯托出主要人物的性格特徵，而使故事變得複雜有趣。

　　在這篇小說裡陳雪塑造了四組同性的情誼——小蝶和真真、小蝶和阿葉、武皓和心眉，還有小蝶的母親和阿琴。

　　真真在高二那年開始追求小蝶，接著四年真真完全占據了小蝶的生命。

　　真真說她十三歲那年，和一個女孩睡在一起，忍不住吻了她，從那時起，她就開始有了女女之間的性經驗。她是個令學校頭痛的問題學生，如果她爸爸不是國大代表，她早就被退學了。

　　聯考完後她倆一起度過情慾最放縱、最快樂的暑假。她倆都有男生追求，但彼此在對方的注視下冷酷地拒絕男生，似乎感覺到更加親近。真真乍喜乍悲的極端性格使小蝶既迷亂又不安。

　　她們考上一所大學，租房子住在一起，離開家人的束縛更加沒有顧忌地出雙入對。

　　真真參加電影社，用她爸爸的錢四處揮霍，找人拍片，然後在租來的倉庫裡播放，她越是目中無人，就有越多人為她神魂顛倒。大二時，她因為拍片認識了一個搞工運的女人，便一頭栽進社會運動裡，組織工會，上街遊行；而那時小蝶經常要回家照顧疑心父親外遇而生病的母親。她和真真在一起的時間變少，爭吵變多了。

　　升大三的暑假，真真因為一次失控的街頭示威，被抓進警局，父親保釋

9　同註三，頁83。

她出來後，兩人吵翻了，同時還收到學校的退學通知；而在此時小蝶的母親發現了她倆的戀情，母親和真真在小蝶面前彼此攻擊叫罵，後來母親以自殺威脅，帶走了小蝶，並馬上幫她介紹男朋友。

真真整整失蹤了兩年，小蝶以為以真真的個性一定會自殺，誰知當她找到她時，她已經落髮出家了。

光著頭，穿著僧袍的真真說她失蹤的那兩年整個人都亂了，她在街上遊蕩，被打過搶過、強暴過，渾身是病，但似乎感覺不到痛苦，她覺得自己心裡是有病的，她做任何事，都無法平靜，包括當時和她在一起也是。後來她遇見朝山的人群，有一個師姐為了救她，一路背著她，三跪九叩到山頂，當她抬頭見到佛祖，頭一次感到平靜，方知她找到自己要走的路。

小蝶對真真的同性愛，活生生地被異性戀婚姻體制給拆散，結婚生子後，卻在三十歲這年，碰到了阿葉。阿葉在十七歲那年愛上了一個唱那卡西的女人，離家出走，爸爸氣得中風，她跟她四處走唱，三個月後她跟一個日本男人走了，沒留隻字片語還欠旅館一個月的房租，連她身上的一千塊都拿走了；還有一個女朋友把她存的一百萬都偷走，還把她趕出去；結果被小潘撿回去，小潘對她很好，可是她沒辦法愛她，小潘發現她愛上小蝶後，一氣之下又把她趕走。她開始在西餐廳唱歌賺錢養活自己，靜靜地為小蝶守候。

小蝶任教於校風嚴謹的教會女校，武皓和心眉是和她互動頻繁的學生。武皓家世很好，爸爸是退休的校長，兄姐都是留美的；心眉家裡開麵攤，晚上要幫忙做加工洗碗，假日都在端麵，武皓常謊稱去圖書館，其實是去幫心眉做塑膠花，也教她數學。

武皓的父親發現真相後，打了武皓一頓，武皓離家出走到心眉家住下後，同學對於她們的同性愛戀的親熱動作，更是謠言四起。

對於她倆的缺席，小蝶開始擔心。武皓的父親對去訪的小蝶表示：像心眉那樣的壞學生應該要淘汰，怎麼可以傳染同性戀給武皓，還拐她離家出走呢？

武皓的父母找上心眉家，對心眉的母親罵了很多難聽的話。

小蝶開車到處找她們到十點才放棄，回家後，十一點見到站在她家門口

求救的武皓和心眉。她倆緊抱著表示不要分開，武皓說她不想被父親送到美國去，同學的指指點點讓她們也不想回學校去，她們向小蝶借錢，好讓她們逃走。小蝶還是苦口婆心地勸她們回家，最後決定是：晚上在小蝶家過夜，明天小蝶陪她們回家，向家長求情。

沒想到第二天起床後，她倆已經走了。兩個星期後，她倆在武皓外婆家被找到，武皓辦了休學送到美國，第三天晚上就割腕自殺了；心眉精神失常，誰也不認得，只會叫著小武。

小蝶年近六十歲的母親年輕時盡全力想要擁有丈夫的心，卻在外遇的丈夫身上一再受傷失望；而在近六十歲，兒女長大成家後，堅決離婚。一年前，她在澳洲認識四十多歲的阿琴，阿琴在大陸有工廠，她在丈夫不簽字的狀況下，決定和阿琴到大陸去，兩人可以作伴到處旅行。

阿葉是小蝶同性情慾甦醒的重要角色，在此同時，小蝶參與了武皓和心眉同性愛的火花爆裂的灼傷，讓她憶及年輕時被壓抑的女女情慾，再加以母親帶著阿琴來看小蝶和阿葉，就像武皓和心眉離家出走前去找小蝶幫忙，尋求認同是一樣的，彷彿有著女同志生命共同體的意味，在小蝶持續和社會、學校、父母、丈夫還有自己開戰的同時，有了同袍並肩作戰的勇氣，這是陳雪刻意安排的角色襯托，讓這些配角也能在社會邊緣現身說法，這是一種很好的映照。

陳雪還利用角色襯托以女女情慾去對照異性戀關係的貧乏與空洞，比如：女女之愛的耐心與成全似乎超乎常人。

小蝶受邀到阿葉家，阿葉對她表示：「我不會勉強妳，只要讓我愛妳就夠了。」[10]為了消除身上的菸味和酒臭，她們一起泡澡，阿葉想要小蝶，小蝶表示她還沒有準備好，阿葉說，她從沒有這樣被折磨過但她會耐心一直等到她願意。

阿葉曾經對小蝶說過：「我不是像妳這麼容易放棄的人。」[11]

---

10 同註三，頁20。

11 同註三，頁63。

阿葉假借小蝶的名義送了三萬塊給心眉的母親,而且也沒讓小蝶知道,是小蝶去探望心眉,她母親才說起,這又令小蝶感動:「為什麼總是看穿了我的心事,還替我設想那麼周到呢?」[12]

　　當小蝶任性而貪婪地在阿葉身上得到滿足後,她倆有了這樣的對話——

　　　「我知道妳害怕,但,該回去面對現實了。」

　　　阿葉說。難道她從沒有想逃避的時候嗎?她從不擔心我面對現實之後會選擇放棄她嗎?

　　　「反正我會一直在這裡等啊,既不會自殺,也不會突然去出家。」

　　　「妳只想當我的情人和我偷情嗎?」

　　　我聽完她的話好納悶地問。

　　　「我只是比別人有耐性,而且不想逼妳做衝動的決定罷了。我也是抱著希望才能撐下去的,沒看見我拼命工作,還買了嬰兒床嗎?我可不只是想跟妳睡覺吃飯喝咖啡,每個人做不同的打算付出不同的代價,我的狀況比妳簡單多了,還有多餘的力氣給妳信心。」[13]

　　阿琴也是無怨無悔的,當小蝶問阿琴是不是她母親的愛人?阿琴笑著說:「要她接受這種事可不容易,我雖然愛著她,但不一定要跟她談戀愛啊,相愛可以有很多方式,我願意陪著她,當她最好的朋友,看見她快樂是我的願望,我剛認識她時她簡直絕望到了極點,看了會讓人害怕,我不會為了自己的私心再嚇走她的。到了我們這種年紀還可以互相陪伴,彼此了解,就夠了。」[14]

12　同註三,頁72。
13　同註三,頁43。
14　同註三,頁80。

　　阿葉對小蝶的愛是奉獻與無私的，她選擇默默在一旁關心小蝶，不僅不要求小蝶做選擇，更重新振作努力賺錢過日子，成為小蝶最有力的後盾。

　　我們隱約可以發現陳雪對於異性戀甜蜜家庭虛偽的一面的批判——「或許我們都是過度壓抑自己的人吧，所以爸爸會不斷地外遇工作還是步步高升，媽媽得到全國優良教師卻多次自殺未遂。」[15]這個祕密連姐姐妹妹都不曉得，只有小蝶和她父母三人知道。那種虛假的表象，讓小蝶體悟到如果仍不敢背離社會規訓，重新定義自我情慾，可能會違背自我，走上和母親一樣的路，浪費大好青春。

　　陳雪的小說不像邱妙津或杜修蘭小說裡沈重的出櫃和悲劇意識，反而有一種反傷痕的書寫，她不直指病因，也不開藥方，就是讓人物去表現女同志的社會能見度，給予讀者多一點的想像與反思的空間。

（四）敘述手法

1.懸念

　　大陸學者劉勵操認為：「通過懸念的設置與解決，能直接而充分地展示人物的內心世界和事件的內在蘊涵，使得人物形象有血有肉……」[16]

　　「懸念」的手法，又有人稱為「懸宕」——是指「在文章的開頭或文章中提出問題，擺出衝突，或設置疑團，引起讀者的關注。懸念的特點是，先將疑問懸在那裡，然後，或者『顧左右而言他』，故意不予理會；或者作出種種猜想，令人念念不忘。總之，作者並不急於揭開謎底、解決矛盾，而是蘊蓄比較長的時間後，再解開『懸念』，寫出結局，回答先前擇出的問題。」[17]

　　陳雪在小說起頭不久，就安排小蝶遇上阿葉，兩人一見如故，小蝶很自然地對阿葉說起了很多對阿明也不會說起的話：「班上有兩個女孩跟我很要

15　同註三，頁62。
16　劉勵操：《寫作方法一百例》，臺北：萬卷樓圖書有限公司，1990年，頁19。
17　同前註。

好，說去年才買了自己的車經常要開車去山上一座廟看朋友，她是我最好的朋友二十三歲那年就出家了⋯⋯」[18]

　　作者在這裡設置了懸念——我們會想見這兩個女孩出場，會想知道阿蝶最好的朋友為何出家？

　　當阿葉吹縐起小蝶心底的一湖春水後，她一直以為人妻，為人母的身分抗拒著那樣的感覺，她努力說服自己：孩子才是她真正在意的人。小說文本接著卻說：「其實我也曾在意過另一個人，但我卻把她傷得很深。」[19]還有，小蝶的母親想要離婚，小蝶想母親：「和別人戀愛了，那是個什麼樣的人呢？」[20]

　　這個懸念又引起了讀者的興味。

　　陳雪在敘述的過程裡，讀者一直被事件背後的真相究竟為何所牽引，在有待揭曉的結局中，會故意停頓，延長節奏，提高讀者的閱讀興趣到故事結尾。通過懸念的設置與解決，將能充分展現人物的內心世界以及小說主題所要呈現的內涵意義。

2.錯綜

　　這裡的「錯綜」指的是，時空交錯法，以現在、過去、未來三種時態，揉合在一起，間雜錯綜進行。把時間和空間分割成許多碎片，錯置開來，或以主線、支線交叉進行。形成互不連貫的混合體，時間變成一張複雜的網路，敘述和回憶可以交替出現。

　　陳雪擅長在小說中書寫記憶的隱匿與再現，時間與空間變換自如，以虛構與寫實交替，風格多變。

　　當小蝶向阿明表白她愛上了一個女孩子後，阿明偷看小蝶的日記，以為那個人就是真真，並且上山去找真真，阿明轉述真真的話說是她命中注定和佛有緣，和小蝶無關；小蝶生氣阿明侵犯隱私，眼前一陣昏黑，小蝶跌倒在

18　同註三，頁11。

19　同註三，頁16。

20　同註三，頁49。

地，失去了知覺。陳雪在這裡安排了時空跳接——「我看見了真真。那是什麼時候呢？」[21]接著回到高中二年級的時空，交代小蝶與真真的那一段青澀的歲月。

當心眉以作文傳達對武皓的愛慕時，小蝶再度讓過去的傷痕，和眼前面臨的事情交錯碰撞，產生共時性，思緒回想到當年真真也寫了許多動人的信給她，而她還為武皓織過一條圍巾。

當小蝶和阿葉有了第一次親密接觸後，小蝶的腦子裡比較起和阿明的翻雲覆雨，才發現過去的她，是無法貪婪放肆地享受她的美麗和隱私的。

陳雪有意利用武皓和心眉的不顧一切的勇敢私奔，甚至武皓以死明志的決心，去襯托出當年同樣被父母與社會不認同的真真和小蝶的逃避懦弱，當然這個事件也促使小蝶決定勇敢面對自我。

3.巧合

巧合「可以把本來互不關聯的人物、事件以一種獨特的方式聯繫在一起，集中而強烈地反映社會生活中的現象，深化作品的主題，增強作品的故事性、戲劇性，使作品波瀾突起，奇事巧合。」[22]

小說家為了要使故事有趣和產生驚奇感，往往會採用巧合的方式處理情節，把現實生活中的機緣表現出來，但是巧合必須要有邏輯性，否則就會顯得虛假；作家會用心布置偶然的事件、機會、場合，使得故事或人物性格得以必然發展。

蝴蝶是小蝶的名字，正巧在真真左乳上有一個暗紅色的胎記，形狀像一隻蝴蝶展開翅膀，真真對小蝶說：「我注定是要愛上妳的，這個記號將把妳牢牢烙在我身上。」[23]

武皓和心眉的東窗事發以及最後的悲劇產生，還有小蝶的母親決定往同性靠攏，找尋自己的幸福，這兩個時間點的巧合安排都是促使小蝶作出決定

---

21 同註三，頁55。
22 同註一七，頁5。
23 同註三，頁59。

的重要關鍵。

　　陳雪利用巧合寫出了「開合」的變化——開，指矛盾衝突的開始；合，指矛盾衝突的解決——經由這一開一合的設計，讀者可以充分理解「無巧不成書」的巧妙所在。

結　語

　　經由以上陳雪對於〈蝴蝶的記號〉的寫作特色分析，我們可以了解到在世紀末崛起的陳雪不同於解禁前以白先勇為代表的富有傳奇色彩的古典筆法；也有異於解禁初期偏重意識流內心獨白的朱天文和邱妙津的小說。以著重「新感官」書寫的陳雪卻是在〈蝴蝶的記號〉裡以不同於傳統的書寫邊緣題材的女女愛戀進行了全面的探索與追究，讓讀者隨其所進行　事的話語，能有所體驗，同時也讓讀者了解時代環境的變遷與臺灣社會民主自由化後對於性別逐漸寬容的社會氛圍。

　　陳雪在〈蝴蝶的記號〉裡算是相當中立的，並不全然寫男性（異性戀）的不好——小蝶的父親在婚姻中出軌；但阿明卻是一個居家好男人；而她也不全然寫同性戀的好——阿葉在十七歲那年愛上了一個唱那卡西的女人，她跟那女人四處走唱，後來那女人跟一個男人走了，留下身無分文的阿葉還有一個月的欠租；阿葉還有一個女朋友也是偷走了她所存的一百萬，還把她趕出去。

　　陳雪很客觀地寫出了同性愛和異性愛一樣也是會情感善變、慾望無窮，也是要通過人性的考驗。

　　90年代臺灣小說的一大特色，便是出現許多以女性情慾、性別跨界及情色頹廢為題材的作品。其女性小說書寫的主流，包括：書寫女性情慾；呈現女性自戀而實際的慾望，對頹廢男性抱以輕蔑，出現了反異性戀情的傾向；

女同志小說對愛慾的歌頌，及其自我追尋；女性身體與政治權力的角力或交
換；還有怨懟與縱情的情色頹廢。

　　陳雪在〈蝴蝶的記號〉筆下的叛逆，還不算狂野濃厚，也並非激烈地反
對異性戀機制的宰控，只是公開讓情慾少數說話──應該要將性別與性慾取
向分開去看待，並非生理性別是女人就一定要愛男人，生理性別是男人就一
定要愛女人，女人也不一定就是陰柔，男人也不一定就是陽剛，小說裡的四
對同性戀人就是那麼自然地在對的時間，遇見合適的性別，相互吸引，情慾
的實踐是多元而流動的。

　　這篇小說的不足之處，應該是作者較著重在鋪陳思想，而疏忽了除了小
蝶以外的人物的內心掙扎與重要轉折的多加著墨。

　　　　　　（原載於《臺灣文學評論》，第五卷第五期，2006年7月。）

問題與討論

一、如果你是小蝶的丈夫阿明，你將如何面對問題？

二、請說明《斷背山》的閱讀心得？

大陸卷

Chapter 9

上海・女性・情慾
取向──以《上海
寶貝》和《夜上
海》為例

前　言

　　40年代張愛玲筆下的上海場景至今仍在讀者的記憶中盤桓不去，邁入二十世紀前，衛慧的《上海寶貝》在兩岸三地引起熱烈的迴響與廣泛的討論，於是與「上海」相關的議題隨著這個城市愈之蓬勃的朝氣，再度被炒熱；今年（2003）一月顧艷的《夜上海》又為「上海」增添了傳奇的一頁。

　　90年代末，「晚生代」大陸女作家衛慧的《上海寶貝》可以說是站在女性主義的立場，徹底顛覆了傳統女性對性的諱言，也顛覆了中國父權社會的思想，大膽直言地爭取女性的情慾自主。

　　這是一本半自傳性的長篇小說，主要內容說的是：上海女作家倪可與藝術家男友天天同居，天天是她的最愛，但卻是個性無能者。倪可瞞著天天和駐上海的德籍外商馬克有了關係，滿足著彼此的性需求。倪可在情與慾的角力賽中掙扎，也在此掙扎中努力解脫，尋求成長。其中有相當細微而真實的性行為描寫與女性心底深處性需求的渴望。

　　衛慧著重在女性的「身體」；而顧艷則是在女性身體上的「精神」加強感受。

　　顧艷，於1981年開始發表作品，不少作品和衛慧一樣被譯成各國語言。《夜上海》發表於2003年，海峽兩岸同步印行兩種版本，它透過幾個女子的情愛觀的發展，鮮明地呈現了快速成長的上海的活力與多變——三十歲事業有成的蔣蜜，一直在追求能夠真正關愛她的男人，後來選擇在她的法國情人身上停泊；袁麗莉是個被包養的舞廳駐唱歌星，她很清楚金錢的萬能，卻也勇敢追求她要的愛情，最後她嫁給了願意娶她的銀行家；邵雲在被丈夫背棄、娘家出賣，一無所有的狀況下，在舞廳認識了一個外地來的男人，男人利用她出賣身體，但她卻在陌生男人的身上體驗到第一次的性高潮，後來因為賣淫被拘留，選擇以自殺結束生命；年過四十歲的李青，為了替吸毒的丈夫還清負債，出賣商業機密，而遭解雇。為了小孩，和丈夫維持著表面的

和諧。她到酒吧去當收銀員，認識了一個大她三十歲但卻可以給她愛情的男子，她覺得自己找到了重現生命活力的泉源。

這兩位女作家在她們的作品中，說出了以往女性所羞於示人的，但卻是來自生命本能騷動的心事。她們筆下的女性不再按照過去社會所規定的倫理規範，去尋找女性性別在社會模式中的歸屬；也不再自居於傳統賦予女性被動的社會角色。她們除了從社會、兩性關係的角度去反思女性的定位，也由文化及歷史的層面來探討存在的現實問題。

上海的城市光廊

在《上海寶貝》和《夜上海》這兩部長篇的書寫中，從不同的角度極度張揚著上海的繁華傲氣。

衛慧在小說中說：「上海這座城市的迅速脫胎換骨。她生長的慾望就像章魚的腳一樣，張牙舞爪地伸出來，強而有力並且充滿著能量。」[1]

而顧艷則說在她眼中，上海是活力、瘋狂和中國對世界挑戰的象徵。她一直想寫一部上海的書——「既是時尚的、又是精神的；既是物質的、又是靈魂的；既是平凡的、又是高貴的。」[2]配合著《上海寶貝》主題的筆調，小說裡這樣介紹著上海——

　　站在頂樓看黃浦江兩岸的燈火樓影，特別是有亞洲第一塔之稱的東方明珠塔，長長的鋼柱像陰莖直刺雲霄，是這城市陽具崇拜的一個明燈。輪船、水波、黑駿駿的草地、刺眼的霓虹、驚人的建築，這種植根於物質文明基礎上的繁華只是城市

1　衛慧：《上海寶貝》，臺北：生智文化事業有限公司，2000年8月，頁8。
2　顧艷：《夜上海》，臺北：九歌出版社，2003年1月，〈血液的維繫〉後記。

用以自我陶醉的催情劑。與作為個體生活在其中的我們無關。
一場車禍或一場疾病就可以要了我們的命，但城市繁盛而不可
抗拒的影子卻像星球一樣永不停止地轉動，生生不息。[3]

　　除了上海迷人的景色外，我們在《夜上海》裡見到了這個機會之都充滿
了生氣的群像——

　　　　上海提供了一個各方面都能施展才華的舞臺，一些中國歷
　　史上的重要人物，都不約而同地選中了上海。外國人也不例
　　外，⋯⋯營構著自己的生活與夢想。⋯⋯上海灘是一個溫柔
　　鄉、富貴場，也是一個大熔爐，能夠真正令人銷魂和提供源源
　　不斷靈感的地方，他對此充滿信心。[4]
　　　　說實在酒吧在上海已成了一種文化的象徵。一種西化生活
　　的象徵，一種看上去隨意實乃精心雕琢的別樣的生活。這種別
　　樣的生活正是那些敏感、精緻、充滿幻想的年輕人尋夢的所在
　　和展現自我魅力的舞臺。[5]

　　然而，在這個充斥著無限商機的土地，生活於此川流不息的人們呢？在
《夜上海》裡交代說——

　　　　這群花樣年華的人，在上海沒有上一輩人生活的重負和歷
　　史陰影。但他們對生活卻有著驚人的直覺，對自己也有著強烈
　　的自戀。⋯⋯他們在夜晚的街上閃閃發亮，那些酒吧、茶吧、
　　書吧、女人吧就是他們的最佳去處。他們對快樂毫不遲疑地

3　同註一，頁20。
4　同註二，頁60。
5　同註二，頁183。

接受，對新鮮事物容易好奇又很快厭倦。他們大多都是單身貴族，無論對別人還是對自己都不願負太大責任。傷心或狂喜、暴富或潦倒，他們在某種遊戲的核心進入怪異生活，從而找到存在的理由和活下去的決心。[6]

在這樣成功的文字敘述張力中，兩位作者相當寫實地把上海灘光華四射的、扶搖直上的、國際化的面貌真實呈現——積極的、消極的、摩登的、市儈的、墮落的、有格調的——在這樣的一個城市光廊中，無所遁形的是人們存在的真實樣貌。

情慾自主的女性書寫

從五四時期丁玲筆下「莎菲」的出現，長久以來被囚禁的女性，才開始自覺「性」是與生俱來。

80年代中期後，新一代的女作家將愛情題材引向「性愛」的境界，女作家不但超越了女性文學第一個時代掙脫封建枷鎖的最初覺醒，而且對於現代性愛的追求，在精神上更為提升，在行動上更為大膽，從對性的迴避、性的關注到對女性性心理的揭示，展現了完全女性化的自覺。

90年代之後的女作家，從長期以來的性壓迫以及性壓抑的禁慾文化中掙脫，男性在性活動中不再居主導地位，女性也不甘於只能默默承受，她們開始意識到心底深處性愛意識的確實存在，主動地要求在性活動中享有其權利。她們所正視的「性愛」領域不但貼近了女性生命本身，更重要的是張揚了其女性意識。

6　同註二，頁173。

在這個方面的探討，我們分三個部分來看：第一，所謂的「身體」寫作，指的是衛慧在《上海寶貝》中，為了充分表現女性在心底深處對情慾的真實表現面，極盡對身體的部位、感覺、觸動毫無保留地「曝光」書寫；第二，有別於衛慧的「身體」書寫，顧艷則較多層面是在「精神」的，她極力著墨在女性所生活的父權社會機制下，迫於環境，為了糊口或對於物質的需求，而出賣身體或精神的掙扎，其書寫著重在人物內心世界的刻畫；第三，則是兩部長篇的共同特色，小說裡的女性不管是循其正道、或是踩著別人往上爬，總能清楚知道自己要的是什麼，最終都能努力往「自我實現」的路上去。

（一）衛慧——「身體」寫作

1.會唱歌的身體語言

誠如衛慧所說「愛和慾望是女人生命中很普遍的格局」[7]衛慧寫出自己，企圖讓女性身體的聲音被聽見，所以她設計了一個情節讓倪可嘗試裸體寫作。在她的書寫中，我們聽見了會唱歌的身體語言。

「情慾」是最能表達人類深邃的情感的。所謂「情慾」，是指「對異性的強烈慾望和精神需求，它既是生理活動，也是心理活動；既獲得肉體上的滿足，也獲得精神上的滿足。因此人與人之間彼此相愛的情慾，是人類實現愛情的幸福之路。」[8]

劉再復將「情慾」的結構分為三個層次——

情感的最低層次就是我們通常所說的「慾」，即感性慾望，是人的生物生理本性的表現，包括食慾性慾；情慾的中間層次則主要不是慾，而是情，它已不是單純的生物生理需要，還包括著精神需要，這一層次的情感是「情中有慾」。真正的情感，包含著精神追求的情感，在追求中包含著對人的尊

---

7 尚曉嵐：〈上海寶貝告別傳媒〉，《北京青年報》第十五版，2000年4月8日。

8 鄭明娳：《當代臺灣女性文學論》，臺北：時報文化出版公司，民國82年5月，頁215。

重，對人的愛，所以這種情感有時自然而然地會抑制某種生物性的粗鄙慾望（顧艷筆下的蔣蜜即是一例，我們留到下一個部分再深入討論）；情慾的最高層次就是社會性情感，它在「情」中滲入了「理」。[9]

很明顯地，倪可的痛苦在於她陷在最低與中間層次中。

在倪可和馬克的理解中，「性」代表了一切，對性狂熱、迷亂的義無反顧的渴求，不計一切代價的渴求，他們的「思想確實被捲走了，情慾表現出一種狂亂的、凶狠的特徵，這是沒有意識控制的感性慾望的實現。」[10]所以，狂亂的野合的羞恥也抵擋不了他們對性的飢渴，可看出他們的心智人格的發展只停留在低階層次的生理需要。

然而，天天之於倪可，又是她的精神食糧，她渴望在精神層次得到滿足後又能與生理層次相輔相成，可惜天不從人願，於是我們見到了倪可的痛苦掙扎。

馬斯洛的人格心理理論指出：需要（Needs）計有五個階層：第一層屬於生理的需要（physiological needs），第二層是安全的需要（safety needs），第三層是歸屬和愛的需要（belonging and love needs），第四層是尊重的需要（esteem needs），第五層是自我實現的需要（self actualization needs）。人在生活上當低階層的需要得到滿足，才會有較高階層的需要。馬斯洛的研究指出，需要的滿足與性格的形成，兩者之間有密切的關係。比如說歸屬、愛、尊重和自尊的需要的滿足，引發了諸如深情、自尊、自信、可靠等個性。[11]

就以上的理論來說，我們可以看得出來，小說裡的馬克和倪可僅停留在第一階層的需要，所以根本談不上有安全感、歸屬感或被尊重，甚至是自我實現了。至於倪可和天天的關係，當然更是曖昧不清，因此，他們的關係注

9　劉再復：《性格組合論（下）》，臺北：新地出版社，民國77年9月，頁193、195、196。

10　同前註，頁206。

11　鍾慧玲主編：《女性主義與中國文學》，臺北：里仁書局，民國86年4月，頁303。

定是悲劇收場的。

小說文本的身體語言，的確對身體和性的描寫帶來空前的「震耳欲聾」。

孫瑋芒肯定說：「衛慧以性學家的準確表現了女性面對情慾的生理反應，以作為一個完整的人的立場健康地看待性，又以詩一般的描寫將性的歡愉予以美化、典型化。」[12]

在小說裡女性的身體已經是女性自己慾望的主體，而不再是男性的客體，倪可正視自己身體的思想和感覺，並傾聽其聲音。

衛慧藉著倪可打破沈默為自己的身體唱歌，打破一直以來的束縛與壓迫，尋回女性失去已久的身體，這個身體不再為男權話語所控制——小說裡大膽地描寫倪可作春夢、性幻想、自衛和同性戀的經驗。

作春夢——「在夢裡，我跟一個蒙著眼罩的男人赤身裸體地糾纏在一起，四肢交錯，像酥軟的八腳章魚那樣，擁抱，跳舞，男人身上的汗毛金光閃爍，挑得我渾身癢癢的……」[13]

性幻想——睡在隔壁客房裡的一對情人一直在床墊上弄出沈悶的撞擊聲，「只隔著一層牆壁，卻可以想像成遙遠的地方陌生的人群進行的性交，可以想像成父女亂倫、兄妹亂倫，也可以想像成兩個男人、兩個女人、兩女一男，或更多的混亂，想像的翅膀永遠是安全而乾淨的，聲音卻淪落成任何一種可能的情緒的背景。」[14]

自慰——「我的右手還握著筆，左手悄悄地伸了下面，那兒已經溼了，能感覺到陰蒂像水母一樣黏滑而膨脹。放一個手指探進去，再放一個進去，如果手指上長著眼睛或其他別的什麼科學精妙儀器，我的手指肯定能發現一片粉紅的美麗而肉慾的世界。腫脹的血管緊貼著陰道內壁細柔地跳動，千百

---

12 孫瑋芒：〈《上海寶貝》：從中國內部顛覆父權社會〉，《PC home e-people名家專欄電子報》，2000年6月9日。

13 同註一，頁35。

14 同註一，頁57。

年來，女人的神祕園地就是這樣等待著異性的入侵，等待著最原始的快樂，等待著一場戰爭送進來的無數精子，然後在粉紅的肥厚的宮殿裡就有了延續下去的小生命，是這樣的嗎？」[15]

同性戀──馬克介紹一個女同志莎米爾給倪可認識，莎米爾欣賞倪可的小說，臨別之前倪可和莎米爾「站在Park門口的樹影裡親密接吻。她的嘴唇裡的潮溼和溫暖像奇異的花蕊吸引住了我，肉體的喜悅突如其來，我們的舌頭像名貴絲綢那樣柔滑而危險地疊繞在一起。我分不清與陌生女人的這一道曖昧的界線如何越過，從談話到親吻，從告別的吻到情慾的吻。」[16]

精神分析運動的始祖佛洛依德（Sigmund Freud, 1856-1939）很早就把「性」的活動合理化。根據他的潛意識說，他認為：決定我們思想、感覺與行動的最具權威的力量是生物的「原慾」──性。[17]就像「夢」是個人潛意識的象徵，所以，作春夢有何可恥！衛慧只是把這些向來被看成不可言說的、羞恥的事情或行動搬上了檯面。

這些勁暴而麻辣的描寫，像是敞開了女性身心的私語禁地，就女性書寫而言是一個相當大的突破，如果我們可以以健康正常的眼光，而不是添加罪惡不潔的色彩來看待性，那麼作春夢、性幻想、自慰，不過是正常的生理慰藉，而同性間的慾望觸動，似乎也沒有那麼不可理解，作者不過是敢言於人所不敢言罷了！

女作家言性，一旦敢於突破，比起男作家的遮掩，其實更為勇敢，誠如師瓊瑜《假面娃娃》裡的「性」，可以把人性最底層的醜陋面挖掘殆盡，胡晴舫在《濫情者》裡不也說：「情慾絕對寡廉鮮恥。」[18]

2.靈與肉的爭戰

衛慧善用第一人稱的特色，在倪可身上寄託了自己的情感，吐露了心底

---

15 同註一，頁231。

16 同註一，頁290。

17 轉引自黃慶萱：《修辭學》，臺北：三民書局，1990年3月，頁338。

18 胡晴舫：《濫情者》，臺北：新新聞文化出版，2002年，頁176。

真實的聲音。且看倪可臣服於馬克的誘惑的描寫，是十分聳動的——

　　這是我第一次感覺到做愛之前的親吻也可以這般舒服、穩
定、不急不躁，它使隨後的慾望變得更加撩人起來。他身上的
那無數金色的小細毛像太陽射出的億萬道微光一樣，熱烈而親
昵地啃嚙著我的全身。他用蘸著酒的舌尖挑逗我的乳頭，然
後慢慢向下，他準確無比地透過包裹在外的陰唇找到了花朵般
的陰蒂，酒精涼絲絲的感覺和他溫熱的舌混在一起，使我要昏
厥，能感覺到一股股滋液從子宮裡流出來，然後他就進入了，
大得嚇人的器官使陰道覺得微微的漲痛……[19]

再看倪可和馬克在女廁中做愛的一幕——

　　把我頂在紫色的牆上，撩起裙子，俐索地褪下CK內褲，
團一團，一把塞在他屁股後面的口袋裡，然後他力大無比地舉
著我，二話不說，把溼淋淋的陰莖準確地戳進來，我沒有其他
的感覺，只覺得像坐在一隻熱呼呼的消防栓上一樣坐在他又洪
又大的難難上……他狂熱而沈默地注視著我，我們換了姿勢，
他坐在抽水馬桶上，我坐在他身上，女上位的好處就是一個女
人可以像操女人一樣去操那個男人，並且自己來掌握性敏感方
向，控制男人在自己陰道裡的扭動。[20]

　　《上海寶貝》的確踏踏實實震撼了不僅是中國女性的心靈，也包括了中
國男性，如果他們能以正常的眼光去看待的話。
　　整部小說的靈魂所在是作者表達了女性對「靈」「肉」合一的情愛渴

─────────────

19 同註一，頁83～84。
20 同註一，頁99～100。

望，誠如倪可把有亞洲第一塔之稱的東方明珠塔看成：長長的鋼柱像陰莖直刺雲霄；但可惜她心愛的天天卻是個性無能。他是倪可心中的「靈」——善良、有才情、深愛著她；這是不夠的，她還需要生理上的平衡與協調，於是馬克成了她心中的「肉」——高大成熟、精力充沛。雖然這段三角戀情落幕時，只剩下倪可一人，但相信這次的情愛經驗定是她人生最深刻的體悟，也會對她往後的情愛經驗造成影響。

（二）顧艷——「精神」寫作

1.以精神守護愛情

　　藝鳴在〈情感與靈魂的苦煉〉中提到，顧艷有句名言：「愛到深處，便成為一種精神。」與此同理，「隨意的性發洩，便成為動物」。這句話在某些層面上是很能駁斥《上海寶貝》裡的「動物性」的在現代工業文明對磨滅個性，金錢物慾橫流的當代社會，愛的質是十分脆弱的，顧艷認為只有精神才能拯救這種純粹的愛，並捍衛這種愛的存在。[21]所以，我們見到《夜上海》裡的人物在經歷了面對慾望能量的誘惑與試煉、生與死的交界到尋找精神家園，終而能覓得靈魂棲息之所。

　　當然，顧艷在強調「精神」的同時，也在小說中，塑造了反面教材的角色，提供讀者省思。

　　邵雲資助丈夫姚天祥事業起家後，卻因他連續外遇而決心離婚。當她失去所有後，才發現金錢的重要。就在她認識的舞伴要她出賣身體時，她想：「當婊子又怎麼樣呢？她確實被這個男人的款款柔情打動了。她想人生難得幾回醉，再是有名聲的人也在偷偷地做這種事。」[22]她在陌生男人身上經驗了第一次性高潮。

　　邵雲像是走在鋼索上，精神沒有依歸，最後走向悲劇，似乎是可預見的。

---

21 同註二，頁285。
22 同註二，頁93。

在這個笑貧不笑娼的上海灘，我們還見到從鄉下到上海討生活的翠萍，半推半就出賣身體後，學習掌握機會，男人想讓她上鉤，其實她才想讓男人上鉤，她在上海灘從女傭搖身為廠長。她覺得「聰明漂亮的女人，本身就是一種資本。不過女人要獨立，首先要有一個智慧的腦袋，其次才是經濟和精神上的。」[23]後來，她在金錢的追逐中，強烈感覺到世界的變化之快。

2.愛情與麵包的角力

　　我們存在著，實際生活著，在心靈進化的過程中，物質的誘惑很容易會把我們往後拉、往下拖。文學反映人生，小說裡的人物在舞臺上盡情演出著。

　　袁麗莉的初戀是一個上海帥哥，他們在一起很開心，後來男友為了實現美國夢，找了個金髮藍眼的美國胖女人，把她給拋棄了。她覺得自己最大的悲哀是未曾擁有過真正刻骨銘心的感情。袁麗莉被一個香港老闆包養著，是他到上海開會時，可以招之即來，揮之即去的性伴侶。

　　小說裡說：「和袁麗莉這樣有個香港大老闆做情人的上海女性如今不少。她們的生活消費是超一流的。她們過慣了這種被人養的生活，物質的充裕卻掩蓋不住精神的貧乏。所以那些寵物就是她們的最好伴侶。她們牽著她們的寵物小狗在馬路上散步，已成了上海街頭的又一道風景。」[24]

　　袁麗莉和凌輝的共同語言是音樂，他們對彼此都有感覺，但她也清楚知道他是不會娶她的。就在她要嫁給常來聽她唱歌的金融家前，有一次，她去找凌輝，主動獻身給他，就在那一夜，她得到了短暫的「愛情」，之後，也兼得了她所要的「麵包」——婚後，她透過和丈夫的心靈對話，有了更多的時間去思考，她忽然意識到歌手要把歌唱好，關鍵要唱出時代的「魂」，於是，懷了孕的她決定要舉辦兩場音樂演唱會義演，把所得全數捐給希望工程。

　　蔣蜜欣賞凌輝所洋溢的藝術細胞和時尚前衛的風格；可是她又無法抗拒

---

23 同註二，頁253。
24 同註二，頁126。

坐在姚天祥的賓士車裡，姚天祥拔擢她坐上總經理的位置後，她更發現他們之間所存在的差異和距離，她懷疑他是在利用她，等到不需要時，就會把她一腳踢開。她很清楚在她的身邊有那麼多男人迷戀她，可當她無助時，誰又能給她一個肩膀依靠。最後，她離開了你爭我奪的商業戰場，選擇了從巴黎回上海與她重逢的法國情人。

當姚天祥得知蔣蜜隨丈夫回上海定居，在銀行工作後，曾幾次親自約蔣蜜出來，可蔣蜜一次也沒答應；姚天祥想她既然如此絕情，他又何必那樣痴心，都這把年紀了，應該找一個溫柔、安分守己又有點精神追求的漂亮女人結婚。但小說文本說：「然而，這樣的漂亮女人畢竟不多。如今是個物慾的商品化社會，有不少女人圍在他身邊，基本上都是急功近利、貪圖錢財的。愛情，這個在人類情感歷史上最為神聖、最為崇高、最為純潔的名詞，已被物質時代無情地顛覆、消解和褻瀆。」[25]

作者在小說結束前，安排蔣蜜拒絕姚天祥的邀約，已讓讀者明白蔣蜜的愛情戰勝了麵包，而最大的贏家是她的「精神」；而姚天祥呢？他在功名利祿、香車寶馬的追求後，才懷念起過去和妻女的平凡的家庭生活。

作者在小說開頭就提示了：「如何承受新時代物質力量的強大壓迫，是每一個人都應該思考的問題。」[26]

（三）成就慾的自我實現

「愛情」就女性而言是所有感情中最脆弱的一環，但從另一方面來說，女性面對愛情卻又是比男性還要堅持果決，尤其是在女性被壓抑的個性意識逐漸得到恢復和弘揚後，她們更具有勇於擔當的道德勇氣。隨著時代的發展，她們比起傳統女性有較高的女性自覺和自我認同，在她們反思其生命歷程，洞曉自己的社會責任後，更能理解在社會型態變遷下女性的角色變化。

《上海寶貝》裡的倪可是一個行為果敢，能夠獨立思考的女性，作者似

---

25 同註二，頁257。
26 同註二，頁22。

乎有意以此來和小說中的兩位男主人公形成強烈的反襯。

　　天天愛倪可，曾在倪可的協助下治療陽萎，卻無疾而終，他努力不夠，一再地向魔鬼靠攏，沈淪吸毒而死；馬克想與倪可在一起，卻又要勉強維繫表面的婚姻，他勇氣不夠，搖擺不定，最後還是屈服於現實，接受被調回德國總公司的命運；反而是倪可一直很清楚自己要的是什麼，事業成就的追求——寫作儼然成了她的救星。

　　在小說中出現了很多次利用「子宮」來做比喻的描寫，如：「溫暖如母親的子宮」[27]；又如「浴缸是像母親子宮般溫暖安全的福地，以清水洗濯身心可以使自己感到遠離塵埃，遠離喧囂的搖滾樂，遠離黑幫流氓團夥，遠離折磨自己的種種問題、苦痛。」[28]不難想像倪可渴望回歸原始，想常保赤子之心，所以，最後在天天死去、馬克離去後，她終於在寫作上有了進展，而得以超脫。

　　「無根性」是以「身體」寫作的作家精神上最大的缺憾，我們在小說中的確見到精神大幅貶值的無價，可是在故事結局，作者又為倪可安排了一線生機，讓她生命的時空性得以拓展。

　　顧艷和衛慧一樣，她們筆下那些敢愛敢恨的女性超越了性別，勇敢地去迎接生活的壓力與困頓，雖然有的不擇手段，以其身體當作跳板去換取「成就」，但總有其敢於直面且挑戰人生的勇氣。

　　在艱困的環境中，女性的適應能力，大抵說來是較男性更有彈性，更能屈能伸的。相較於倪可的敢作敢當，天天和馬克就顯得畏畏縮縮，拿得起，放不下；相較於蔣蜜和袁麗莉終能忠於自我，得其所求，姚天祥和凌輝就顯得搖擺——姚天祥在事業上用盡心機，玩弄女人於股掌間，最後還是錯失了她的最愛，只剩孤獨陪伴；凌輝認為他所以無法得到蔣蜜，是上帝對他的懲罰，因為他以前有過太多的性冒險，無論是認識的或陌生的女人，來者不拒，直到染了一次性病才徹底清醒。之後，他的靈魂無所依附，總像隻斷線

27　同註一，頁196。

28　同註一，頁307。

的風箏。無知與逃避把男性向來所隱藏的弱小的一面展露無遺。

　　透過小說中男女主人公遇事時的強烈對比，不難見出兩位女性作家企圖在小說中所反映的女性的可貴特質，尤其是當代女作家受到社會因素與文化背景的影響，在其作品中或多或少都會流露出其性別意識。她們並不刻意宣揚女權主義，但其對女性的關注卻自然地展現在其作品當中。

　　這兩部長篇打破了傳統所認為的——女人生命的原動力來自於另一半對她們的疼愛，所以她們會心甘情願為對方犧牲，而「工作」對她們來說，只是賺取薪資，不致和社會脫節而已——像倪可、蔣蜜、袁麗莉、張咪都是。

　　此外值得一提的是，上海市婦女聯合會的一項調查顯示，上海女性比男性好學，終身教育的理念已被越來越多的上海女性接受，她們投入各類的進修與培訓（外語和電腦），包括五十歲以上的女性學習熱情也依然不減。反觀上海的男性，喜愛學習的程度則不如女性。[29]例如：《夜上海》裡凌輝已年過花甲的母親，幽默地說她的心理年齡只有二十八歲。最近她除了熱中於愛滋病研究外，還喜歡上服裝設計，凌輝曾勸她不要不服老，他不認為她可以設計出什麼獨特新穎的款式來，但經過幾年的努力，她居然獲得了一個服裝設計金獎。

4

結　語

　　第一，大陸《解放日報》報導，北京新聞媒體和文化管理部門以《上海寶貝》內容描寫同性戀、女性自慰和吸毒，官方在2000年5月發布禁售令。小說中那些勁爆的火辣描寫，不難想像中共當局基於「家醜不可外揚」的心態，會去全面封殺這部小說的出版。然而，小說反映人生，我們不能掩耳盜

---

[29] http://www.ettoday.com/2001/09/24/162-590481.htm。

鈴，自欺欺人地對於這種存在的社會現象視若無睹，誠如大陸學者王曉峰在其〈當代小說中的變態行為描寫芻議〉中所說的：「當代小說也為我們描繪了正常生活之外的另一個世界。在這裡，精神病、抑鬱與自殺、智力落後、行為乖張、精神創傷等等，不同程度地凝聚於形象的個性心理特徵之中。」又說：「個體變態行為的形成有兩個方面的原因，一個是個體方面的主觀原因（先天條件），如遺傳、身體與心理的先天素質等；二是社會文化方面的原因，如家庭和教育的影響、個人生活經驗等。」[30]在這部小說中的畸形人物，倒無單純前者的個案，而至於後者如：倪可、馬當娜；兩者兼而有之的，如天天、矮個男友和李樂。

　　衛慧對畸形人物的描寫，除了通過畸形人物的變態心理映射其性格外，主要也是利用人物哀傷與黑暗的悲劇色彩，反襯人性的完美與光明的可貴。

　　就在衛慧《上海寶貝》造成風潮時，該書卻被中共當局點名裁定為「腐朽墮落西方文化毒害的典型」，內容格調低下，宣揚虛無主義，低俗頹廢的人生觀，夾雜淫穢描寫。書被禁後，雖然大陸的出版商都不敢為她出書，但相當諷刺的是小說反而因此越禁越風行，變得更有名。中共的禁書一舉，不禁讓人想起秦始皇的「焚書坑儒」、戒嚴時代的臺灣和大陸文化大革命時的「橫掃一切牛鬼蛇神」。當然，這同時也證明了小說的顛覆性。

　　中共不打自招的泛政治化的自卑心態，把小說中的天天看成代表的是「中國」，是弱勢的；馬克代表的是「西方」，是強勢的。前者象徵中國傳統文化的式微，代表了受到西潮入侵的被動的民族文化；後者象徵改革開放後的中國對西方文化的崇拜與依賴，代表了強大的西方經濟殖民的力量。他們從沙文主義的角度來看這部小說，實是曲解了作者創作的原意，而封殺其書，更是毀滅其創作自由。

　　《上海寶貝》是衛慧寫給女性的身心體驗的小說，反映了一定程度的社會現實，把上海這一代青年的空虛與苦悶，及其潛在個性表露無遺。當然無

30　王曉峰：〈當代小說中的變態行為描寫芻議〉，北京《中國現代、當代文學研究》，中國人民大學專報資料中心，1988年7月，頁70。

可諱言地，小說具有教化作用，可能有人擔心小說中的黑道、毒品的充斥，會對讀者產生不良影響，但作者安排倪可協助天天戒毒，實有其正面意義；而設計天天因吸毒的悲慘下場，不也有警惕作用。

　　這就如衛慧反批評說：「評論家愛誇大頹廢，亂貼標籤，而忽視了我小說中真實、激情和唯美的東西。都說這代人頹廢、瘋狂、混亂，但我還是要強調我們的優點：獨立自主，對生活有熱情、有創意，這才是主要的。」[31]

　　因為，《上海寶貝》的出版，曾引起相當大的爭議，所以，筆者在結語的部分多加著墨。

　　第二，身為女性作家，衛慧和顧艷企圖突破傳統女性形象的派定角色及特性，捍衛自己的情慾自主，也寫出了在幽暗角落，卻是確實存在的一群。尤其是顧艷用她的文字為讀者描繪了靈魂遊走的困境和心靈提升的圖景。

　　顧艷筆下的女性形象的建構，擺脫了傳統文化觀念影響與束縛，她塑造女性角色在有限的空間裡努力地作無限的發揮，女性已不願只是被當成配偶或繁衍後代的角色，她們要成為一個自由且具有創造力的人。於是，使其在不同的人生階段，可以擁有一定程度的權力，她們視自己為「人」，具有權利發展人的一切潛能，這種觀念對女性而言，是具有革命性的。

　　第三，這兩部小說還有一個共通點，就是成熟的女性站在情慾自主的角度，對自己的感情負責，你情我願，非一定死守一對一的成規。小說在無形中控告了社會對男性情慾的縱容，但對女性情慾譴責的雙重標準。任何女性都可以選擇自己身體權與情慾權，但目前終究必須面對社會大眾長久以來約定俗成所形成與教養規範的道德標準的社會檢查。不過，她們可以勇敢地抗拒社會壓力，同時也勇敢地為自己情慾負責。

　　第四，單單從「性」就可看出中西文化的差異。西方有所謂的「性學」，成為一獨立、專門的學問在研究。「性」原本跟「愛」應該是息息相關的，但在中國社會長期以來卻被公認為一種禁忌，凡是要談論這個被劃入「禁區」範圍的──「性問題」，就必須牽扯到「道德」的議題，否則就會

---

31 尚曉嵐：〈上海寶貝告別傳媒〉，《北京青年報》第15版，2000年4月8日。

淪為「色情」，這是傳統意識制約的結果，我們幾乎很少見到把「性」與「愛」連接起來討論其關係的，即使到了風氣漸開的80、90年代，「性」還是不免和「道德」配對。當然，「性」本身具有許多複雜的層面，「道德」就是其中一項，可是如果僅僅關注在「道德」上面，而忽略了生理、心理、社會與權力關係的種種層面，那麼諸多問題將會由此衍生，比如：性教育的欠缺，造成不健康的性愛觀念，接受外在對於性愛不正常的暗示和刺激，越是壓抑不准談論，越是想去摸索。這一點其實是很值得我們去省思的。

這兩部小說似乎有意告訴我們要以健康的態度，去面對每個人內心深處所存在的正常的慾望，而不要戴上有色的眼鏡去做衛道性的指責和批判；從另一個角度來看，作者提出了本然的、健康的性觀念，是具有相當的現代意義的。

第五，在這兩部以上海為場景的小說中，讀者可以很強烈地見到性別思潮的覺醒、自然情慾的原始呈現以及女性主義的反撲，作品不僅明顯表現女性主義的思想，有著顛覆父權的象徵，也轉化西方女性主義的關注來呈現相當具有大陸在地色彩的女性主義議題，如：情慾、兩性關係與生存價值等，都是作家所關懷的主題。作家將個人吸收消化得來的見解與思維表達在作品當中，在那樣的社會、時代背景下，一種前所未見的、獨特的新女性形象遂成其形。

第六，上海是個國際城市，在這兩部小說裡，不約而同地都出現了外國男性配角——《上海寶貝》裡倪可的德國男友——馬克；《夜上海》裡蔣蜜的歸宿，法國人菲力浦。還有，在《夜上海》裡也有對於臺商在上海生活情況的敘述，不難想像隨著兩岸的頻繁的互通，在當代小說裡所呈現的兩岸交流應會更為豐富，臺灣作家蘇偉貞的〈魔術時刻〉不也正是一例。

第七，聯合報在一篇名為〈情慾書寫　大陸女作家新爭議〉報導中指出：大陸90年代出現一批「下半身派」女作家，她們以女性的情慾經驗為主題，也不諱言是「從己身經驗出發」。同期出道的男作家亦不乏描寫身體、情慾的，卻未如「下半身派女作家」受注目。西方的性別論述中，指出傳統社會把女性歸為「下半身」世界，是情慾的、身體的；男性則屬「上半

身」社會，是思考的、精神的。是以即使女子從事應該屬於「上半身」的活動如寫作，被注意的仍然是「下半身」、身體的部分。大陸的「下半身派女作家」，有人稱「美女作家」，也有人稱「妓女作家」，然而不管是美女或妓女，大家關心的都是她們的「身體」。「北京青年報」最近一篇評論便指出，「下半身派女作家」的作品良莠不齊，但一掛上封面玉照，似乎便再也沒人關心她們到底寫了些什麼。[32]

　　這兩位在大陸被冠為美女的兩位作家之作品，其對女性情慾的詮釋，是有其價值意義的，但往後的發展如何，就有待驗證了。

　　（原發表於2003年12月7日，由中國現代文學學會與南亞技術學院所主辦，教育部協辦的「兩岸學術研討會」，文見《兩岸學術研討會論文集》。）

問題與討論

一、請談談你印象中的上海的城市樣貌？

二、情（靈魂）與慾（肉體）何者為重？如何達到平衡？

---

32 聯合電子報：〈情慾書寫　大陸女作家新爭議〉，7月10日。

Chapter 10

論大陸女作家池莉
的小說特色

前　言

　　池莉（1957～）的父親是中國共產黨的基層幹部，母親是醫生。她在機關宿舍長大，常常從父母所帶回來的報刊雜誌和文學書籍中獲取不少知識。文化大革命侵襲了她十來歲的心靈，隨著父親被打成了「走資派」，她的生活起了變化。

　　在「文革」中的池莉也曾下鄉務農，當過小學教師，也當過護士。這個來自武漢的女作家曾說：「武漢市是一個非常有意思的城市，我常常樂於在這個背景上建立我的想像空間。」[1]所以，她的小說被文學評論界評為「漢味小說」[2]。從1982年發表第一篇引起關注的小說〈月兒好〉，到1987年的成名作〈煩惱人生〉，這期間因為一場大病，讓池莉停止了創作，就在死而復生的同時，她在最艱難的狀況下，取得了武漢大學中文系的學位，這種「脫胎換骨」的特殊經歷，造就了池莉小說獨特的色彩與表現手法。

　　池莉畢業後任《芳草》雜誌社編輯，後在武漢市文聯從事創作，並任武漢市作家協會副主席。主要作品有中篇小說《煩惱人生》、《不談愛情》、《太陽出世》、《你是一條河》、《水與火的纏綿》、《有了快感你就喊》等，其作品有多種文字的譯本，獲多種文學獎，有多部作品被改編為電視劇——如《來來往往》、《小姐你早》、《口紅》。現為武漢市文聯專業作家，中國作家協會會員。社會職務為第九屆全國人民代表。

　　大陸在文革之後，新時期所冒出頭的女作家，幾乎或深或淺的因為「知青」的身分，生命也有了不一樣的顫動。

　　池莉說，面對自己的寫作，她是非常冷靜的，因為她的個人經歷使她成為一個持懷疑論的人。童年時代吃好穿好用好，人民群眾都朝你巴結地微

1　池莉：《一冬無雪／池莉文集2》，南京：江蘇文藝出版社，1999年，頁2。
2　同前註。

笑，但是當文化大革命一來，整個生活天翻地覆，人們想辦法要把你置於死地。文化大革命顛沛流離，窮困潦倒倍受歧視的生活，引發了她對生活最根本的懷疑與思考。她當時的文學意識的是：「擺脫了漫長文革環境的中國文學，至少首先應該有一個對於假大空話語的反動和糾正，有一個對於中國人個體生命的承認，尊重，歉意和撫慰，有一個對於中國人本身七情六慾的關切，有一個對於在逼窄的意識形態下的窘迫且貧困的現實生活的檢討和指責。」[3]於是池莉大膽地揭示他們自己的瘡疤，而寫了《煩惱人生》以及後來的《不談愛情》、《太陽出世》。

　　池莉也表示過，她的寫作與學醫經歷密切相關。解剖課的考試經驗，提醒她看人或者寫人都要往骨子裡頭去，內在和外表是不一樣的，她覺得，「中國生產力進步緩慢的最大阻礙就是人性的虛偽！」[4]所以，她一旦提筆寫人，就有一股強烈的撕開願望。她理性又殘酷地解剖著人性的陰暗面，似乎要把人物的五臟六腑全掏出來，好把人物淋漓盡致地撕下來給讀者逼真的省思，然而，這也正是她直面人生的寫作特色所在。

　　《來來往往》和《小姐你早》是池莉探討改革開放後，對人們生活所產生的實際與殘酷的影響的小說代表作，分析隨著大環境的巨變，人物的成長與轉變，特分別從男性與女性的角度去探究其意識的覺醒。而《懷念聲名狼藉的日子》表現了中國大陸70年代中期的一段歷史，表現出屬於中國人自己的生命感悟。她的知青小說是相當獨特的，不放在譴責、也不寫英雄或空虛的懷念，寫的是悸動的年輕生命在那個特殊的時代環境裡的真實狀況和成熟過程。

　　正因為這樣的不同於他人的創作背景，形成她作品獨有的特色。

　　我們將先從池莉特殊的創作養成背景談起，再從「現實生活的創作取材」、「女性生命的獨特展現」、「畫龍點睛的細節描寫」、「直面人生的

3　池莉：〈池莉：我是一個模範知青〉，2001年4月6日，Sohu新聞，原文載於搜狐網。

4　同前註。

通俗語言」等四個方面去分析池莉的筆下人物的成長與轉變，及其揭露醜惡
社會現象的小說特色；最後總結池莉的小說特色。

現實生活的創作取材

　　文革，成就了池莉與眾不同的思想與洞察的能力。從池莉的成名作開
始，她就將自己的筆觸鎖定在中國最廣大的民眾身上，在小說中準確地描繪
中國人的生存狀態。

　　池莉毫不猶豫地丟掉了「文人腔調」，堅持「直面人生」的寫作熱情而
真誠地貼近生活的各個層面包括最底層。她經常強調的是寫實，自稱「不篡
改現實」所做的「是拼板工作，而不是剪輯，不動剪刀，不添油加醋」[5]。

　　以〈太陽出世〉為例，是池莉在當實習醫生時經歷了十二小時的接生工
作，一個小生命終於降臨，所記錄下來的心情；當時疲憊不堪，一身血污一
身臭汗的池莉的心情是：「護士推走了產婦，她來到陽臺上，呼吸著清晨的
空氣。突然，看見冉冉上昇的太陽，第一次接生一個新生命的強烈感受和眼
前太陽出世的景象就這麼契合起來，自己被感動得不行。」[6]

　　在池莉〈怎麼愛你也不夠——獻給我的女兒〉的這篇散文中，池莉真實
地記錄了她自己在妊娠時的種種——享受丈夫細心的呵護；噁心嘔吐的痛
苦；憂心孩子出世後沒人帶，請保姆帶又沒有房子、沒有錢；買不起小孩昂
貴的衣物，便找出破舊的棉衣褲，做成一塊塊的尿布；買絨面棉布親自為小
孩做衣服、鞋襪——這些情緒和細節都一一出現在〈太陽出世〉中。

5　唐師翼明：《大陸「新寫實小說」》，臺北：東大圖書股份有限公司，1996
　年，頁95。
6　於可訓：〈池莉的創作及其文化特色〉，北京《中國現代、當代文學研究》，
　1996年10月 第10期，頁121。

　　關於近幾年的小說取材，池莉曾說明：在《生活秀》裡，來雙揚用吸管和香蕉藏白粉的做法，是她去戒毒所時聽說的，她還與那個平日最討厭吃香蕉、進了戒毒所就渴望香蕉的小夥子聊了半天；《來來往往》中的段莉娜，用內褲作武器，那是她在醫院工作時親眼所見的，有一位未婚的女政工幹部就是這麼整她的男朋友的；《小姐你早》中的夜總會，則是她的親身經歷，近幾年，她陪上了年紀的女性朋友到夜總會去，其中有些是長年埋頭在工作裡的女科研工作者，是為了跟蹤丈夫的，這些傳統保守、單純固執的女人對夜總會的感覺，著實令她不勝感慨。[7]

　　還有《懷念聲名狼藉的日子》並不是一部自傳性的成長小說。但是，有部分細節是曾經真實地發生在當時的池莉和其他知青身上的，可說是相當鮮活地演活了情愛在當時生命階段中所展現的活力。小說寫的既不是女主角豆芽菜遭遇強權壓榨時的痛苦或反擊，也不是她對美好愛情的期待或渴望，只是忠實地把當時代的創傷記錄陳述，以「懷念」為題，和「聲名狼藉」四個字成了強烈的諷刺對比，不同於以往「傷痕」或「反思」基調的沈重的知青文學，反而是以懷念的心情去憑弔那一段荒誕的文革生活中，勇敢面對自我的本能叛逆與渾沌狀態所呈現的青春無悔的堅強生命。

　　池莉從現實生活的創作取材，這樣的直接資料，即使是一些形象性的素材、一個美好的畫面、隨意聽來的故事、擦身而過的人物，或者是因外界所引發的情緒或回憶，這些一手材料經由池莉的構思改造，便成為小說中的藝術形象，於是不但貼近人生，也貼近讀者的心靈。

7　程永新：〈像愛情一樣沒有理由——池莉答《收穫》雜誌副主編程永新〉，中國互聯網新聞中心。http://202.130.245.40/chinese/RS/26316.htm，2001年2月22日。

女性生命的獨特展現

　　女性文學關注女性的解放命運，首先取決於自身的解放，隨著時代的進步和社會的發展，女性解放還顯現在女性的精神存在中。

　　池莉〈太陽出世〉裡當了媽媽的李小蘭有了不同以往的大轉變。過去李小蘭對於懷孕期間頂替她職位的同事，老是罵她「婊子」，現在見了面則會含笑打招呼；李小蘭沒有達成婆婆的期望，生了個女孩，按習俗，婆婆應該為她坐月子，但婆婆找藉口推掉了。婆婆為彌補其虧欠送錢來，李小蘭很有骨氣地說：「別弄髒了我的女兒。我們不需要錢。」後來，婆婆住院無人看護，李小蘭主動讓趙勝天送飯去。隨著女性外部世界所給予她們的磨練，女性漸漸懂得從舊社會的成見、習俗和價值系統中脫掉鐐銬，並掌控扭轉自己的命運，進而改變男性。

　　再以〈不談愛情〉為例。吉玲和醫師莊建非因為家世背景懸殊，結婚後，得不到婆家的認同，加上婚後莊建非漸而冷淡，在一次爭吵後，吉玲回娘家。吉玲不願和莊建非回家。此時，醫院提供到美國觀摩手術的名額，必須是家庭穩定者，才有可能被選中；吉玲是一個勇於爭取權利與幸福的女性，她回到娘家，確定懷孕後，並沒有亂了方寸，她在心裡有了打算，要她回家：一、莊家必須認可她。二、莊建非必須把她當回事。她要利用這個時機，肯定她的地位。她提出離婚。婆家為了莊建非的前途，最終還是妥協了，親自上娘家登門謝罪。

　　吉玲為了爭取她應得的幸福，不妥協於現狀，展現了身處於困境的女性，掙扎圖存的勇氣。

　　《生活秀》裡嫵媚動人的來雙揚，是吉慶街上賣鴨頸的小老闆，成長的背景練就她的潑辣能幹，整個家的重擔都落在她身上。她忍辱負重，付出所有，艱忍地努力求生存。但卻總懷抱著一種理想，在低姿態的反抗中，體現出她的尊嚴和價值。她與一個優秀男人可望不可及的愛情，是她遙遠的夢

想；後來，當她期待了兩年的男人卻難有作為時，她發現，原來，她的期待仍然註定只是個要破滅的夢想。

《小姐你早》是一部非常女性的小說，以女性的立場和視角出發，不但淋漓盡致地向男權文化傳統宣戰，且在其堅定的批判討伐中，也在同時修正女性自己。

小說裡的主要人物戚潤物，四十五歲，是國家糧食儲備研究所的研究員，她的丈夫王自力——由市政府建委派去做房地產生意而崛起。小說開始於1997年春天，戚潤物因為飛機超員，使她未能順利出差，回到家中卻撞上了王自力與小保姆正在歡愛，這一幕讓她的人生觀發生了天翻地覆的變化。

王自力自作聰明攆走了小保姆，換了他公司的小職員李開玲來幫戚潤物管家並照顧弱智的兒子。五十歲的李開玲人生經驗豐富，但感情生活坎坷，她很有傲氣地不要男人的錢，獨自把女兒撫養長大，到法國留學。

在李開玲的開導與影響下，戚潤物走出自我封閉已久的象牙塔，這個原與社會脫節，不諳世態急劇變化的懵懂的落伍者，逐漸從沈緬於舊式思維的典範中覺醒。

當戚潤物逐漸開啟自我意識後，決心在生活上推進現代，展開懲罰王自力的行動：先是絕不正中下懷地去滿足王自力離婚的願望，然後謀劃一個報復計畫——物色一枚「糖衣砲彈」——艾月，以其為誘餌，致使王自力上當，但在他身敗名裂之前還要將他的錢財據為己有。

二十四歲的青春靚女艾月，無所顧忌地選擇了傍大款的人生，因為她有一個沒有父親的三歲兒子，寄養在四川老家，她要為她兒子奮鬥，所以在外面都裝成是未婚的身分。當戚潤物真心喜歡上艾月，而對她表白原是要利用她的計畫後，她決定和王自力離婚，把懲罰的事交給上帝；可是艾月卻表示她要加入這場戰局。

三個不同年紀與遭遇的女人，因為共同的命運而走在一起，結盟成覺醒的同伴。

儘管新時代的女人「為難」著舊時代的女人，但我們也見到兩代女性經由溝通了解，縮短了距離而產生惺惺相惜的情愫。

當戚潤物向李開玲表示她和兒子都需要她時；李開玲說，只要他們願意，她就和他們永遠在一起。文本說：

　　　　這個國家幾千年來的處世哲學裡充滿著韜略、含蓄和暗示，人們一般是不會直接以心換心的。戚潤物和李開玲卻勇敢地做到了。女人的話語鴻毛泰山，一言九鼎，也就是女人的承諾了。[8]

　　池莉對於她筆下的女性，不管其社經地位的高低，卑微也好，無知也罷，例如：《來來往往》裡的戚潤物、《小姐你早》裡的李開玲，總給予她們寬容認同，多過於責難批評。這一點在《懷念聲名狼藉的日子》也可得到印證。

　　池莉是以喜劇的手法處理這一篇小說，它說的是一個知青女子跌宕曲折而浪漫的知青歲月——豆芽菜在高中畢業插隊的那一天，贏得了著名的知青標兵關山和眾人目光的聚焦———一套收了腰翹的國防綠衣服、細瘦的考板褲將她修飾得春風楊柳。當天，老知青絡繹不絕來看望她，篝火熊熊，豆芽菜迎風站在小瓦快速轉圈的自行車上玩雜技。第二天，她就被關了禁閉。同宿舍的知青隊長冬瓜，央求豆芽菜允許戀人阿瓢在冬瓜的蚊帳裡坐坐。在一個小雨夾雪的深夜，突擊查房，阿瓢和冬瓜跪在豆芽菜床前，請求讓阿瓢上豆芽菜的床。（依冬瓜未來的發展，是不允許出岔錯的；而豆芽菜則本就低賤）。果然，他們被辦了學習班，家人和朋友都不理解，孤獨的豆芽菜更顯淒清。半個多月後，豆芽菜景仰的關山，主動向豆芽菜敞開了他的懷抱，但她對關山是對以迎合和應付的態度，很快地豆芽菜厭倦了關山的自私，因為她終於明白自己愛的是小瓦，他倆水到渠成發生了關係，那是出自於豆芽菜的本能和慾望。結果最後，關山和小瓦去上海、北京念書了，只剩豆芽菜，成了一個聲名狼藉的女孩，對她真情永不變的只有馬想福的狗。

8　池莉：《小姐你早》，北京：作家出版社，1999年，頁110。

　　這篇小說有別於以往「知青文學」的固定公式，突顯了那一代人處於精神和物質雙重貧瘠的狀況中，所展現的特殊情感歷程與思考模式。

　　此外，值得一提的是，池莉筆下的女性形象總是比男性來得神采飛揚而具韌性，不管是在婚姻中跌跌撞撞的已婚婦女，像戚潤物、李開玲，或是單身在職場上追尋愛情，像林珠；或迫於生活「物化」自己的艾月，總能為自己找出一條富裕過活的出路；至於她筆下的男性除了康偉業還算活得優雅外，其他如《生活秀》裡的卓雄洲也是被池莉塑造得滑稽而猥瑣；《有了快感你就喊》裡的卞容大也是壓抑而窩囊的，從小在家受氣，婚後在受騙的婚姻中忍氣，在單位裡又受到排擠，他被迫以逃離的方式進行自我救贖。小說最後，在他出門遠行的前一晚，向妻子求歡被拒後，只好自行解決，末了還是保持了「高貴」的沈默，有了快感也沒喊出來。

　　范耀華在論及池莉小說的女性意識時說：第一，女性之於男性價值與秩序的自我選擇，取決於女性主體在多大程度上通過自我獨特體驗、打破男性權威、從而建構起女性獨特的體悟，因此女性基於本能的生命體驗正是忠實自我、獲得自我的途徑。第二，作為女性，池莉善於鋪展人物細碎的人生體驗和態度。池莉喜歡迴旋往復、不厭其煩地鋪敘故事，瑣屑而又細膩，這種零散化的話語言述方式正是她基於真實女性感覺獲得一種體驗的情感宣洩。[9]

　　透過池莉在小說中，在表現女性意識方面，從原有的傷感、困惑、激憤的情緒基調，到後來的堅毅、冷靜、客觀，我們見到了在強化的女性意識下的進步中的女性的生存體驗和生命存在的真實，以及池莉所著力探索的女性的生存方式與位置。

　　池莉透過小說情節的設計與細節的描寫，把筆下女性角色的生命強力予以張揚，在律動女性的生命意識強度時，透露出其對女性的參透與思考，所超越的不只是向男權社會的反抗，更多的是有意追求女性個人價值的體現，並擴大女性生活的空間與定位。

9　范耀華：〈池莉小說的女性意識〉，武漢：《長江日報》，2003年3月25日。

隨著環境的改變，社會的變遷，原本安於現狀的女性，因為男性主體對金錢與權力的追求的重視，使得女性意識也漸之覺醒。

　　池莉的女性意識，表現在對女性生命體驗的真誠捕捉，她筆下的女性個體，擁有著原動的活潑的生命力，大抵上她賜予筆下的女性是認同多於批判、寬恕多於責備。其書寫方式的呈現，所透露出的生命力的張揚與意識的律動，皆涵容著她對女性有意無意的參透與思索。

　　在過去為政治而服務的文學作品中，我們見到那些寫大時代兒女情事的小說裡的女性的愛情信仰似乎往往是和男性的政治信仰有所聯繫，而這種聯繫其實是相當危險的，因為當愛情破滅後，當初的政治信仰也會跟著顛覆，例如：《來來往往》裡的段莉娜即是。

　　從文革走過來的那一代女性，為了要撐起半邊天，不僅要掩飾自己的女性特徵，且對於想表現出女性特徵的意識而感到羞慚，因此，那個時代造就了一批具有男性氣質的「女強人」。

　　池莉在其作品裡傳達著一種訊息，女性要正視兩性間的差異，學會珍惜自己，幸福要自己爭取，不能把希望寄託在男人身上，要努力在愛情與麵包之間取得平衡點。

　　這樣的池莉，這樣的女性觀點，在她的小說裡處處可見。

畫龍點睛的細節描寫

　　細節描寫是藝術作品中所不可或缺的。人物思想情感的自然流露，有賴於細節的描寫，一個成功的細節描寫，是在映襯、對比或前後呼應中發揮作用，而加以展現的。

　　細節描寫，在小說中占著舉足輕重的地位，其所描述的範圍相當廣。從人物性格的刻畫、內心世界的陳述，人物的動作、事件的暗示、情節的前後

呼應，以及所有細節的映襯、對比和呈現，都可透過細節描寫法來傳達意義。所以，細節描寫小有烘托陪襯人物的作用，大則有著畫龍點睛的效果。

　　池莉透過小說裡的飲食文化的改變，去表現改革開放前後的變化。

　　鄧小平的改革開放，奠定了其經濟基礎，廣大的市場，牽引著世界各國的經濟脈動，成為國際體系相當看重的區塊，相對地，也影響著廣大民眾隨著外在大環境的轉變，而對現實生活需求的提升。

　　《來來往往》裡的康偉業隨著改革開放逐漸發達後，他已經無法忍受在人聲湧動，嘈雜喧鬧，菸味酒氣直衝肺腑的便宜餐廳用餐，他認識到「吃飯的環境就是吃本身，就是一道最重要的菜，一個人胃口只有那麼大能夠吃多少食物呢？關鍵在於享受環境和過程。」[10]所以當他老婆點了價格偏低，體積偏大的——魚香肉絲、三鮮鍋巴、麻婆豆腐、紅燒瓦塊魚、珍珠丸子、油炸藕夾——和女兒大吃大喝時，他跑進了臭氣燻天，污水遍地的洗手間，面對著鏡子前的自己，他警覺到妻子已經和他不同調了，他絕對無法再為了孩子勉強維繫婚姻。他要的用餐環境是和他的愛人林珠一起的——酒店裡有時鮮果盤，「單間裡有音響設備，餐桌上有一次性的桌布。」[11]

　　還有，當段莉娜意識到康偉業是在用錢擺脫她，所以有一天段莉娜稱病把康偉業騙回家，說是她太不關心他了，從今起要開始參與他的事業，要到他公司當會計。

　　康偉業說服不了她，於是要她把她的要求先和他工作上的夥伴賀漢儒講——「康偉業把電話丟在段莉娜身邊，賀漢儒像一個躲在電話裡的小人發出了聲音：喂，喂喂。段莉娜跳起來，挪到沙發的另一頭。她瞪電話一眼，瞪康偉業一眼，又瞪電話一眼，臉漲紅了。她想關掉手提電話但她不會使用。」[12]

　　經由作者的這段細節設計，我們可以看出段莉娜與社會的嚴重脫節，也

10　池莉：《來來往往》，北京：作家出版社，1998年，頁98。

11　同前註，頁68。

12　同註十，頁59～60。

不難想像康偉業眼中段莉娜的粗俗打扮讓他感到「慘不忍睹」。

在《小姐你早》裡的女主人公戚潤物，受邀到一家海鮮城用餐，被帶入一間只接待熟客，以特殊服務和昂貴價格體現其價值的包廂，名為「美人撈」，這是熟客和老闆之間的暗語，是個名符其實的名字——包廂有一面玻璃牆壁，玻璃那邊是人工仿造的大海，有著標準三圍的小姐，穿著三點式的比基尼，依著客人所點的海鮮，當場表演下海捕捉，客人小費給得越高，小姐就撈得越不容易。

池莉在小說中敘述說：「又好看又刺激又可望不可即，這就使吃海鮮變得非常有意思了。在『美人撈』，吃的是過程而不是簡單的結果。吃結果現在在中國太容易了。一般餐館，起價三元，面向工薪階層。路邊大排檔，五塊錢一碗沙鍋煲，裡面雞鴨魚肉面面俱到。吃結果就是果腹了，是饕餮之徒的選擇，是具體的現實生活。吃過程就是吃文化吃藝術吃形而上。文化藝術和形而上應該是比較昂貴的東西。這就有一點和國際接軌的意思了。『美人撈』就是吃過程的地方。」[13]

池莉透過人物對食物的質大於量的要求，以及用餐環境氣氛的改變，見出經濟改革開放後，隨著大陸市場通路的逐漸流暢，耳濡目染、羽翼漸豐的人們，其「口味」是越來越挑剔了。

池莉喜歡用密集的細節構成小說，不喜歡獨自在小說裡一唱三歎，其小說裡的細節描寫著實令人拍案叫絕。又比如《小姐你早》裡面對丈夫出軌的戚潤物，開始發現自己與社會的隔絕，思想根本跟不上時代，這位把全心投入國家科研工作的年輕的副研究員，居然不知道女性經期的衛生用品，已經經過了一場巨大的革命。從90年代開始，各式各款的衛生棉，早已取代了她用了十幾年的母親親自為她縫製的「人造革月經帶」了。

而《來來往往》中段莉娜對康偉業逼婚的細節更是絕，段莉娜從軍用挎包裡掏出一條血跡斑斑的內褲，她威脅康偉業，如果他拒絕跟她繼續交往下去，她就把「罪證」交給他的領導；再比如《生活秀》中來雙揚把裝有毒品

13 同註八，頁135～136。

的吸管絮進香蕉裡送給戒毒所弟弟的那個場面也讓人觸目驚心。

　　就是因為這些細節，把一個個栩栩如生的人物，通體透明地托浮在讀者面前，教人印象深刻。

直面人生的通俗語言

　　人物的語言是表現典型性格的特有形式，有經驗的作家會運用多樣化的語言，在不同的環境、場合和情境下，刻畫人物性格的多面，表現出人物豐富而複雜的性格。

　　池莉善於以通俗幽默俏皮的小說語言，去演活她筆下芸芸眾生的小人物，以市民目光來看待生活，注重在作品中鋪敘現實，善於鋪展人物細碎的人生體驗和態度。對生活進行細緻的捕捉，將人性瑣屑面展示得相當詳盡，提示了讀者值得認真思考的問題，也豐富了讀者對於生存的體驗感受。

　　80年代末，隨著商品經濟的興起，市民階層迅速擴大，市民文化蓬勃發展，池莉在這個時候本著和市民百姓可以坦承相見的對等語言而得到認同。

　　池莉不是屬於那種用精神和靈魂寫作，或是小說技巧創作的人，她所擁有的是對市井平民生活的深切體驗和感受，所以在創作時她會站在百姓大眾的視角用他們的語言去表達其所思所想，像《生活秀》裡的來雙揚——宴請張所長；端午會後母；以情勸九妹；街頭罵小金——那幾幕所表達的語言，準確而鮮活，不僅表現了時代的語碼，也把人物的心理與性格具體呈現。

　　池莉的語言是屬於市民生活的，是貼近表現原始生態的。在小說中出現了很多被學院派評論家所詬病的粗話，例如：「我操」、「狗日的」、「你他媽的」、「搞女人」、「玩不玩」、「夜發廊」等，但池莉卻很清楚：她的小說一開始即不討文學殿堂的喜歡，被批評為「苟活」和「小市民」，但她一點也不生氣也不著急，甚至從來不反駁，因為她與大家看世界的視點可

能不一樣，她認為她是從形而下開始的，大家是從形而上開始的，所以認識的結果完全不同。[14]

　　池莉的作品基本上是社會意義大於文學意義的，因為其作品帶給轉型期市民心理上某種程度的滿足與期待；同時，透過其語言的傳遞也展現了她對下層市民的生活方式與態度的尊重和理解。

結　語

　　池莉是80年代崛起的新寫實小說作家，在她新時期的婚戀小說中，我們見到了當時的社會現象——結婚的風俗、與公婆同住、一胎化、居住、工作升遷的諸多問題；1980到1998年，是中國大陸城市劇烈變化的年代，池莉在1998年後，陸續出版了關於城市成長的小說，訴說了面對轉型期的社會中堅份子的社會和家庭的壓力與責任，這些作品呈現了改革開放20年以來的社會變化，記錄了當代人在多變的社會裡，人們多變的心態以及在快速變化中人們的茫然失措。

　　池莉從現實生活的創作取材，以冷靜客觀的敘述，使用簡潔樸實，直面人生的通俗語言，配合畫龍點睛的細節，描寫人物真實的生命狀態，關注城市生活，反映當代城市人的生活形象——在快速變化中人們的茫然失措，多變的社會裡人們情感善變的心態，抵達人性的深處，觸及人性慾望無窮的隱祕——加強對人本身的關懷。

　　池莉認為：唯有文學能夠人性地關懷自己。[15]

　　池莉受到社會因素與文化背景的影響，在其作品中或多或少都會流露出

---

14 郭欣：〈女作家池莉：小說不是我的自傳〉，《新聞晨報》，2001年03月23
　　日；http://www.sina.com.cn
15 同註三。

其性別意識，她並不刻意宣揚女權主義，但其對女性的關注卻自然地展現在
其作品當中，企圖在小說中反映女性的可貴特質。展現了對女性生命特色的
理解和掌握。也充分發揮了自己身為女性作家的優勢，隨著其女性意識的逐
漸萌醒與發展，透過其作品所呈現的女性意識，展現女性存在的價值意義與
本質特色，以及女性思想的跨越。

　　池莉自「新時期」起迄今所發表的作品，在在呈現了其在小說經營中的
女性體驗和洞察。「新時期」時的池莉筆下的女性依然在探索，努力地在抗
爭中尋求兩性平衡——《不談愛情》裡的吉玲要求丈夫「把她當回事」的尊
重；《你以為你是誰》裡的女博士擁有短暫的愛情後，又以坦蕩的理性姿態
斬斷了愛情，而選擇可以成就事業的現實生活；《綠水長流》裡的「我」撕
裂了父權社會所定義的「愛情」神話，而選擇逃離世俗社會的認定標準。

　　到了《來來往往》，我們再見不到池莉筆下女性的溫柔抗爭或逃離，取
而代之的是極力反擊的女性形象；在《小姐你早》中，池莉對女性人物的內
心開掘給予更多的關照。可以看出池莉不但有意強調女性在知識、經濟及品
格上的自立自主，更多的是融入了對兩性關係的反思，藉著這樣的反思期待
兩性能夠相互尊重、理解和合作，而非敵視、隔閡和鬥爭。

　　這一點也是池莉的小說特色所在。

　　北京大學教授謝冕曾以「女性文學的大收穫」為題說：中國女性文學在
中國新文學歷史中，大體走過了如下的歷史性進程：一、女性覺醒並爭取女
權的時代。二、投身社會運動的時代。三、突出特徵，女性反歸自身的時
代。這一階段是中國社會開放的產物，女性文學呈現出與世界同步的狀態。
也是女性文學最接近本真的性別寫作的階段。[16]池莉正是處於第三階段的歷
史進程，她的小說所呈現的特色，應可算是為中國女性文學增添了亮麗的一
頁。

（原載於《中國現代文學季刊》第5期，2005年3月。）

---

16 譚湘：〈「兩性對話」——中國女性文學發展前景〉，北京：《中國現、當代
　　文學研究》1999年第3期，頁51。

問題與討論

一、若要你從現實生活中取材創作，請說明你認為最有趣可分享的事件為何？

二、你認為兩性如何尊重差異，達到相互尊重、理解與合作？

Chapter 11

經池莉小說《來來
往往》和《小姐你
早》看大陸改革開
放以來兩性意識的
覺醒

前　言

　　當池莉《懷念聲名狼藉的日子》（原為雲南人民出版社，2001年4月出版）在臺灣出版後，這位對岸知名的女作家開始受到臺灣讀者的注意。其實，在大陸，文學類圖書普遍滯銷的圖書市場，池莉小說的發行數字以《來來往往》的二十三萬、《小姐你早》的十萬，早已引起各界人士的矚目。

　　池莉（1957～）的父親是中國共產黨的基層幹部，母親是醫生。她在機關宿舍長大，常常從父母所帶回來的報刊雜誌和文學書籍中獲取不少知識。文化大革命侵襲了她十來歲的心靈，隨著父親被打成了「走資派」，她的生活起了變化，也成就了她與眾不同的思維與洞察的能力。在文革中的池莉，在高中畢業後就和當時廣大的青年一樣，響應黨的號召到農村插隊，並在農村當過小學教師。之後開始學習醫學，三年學習期滿，到武漢鋼鐵公司當了五年醫生。又重返校園，在武漢大學中文系就讀。

　　這個來自武漢的女作家曾說：「武漢市是一個非常有意思的城市，我常常樂於在這個背景上建立我的想像空間。」[1]所以，她的小說被文學評論界評為「漢味小說」[2]。從1982年發表第一篇引起關注的小說〈月兒好〉，到1987年的成名作〈煩惱人生〉，這期間因為一場大病，讓池莉停止了創作，就在死而復生的同時，她在最艱難的狀況下，取得了武漢大學中文系的學位，這種「脫胎換骨」的特殊經歷，造就了池莉小說獨特的色彩與表現手法。

　　池莉畢業後任《芳草》雜誌社編輯，後在武漢市文聯從事創作，並任武漢市作家協會副主席。作為在80年代後期興起的「新寫實」小說的代表作家之一，池莉的作品是以對世俗人生、小市民的深切關注，和原始忠誠呈現，

1　池莉，《一冬無雪／池莉文集2》，南京：江蘇文藝出版社，1999年4月，頁2。
2　同前註，頁2。

為讀者所熟知的。主要作品有中篇小說《煩惱人生》、《不談愛情》、《太陽出世》、《你是一條河》、《水與火的纏綿》、《有了快感你就喊》等，其作品有多種文字的譯本，獲多種文學獎，有多部作品被改編為電視劇——如《來來往往》、《小姐你早》、《口紅》。現為武漢市文聯專業作家，中國作家協會會員。社會職務為第九屆全國人民代表。

　　關於《來來往往》和《小姐你早》，池莉說：「前者是寫一個男人是如何發現自己的，男人性別意識的覺醒，從一個一無所有青青澀澀的小男孩，變作一個參透世事、擁有世界的成熟男人，那些永遠與苦痛、尷尬並行著的一點幸福……後者寫給女性覺醒——我們悶頭努力，我們豔若桃花，我們賢良奉己，可是為什麼到頭來受傷的仍然是我們，明瞭究竟應當怎麼做女人，也就比較容易理順自己的生活。」[3]

　　本文將先分析池莉探討改革開放後，對人們生活所產生的實際與殘酷的影響的小說代表作——《來來往往》和《小姐你早》，分析隨著大環境的巨變，人物的成長與轉變，特分別從男性與女性的角度去探究其意識的覺醒；再從中國大陸改革開放的大環境，去看其出發的理念與實施的成效，所反映在小說裡的價值意義；最後總結池莉以通俗的語言直面社會矛盾、揭露醜惡現象的小說特色，提示讀者許多值得認真思考的問題。

3　畫眉，〈池莉談男人女人〉，水雲間製作，http://www.yuedu.com/fanyt/nxwx/chili/c147.htm。

改革開放帶動意識覺醒

（一）男性意識覺醒──《來來往往》

《來來往往》和池莉以前的作品一樣，寫的是人的成長的故事。

但在這部作品中，池莉第一次嘗試著用男性性別寫作為切入點，完整地揭示中年人的生活狀態。

少年時的康偉業臂帶紅衛兵袖章，寫過大字報，經人介紹娶了高幹子女段莉娜。改革開放後，康偉業的生意越做越大，而無法與時俱進的段莉娜則越顯庸俗；康偉業和商場上風情萬種的林珠有了婚外戀情，並試圖與段莉娜離婚；可是當他和林珠同居後，現實生活取代了浪漫的激情，彼此都發現感覺不對了，兩人分手後，康偉業又遇上個才滿二十歲的和他時代相差甚遠的時雨蓬，但經歷過林珠，經歷過整個大環境的變革，他無奈地想：人生究竟有多少錯誤啊！

改革開放以後，經濟地位成為衡量人的社會地位的新標準，而人們的生活情感，也相對地引起劇烈變化。池莉在這部描寫中年危機的小說中，我們見到激動不安的群體，見到城市的成長，也見到生活在這個城市裡的人的青春與生命的成長。

1980至1998年，是中國大陸城市劇烈變化的年代。從池莉小說的情節設計我們見到男主人公康偉業隨著時代潮流而產生的思想變化，對理想的追求所產生的危機；現實的矛盾與錯誤；面對愛情在靈魂與肉體上的迷惘；對過去、現在和未來的茫然，作者皆有細膩而犀利的洞察。

70年代，康偉業和段莉娜在那樣一個特定的時代背景中戀愛，因為身分的懸殊，康偉業有些怯步，然而，當段莉娜掏出她的內褲，內褲上散布著僵硬的黃斑和雜亂的血痕，要康偉業負責時，康偉業冷靜而現實地考慮他們的關係──

首先，康偉業肯定是要事業和前途的，事業和前途是一個男人的立身之本。其次，從大局來看，段莉娜是一個很不錯的姑娘，從始至終，待他真心實意。黨性原則那麼強的一個人，也不惜為他的入黨和提幹到處找她父親的戰友幫忙。康偉業想：如果自己不那麼自私，站在段莉娜的角度看看問題，她的確是很有道理的。雖然她的確是太厲害了一點，那麼害羞的時刻裡，還暗中留了短褲作為證據，把事情反過來說，這麼厲害的人，當你和她成了一家人之後，誰敢欺負你呢？你豈不是就很省事了嗎？[4]

婚後，兩人胼手胝足，康偉業也當過好丈夫、好爸爸，怎奈現實經不起推敲的，就如愛情或婚姻是一樣的脆弱。

在這裡我們再見不到的是《煩惱人生》裡的印家厚生活條件的困頓、工作環境的人事糾紛；而是康偉業在事業成就，物質條件充裕之下，往精神層面尋求慰藉，他的煩惱是如何在已如一潭死水的婚姻中成就他的婚外戀情，重新找尋他的新生命。

段莉娜突然意識到康偉業是在用錢蒙蔽她、腐蝕她、擺脫她，所以，有一天段莉娜稱病把康偉業騙回家，說是她太不關心他了，從今起要開始參與他的事業，要到他公司當會計。康偉業說服不了她，於是要她把她的要求先和他工作上的夥伴賀漢儒講——「康偉業把電話丟在段莉娜身邊，賀漢儒像一個躲在電話裡的小人發出了聲音：喂，喂喂。段莉娜跳起來，挪到沙發的另一頭。她瞪電話一眼，瞪康偉業一眼，又瞪電話一眼，臉漲紅了。她想關掉手提電話但她不會使用。」[5]

經由作者的這段細節設計，我們可以看出段莉娜與社會的嚴重脫節，也不難想像康偉業眼中段莉娜的粗俗打扮讓他感到「慘不忍睹」。

4　池莉，《來來往往》，北京：作家出版社，1998年8月，頁37。

5　同前註，頁59～60。

段莉娜對飛黃騰達的康偉業說：「記得當年你在肉聯廠扛冷凍豬肉時候的自悲嗎？記得我是怎樣一步一步地幫助你的嗎？記得你對我是如何的感激涕零嗎？記得你吃了多少我們家從小灶食堂頭的瘦肉和我們家院子種的新鮮蔬菜嗎？記得這些瘦肉和蔬菜帶給了你多少自尊，滿足了你多少虛榮嗎？是誰對我說過：沒有你就沒有我的今天；你就是我的再生父母。」[6]

　　但是再多的昔日人情，也喚不回改革開放的風暴，所帶給康偉業的衝擊，讓他勇敢地拋開過去，迎向嶄新。且看他和婚外戀人林珠的第一次接觸——

　　　　浴池裡是一池溫暖的清波，水面上漂著玫瑰花的花瓣，裸體的林珠仰臥在浴池裡，她塗著大紅指甲油的手指和腳趾用花瓣戲弄著自己的身體，妖野得驚心動魄。林珠這個女人啊！康偉業結過婚又有什麼用處？不說沒有見過這般陣勢，就連想也不敢去想。他的老婆段莉娜年輕的時候你要讓她這麼著，她不早把你流氓長流氓短地罵得狗血噴頭了；或者哭腫著眼睛偷偷去找你的領導談話了。中國的改革開放真是好。[7]

　　康偉業所能感歎的是中國的改革開放與國際接上了軌道，林珠遇上了屬於她的好時代。

　　在準備和段莉娜談離婚的期間，康偉業以四十萬人民幣，用林珠的名字買了一間套房送給她，他認為她絕不是傍大款的輕浮女子，他心中也盤算著結婚後，房產也是共同財產。

　　但林珠的好時代卻不完完全全是他的好時代。他的父母無法接受林珠：「段莉娜是不配你，你是受了許多委屈，但是這都不是你與這個女人結婚的理由。我們沒有調查，不敢下結論說她是貪圖你的錢財，至少她太年輕了，

6　同註四，頁61。
7　同註四，頁85。

你滿足不了她的，無論是從經濟上、肉體上還是精神上，你們不是一代人，精神境界溝通不了。你這是在飲鴆止渴。」[8]長輩們認為為了小孩，不能離婚。

的確，他倆果真不是同一代人，當浪漫的愛情真正落實到現實生活上時，問題叢生，他們實在找不到他們原所嚮往的夫妻感情。康偉業已經吃了四十多年的米飯和熱騰騰的炒菜，但林珠卻堅持吃麵包、生菜沙拉。林珠明白表示她不會做菜，也不願意做菜。然而，康偉業覺得母親在廚房裡勞動的形象是最美的；但林珠卻說她絕不重蹈母親身上全是油煙味的覆轍。

池莉把城市生活的角落，鮮活生動地牽到讀者面前，讓我們見到社會人群的層層面面，社會問題被反映了出來，群眾心聲也被傳達了出來。康偉業以為改革開放，形勢大好，大家都在反思自己的婚姻質量，紛紛離婚，進行重新組合，他們家的形勢應該也和全國一樣大好，可其實卻不然，雙方的長輩和領導幹部紛紛加入勸說的行列。

現實因素逼迫林珠賣掉套房，帶著錢離去後，康偉業徹底死了心；相對於男性意識的覺醒，在這裡我們也同時見到女人也在進步中，她們已經不再像是《不談愛情》裡的吉玲——苦心經營嫁一個好丈夫，以便擺脫困窘的出身——她們要的是努力在事業和婚姻中尋求一種新的自我，畢竟林珠是個經濟獨立自主的女人。

後來，康偉業遇上時雨蓬，他們的肉體關係就只停留在解決問題的層面上，沒有人再能像林珠激起他的多重感覺了。

這部小說寫出一個在轉型期中國社會的中年男人，經由各種關係改變，完成自己的過程，有著豐富的社會人生閱歷，又承擔著社會和家庭生活的責任和壓力，同時還對未來充滿著覺醒的豐富思考。他隨著社會的變化而成熟，而在尋求成熟過程中又是如此矛盾無力與無可奈何。他想盡力去改變，卻又被現實環境折騰得疲憊不堪，無法改變；但若不得不改變，卻又徬徨於改變後的未知。

8　同註四，頁121。

社會契機的轉變，生存環境與氛圍的變動，導致人物的精神與生活方式的改變，影響著人物性格的意識發展，在康偉業與社會磨合的過程，我們見到了他的意識的覺醒，當然，也在某些層面代表著當時集體男性意識的覺醒。

（二）女性意識覺醒——《小姐你早》

翻開《小姐你早》的目錄——「女人的頓悟來自心痛時刻」、「別人的事情也會發生在你的身上」、「總有一朵玫瑰停留在夏天的最後」、「女人的遊戲不是好玩的」、「最難得的境界還是在人與人之間」——單單就這前五個標題就可看出池莉所要探討的重點。

《小姐你早》是一部非常女性的小說，以女性的立場和視角出發，不但淋漓盡致地向男權文化傳統宣戰，且在其堅定的批判討伐中，也在同時修正女性自己。

小說裡的主要人物戚潤物，四十五歲，是國家糧食儲備研究所的研究員，她的丈夫王自力——由市政府建委派去做房地產生意而崛起。小說開始於1997年春天，戚潤物因為飛機超員，使她未能順利出差，回到家中卻撞上了王自力與小保姆正在歡愛，這一幕讓她的人生觀發生了天翻地覆的變化。

王自力自作聰明攆走了小保姆，換了他公司的小職員李開玲來幫戚潤物管家並照顧弱智的兒子。五十歲的李開玲人生經驗豐富，但感情生活坎坷，她很有傲氣地不要男人的錢，獨自把女兒撫養長大，到法國留學。

在李開玲的開導與影響下，戚潤物走出自我封閉已久的象牙塔，這個原與社會脫節，不諳世態急劇變化的懵懂的落伍者，逐漸從沈緬於舊式思維的典範中覺醒。

有一次，李開玲意外發現戚潤物居然還在使用「月經帶」——那是她母親特別為她在生理期準備的，使用過後，清洗晾乾，可重複使用的布巾——這簡直令李開玲匪夷所思，沒想到堂堂這麼一個優秀的人才，居然不知道何為「衛生棉」，更別提現在市售的衛生棉已經「改革研發」到第幾代了。

當戚潤物逐漸開啟自我意識後，決心在生活上推進現代，展開懲罰王自

力的行動：先是絕不正中下懷地去滿足王自力離婚的願望，然後謀劃一個報復計畫——物色一枚「糖衣砲彈」——艾月，以其為誘餌，致使王自力上當，但在他身敗名裂之前還要將他的錢財據為己有。

二十四歲的青春靚女艾月，無所顧忌地選擇了傍大款的人生，因為她有一個沒有父親的三歲兒子，寄養在四川老家，她要為她兒子奮鬥，所以在外面都聲稱未婚。當戚潤物真心喜歡上艾月，並對她表白不再利用她了，她決定和王自力離婚，把懲罰的事交給上帝；可是艾月卻表示她要加入這場戰局。

三個不同年紀與遭遇的女人，因為共同的命運而走在一起，結盟成覺醒的同伴。

隨著環境的改變，社會的變遷，原本安於現狀的女性，因為男性主體對金錢與權力的追求的重視，使得女性意識也漸之覺醒。

戚潤物在嫁給王自力之前，曾在瀋陽和吳畏一見鍾情，可惜兩人身邊都已各自有伴，但這卻不是主要的原因，她離開吳畏的原因有四點：一、是調動工作太困難。二、是東北米飯和蔬菜太少。三、是冬天太寒冷。四、是戚潤物與王自力的關係已經公開，如果分手怕影響不好，不利於個人進步和專業上的發展。但是，歷史就是喜歡和人們開玩笑，以前你以為一定不可能發生的事，現在都一一被推翻了。第一，今天調動工作不再困難。夫妻不再可能分居十幾二十年。要不然，把這邊的工作辭了，到那邊應聘就是了。第二，今天北方的大米和蔬菜不是問題了。第三，現在暖氣也普及了。第四，現今的男女關係更不是問題。你今天一個男朋友，明天再換一個男朋友，都是沒有誰管你的。組織上不會找你談話和批評你，更不會影響你的前途和事業。

中國社會科學院社會學所研究員李銀河，在1988年到1990年對於對岸同胞的婚姻問題作了相關的研究，研究顯示人們所以會在婚姻基礎不好，甚至根本沒有結婚意願的情況下勉強湊合、草率結婚，除了當事人的個人因素外，「強大而統一的社會規範無疑起著極大的作用，在中國，到了『歲數』不結婚是違反一般行為規範的，不僅會被視為怪異，而且會在實際利益上受

到損害，如住房、入黨、提拔、使用（調查中發現，不派未婚女性到國外工作是某些涉外單位的不成文規定）等都受到不同程度的影響。」甚至有一個離婚的男同志忿忿不平地表示：「在中國，不結婚就得不到人權！」[9]

　　這一段話更是呼應了小說裡所說的，兩人的關係已經公開，如果分手怕影響不好，不利於個人進步和專業上的發展。

　　改革開放以前，一切都受制於環境，受制於他人，找個伴侶也一定要考慮對自己的生存有利；改革開放以後，男人在不愁生計後，首先覺醒身為一個男人，有權選擇一個他熱愛的女人，於是婚姻的問題接踵而生。然而，女性的覺醒與成熟，總是和被傷害，和自我療傷，結伴同行。

　　小說中，三個不同身分的女人所受到的來自男性世界的傷害，於是作者安排最後讓她們一起以其人之道，還治其人之身。

　　艾月認為對付王自力最有效的辦法就是「把他打回老家去。讓他回到70年代的日子裡去。窮困潦倒，沒有權力也沒有金錢。現在的男人，沒有權力和金錢就玩完了。」[10]

　　艾月建議戚潤物提個數字離婚，戚潤物表示自己又不是商品，提個數字豈不是在出賣自己。艾月說：「首先，我們得承認，這是一個商品社會。在這個社會裡，什麼都可以是商品。商品有什麼可以讓人感到羞恥的呢？就是商品繁榮的人類社會呀。戚老師不僅應該提出離婚的條件，而且應該提出懲罰性的條件。通俗地說就是罰款。結婚證是一紙契約。是合同。誰撕毀合同誰就必須承擔賠償性的損失。這是遊戲規則，是法律。」[11]

　　艾月的見解完全符合改革開放後的商品市場的價值觀；而戚潤物的生命，因著新時代女性的直言，著實發生了歷史性的變化。

　　這是一場和男性世界競賽的反諷遊戲，既然在男權中心社會裡，金錢和權力使男人改變，而這種改變又是時事所趨，那就讓男人返回原先的狀態

9　李銀河，《性愛與婚姻》，臺北：五南出版社，民國92年7月，頁183～184。
10　池莉，《小姐你早》，北京：作家出版社，1999年8月，頁202。
11　同前註，頁203。

吧！至少女性之後在追求精神自主和獨立時，有充分的物質保障，可以教養下一代；而不像「娜拉出走」後，一心追求精神自主，但生活便遭受苦痛與磨難的悲慘的歷史命運。另一方面，從小說中這三個被拋棄的女性，我們見到拋棄女性的不只是男性，其實整個時代也在拋棄女性。

　　當代中國大陸大城市的變化，把隨著社會脈動而轉變的人們的愛恨、矛盾、反省和躁動全然坦露。戚潤物、李開玲和段莉娜，是同一個時代的；而艾月、林珠和時雨蓬，是更新的一個時代，改革的快速成長，讓「代溝」也急速形成。儘管新時代的女人「為難」著舊時代的女人，但我們也見到兩代女性經由溝通了解，縮短了距離而產生惺惺相惜的情愫。當戚潤物向李開玲表示她和兒子都需要她時；李開玲說，只要他們願意，她就和他們永遠在一起。文本說：

　　　　這個國家幾千年來的處世哲學裡充滿著韜略、含蓄和暗示，人們一般是不會直接以心換心的。戚潤物和李開玲卻勇敢地做到了。女人的話語鴻毛泰山，一言九鼎，也就是女人的承諾了。[12]

　　池莉對於她筆下的女性，不管其社經地位的高低，卑微也好，無知也罷，例如：《來來往往》裡的段莉娜、《小姐你早》裡的李開玲和戚潤物，總給予她們寬容認同，多過於責難批評。

　　范耀華在論及池莉小說的女性意識時說：第一，女性之於男性價值與秩序的自我選擇，取決於女性主體在多大程度上通過自我獨特體驗、打破男性權威、從而建構起女性獨特的體悟，因此女性基於本能的生命體驗正是忠實自我、獲得自我的途徑。第二，作為女性，池莉善於鋪展人物細碎的人生體驗和態度。池莉喜歡迴旋往復、不厭其煩地鋪敘故事，瑣屑而又細膩，這種零散化的話語言述方式正是她基於真實女性感覺獲得一種體驗的情感宣

---

12 同註十，頁110。

洩。[13]

　　透過池莉在小說中，在表現女性意識方面，從原有的傷感、困惑、激憤的情緒基調，到後來的堅毅、冷靜、客觀，我們見到了在強化的女性意識下的進步中的女性的生存體驗和生命存在的真實，以及池莉所著力探索的女性的生存方式與位置。

　　池莉透過小說情節的設計與細節的描寫，把筆下女性角色的生命強力予以張揚，在律動女性的生命意識強度時，透露出其對女性的參透與思考，所超越的不只是向男權社會的反抗，更多的是有意追求女性個人價值的體現，並擴大女性生活的空間與定位。

大陸的改革開放

　　本文所討論的這兩部小說的基調，都提示了中國大陸改革開放所帶給人們的衝擊，因此，這個部分要來看看大陸改革開放的理念與成效。

　　鄧小平在南巡時的講話：「其實改革開放所要遵循的基本路線，就是黨的十一屆三中全會以來，堅持一個中心，兩個基本點的道路。搞改革開放動搖不得，不搞改革開放、不發展經濟、不改善人民生活，只能是死路一條。……為何『六四』之後，我們的國家可以很穩定，就是因為搞改革開放，促進經濟發展，人民生活得到改善；就是因為軍隊、國家主權都要維護這個道路、制度、政策。我們要在十年內，發展得更快，以證明十一屆三中全會的方針、政策是正確的，誰想變也變不了。說過來，說過去，就是一句話，必須改革開放。先是這個方針、政策不變，再往全方位發展，現在政治、經濟、外交、文化、科技各方面才都有了進步。」[14]

---

13 范耀華，〈池莉小説的女性意識〉，武漢：《長江日報》，2003年3月25日。
14 〈鄧小平南巡時的講話〉，原題《在武昌、深圳、珠海、上海等地的談話要

　　二十世紀80年代是中國大陸現代化剛開始起飛的階段，到了90年代則是起飛的加速黃金關鍵期。大陸學者王東提出中國大陸社會經濟發生巨變，主要表現在以下十個方面：

　　一、根本結束了「文化大革命」的十年動亂，以經濟建設為工作重心，中國社會主義現代化重新起步。二、實現了經濟體制的根本轉變，從傳統計畫經濟體制，轉向社會主義市場經濟的新型體制。三、與經濟改革相適應的政治體制改革逐步展開，發展社會主義新型民主，建設法治國家。四、中國共產黨的建設與社會主義精神文明建設，改革開放以來，得到了日益高度重視與大力加強。五、九億農民走上了聯產承包制的共同富裕之路，兩千多萬家鄉鎮企業異軍突起，開闢了一條中國工業化與農村社會化的新道路。六、對外開放使中國經濟煥發生機並成為世界上居第六位的外貿大國，成為開放度最大的國家之一。七、文化教育走向百花齊放、萬紫千紅。八、中國社會生產力正在發生從傳統型到現代型的變化，國民經濟以每年9%左右的速度持續發展。九、中國綜合國力顯著增強，2001年中國國內生產總值已經迅速上升到世界第六位。十、人民生活水平大幅度提高，中國已經進入全面建設小康社會的新時期。[15]

　　因礙於篇幅，我們僅針對第十點和人民百姓生活最貼近的問題切入。而「民以食為天」，我們應該最可以容易地從人民百姓的飲食習慣來看改革開放的進步。

　　大陸學者張太原在一篇〈改革開放以後中國城鎮居民食品消費生活的變化──以北京為例〉提到：「1978年到1998年，北京居民家庭的人均食品支出從163.95元增加到2053.82元，平均每年遞增13.5%；根據『小康』標準進行測算，1998年，全市已經實現小康標準的98.76%，可以說，首都人民的生活水平已基本達到『小康』。從勉強溫飽到小康，這種明顯的變化對於見

點》，1992年1月18日至2月21日。

15 王東，〈中國共產黨怎樣破解了歷史與現實難題〉，《北京日報》理論週刊，2002年11月11日。

過世面的北京人來說，感受應該是十分深刻的。從吃不飽到吃得好，再到吃得科學，北京人吃的層次的遞進，在某種程度上是北京人的社會生活全面變化的反映。而北京是中國的首都，她的變化可以說是中國變化的一個縮影。因此，改革開放以後，北京城鎮居民食品消費生活的變化在某種程度上也代表了中國絕大多數人食品消費生活的變化。」[16]

我們可以試著從小說裡的飲食文化，來談談改革開放前後的變化。

《來來往往》裡的康偉業隨著改革開放逐漸發達後，他已經無法忍受在人聲湧動，嘈雜喧鬧，菸味酒氣直衝肺腑的便宜餐廳用餐，他認識到「吃飯的環境就是吃本身，就是一道最重要的菜，一個人胃口只有那麼大能夠吃多少食物呢？關鍵在於享受環境和過程。」[17]所以當他老婆點了價格偏低，體積偏大的──魚香肉絲、三鮮鍋巴、麻婆豆腐、紅燒瓦塊魚、珍珠丸子、油炸藕夾──和女兒大吃大喝時，他跑進了臭氣燻天，污水遍地的洗手間，面對著鏡子前的自己，他警覺到妻子已經和他不同調了，他絕對無法再為了孩子勉強維繫婚姻；他要的用餐環境是和他的工作夥伴林珠一起的──酒店裡有時鮮果盤，「單間裡有音響設備，餐桌上有一次性的桌布。」[18]

而在《小姐你早》裡的戚潤物，受邀到一家海鮮城用餐，被帶入一間只接待熟客，以特殊服務和昂貴價格體現其價值的包廂，名為「美人撈」，這是熟客和老闆之間的暗語，是個名符其實的名字──包廂有一面玻璃牆壁，玻璃那邊是人工仿造的大海，有著標準三圍的小姐，穿著三點式的比基尼，依著客人所點的海鮮，當場表演下海捕捉，客人小費給得越高，小姐就撈得越不容易。

作者在小說中敘述說：「又好看又刺激又可望不可即，這就使吃海鮮變得非常有意思了。在『美人撈』，吃的是過程而不是簡單的結果。吃結果現

16 張太原，〈改革開放以後中國城鎮居民食品消費生活的變化──以北京為例〉，文章來源：http://www.cc.org.cn/zhoukan/zhonguoyanjiu/0309/0309191010.htm

17 同註四，頁98。

18 同註四，頁68。

在在中國太容易了。一般餐館，起價三元，面向工薪階層。路邊大排檔，五塊錢一碗沙鍋煲，裡面雞鴨魚肉面面俱到。吃結果就是果腹了，是饕餮之徒的選擇，是具體的現實生活。吃過程就是吃文化吃藝術吃形而上。文化藝術和形而上應該是比較昂貴的東西。這就有一點和國際接軌的意思了。『美人撈』就是吃過程的地方。」[19]

這兩部小說透過人物對食物的質大於量的要求，以及用餐環境氣氛的改變，見出經濟改革開放後，隨著大陸市場通路的逐漸流暢，耳濡目染、羽翼漸豐的人們，其「口味」是越來越挑剔了。

鄧小平的改革開放，奠定了其經濟基礎，廣大的市場，牽引著世界各國的經濟脈動，成為國際體系相當看重的區塊，相對地，也影響著廣大民眾隨著外在大環境的轉變，而對現實生活需求的提升。

改革開放的時代，尤其是發展商品和建設市場經濟的社會環境，是最能夠激發人性向上的動力，池莉在她的小說中掌握住新的時代環境，而把這種內在的衝動，變成了現實——例如：《你以為你是誰》的背景是國營大中型企業的經濟轉軌，池莉安排陸武橋為了掙脫工人的生活困境，不惜留職停薪承包居委會的餐館；《化蛹為蝶》、《午夜起舞》、《來來往往》和《小姐你早》的大背景是商品大潮和市場經濟所構造的特定環境，池莉安排孤兒小丁抓住一個偶然的機會，馳騁商海；王建國和康偉業兩人都是機關幹部，但為了改變人生，實現自我，毅然決定下海經商；王自力被市政府建委派去做房地產而發跡。

有了這樣市場經濟建設過程中發展商品經濟滾滾大潮的社會環境，我們見到池莉讓她筆下的人物經歷了城鄉經濟轉軌和市場經濟建設過程中，所產生的種種矛盾、誘惑與問題，引發讀者無限的思考。

---

19 同註十，頁135～136。

兩性、新舊時代爭戰？和解？

　　兩性關係隨著時代的開展，處於商品經濟和競爭機制社會中的現代女性的思想的進步，而在「爭戰」拉距中，尋求「和解」，藉由本文所探究的兩部小說，更可見出其現實。

　　這兩部小說表現的都是改革開放後，性別意識的萌動和覺醒，然而，因為作家的女性身分，其實更多的是表現在現代女性漸漸從封閉走向開放、從軟弱走向堅強的心路歷程。這兩部小說都是真正關心兩性現代處境的小說。

　　改革開放之後，大陸上的每個中國人都有了重新整理自己的機會，池莉從女性的立場審視外部世界，讓其筆下的人物，不論男女，重新發現被埋沒的自己，勇敢披露內心的熱情與想望，確定自己在社會中的地位以及其生命意義。

　　在《來來往往》裡人物演出了時代的隔閡所衍生的性別代溝——「當今的時代特殊，這麼一些年的中國變化太大，十年八年就是一代人，康偉業經歷過的使他刻骨銘心的『文化大革命』運動和知青上山下鄉運動，對於林珠，那只是她出生的一個背景而已，她刻骨銘心的經歷是考大學，是如何下決心把個人檔案丟在人才交流中心，是如何跑遍北京城到處租房子，是如何憑自己的實力迫使洋老闆給她開到十萬元以上的年薪。康偉業林珠他們不是同一代人，沒有同樣的時代胎記作為他們天長日久的紐帶。」[20]

　　兩性的爭戰，在尋求二度單身時演出最烈，最具心機。

　　《小姐你早》裡的戚潤物，撞見王自力和保姆的不正常關係後，對他提出了離婚；而王自力天天都盼望著戚潤物拿出實際行動，他深知不能操之過急，生怕惹惱了她，她又不離了。他「不能流露出渴望離婚的意思來，他要從形式上讓戚潤物感到是她在拋棄他，要讓她占具精神上的優勢。而王自力

---

20 同註四，頁104。

是一個被拋棄者，是一個做了壞事落得孤家寡人下場的臭男人；她是高尚和清潔的，王自力是低俗和骯髒的。只有把局面維持在這種狀態，離婚才能夠順利進行。與讀書人打交道，你必須彎彎繞。」[21]當然，戚潤物也不是省油的燈，她在李開玲和艾月的幫助下，展開和王自力這個「商人」打交道的拉鋸戰。

　　至於，新舊時代的爭戰，小自愛情觀、婚姻觀，大至人生觀都有相當大的差異。

　　且看《來來往往》裡林珠這個新時代的女性的婚姻觀——「對婚姻沒有寄託太大的希望，結婚不是她人生的目標，她這輩子可結婚可不結婚，她的理想是遇上一個她愛的人，這個人也愛她。生生死死地愛它一場。」[22]至於時雨蓬粗糙爽朗的語言和作風，不同於林珠的精緻細膩，反而很能讓康偉業放鬆。時雨蓬能夠諒解康偉業無法陪她逛街買東西，她自在地接受康偉業的提議收下了康偉業的錢，且表明：就算我是商品，誰又不是商品呢？她提議兩人結拜為兄妹，把關係公開，表面正常化，不要再為了段莉娜而閃躲，她一方面認為生命是最寶貴的，在這個時代，像段莉娜不願離婚，而要同歸於盡，是愚蠢的行為；另一方面，她也料定像段莉娜那樣的革命同志，就算是要吃了她，段莉娜一定還嫌腥呢。

　　段莉娜終於開始考慮要離婚，是在一個時雨蓬也在場的飯局上，那是段莉娜要康偉業安排的。時雨蓬借酒裝瘋要講葷段子，段莉娜出面勸她不要隨便聽男同志的慫恿，但時雨蓬找機會修理段莉娜說：「段阿姨，還是你對我好。你首先就應該管管康總，不要讓他欺負我。現在的男人哪，真的是沒有好東西，能夠不與他們結婚就盡量不要結，能夠與他們離婚的就盡量與他們離。優秀女人哪裡還與他們一般見識。」[23]後來，在大家的慫恿下，時雨蓬講起她的葷段子，她朗誦起毛澤東的詩：「暮色蒼茫看勁松，亂雲飛渡仍從

21　同註十，頁81。
22　同註四，頁106。
23　同註四，頁181。

容，天生一個仙人洞，無限風光在險峰。」當年段莉娜給康偉業寫的第一封信裡就引了這首讓全面人民學習和景仰的詩歌，但如今這首詩竟被康偉業的女人拿來開黃腔，她終於覺醒他們的青春記憶已經過去了。

舊的一代在新的一代身上體認自己的落後與無知；而新的一代則在舊的一代身上找到自己未來可能被取代的影子。池莉在有意無意中提示了年齡是女人的致命傷的問題，但也勇敢地針對其問題提出解決之道。池莉認為：「最好的女人，懂得自然天成這個道理，發揚自己的長處，盡力而為地做事做人。」[24]

美國女評論家瑪格麗特·富勒說：「婦女所需要的，不是作為女人去行動、去主宰什麼，而是作為一種本性在發展，作為一種理智在辯解，作為一種靈魂在自由自在的生活中無拘無束地發揮她天生的能力。」[25]的確如此，女性的勁敵不是男性，而是女性自己。池莉在其作品中透露一個很重要的主題：不甘於平庸的女人，必定滿身是傷，然唯有經過傷痕累累，才更能體味真正的幸福。毅然離開，甚至主動放棄不再屬於你的男人，或許柳暗花明又一村，可以活出另一個自己，例如：《來來往往》裡的段莉娜與《小姐你早》裡的戚潤物和李開玲。同時，池莉也傳達著女人要珍惜自己，不可將幸福繫在男人身上，快樂是要自己爭取，但很重要的是不能一生都沈湎在金錢當中，那會使妳變得庸俗不堪。例如：《小姐你早》裡的艾月在結識了戚潤物和李開玲後，相信未來對金錢的價值觀也將有所改變。

池莉自「新時期」起迄今所發表的作品，在在呈現了其在小說經營中的女性體驗和洞察。

「新時期」時的池莉筆下的女性依然在探索，努力地在抗爭中尋求兩性平衡——《不談愛情》裡的吉玲要求丈夫「把她當回事」的尊重；《你以為你是誰》裡的女博士擁有短暫的愛情後，又以坦蕩的理性姿態斬斷了愛情，

---

24 同註一，頁2。

25 轉引自殷國明、陳志紅，《中國現當代小說中的知識女性》，廣東：廣東高等教育出版社，1990年8月，頁248。

而選擇可以成就事業的現實生活；《綠水長流》裡的「我」撕裂了父權社會所定義的「愛情」神話，而選擇逃離世俗社會的認定標準。

　　而在本文所探究的小說中，我們見到池莉的成熟，她試圖穿越歷史的隧道，尋覓女性對真愛與自我實現的精神探索的足跡，以較為深省的性別意識形態內涵為主要特徵，在改革開放大潮中所體現出來的家庭婚姻與自我成長的問題，來檢視現代人的困惑與茫然，提供讀者對兩性關係多一份理解和關懷，並透過筆下女性面臨人生選擇的困惑和生存的煩惱，展現其獨特的視角。

小說的現實意義與批判意識

　　90年代，轉型期以來的中國大陸社會越加商業化，個人慾望極度膨脹，金錢成了社會的主宰，改革開放的深入發展，引發了前所未有的社會人生問題。文學之於這些社會人生問題的回應，有的作家為符合商業化的潮流，讓他筆下的人物完全成功地拿到追逐物質和金錢的錦旗；有的則是有意識地以形而上的追求，重建過去時代的人文精神，以抗拒物質化潮流。而池莉的難得，在於走在這兩條極端路線的中央，客觀地讓她筆下的人物，掌握時機地抓住市場經濟和商品大潮的機會，並耽溺在物質世界中，充分享樂，可是另一方面卻又安排他們在滿足了人生慾望後，又能夠現實地，無法完滿地享齊人之福，而又紮實地回到真實生活中。

　　例如：在《來來往往》裡，池莉讓康偉業在他的人生追求中，實現了他的目標，在名利的社經地位上算是成功了；可是，充滿物慾的時代的另一個幸福標記──愛情，池莉就很真實地安排康偉業無法如願，一方面，康偉業因為過去在婚姻關係中曾經受惠於妻子的娘家，所以當娘家發動家長的攻勢，他受到了約制而遲遲無法如願；而另一方面，在等待和妻子協議離婚，

與婚外戀人林珠同居時，他才發現兩人成長背景的差異，導致價值觀、生活觀上的無法對話，最後，還是走到愛情的盡頭。

又在《小姐你早》中，我們也同樣見到在發展商品經濟、追逐物質實利時代的產物——王自力，池莉讓他接受生活的懲罰，同時也讓戚潤物對過去的故步自封的自己反躬自省，這些現實中的存在狀態的安排，都在在反映出：人是不可能無限制地發展其慾望的，人生的慾望是必須有所節制和超越的，由此可見作者對過度膨脹的物慾的批判意識以及對世道人心的警惕。

池莉早在1992年發表一篇散文，文中說她悲哀地注視著這麼一個事實：「全國人民不再熱中於小說。改革開放，國門一開，由外國湧入成群結隊的紅男綠女，我們的人民很快就被自己的貧窮蒼白所驚呆，繼而便全力投入改造貧窮的運動中。從歷史的角度，從社會的角度，這種醒悟和發奮圖強，是一件好事，但從小說的角度看情形令作家沮喪。中國文學一下子跌入了低谷……人們集中精力在搞經濟，最好的調劑和休息是舞廳酒吧音樂卡拉OK……」[26]因為在改革開放的開端，池莉便憂心到這樣的危機，因此，在她往後的作品中，我們見到她將她所關注的現實，投射到她的小說裡，將她所參與的歷史過程和社會變遷，以開放的感受結構書寫，使讀者能夠更加真實地直面現世生活。

中國大陸的改革開放對文學界造成巨大的衝擊，這可以從池莉小說風格的轉變，得到印證。

從她1982年發表第一篇引起關注的小說〈月兒好〉——月好，並沒有因為人生旅途的坎坷而失志，反而教育出兩個懂事的兒子，在挫折的環境中，發現自己除了賢妻良母的角色外，還擁有追求事業理想的潛能；1987年的成名作〈煩惱人生〉——寫出了普通工人的堅強與理智的可貴。印家厚，雖然被低層次的文化現狀不斷地襲擊，但他並不灰心喪氣，仍然希望能有美好的明天；還有一系列發表在「新時期」表現女性意識的小說，比如〈少婦的沙灘〉描繪了婚後女子面對婚姻的無奈。女性嫁入一個新環境，面對新生活，

---

26 池莉，《真實的日子》，江蘇：江蘇文藝出版社，1995年8月，頁81～82。

丈夫如果無法扮演好橋梁的角色，將衍生諸多問題；妻子如果無法拿捏所扮演的角色的尺度，也將產生婚姻危機。這些作品的關注範圍比較多的是集中在下層市民的生存實際問題的呈現，表現出健康積極的人性與真實的情感，而本文所討論的這兩部作品，已經可以見到池莉的寫作格局的擴大，其風格也隨著大陸整個大環境的開放而「開放」——小說更加突出人的生命歷程的經驗成長，包含著多重的社會的、政治的與歷史的意味，讓讀者可以透過她所擅長表現的市民家庭生活和精神心理，或所反映的世態人情，得到充分的理解和同情，並透過其經驗的自我內化中得到反思。

結　語

　　北京大學教授謝冕曾以「女性文學的大收穫」為題說：「中國女性文學在中國新文學歷史中，大體走過了如下的歷史性進程：一、女性覺醒並爭取女權的時代。表現女性爭取自身權利，如戀愛自由、婚姻自主、以及爭取與男性同樣的勞動、教育、工作的權利等，這一時期的女性寫作匯入了五四新文化運動個性解放的時代大潮流之中；二、投身社會運動的時代。此即所謂『男女都一樣』的消弭女性的性別意識的時代；三、突出特徵，女性反歸自身的時代。這一階段是中國社會開放的產物，女性文學呈現出與世界同步的狀態。也是女性文學最接近本真的性別寫作的階段。」[27]池莉正是處於第三階段的歷史進程，並為女性文學增添亮麗的一頁。

　　池莉曾表明：她的寫作與學醫經歷是密切相關的，那經驗提醒她看人或者寫人都要往骨子裡頭去。她痛切地感到，中國幾千年的封建政治體制和被集權政治所掌握的文化對中國人人格的最大戕害就是虛偽。她覺得，中國生

---

27 譚湘，〈「兩性對話」——中國女性文學發展前景〉，北京：《中國現、當代文學研究》第3期，1999年，頁51。

產力進步緩慢的最大阻礙就是人性的虛偽！[28]因此，透過本文的分析，不難理解池莉總有辦法像是理性又殘酷地解剖著人性的陰暗面，似乎要把人物的五臟六腑全掏出來，好把人物淋漓盡致地撕下來給讀者逼真的省思，然而，這也正是她直面人生的寫作特色所在。

　　池莉受到社會因素與文化背景的影響，在其作品中或多或少都會流露出其性別意識，她並不刻意宣揚女權主義，但其對女性的關注卻自然地展現在其作品當中，企圖在小說中反映女性的可貴特質。展現了對女性生命特色的理解和掌握。也充分發揮了自己身為女性作家的優勢，隨著其女性意識的逐漸萌醒與發展，透過其作品所呈現的女性意識，我們肯定了女性存在的價值意義與本質特色，以及女性思想的跨越。

　　在《來來往往》裡，我們再見不到池莉筆下女性的溫柔抗爭或逃離，取而代之的是極力反擊的女性形象。段莉娜和康偉業一開始的夫妻關係就不平衡，他們的愛情、婚姻和家庭，隨著文革時期到改革開放時期，直到1988年隨著時代的變遷，不斷地變化。當康偉業的經濟條件漸入佳境，段家開始沒落後，兩人的關係又再次失衡，兩人的情感越走越遠。段莉娜不甘於被離棄，玩著屬於她自己的遊戲規則，不惜用蠻橫的手段干涉丈夫的事業和生活，可是最後她認清了夫妻關係回不去的現實。如果說在愛情上她是被康偉業拋棄了的話，那麼她卻是在生命中重新找回了自己。至於，身為第三者的林珠是一個獨立果敢的標準白領，為了愛情她有足夠的勇氣往前，可是當愛情與婚姻之間形成衝突時，她毫不遲疑地選擇離開，在開門七件事的現實生活中拋棄了康偉業。在男女關係的複雜多變中，與其說是誰拋棄了誰，不如說是在這樣的離合中找尋自我。

　　再看《小姐你早》，池莉對女性人物的內心開掘給予更多的關照。戚潤物面對丈夫突如其來的背叛，她不像段莉娜選擇以小孩為要挾而糾纏不休，希望能挽救婚姻，反而是走出象牙塔，努力審視自己身上的不足而加以改

28　〈像愛情一樣沒有理由——池莉答《收穫》雜誌副主編程永新〉，
　　http://202.130.245.40/chinese/RS/26316.htm（中國互聯網新聞中心）

造。可以看出池莉不但有意強調女性在知識、經濟及品格上的自立自主，更多的是融入了對兩性關係的反思，藉著這樣的反思期待兩性能夠相互尊重、理解和合作，而非敵視、隔閡和鬥爭。

　　在進入二十世紀90年代以來，大陸文學出現了轉型和分化的傾向。池莉的小說創作從「新寫實」走向大眾化，以冷靜客觀的敘述，簡潔樸實的語言，描寫人物真實的生命狀態，關注城市生活，反映當代城市人的生活形象——在快速變化中人們的茫然失措，多變的社會裡人們情感善變的心態，抵達人性的深處，觸及人性慾望無窮的隱祕——加強對人本身的關懷。夏濟安在〈舊文化與新小說〉一文中說：「一個小說家假如對於善惡有現實的認識，假如深知人心活動的來龍去脈，他已經具備了寫作好小說的某些條件。」「善惡問題的認識和動機分析的把握，是造成大小說家重要的條件。但是小說家除了反映心理的現實之外，還得反映社會的現實。」[29]若以此標準來衡量池莉的小說，池莉目前的文學成就應該是可以獲得肯定的。

　　此外，值得一提的是，池莉對於小說的藝術營造，所涉及的層面較廣，舉與池莉同樣崛起於「新時期」的作家黃蓓佳來看，她倆在「新時期」的小說，多是表現女性生命經驗與自覺自強意識，但是到了90年代以後，作品的風格特色已大有差異。

　　舉黃蓓佳同樣發表於1998年的小說——《輸掉所有的遊戲》來說，裡面的作品寫的都是悲劇，像〈玫瑰房間〉寫的是人際關係中的一種不穩定的狀態；而〈危險遊戲〉寫的是婚姻生活裡的厭倦感；〈電梯上的故事〉，講到了「疑心」的可怕，可以嚴重到影響兩樁婚姻，那種愚蠢和無知，可笑至極。黃蓓佳所表現的多著重在個人、婚姻或家庭，情感與心理層面涉入較深，但表現的社會範圍較窄。

　　因此，一樣是反映當代人的現實生活與困境，池莉所呈現的空間範圍與社會現實，比起來就較黃蓓佳來得出色。

　　（原載於國立臺灣科技大學《人文社會學報》，2006年3月，第2期。）

---

29 夏濟安，《夏濟安選集》，臺北：志文出版社，1974年5月，頁285。

問題與討論

一、身處於今，在現實生活中，你是否感到困惑、迷惘？如何去因應未來環境的轉變？

二、夏濟安說：「一個小說家假如對於善惡有現實的認識，假如深知人心活動的來龍去脈，他已經具備了寫作好小說的某些條件。」請說說你對人心的了解。

Chapter 12

90年代：顛覆「母
親神話」的大陸女
性小說

前　言

縱觀古今中外，「母親」常被定義為是正面的社會角色，而「母職」則長久以來被視為是女性的天職——懷孕、生產、養育和照護等，女人被約定俗成地認定為因為成為母親，而更有價值，因為母親是影響個人社會化過程中最重要的人物。

在大陸80年代的女性小說[1]中，我們見到大抵作家們是正面肯定母職的——池莉〈月兒好〉裡的月好，並沒有因為人生旅途的坎坷而失志，反而教育出兩個懂事的雙胞胎兒子；張潔〈祖母綠〉裡的曾令兒在離開悔婚的男主角後，發現自己懷孕了，她好像發現了一個金礦。一夜之間，她從一個窮光蛋，變成了百萬富翁。身為母親的她更堅強了。兒子在名為「我的爸爸」的作文裡讚揚她的偉大，說：媽媽是條好漢；航鷹〈東方女性〉中則呈現了兩個不同立場的母親護衛兒女的心情；池莉〈太陽出世〉裡的李小蘭也表現了一個母親的擔當；王安憶〈小城之戀〉裡女主人公經歷了性愛本能的期待與亢奮後，肚子裡的小生命喚起了她的母性意識，她發現自己又重新活了過來，也深刻體會對於新生命有著不可推卸的責任。

80年代末，鐵凝《玫瑰門》中的老婦人司猗紋就是個惡母形象的典型代表，她是個虐待狂，透過其騷擾與報復的手段，去控制和統治她的兒女。而在90年代崛起的一批年輕的女作家所出爐的小說，文本中對「母親神話」的顛覆，更成了一種趨勢。

90年代的大陸女性小說不再歌頌母親，反而以書寫的方式去證明，不管是在惡劣或者安逸的環境，並不是每個女人天生就有當母親的能力或本事，絕不一定就像是冰心筆下無私寬厚的母親形象，「她」也可能是有附帶條件

1　這裡的女性小說，指的是創作主體必須是女性作家，創作客體也必須是女性的生活、命運和感情生活。

的，就像張愛玲《金鎖記》裡的曹七巧或是《傾城之戀》裡白流蘇的母親白
老太太，還有〈花凋〉裡的母親更是。「母親」這個神聖的文化符號，被打
上了個大問號，以往傳統無私奉獻的母親形象，受到了強烈的考驗和質疑。

　　我們要在池莉〈你是一條河〉、陳染〈無處告別〉、〈另一隻耳朵的敲
門聲〉和方方〈落日〉四篇短篇小說，以及虹影《飢餓的女兒》、陳丹燕
《上海的金枝玉葉》、王安憶《長恨歌》、林白《一個人的戰爭》和徐坤
《女媧》、徐小斌《羽蛇》六部長篇小說，這些小說中整理出大陸90年代的
女作家所創作的小說中呈現母愛的異化的議題，以小說文本所顛覆「母親神
話」的主要情節為關注的研究範圍，並呈現其不同於傳統以往的母性特質。

　　期待能夠提供對女性文學及母職文化研究相關參考資料，了解大陸90年
代的女性小說中關於母職文化的歷史演進過程，以及在過程中如何建構社會
中的性別議題及意識，並透顯出女性文學的發展脈絡。

惡劣生存環境下變異的母親

　　二十世紀50、60年代之交，毛澤東發動「大躍進」運動[2]，中國經歷了
一場人類有史以來最為慘烈的大饑荒。當時，「大躍進」的浮誇所造成的糧

2　在中國大陸1958年3月的「大躍進」運動中，中央當局提出「三年基本超過英
　　國，十年超過美國」的目標。當時的城市人拆鋼窗、卸暖氣管；鄉下人砸鐵
　　鍋；農民放下農活去找礦、煉鋼，煉出了三百多萬噸廢鐵，以至於大量成熟的
　　農作沒有人收割，或者草率收割，大量拋撒。糧食產量比上一年僅增加百分之
　　三點四，但大家害怕被當成是「大躍進消極份子」，於是真實的聲音無法被聽
　　見，全國的糧食產量被虛誇放大，全國各地盛行著「放開肚皮吃飯，鼓足幹勁
　　生產」的口號，公社食堂在無計畫用糧的情況下肆意浪費，但實際上留給農民
　　糊口的只是一些馬鈴薯。1959年春天，許多地方已發出了餓死人警報。僅山
　　東、安徽、江蘇等十五個縣統計，就有兩千五百萬人沒有飯吃。1959年至1964
　　年間，大陸一些地方甚至出現了人吃人的可怕景象。

食豐裕的假象，以致中共政府擴大徵購，強徵農民口糧，以增加出口。一連串錯誤的舉措，終釀成大面積餓死人的災禍。

在大陸90年代的女性小說中，我們見到池莉〈你是一條河〉和虹影《飢餓的女兒》裡都出現了在大饑荒的惡化大環境下，不同於傳統形象的變異的母親。

池莉〈你是一條河〉裡的辣辣便是。老李是糧店的普通職工，在辣辣出嫁前他就對她有意思，當鎮上的居民餓得剝樹皮吃時，老李給辣辣送來了十五斤大米和一棵包菜，辣辣懷裡正抱著滿一周歲還沒吃過一口米飯的孩子，辣辣笑笑，收下了禮物。從此，辣辣背著丈夫以身體去交換大米，一直到她丈夫弄回了一些米麵。可是辣辣卻懷了老李的孩子，這對雙胞胎就在她不斷喝各種打胎藥的同時落地了。

辣辣的丈夫過世後，老李為了看雙胞胎，又送米來，辣辣當面拒絕了理直氣壯的老李，把米倒掉，還把老李趕走。辣辣回到屋裡拍醒了孩子，吩咐他們去把門口的米弄回來。八歲的冬兒對辣辣說：「媽媽，我們不要那臭米。」辣辣在狠狠盯著女兒的那一刻發現冬兒的陰險，嫌惡強烈地湧了上來——「八歲的小女孩，偷聽並聽懂了母親和一個男人的對話，真是一個小妖精。她怎麼就不知道疼疼母親？一個寡婦人家餵飽七張小嘴容易嗎？送上門的六十斤雪花花大米能不要嗎？」[3]辣辣照準冬兒的嘴，掄起胳膊揮了過去，冬兒跌在地上，鼻子噴出一注鮮血，辣辣說：「你是在什麼時候變成小大人了？真討人嫌！」她說完扭身走開。

冬兒是在父親去世的那一夜早熟的，她一直堅信母親終有一天會單獨與她共同回憶那夜的慘禍，撫平她心中烙下的恐懼，母親還會攬她入懷，加倍疼愛她；而她將安慰母親，可是母親一個重重的耳光打破了她天真的想法，她想對母親說的只有：我恨你！

辣辣幾乎每天都要打罵孩子，不是這個，就是那個。

在雙胞胎福子和貴子滿七歲那年，辣辣認為學校沒有正常上課，她不想

---

3 池莉：《細腰》，江蘇：江蘇文藝出版社，1999年4月，頁42。

浪費錢，所以讓雙胞胎仍舊待在屋子的角落，他們很少開口說話，與兄弟姐妹們格格不入，長期受到欺負，近來才學會用牙齒咬人的方式進行反抗，長到七歲還沒刷過牙，渾身都是蝨子，患疾染恙都是自生自滅，形成後天所造成的弱智。

有一天，福子團著身子從角落滾到堂屋中央時，辣辣才發覺這個兒子有點不同尋常，她用腳尖撥了撥福子，當她發現福子已經昏厥時，冬兒插嘴說要送他去醫院；但辣辣回說：「少給我逞能。」於是辣辣為福子刮痧、餵吃中藥，但福子的病勢卻在半夜裡沈重起來，斷氣前喊了如母親照顧他的冬兒一聲「姐！」他們家的孩子之間從來都是不分長幼，直呼姓名，福子臨終前的一聲「姐！」彈撥了孩子們的心弦，他們不由自主心酸得大哭起來。冬兒在福子這件事上，她決不原諒母親；辣辣自然也明白，她可以理解女兒，但更加討厭她。

福子的死亡對貴子有著嚴重的創傷，辣辣懷著無比的內疚，一改從前對貴子的漠不關心，但貴子卻明顯地抗拒母親對他的關愛，他再也不叫媽媽；辣辣只好放棄。辣辣很不情願與冬兒打交道，但貴子只認冬兒一個人，所以她只能通過冬兒把她的內咎傳達過去。

但辣辣真是完全沒有母性嗎？其實不然，在小說中我們見到在丈夫死後，她為了孩子苦撐著一個家；為了送生病的大兒子進醫院，甚至賣血賺錢；對於被她視為「家賤」的冬兒失去音訊後，她也擔心到口吐鮮血；犯了法的二兒子要被槍斃時，她堅持要到刑場，送他最後一程。辣辣是一個苦難的母親，是一個真實存在那樣一個大環境的母親，這樣的母親是有血有肉，愛恨分明的。

余秋雨他在〈蒼老的河灣〉的散文中提到飢餓的主題說他寧願在學院接受造反派的批判，也不願回家，為什麼呢？因為「極度飢餓的親人們是不願聚在一起的，只怕面對一點食物你推我讓無法入口。」[4]由這話得知當親情

4　王劍冰：《中國散文年度排行榜（2002）》，武漢：長江文藝出版社，2003年，頁178。

和糧食形成拉踞戰時,人性接受著考驗的同時是極其殘忍的,母親也不一定是可以經受得起考驗的。

隨著時代的變遷,多數的母親扮演著多重的角色,在多重壓力下產生了角色的衝突,以往,我們往往疏於去思考女性、母親角色與社會、文化之間可能存在的種種關係;但是,我們卻在90年代反映人生的小說中,見到許多女性發現自己在擔任母親或履行母職時所遭遇到的各種艱辛,並在母職的傳統刻板的信念中,承受沈重的包袱與壓力,痛苦地被拉扯和檢驗著。

虹影《飢餓的女兒》的時代背景在50年代,當時的女人,都聽毛澤東的話,努力生產,可以戴著大紅花當光榮媽媽。可是小說主角的母親在生第三胎時大出血,孩子死在肚子裡,護士罵她真是殘忍,還差三天就要生了,還跑到江邊洗衣服,是她害死她兒子的,母親臉上出現淺淺的笑容說是:「死一個,少一個,好一個。」護士不解地走開,她從沒見過這樣無情義的母親。主角認為母親的無可奈何的自嘲,應該是早就看清自己和孩子的命運——「不出生,至少可避免出生後在這個世界上所有的痛苦和磨難。大生育導致人口大膨脹,不僅我是多餘的,哥哥姐姐也是多餘的,全國大部分人全是多餘的,太多餘的人,很難把多餘的人當作人看待。」[5]

小說裡的母親在1943年從鄉下逃婚出來,她不願嫁給從未見過面但答應給二石米的小丈夫,她的骨子裡有叛逆的性格。到重慶後,她到工廠上班,和一個叫袍哥頭的流氓惡霸結婚,婚後生了一個女兒,但袍哥頭開始暴力相向又外遇。母親帶著女兒逃回家鄉,但是按照家鄉祠堂規矩,已婚私自離家的女人要沈潭,母親只好又回到重慶,她幫人家洗衣服養活孩子,後來有個男人不畏袍哥頭的惡勢力,以真心打動了她,兩人結了婚,也陸續生了五個孩子。

袍哥頭從來沒有戒過嫖妓,他染病給母親,而母親也傳染給他的第二任丈夫,從此他的眼睛就壞了。由於他的眼睛出現問題,出了工傷,住進醫院。在這個六張嘴要吃飯的大饑荒時期,比母親小十歲的小孫的出現是他們

5　虹影:《飢餓的女兒》,臺北:爾雅出版社,1997年5月,頁210。

的救命奇蹟。他倆日久生情，也意外懷了小孩，母親想辦法要打掉小孩，小孫卻不願意，他要承擔一切後果。小孫請求出院的男人原諒，而這個男人也不忍殘害一個無辜的小生命，甚至有意成全，但母親離不開五個孩子；最後法院仲裁小孫每月要負擔孩子的生活費，到小孩成年前不准見孩子。而這個被生下來的孩子，就是小說裡的主角——六六。

完全不知情的六六在缺乏母愛的環境下痛苦地成長，母親最常說的是：「讓你活著就不錯了。」她不知道為何那麼不得母親的緣。

母親住在廠裡女工集體宿舍，週末才回家。回家通常吃完飯倒頭就睡。哪怕六六討好她，給她端去洗臉水，她也沒好聲好氣。六六對母親是厭惡的；但也渴望她的真心。

母親也不是沒有為六六考慮過，母親以為把六六送走是最好辦法。有一次要送的人家他們家有兩個兒子，沒女兒，經濟情況比較好，至少有她一口飯吃，還沒人知道她是私生的，不會受欺負，起碼不會讓哥哥姐姐們為餓肚子的事老是記她的仇。大女兒也不會再因為母親傷風敗德生下六六這個私生女，而把母親看得那樣低賤。後來，因為對方家裡出事，所以沒送成，最後，六六才無可奈何地被留在了這個家裡。

小說裡描述六六向母親要錢繳學費——

> 母親半晌沒作聲，突然發作似地斥道：『有你口飯吃就得了，你還想讀書？我們窮，捱到現在全家都活著就是祖宗在保佑，沒這個錢。你以為三塊錢學費是好掙的？』」每學期都要這麼來一趟，我知道只有我哭起來後，母親才會拿出學費。她不是不肯拿，而是要折磨我一番，要我記住這恩典。[6]

這個生活在困境中的傳統女人，像是把女兒當成報復的對象，而究竟是怎麼樣的文化心理和社會環境，使得一個母親沒有辦法拿出正常母親對子女

6　同前註，頁157。

的慈愛去關愛從己而出的生命，但就六六看來，出生就已經不被祝福了，母親就算有再多無奈不能在眾多孩子面前對她表現出疼惜，至少私底下也該有所行動，但是我們見不到。在小說中我們見到母親是愛著六六的生父的，正常的狀況，愛這個男人，也會愛著和他一起擁有的孩子，但是，這個母親所表現出來的也不是啊！

小說裡的父親角色，像是故意用來對比母親的——父親不吃早飯，並不是不餓，而是在飢餓時期養成的習慣，省著一口飯，讓我們這些孩子吃。到糧食算夠吃時，他不吃早飯的習慣，卻無法改了，吃了胃不舒服。」[7]父親還常常在母親背後，偷偷塞錢給六六。

1989年，成為小說家的六六回到家鄉，這距離她上次和生父見面，自己的身世真相大白，已經九年了，母親問她：「你回來做啥子，你還記得這個家呀？」話很不中聽，但她看著六六的神情是又驚又喜的。母親也不問六六的情況，六六認為母親依然不把她當一回事。母親對六六抱怨家中的經濟狀況。六六對母親說：「明天我給你錢就是了。」母親停了嘴，那是她提醒六六應當要養家的一種方式。

晚上，母親從布包底抽出疊得整齊的藍花布衫，那是六六的生父九年前為她扯的一段布，母親已經把它做成一件套棉襖的對襟衫。母親還轉交生父苦攢的五百塊，臨死前說是要給六六做陪嫁，務必一定要交到她手上。母親對她說：「六六，媽從來都知道你不想留在這個家裡，你不屬於我們。你現在想走就走，我不想攔你，媽一直欠你很多東西。哪天你不再怪媽，媽的心就放下了。」[8]

這一段母親對六六的真情告白，有值得分析的內涵。母親說：「從來都知道你不想留在這個家裡，你不屬於我們。」其實難道不是母親從來都不想把她留在家裡，也不把她當成一份子。特別的是，我們終於在小說最後見到了「正常」的母親，她承認她對六六的虧欠，也表示對六六所懸掛的一顆

7　同註五，頁69。

8　同註五，頁351。

心。

　　在虹影的這部小說裡還有個配角——王媽媽，在1956年康巴藏族叛亂時，王媽媽的二兒子參加解放軍，當時這樣的新兵去剿匪，根本就是去送死。後來，果然王媽媽在一夜之間成了光榮的烈屬，每逢建軍節和春節，街道委員會都敲鑼打鼓到院子裡來，把蓋有好幾個大紅圓章的慰問信貼在王媽媽的門上。有一年還補發了一個小木塊，用紅字雕著「烈屬光榮」。感到光彩的王媽媽，臉上堆滿喜氣，有時為了雞毛蒜皮的小事與人發生口角，不出三句話，她總會說：「我是烈屬。」兒媳怨怪王媽媽說是兒子走了，也從不見她傷心落淚。王媽媽振振有詞地說：「我為啥子要傷心，他為革命沒了，我高興還來不及呢。」

　　在傳統重男輕女的價值下，這又是讓人很難理解的母親，是妥協屈服於環境的無奈，還真是出自內心的犧牲小我，完成大我的大愛？

解構慈母形象

　　在我國傳統的作品中，我們見到的母親形象是含辛茹苦的教養子女成人，是在困頓的環境中犧牲自己也要成就兒女的偉大形象。也許是因為當時保守的社會風氣使然，只有歌頌母愛，塑造完美而不會犯錯的傳統慈母形象才能被讀者所接受；然而，隨著時代不斷演進，在大陸90年代的女作家筆下的母親出現了完全顛覆傳統母親應有的正面形象，而出現了反派角色，這也代表了整個社會對傳統道德觀念的遽變。

　　在林白《一個人的戰爭》中，我們看到童年的多米因為爸爸病死，媽媽和鄰人全都下鄉，在母親下鄉的日子裡，多米一個人在家，在那樣孤寂的夜裡，雖然不是孤兒，仍然覺得害怕極了，只有在床上才感到安全。上床，落下蚊帳，並不是為了睡覺，只是為了在一個安全的地方待著。若要等到天黑

了才上床，則會膽顫心驚。晚上她從不喝水，那樣就可以不用上廁所。

　　沒有母親在家的夜晚已經形成了習慣，從此多米和母親便有了永遠的隔膜，後來，只要母親在家，她就感到不自在，如果跟母親上街，一定會想方設法走在母親身後，遠遠地跟著，如果跟母親去看電影，她就歪到另一旁的扶手邊，只要母親在房間裡，她就要找藉口離開。活著的孩子在漫長的夜晚獨自一個人睡覺，肉體懸浮在黑暗中，沒有親人撫摸的皮膚是孤獨、空虛而飢餓的。處於漫長黑暗而孤獨中的多米那時還意識不到皮膚的飢餓感，一直到當她長大後懷抱自己的嬰兒，撫摸嬰兒的臉和身體，才意識到，活著的孩子是多麼需要親人的愛撫，如果沒有，必然飢餓。

　　在這篇小說中，儘管多米承認母親是位好母親，但我們見到的母女之間的情感，是貧乏而空洞，疏淡而冷漠的。按理，相依為命的兩個女人，感情不是應該更為惺惺相惜？或者下鄉回家後的母親也更應在身心上去撫慰孤獨成長的多米，彌補不能陪在多米身邊的那一段時間的空缺？但卻不然，在小說中我們見到母女兩人互動出來的結果是多米對母親保持距離的卻步。

　　徐小斌《羽蛇》裡的母親若木對待女主角羽是極其殘酷的。六歲的羽在好奇心驅使下，按了剛出世的弟弟的鼻子，弟弟意外離開人世，外婆責備羽不是個好東西。從此，若木讓羽背負著「殺死弟弟」的十字架，羽在這個罪名中慘澹地成長，因為長期缺乏母愛，她覺得失敗、放棄才是她的好朋友。小說裡的母親的外表是典雅高貴的，但內心卻是邪惡陰險，她總是戴上面具，算計著對丈夫和女兒的生存方式的掌控，所以，我們見到小說中的羽在負面的環境下孤苦地成長。

　　盛英說：「徐小斌通過羽對母親式女人的感受，探測了女人母性內部災禍性的逆變……當女人為母，但卻把『母愛』逆變為『母權』，對其兒女實施各式統治、征服、壓迫、壓抑、禁忌的時候，『神話母親』會即刻因其喪失本性而倒塌。這裡的『母權』既是父權中心文化的幫兇和合謀，更是母性的一種自我逆變。」[9]的確，母親的角色相當微妙，好壞善惡似乎一線之

9　盛英：《中國女性文學新探》，山東：中國文聯出版社，1999年9月，頁312。

隔，若是有心以此身分所賦予的權杖挾山超海，那果真是自我逆變為「父權中心文化的幫兇和合謀」。

女性不同於男性有著崇高的懷孕經驗，在徐坤《女媧》中的母親李玉兒生育的過程充滿辛酸、苦難和荒誕。她的身體被夫家三代人使用過，傳宗接代的功用被極盡地發揮。而當長期被婆婆虐待的李玉兒一旦媳婦熬成婆後，她以一個要支撐起十個兒女的家的寡婦身分支配控制著整個家族，她又變成了另外一個惡婆婆，把她曾經所經受過的一切折磨人的待遇，完整地繼續加諸在她兒孫身上——她告發兒子和女婿，又毀掉兒子的愛情和女兒的眼睛，還向孫輩數落他們父母的不是，全家不得安寧。

這篇小說剝離了母愛和生命的真諦，整個解構了母親的形象，使其陷落於魔獸的不可理解的野性之中，也把女人神聖的生殖能力給玷汙了。關於女性的生殖，陳丹燕在《上海的金枝玉葉》安排筆下的女主角郭婉瑩說：「懷孕拿去了一個女子在少女時代對自己身體的神祕和珍愛，和一個美麗的女子對自己的自信，被孩子利用過的身體無論如何不再是嬌嫩的了，在生產的時候，無論你怎麼被讚美是在創造著生命，但你知道那時你更像是動物，沒有一個女子潔淨的尊嚴。」[10]這裡把女人的生殖像是拉回了30年代蕭紅筆下的女性那種無意義、無價值的生殖，女性感受到的是生命的卑賤和殘酷的肉體創傷，那種痛楚的歷史文化是無法讓女性的靈魂找到新生命所帶來的喜悅的。

除上所提，母親對子女孤注一擲的獨占愛也是令子女痛苦不堪的。

陳染〈無處告別〉裡的黛二在父親去世那幾年，和母親的相處是相當進退維谷的。母親一感到被女兒冷落或不被注意，便會拋出女兒要好的朋友作為假想敵，醋勁大發地論戰一番。黛二小姐覺得母親太缺少對人的理解，同情，太不寬容，如此小心眼神經質，毫無往日那種溫良優雅的知識女性的教養，近似一種病態。她忽然一字一頓鄭重警告母親：「我不允許您這樣說我的朋友！無論她做了什麼，她現在還是我的朋友。您記住了，我只說這一

---

10 陳丹燕：《上海的金枝玉葉》，臺北，爾雅出版社，1999年12月，頁83。

次！」[11]她為母親難過，為她的孤獨難過。

　　還有〈另一只耳朵的敲擊聲〉裡的寡母也對女兒有著強烈的占有，她自認為：「這個世界，黛二是我唯一的果實，是我疲憊生活的唯一支撐。我很愛她，她很美，也很柔弱。在時光對我殘酷的腐蝕、磨損中，我的女兒在長大。然而，長大是一種障礙，長大意味著遠離和拋棄，意味著與外界發生誘惑，甚至意味著背叛。但是她一天天長大獨立這個慘痛的事實，我無法阻擋。」[12]母親把她青春流逝的代價要女兒來陪同償還，其中涵括著嫉妒與羨慕的複雜情愫，所以母親說：「時光像個粗暴的強盜，把我當作不堪一擊的老嫗，想輕易地就從我的懷中奪走我生命的靈魂——我的女兒。我無法想像有一天我的黛二棄我遠離。」[13]

　　長期孤兒寡母的生活，會使得這種出於人類本能的集體無意識的戀子心態與日俱增，這種「寡母情結」表現在母親對兒子的身上，更是激烈，這些陰鷙的母親所表現出來的人性的變態與扭曲，和慈母的形象簡直是兩個極端。

　　方方〈落日〉裡還不是最糟的孤兒寡母的狀況，男主角丁如虎還有個弟弟，但這個母親的怨恨與妒嫉之情，卻已經讓兒子在感情路上進退兩難。

　　丁如虎是個喪妻多年的中年男子，很需要一個女人來慰藉他溫暖他，但是他的寡母在這件事上總是採取敵對方式，這使得丁如虎就這樣痛苦地過了十年。母親認定丁如虎無論娶來什麼樣的女人都無疑會傷害她和他的三個孩子，所以她曾浩氣萬丈地警告丁如虎說：「如果你敢弄個女人來結婚我就撞死在你的新房裡。」[14]

　　有人替丁如虎介紹了個女人，兩人也展開交往，但丁如虎還沒和母親提起，母親就已察覺並堅持反對。母子兩人有了以下的對話——

11　陳染：《與往事乾杯》，江蘇：江蘇文藝出版社，1997年2月，頁96。
12　陳染：《沈默的左乳》，江蘇：江蘇文藝出版社，1997年2月，頁203。
13　同前註，頁204。
14　方方：《風景》，江蘇：江蘇文藝出版社，1995年12月，頁116。

「你少打點歪主意。莫看你人過五十了，如果你想叫那個
妖精進我丁家大門，那只是作場秋夢。」

丁如虎和顏悅色地說：「要個女人又不是什麼犯法的事，
你莫搞得那麼駭人。再說她也是個蠻善良的人。」

祖母說：「看，看，我曉得有女妖精了吧？告訴你，有我
在你就莫想！」

……

丁如虎耐下性子，他說：「原先說為了兒女我依了你，現
如今兒女都大了，未必還會虐待他們？」

祖母說：「是呀是呀，伢都這麼大了，連孫姑娘都三歲
了。自己做了爺爺還一心想搞女人，也不曉得醜賣幾多錢一
斤！真叫伢們笑掉牙齒。」

丁如虎對祖母這番奚落頗有點氣急敗壞。丁如虎說：「這
有麼事好笑的？我為他們熬了十年，他們也該明白這個。」

祖母冷冷一笑：「十年？哦，十年你就打熬不住了？我守
了五十年的寡不照樣過來了？」[15]

母親激化的、缺乏安全感的戀子情結，透過她潛意識若隱若顯對兒子具
體的身心折磨強烈地表現了出來，而母子之間矛盾又難以調和的痛苦拉扯，
已為悲劇的基調下了更好的註腳。

小說裡還有另一個阻擋女兒追求幸福的自私母親。王加英為了家庭犧牲
奉獻，但是王加英的母親對於女兒的婚姻大事，從來不發一語「彷彿不知道
她應該結婚應該有個美滿的家。相反，母親生怕她嫁了人而拋下她獨自過日
子。母親總是說媳婦是靠不住的。」[16]母親希望王加英獨身，「為了她自己

---

15 同前註，頁130。

16 同註一四，頁100。

能活得舒服而獨身。」[17]

　　母親所具有的溫情與撫慰功能，在90年代的兒女成長經驗中，已甚為少見；取而代之的是千瘡百孔的母親和子女間的恐怖關係，扭曲變態的愛替代了正常的親子關係，還有人性的殘忍所帶來的母愛的消解，小說集中體現在喪盡母性的母親，但是，我們同時也見到壓迫/被壓迫以及威脅/被威脅者的辛酸與無奈。

　　王安憶《長恨歌》裡的王琦瑤始終是一個周旋於男人中的女人，她從來就沒把「母親」的角色，納入她的生命中，所以，在小說中我們見到王琦瑤和唯一的獨生女兒薇薇從小就是疏離的。到了薇薇長成荳蔻年華的80年代，王琦瑤的心思也被打開了，跟著年輕人回到社交圈。王琦瑤依舊風韻猶存，見過她的人都欣賞著她所隱藏的復古式的風華璀璨；薇薇妒忌母親，因為她的朋友都一面倒向了母親那一邊。王琦瑤不服老，也不願別人認為她老，她和女兒之間的幾次不愉快，都源自於她不甘心只是薇薇的母親，她希望和女兒輩們成為平起平坐的好朋友。這個身為母親的孤寂，是青春正在洋溢奔放的女兒所無法理解的。

　　小說裡呈現了一個母親極力想要留住青春尾巴的力量，超越了對女兒的愛，這樣的精神姿態，似是解放了「母親」自身角色的刻板印象，而回歸女性本質去考量。

　　透過這些小說，我們得知當時代家庭結構所產生的根本性變化，在家庭這個引起紛爭的戰場上，母親與孩子間有形與無形的衝突引爆，摧毀了過去歷史上「母親」所建塑的神聖祭壇。基於人性，「母愛」常與嫉妒、自憐、自衛──等人性原型同存。甚至以「母權」橫加凌虐，類同張愛玲〈金鎖記〉中的曹七巧之施虐子女，係是以親自導演的「再痛一次」來為昔日的自己謀求快意的補償。

---

17 同註一四，頁100。

戀母到憎母的灰色地帶

　　原本中國家庭系統所建構的秩序與穩定特質，在多元社會文化的影響下，受到非常大的挑戰。隨著社會的變遷，現代化思維早已深植人心，而母職角色也同樣在一連串的變化中，進行著微妙的轉變，那是一種迷惑與脆弱的轉變。

　　在陳染的小說中有不少篇章表現出母女間無以倫比的愛，「戀母情結」算是占著相當重要的份量，比如在〈與往事乾杯〉和〈空心人誕生〉中，兩位主角都是強烈排斥著強勢而冷峻的父親，而眷戀著弱勢溫柔的母親，甚至在《私人生活》中陳染更進一步創造出鄰居「禾寡婦」的角色，作為主角心目中「理想母親」的完美投射，表現了女兒對於母親深刻而絕對的渴戀。

　　但是，除了「戀母」的表現外，我們也見到母女之間緊張的白熱化情節。在〈無處告別〉中的黛二小姐與母親，這兩個單身女人的生活最為艱難的問題在於：「她們都擁有異常敏感的神經和情感，稍不小心就會碰傷對方，撞得一塌糊塗。她們的日子幾乎是在愛與恨的交叉中度過。」[18]

　　每當黛二小姐和母親鬧翻了互相怨恨的時候，她總覺得母親會隔著門窗從窗簾的縫隙處察看她，此時，她便感到──

　　　　一雙女人的由愛轉變成恨的眼睛在她的房間裡掃來掃去。
　　黛二不敢去看房門，她怕和那雙疑慮的、全心全意愛她的目光
　　相遇。黛二平時面對母親的眼睛一點不覺恐懼，但黛二莫名其
　　妙地害怕用自己的目光與門縫裡隱約透射進來的目光相遇。[19]

18　同註一一，頁94。
19　同註一一，頁97。

黛二小姐覺得擁有一個有知識有頭腦又特別愛你的母親，最大的問題就是她有一套思想方法，要向你證明她是正確的，她總要告訴你應該如何處事做人，如何決定一件事。黛二小姐無法像對待一個家庭婦女母親那樣糊弄她、敷衍她；但她又絕對無法聽從於她。

　　白天的時候，黛二小姐多了一個恐懼。她無法把握母親的又愛又恨的情緒，她知道孤獨是全人類所面臨的永恆困境，她很怕有一天母親會發生什麼意外。她很害怕突然有一天面對一種場面——「她唯一的親人自殺了，頭髮和鮮血一起向下垂，慘白、腥紅、殘酷、傷害、噁心、悲傷一起向她撞擊……」[20]黛二小姐常被這種想像搞得頭疼欲裂，心神恍惚，她為自己的想像流下眼淚。她寧肯自己去死，也不想活著失去母親。其實她是愛母親的。

　　林丹婭曾評論陳染〈無處告別〉關於黛二小姐和其母親的關係說：「女兒曾以慈愛的母親對抗專制的父權，實際上也是以自戀的自我對抗另一性；但當她們發現她們實際上已不是自己時（她們被變成今天的女人），而她們若要擺脫自己的命定屬性時，可憐的母親角色在她們的眼裡就變成了她可以看到的有關自身的將來。她們不能再忍受重蹈母親之轍，她要超越自己（那個文明中的女人），首先得超越母親，因為又一個『女人』母親就在女兒體內孕育，而母親也在孕育著又一個『女人』女兒。她們需『連續不斷地變化！衝破防衛的愛、母親的身分和貪婪：超越自私的自戀……』也就是說她和母親那種既愛又恨的關係，實際上正是她在自戀與割斷自戀之間的狀況。」[21]的確，誠如林丹婭所分析的這種尖銳的母女關係在女性文本中絕不是第一次，當然也可以肯定，不會是最後一次。小說裡的女兒們從可憐母親，和母親站在一起，到怨怪母親的懦弱，而跳脫同情的立場，不再為母親「服務」，努力成為自己。

　　再看池莉《你是一條河》裡的冬兒向學校遞交上山下鄉接受貧下中農再

20　同註一一，頁102。

21　林丹婭：《當代中國女性文學史論》，廈門：廈門大學出版社，2003年3月，頁　292～293

教育的申請書，她感謝這場偉大的運動給她提供了遠走高飛的機會。從八歲那年目睹父親的死亡到十七歲，漫長的九年她在母親的謾罵和諷刺之下成長，兄弟姐妹死的死、傻的傻、瘋的瘋，母親又不知是和姓李的男人，還是和姓朱的老頭好。

這個家永遠沒有人問冬兒一句冷熱，她早就恨透了這座黑色的老房子，但是她對母親是又恨又愛的，那是她既想離去又捨不得離去的複雜情緒所在。

冬兒明知母親一貫嫌惡她，可是她還是想最後證明一下母親對她的心，如果她公開她已經作出的決定，母親和自私自利的姐姐豔春就不會如此焦急，但是「她不，她要把刀交給母親，她渴望由母親而不是她割斷她們的母女情分。」[22]

手心手背都是肉，母親遲遲難以作出決定。冬兒本來就恨做娘的，她像是母親前世的冤家，讓她下放了，娘兒倆就成死對頭了。最後，母親把冬兒和姐姐叫到房間，關上門，閒聊似地對她們說：「這豔春還是個姐姐，冬兒馬上就要下鄉了，也不替她張羅張羅行李。」這話把維繫著冬兒的千絲萬縷一時都扯斷了。

冬兒離家後找到她自己的天空，由知青變成大學生，走出和她母親不同的路，成為一個文化人。然而，冬兒在做了母親後，開始學習體諒自己的母親，她一直等待自己戰勝自己的自尊心，然後帶兒子回去看望媽媽。小說結尾，五十五歲的辣辣就在冬兒飽含淚水的回憶中閉上了雙眼。

每個人一出生就需要親情的撫慰，這是天經地義的，因為血緣的關係是無法切割的，母親與子女的關係絕不可能一開始就水火不容，不管是在過度母愛籠罩下的陰影或複雜的想逃離的情懷，或是欲迎還拒地渴望母親都是如此。總之，沒有子女天生就會往「憎母」的路上走，總是因為太多的外在環境或人的內在性格的種種因素，而產生的複雜的母親與子女的關係。

---

22 同註三，頁89。

結　語

　　「母愛」原本是人世間最純粹無私、包容寬厚、恆久而神聖的情感，但是本文所討論的作家筆下的母親們為了生存、自我追求或實現，卻在有意無意中，有形無形下，一點一滴地散失了作為或成為母親的內涵，這些小說中的母親形象破壞了長久以來我們所墨守也成規的價值與判斷理念，原來母親與子女之間的關係，並非真是那樣地崇高，在現實生活中，確實存在著母女之間互不相容，母子之間互不相愛的仇恨，親情的倫理道德也是會被無情解構的。當母親們不再如傳統無私，奉獻犧牲，事實上，她們也會自私地考量屬於她們自己的實質利益的需求時，於是，由此，我們要學習也要把「母親」放到人性去考量。

　　盛英曾在評論徐小斌的《羽蛇》時說：「徐小斌對母性、人性異化及其價值分離特徵的剖示，其實是她對傳統啟蒙精神的一種抵抗；她期待人們從自我矇蔽和愚昧中解放出來，看到人性惡的真實面貌和破壞性；看到人性滑落的過速性和悲劇性。」[23]筆者認為這段話相當有道理，母親也是「人」，凡是「人」都不可能十全十美，而我們過去卻是嚴苛地去塑造超完美的母親形象，某些層面來說，其實是有違人性的。所以，我們可以藉由這一類的作品去見到赤裸裸的母親的真實面，也因為那樣的無奈的生存狀態，讓我們可以更貼近對「母親」的諒解。

　　馬克思所謂的「異化」（alienation）是指人類被其所創造的商品、典章制度、階級意識型態、勞動、宗教，乃至宗教所剝削以至於產生違背人性的本質。馬克思認為「異化」是人類發展的必定的過程，但是，他相信異化並不一定都是不好的，異化給人帶來衝突，然衝突則引發反省，而反省與行動引導人類克服異化，以臻解放與自由，所以，馬克思將從正面角度所看待

23　同註九，頁315。

的異化命名為「自我增益的異化」（self-enriching alienation）。[24]如果我們也從這樣正面的觀察點切入不也可以算是見到了「母親」的全面，而不是傳統偏執的集苦難與美德於一身的完美的母親形象，也正因為母親形象的「異化」，我們可能再也見不到小說中兒女們為了報答或迎合母親的美德，只好違背自己本性的「封建」色彩。這應該可以算是精神學上的一大進步。

在這些小說中有一個共同點是「父親」的缺席，有的父親離開人世了，也有生病的父親、性格陰鬱或暴力的父親，在這種父親角色淡化、隱沒的環境背景下，原以為刻板印象中的母親會更成為母親，像馮沅君〈慈母〉、凌叔華〈楊媽〉和丁玲〈母親〉筆下的慈祥容顏，但是，90年代的小說中的母親卻不是活得像傳統一樣的犧牲奉獻，反是更為自我，因此，那些已經「失去」父親的孩子，又在精神上接收母親不以為然或者是以為然的迫害，母親的社會功能也消隱不見了。

女作家自90年代中期以來，以其善於思考和批判的敏感度接續著張愛玲式的對母愛神話的粉碎，她們再度站在更高的層次解構母親神話，進一步否認了母愛的存在，也將親子間敵對的關係，冷靜呈現，「母親」在這些女作家筆下又更張愛玲一大步而變異了。

屬於母親的秩序世界在被摧毀，其形象也在傾圮，她們不再許諾人類的理想期待，也不願成為美好生命的溫床，透過90年代顛覆母親神話主題的小說，我們可能要重新建塑「母親」的整體樣貌。

經由以上小說的研析，我們發現，當有些母親遇上權力結構時，她們的人性陰暗底層的一面就會被掀起，當貪婪、妒忌、怨恨、操控、虐待和主宰的權力被整合在一起時，母愛會漸而消失無蹤。於是，我們見到有偵探式的母親，對子女人權的侵犯；也有變態的母親，阻礙子女追求幸福；也有扭曲子女人格的母親，或者遏制他們的自由精神，或者要子女陪同向下沈淪。這些小說都切入了母親身為人，身為女人的內裡，真實考察並呈示了女性文化

---

24 洪鎌德：《人的解放──21世紀馬克思學說新探》，臺北：揚智出版社，2000年6月，頁92～104。

心理結構的多元全面。這一點,也正好應證了90年代女性文學多元性的特徵。

最後,要特別提出來的是,在莫言的短篇小說〈糧食〉中,他塑造了一個令人肅然起敬的偉大母親:二十世紀50年代一位母親在災荒年月裡,為了養活自己的孩子,吞食工廠裡的生豌豆入肚,回家後吐出成為哺育孩子的糧食,孩子因而得以健康長大。在當時「人早就不是人了,沒有面子,也沒有羞恥,能明搶的明搶,不能明搶的暗偷,守著糧食,不能活活餓死。」[25]的年代,生理上的飢餓是母愛無法添補的,面對飢餓時的必需品畢竟是實質的食物而不是抽象的母愛,但在莫言的小說中還是兩全地保住了母親的偉大與糧食的珍貴。這樣的母親形象有別於本文所討論的女作家筆下的母親角色,是否男性作家對母親的眷戀仍保持著一種獨有的神聖,這倒是一個值得觀察的現象,可提供未來相關議題加以研究。

(原載於《實踐博雅學報》第7期,2007年1月。)

問題與討論

一、請說明我們該如何持平去看待母親的角色?

二、傳統的母親與現代的母親有何差異?

---

25 莫言:《會唱歌的牆》,臺北:麥田出版公司,2000年,頁74。

Chapter 13

華文女作家作品中
的文化內涵——以
虹影和嚴歌苓的小
說為例

前　言

　　上個世紀80年代，因著中國大陸自從改革開放以來的經濟的快速發展，漢語文學展現全球化的拓展態勢，華文文學作為一種全球性的文學現象，日益受到各界文學研究者的關注。

　　每一種文化現象本身，都具有豐富的文化意蘊，而社會文化現象是由歷史決定的，特定的文化語境，塑造了屬於作家自己的獨特的話語。作家對於所處的異質文化的融入過程，而引發的精神需求——懷鄉的惶惑、失根的焦慮、身分的探索，作家在多元化語境的影響下，站在對於文化的放棄與認同的十字路口徘徊，透過作品講述女性生存、命運和反抗的議題中，見到作家對歷史進程的反思。

　　華文女作家以其女性的身分，將文學所透視的文化因素，將性別和文化在無形中結合起來，緊密聯繫出其精神空間的書寫，從所處多重文化衝撞的視角切入，建構女性主體構成的文化內涵，從其性別角度對女性的生存方式、複雜的處境、精神的流動與民族的邊緣，在在於其自我意識中展現了屬於華文作家的女性生命體驗和性別姿態。而這個特殊的層面，正是華文文學中值得研究的焦點議題。

　　虹影和嚴歌苓，是在上個世紀90年代從中國大陸前往歐美的華文界非常著名的女作家，她們不同於其他海外華人文學的創作以文化身分的認同焦慮與困境為其創作主題，她們比較關注的是透過人性的體驗與關懷，從而尋求文化身分的認同。虹影的代表作有長篇《飢餓的女兒》、《女子有行》、《K》、《阿難》和《孔雀的叫喊》等，其長篇被譯成21種文字在歐美、以色列、澳大利亞和日本等國出版，曾獲義大利羅馬獎，是此類獎項第一位受獎的華人作家；嚴歌苓從二十多歲開始發表作品，不但獲大陸十年優秀軍事長篇小說獎、解放軍報最佳軍版圖書獎，也得到臺灣一系列的文學大獎，被譽為當今華文創作最細膩敏銳的小說家，代表作有《少女小漁》、《扶

桑》、《人寰》、《無出路咖啡館》和《誰家有女初長成》和《吳川是個黃
女孩》等。以上所提的小說作品即為本文的研究文本。

　　本文擬從虹影和嚴歌苓的小說所呈現的藝術內容特色切入，去梳理其文
化內涵，並肯定其在華文文學女性寫作中的獨特的地位與貢獻。期待經由本
文的探究與研析，能夠提供華文文學研究與教學者相關參考資料，並接續未
來華文女性文學史開放而豐富性的研究。

在世界的中心呼喊愛情

　　愛情，因為牽涉到東西方的文化的評價，所以是最敏感，最為作家喜於
切入的話題。東西方文化的交融衝突包圍的情愛，是最能對東西方文化進行
審視的。

　　虹影《K》因為其中的性愛描寫遭到非議。一個東方女性通過文化想像
來剖析西方男性心理，有著強烈的顛覆與挑戰的意味。文本中描寫了30年
代的中國，也觀照了西方人眼中的中國，虹影打破了西方人對東方的刻板僵
化的印象與思維方式，其透過異國戀情的跨文化交流，表達了平等意義的實
踐。

　　《K》是帶有激情的作品，講述的是30年代英國著名作家弗吉尼婭‧伍
爾夫的侄子朱利安‧貝爾為尋找革命激情，從英國到中國武漢大學文學院任
教，而與文學院院長夫人林發生婚外戀情。因為林是女友如雲的朱利安的第
11個情人，所以朱利安給她“K”的編號。朱利安還沒有參加革命，卻瘋狂
地與林陷入了不被允許的「偷情」中。長久以來認定性愛可以分割的朱利安
到四川去尋找紅軍，但是革命的血腥和殘酷又使他卻步，他重新被林的愛情
與房中術給擄獲，而在性愛的交融中，被林給征服——他很驚訝「怎麼會對
她有這種超出性之外的感情？他一向不願和女人有性以外的關係。最好做完

就結束，各奔東西。他喜歡為性而性，只求樂趣。現在他驚奇地看到他走出自我設禁。」[1]林提議私奔，並以死相逼，朱利安就在中西的迷亂中躊躇，在革命與愛情之間迷離。最後戰死在西班牙內戰戰場。

　　虹影寫這部小說，從性愛出發，寫東西文化的異質衝突，以林代表東方陰柔的強勢，打破西方人對中國的僵化的刻板印象——即使是性愛，也是一種藝術，是一套令西方人目眩神迷的道家的養生哲學。她從朱利安這個西方青年的視角來看中國文化，並藉由朱利安與林的愛情悲劇，喻示了中西文化衝突與調節的困難與其必然。

　　如果說虹影的《K》的價值在於溝通聯繫了30、40年代的中西文化，那麼，《飢餓的女兒》裡六六和歷史老師的不倫戀情，則述說了一個不被關愛的身心飢渴的私生女，勇敢面對自己，走出困境的勵志價值。那一場愛情對六六而言並沒有隨著歷史老師的自殺而消逝。

　　另外，嚴歌苓在《扶桑》中也細膩地寫出了扶桑對克里斯無悔的愛，尤其在大勇拍賣她時，她痴情而堅貞地等待克里斯兩年之久，更可見出。而東方女性對情愛的執著又可得到應證。

反映時代現實

　　虹影在她的自傳體小說《飢餓的女兒》中有著她自己切身經驗的灰黯的生活，還有令人難以置信的天災、人禍，其描述之真實，正是中國官方刻意要隱瞞的。從小說所展示的歷史劫難，歷歷在目的傷痛，記錄了一段殘酷的歷史，算是中國近幾十年來的社會史，讓讀者與小說中的人物及其命運、文化感知有著強烈而深刻的認同。比如小說裡有一段講到：勞改營裡沒有任何

1　虹影：《K》，臺北：爾雅出版社，1997年，頁131。

東西可吃，犯人們挖光了一切野菜，天上飛的麻雀，地上跑的老鼠，早就消滅得不見蹤跡。因為，當地老百姓，比犯人更精於捕帶翅膀和腿的東西。還有個三十六歲的人在天冷地凍死去，他最後嚥氣時雙手全是血抓剜土牆，嘴裡也是牆土，眼睛睜大著，沒人給他收屍。

　　小說中記錄了，人們餓到吃一種叫觀音土的礦物，吃在肚子裡，發脹發硬，解不出大便，死時肚子像大皮球一樣。六六的大舅媽是村子裡第一個餓死的，大表哥從學校趕回去弔孝，途中所見飢餓的慘狀便不忍目睹，「插著稻草賣兒賣女的，舉家奔逃的，路邊餓死的人連張破草蓆也沒搭一塊，有的人餓得連自己的家人死了都煮來吃。過路人對他說，小同志，別往下走了，你有錢有糧票都買不到吃的。」[2]但是，飢餓不但淡化了親情，也扭曲了人格。大表哥回學校後「一字未提母親是餓死的，一字不提鄉下飢餓的慘狀，還寫了入黨申請書，讚頌黨的領導下形勢一片大好。他急切要求進步，想畢業後不回到農村。家裡人餓死，再埋怨也救不活。只有順著這政權的階梯往上爬，才可有出頭之日，幹部說謊導致飢荒，飢荒年代依然要說謊，才能當幹部。」[3]

　　這種政治引起的親情關係的荒誕，還可以從王大媽面對戰死的兒子，沒有任何的悲痛，只有榮耀，可以見得；六六的歷史老師也是，文革開始，造反了，歷史老師和他的弟弟先是在家操練毛主席語錄，用語錄辯論。然後他們走出家門，都做了造反派的活躍份子、筆桿子，造反派分裂後，兩人卻莫名其妙地參加了對立的兩派。在1966年到1968年，很多人家裡經常分屬幾派，拍桌子踢門大吵的，不足為奇。後來歷史老師選擇結束生命，不知是無法承受精神的折磨，還是因為他害了他弟弟，覺得罪有應得。

　　小說的主角六六生下來已是1962年夏秋之際，大家都說她好福氣，因為

2　虹影：《飢餓的女兒》，臺北：爾雅出版社，1997，頁208～209。
3　同前註，頁209。

　　那年夏季的好收成終於緩解了，連續三年，死了幾千萬人、弄到人吃人的地步的饑荒。整個毛澤東時代三十年之中，也只有那幾年共產主義高調唱得少些。

　　等我稍懂事時，人民又有了些存糧，毛主席就又勁頭十足地搞起他的「文化革命」政治實驗來。都說我有福氣，因為大饑荒總算讓毛主席明白了，前無古人的事還可以做，全國可以大亂大鬥，只有吃飯的事不能胡來。文革中工廠幾乎停產，學校停課，農民卻大致還在種田。雖然缺乏食品，買什麼樣的東西都得憑票，大人孩子營養不良，卻還沒有到整年整月挨餓的地步。人餓到成天找吃，能吃不能吃的都吃的地步，就沒勁兒到處抓人鬥人了。

　　飢餓是我的胎教，我們母女倆活了下來，飢餓卻烙印在我的腦子裡。母親為了我的營養，究竟付出過怎樣慘重代價？我不敢想像。[4]

　　這些反映時代現實的描寫，都記錄了難以抹滅的一則則的傷痛。此外，作者還在文本中描寫了中國鄉下吃胎盤的習慣。

　　還有她在《阿難》裡和阿難相依為命的叔叔，在文革中被定為外國特務，因為老實的叔叔無法說出「裡通外國，為反華集團作間諜」的底細而割腕自殺。

　　嚴歌苓的《無出路咖啡館》裡的女主角也有類似的遭遇。她是一位大陸留美女學生，她的未婚夫安德烈是前程似錦美國未來的外交官，但是因為這個大陸女子曾是中國共產黨員、曾任軍職又是軍事特派記者，因為這樣的過往，美國FBI開始對她展開審訊，但這一連串的審訊，對於在批鬥環境下長大的女主角而言，當然充滿謊言，而在謊言底層又有她真實的生活經歷；但是FBI認為她並不合作，因為FBI的介入，她失去了打工的工作，生活更加

────────────

4　同註二，頁48～49。

窘困。

她的另一篇《誰家有女初長成》也寫到了邊緣人物的悲慘遭際和命運。一個鄉村少女潘巧巧被熟人介紹到深圳去打工，後來被熟人轉手誘姦拐賣而落到一對養路工兄弟手裡。潘巧巧面對現實，獲得了兩兄弟的疼愛，可是後來又無法忍受成為兩兄弟的妻子，她親手殺了兩兄弟，然後逃到靠近青海的小兵站，就在司務長要迎娶她時，通緝令到了兵站，眾人幫助她脫逃，但是她最敬慕的站長卻說出了她的藏身處，作者藉著逃亡中似是而非的戀愛，去反映中國大陸經濟發展過程的陰暗面。文本中下半部脈脈的溫情消解了上半部強烈而殘酷的衝擊。

而在《人寰》裡嚴歌苓則利用那位已接受過西方教育的留美中國女性在接受治療時對醫生的口述，一邊穿插當前在美國的生活事件，一邊斷斷續續返回她早年在中國的經歷。其中道出了當代中國大陸幾十年來政治鬥爭中，男人與男人之間的道德、友誼與倫理在性格方面所承受的考驗，讓讀者見到了西方觀點所審視的東方倫理問題。還有《扶桑》裡在唐人街作惡多端的惡霸大勇放高利貸、壟斷洗衣業、暗殺白人、倒賣妓女，還開春藥廠，但他又扮演唐人街英雄的角色，行俠仗義，蔑視法律與道德，以暴力捍衛唐人街的安全和秩序，用以暴制暴的方式阻止白人對華人的壓迫。這些描寫都反映了當代社會的生存現實。

關懷意識：人性與故土的關懷

嚴歌苓曾說過：「我的寫作，想的更多的是在什麼樣的環境下，人性能走到極致。在非極致的環境中人性的某些東西可能會永遠隱藏。我沒有寫任何『運動』，我只是關注人性本質的東西，所有的民族都可以理解，容易

產生共鳴。」[5]作家到了美國後，異質的生活與文化給了她很大的震撼與感動，讓她們原本已是敏感的創作又因為浸染了西方的文學理論與思想，而產生了變化，這中間也包括了西方社會眼中所見到的東方歷史文化視點。也因此，我們見到嚴歌苓小說中的「中國形象」其實是在她到美國以後的作品才鮮明豐滿起來的，因為「也許只有處身於國外，才會有更多的心志和精力為自己身後的國家所吸引，而在這樣的一種遷徙之後，嚴歌苓在其小說文本中呈現出的『中國形象』更多的具有『歷史記憶』的特徵。」[6]

海外作家開拓了新的文化精神，展現中國文化的變化，讓我們了解文化衝突的表現才是文學與歷史前進的動力，也見到作家以異質的文化撞擊出人性的關懷，對人性本色有深層的關注。就如《飢餓的女兒》和《K》包涵了屬於中國的文化，小說所以能打動西方人的原因，在於表現了人性的殘酷與多種樣貌，以及因為那些罪惡與失敗而起的懺悔精神，這是多數在西方出版的華文作品所欠缺的。

在嚴歌苓《少女小漁》中我們見到了利益交換的婚姻──已在澳大利亞的江偉是大陸女孩小漁的男友，他幫她辦了出國手續，但她為了得到綠卡，最快的捷徑，就是和當地人結婚，爭取到身分後再離婚，於是江偉出一萬美金的代價把她典當給需要錢還債的潦倒的老作家馬里奧。在這一場假婚姻中，我們見到提出綠卡婚姻的江偉無法面對女友和老作家一起生活的事實，再三地為難一再忍耐的小漁；但是作者又讓我們見到人性的良善──小漁為買不起報紙的馬里奧去買報紙；在洗衣房借錢給一個比她更窮的人；在婚約期滿爭取到綠卡後，她沒有奔向江偉，而是留下來照顧重病的馬里奧。小說中似乎傳達了中國人文化傳統觀念裡的照護相守，比起西方人常常掛在嘴邊的愛，來得珍貴難得。弱者的小漁不論是對江偉，還是馬里奧都表現了中國

---

5 舒欣：〈嚴歌苓──從舞蹈演員到旅美作家〉，《南方日報》，2002年11月29日。

6 曾艷：〈對岸的寫作──論嚴歌苓的小說創作〉，《樂山師範學院學報》第21卷第1期，2006年，頁59。

母性的寬柔與關愛。

　　嚴歌苓擅長刻畫人性的複雜與全面，又如《扶桑》裡的鐵漢大勇也有柔情的一面，他的內心最純潔的一塊淨土就僅留給了他最愛的老婆。而我們也在《無出路咖啡館》見到和女主角萍水相逢遇上一些社會邊緣人，各自有不同的人生際遇，但相同的卻是當下的漂泊不定與對彼此的關懷。在小說中相當令人玩味的是，安德烈對女主角的愛有一種拯救的意涵，他希望她可以在自由的美國有更美好的生活；牧師房東是為了拯救第三世界赤貧的留學生；FBI的審訊是為了拯救國家。所以女主角認為：「沒有我可能會讓今天很多人失望，會讓牧師夫婦有一份施捨心而無人去施捨。會讓FBI缺乏一點事幹。會讓一切有心救援我的人都添一點而空虛。」[7]作者有意利用這樣的弔詭去看人性的矛盾與多面。

　　而虹影在《孔雀的叫喊》裡同時講到了對人性與土地的關懷。小說以受到全世界關注的長江三峽大壩水庫的修建為故事背景。北京科學院基因工程女科學家柳璀，孤身前往壩區總部要查明在四川擔任三峽工程開發公司總經理的丈夫是否真有外遇而展開。柳璀在大壩總部，一邊受困於丈夫的外遇疑雲，一邊又捲入關於身世的追索，而三峽水庫興建所引起的各種紛爭——對缺乏人文關懷的技術官僚而言，這個工程僅僅是一個運用資本為經濟建設服務的過程。柳璀原本對於龐大的三峽工程的反對聲浪，也認為意見太膚淺，沒有遠見，可是當她回到生養她的故土，所思索的卻是該不該建水庫？她坐在江邊的峭崖上，好似看到長江的水不斷往上升，將她腳下屬於自己的記憶城市給淹沒。作者讓柳璀表達了她對人類生存環境的憂慮，呈現了她的悲憫情懷。

　　大陸學者王俊秋評論該篇小說說：「展現了在歷史變革與發展的過程中，人性的真善美與假惡醜的激烈衝突……追尋是展示命運的魔力，而展示過程也是人性的拷問過程。虹影對長江和三峽有著深沈的眷戀，因而對故土的每一個變化都分外地關注與敏感。於是，書中人物的命運與經歷成為她展

7　嚴歌苓：《無出路咖啡館》，臺北：九歌出版社，2001年，頁216。

示和評判人性善惡的最真實的場景。」[8]就像小說中柳璀功利的父親，為了自己的升遷，冤判和尚和妓女通姦，而在鎮反改造中成績優異，平步青雲。但他找不到心靈的平靜，最後卻在文革的政治迫害中，因為妻子揭發了他的惡行，他受不了良心的譴責而自殺。

　　作家能夠對人性進行深入的探討，是因為新移民作家擁有的多重邊緣身分，使她們可以站在旁觀的局外人的角度，客觀地體察她們所見到的海外邊緣人的悲歡離合。

宗教的救贖情懷

　　人性的思考，常常表現出對人類命運的關注。用宗教的反省去克服人性的弱點以宗教式的解脫尋求慰藉。虹影的小說有些故事都浸染了中國的道教文化，或者是印度的佛教文化。比如從《阿難》的小說題名即可看出其宗教情懷——佛教中釋迦牟尼大弟子的名字就是「阿難」；而文本中的場景設計，如印度的重要宗教節日——昆巴美拉節具有宗教的神祕色彩，也造就了阿難往懺悔的路上走去，還有印度「恆河」的意象，也代表著對罪惡的洗滌。

　　阿難在文革中成為孤兒後，並未被環境打倒，反而更加努力成為二十世紀80年代著名的搖滾歌手，可是他卻接受了金錢的誘惑，走上犯罪之路，最後當他發現自我的迷失，渴望回歸當初一無所有拿著提琴四處遊走的歲月後，他在自我的反省中找到自己，他最後選擇自殺，不是因為逃避罪行，而是尋求心靈流浪的延續。在文本中我們見到身為逃犯的阿難，沿著恆河流浪，見不出他逃跑的意圖，在那個過程我們反而見到的是作者意欲表達「放

8　王俊秋：〈救贖與懺悔：虹影小說的道德反省與宗教意識〉，《當代作家評論》6，2006年，頁133。

下屠刀，立地成佛」的佛教意涵。

　　嚴歌苓的《扶桑》是一部具有諸多文化內涵的小說，透過一個中國妓女的苦難生活、早期華人勞工在美國的生存處境和第五代中國移民的矛盾文化心態，一方面，提示了東方文化的迂腐落後，西方文化自以為先進的野蠻所導致的種族歧視，並揭示中國移民的文化身分所帶來的文化認同的困惑與危機；另一方面，在主題的提煉上，歌頌了東方人在承載磨難時所展現的堅韌的民族性格。

　　扶桑為了尋夫在廣東的海邊被拐賣到美國西海岸，從事賣淫的工作，後來與白人男子克里斯發生了一段朦朧的愛情。柔弱而被動的扶桑甚至是在唐人街的暴動中被強暴，她也沒有任何的反抗，只有包容。雖對其命運逆來順受，卻有著潔淨的氣息和堅毅的韌性，尤其是她謎樣的笑容和動作，雖是緘默的表達，卻總教克里斯傾倒。扶桑以無止境的超然態度去寬宥在她生命中行惡的男子，包括參與了輪姦她的克里斯，從文本中克里斯的感動，更可見出扶桑神性的聖潔的一面──她在受難的過程，讓讀者感受到她慈悲的救世意味。

強烈的女性意識

　　大陸學者喬以鋼說：「有關『女性』和『女性意識』的闡發，往往不得不進入對女性與其所處的民族國家文化狀況關係的分析。而這種狀況的形成，既是基於現代女性對國家、民族的責任感的內在覺悟，同時也反映著中國近現代民族國家狀況對包括女性知識份子在內的文化人士提出的外在規約。」[9]女作家觀察世界，處理文學，有她們特殊的眼光，非男作家所能替

9　喬以鋼：《中國當代女性文學的文化探析》，北京：北京大學出版社，2006年，頁15。

代，也不能混在一起去看待。女作家以其自身女性經驗的表述與書寫，體現
了對國家、民族苦難的承擔，從另一個高度，顯出了另一層意義。

　　就如虹影《飢餓的女兒》寫的是一個真正的中國貧民窟的故事，算是她
的少女成長史，是寫她80年代以前的生活，真實地記錄了她自己的心靈，
是她生命體驗中相當難忘的深切現實。表現了作者尋找自己與承擔自己的勇
氣，「甚至標誌著女性解放、人的解放能夠達到的高度。從這個角度來說，
這部小說不僅僅具有文學史的意義，更具有一種文化史的意義。」[10]

　　還有她在《女子有行》中講到了文化尋根與種族融合的問題，表現了華
人移民後失去文化根基的感覺。虹影認為：中國女性主義寫作西方人難以弄
清，因為西方人得首先弄清中國文化與歷史發展歷程。她主張完全打破女性
的自我囚禁。〈康乃馨俱樂部〉是未來小說。寫在上海的一群女大學生、研
究生，組成了一個俱樂部對男人實行報復。小說中呈現了兩性的矛盾衝突，
最後發展到女性去閹割男性的生殖器。虹影承認這只是一個象徵。[11]虹影以
聳動的「性」議題出發，去描寫那些怪異的女性經驗和人性內在複雜的世
界，透過文本傳達女性地位的轉變，其解決之道決定權在整個社會和政治的
機制。

　　虹影在寫〈來自古國的女人〉時，把背景放到紐約。有評論家認為這部
當代預言小說，是一次中國女性主義與國際化思潮的對話，它也涉及到跨國
資本的問題，當然也認為虹影在丟中國人的臉。虹影認為她不是在丟大中國
的臉：「我們有我們的長處，也肯定有缺點。我們不能老孤立在中國這個地
方，早就應該與國際對話。在經濟上早就這樣做了，在文化上為什麼不願這
樣做呢？」[12]

　　於是虹影以女性為主體，去書寫慾望，並論及慾望的解脫，擴大了她的

10　王文艷：〈跨越疆界──全球化語境下的虹影寫作〉，《華文文學》62，2004
　　年，頁63。
11　阿琪（2000）。《女友》雜誌。虹影：飢餓是我的胎教，苦難是我的啟蒙。
　　2000年11月22日，取自www.3stonebook.com/older/aj/aja2.htm。
12　同前註。

精神空間的書寫，她的筆觸犀利而直接，明顯表達其女性主義的立場和視角，大膽地否定男權、父權和夫權。虹影筆下的女性剛開始的形象總是被動、軟弱的，但在經歷生命的悲喜後，最終總能在生命力的感召下，把她們堅韌強悍的一面給端出來，奮力一戰，這很能表現出東方傳統女性長久以來受其文化影響至深。虹影曾表示她文字中所有的「鬼氣」，都是她母親傳給她的，她之所以成為作家，是因為她有那麼一個會講故事的母親。虹影說她母親「是反叛的，她最早從四川農村跑到重慶城裡來是為了逃婚，在重慶的街頭遇到了袍哥頭並與他結了婚生下大姐，後來不能忍受又跑了出來，靠做苦工養活孩子。不久，又被一位船員看上，結婚並生下一大堆孩子。在饑饉的年代，船員常年外出，母親又與小她十歲男人相愛，生下了我。在《飢餓的女兒》一書都寫了，我這本書是獻給母親的。現在她已73歲了。她當時不知什麼叫私奔，如果知道，她說她還會私奔。」[13]虹影的小說裡所充滿的叛逆與先鋒，受到她的母親相當大的影響，也表現了他強烈的女性意識，並將那種追尋體現在生命當中。

　　嚴歌苓擅長塑造在異鄉努力打拼的女性人物的生存困境以及情感需求，《吳川是個黃女孩》裡的「我」遠赴美國留學，畢業後因為所學的「舞蹈物理學」屬於冷門，四處謀職碰壁，最後淪為從事按摩業並用手為客人進行性服務謀生。她在購物時被有種族歧視的保全人員毆打又求助無門；官司敗訴後，為了付昂貴的律師費幾乎變得一無所有，同時她還在和她命運大不同的妹妹吳川身上對照自己更為悲情的一面。但是，遊走於道德與罪惡邊緣的「我」，並沒有被環境打倒；後來，她成了高中老師，在重拾姐妹情誼的同時，也認識了一名男子開始編織愛情。作者從多個角度表達了在海外漂泊的生活的艱難，同時也保留了中國傳統中親情無價的文化機制——備受寵愛的吳川，雖然驕傲而冷漠，但是卻在姐姐的生活發生災難時，暗中為姐姐報仇，表現出難得而深刻的親情。

　　而在《人寰》裡的女主角也是靠著自己的堅強意志，找到陽光的。

---

13 同註一一。

「我」自幼就迷戀父親的朋友——賀叔叔,她之所以如此迷戀賀叔叔,是為了要從賀叔叔身上找到心目中理想的父親的英雄式形象。長大後赴美,她甚至把這份戀父情結移轉到一位老教授身上。她決定去看心理醫生,雖然剛開始有點尷尬:「中國人一般不為此類原因就醫的。」[14]故事由此展開,作者使用倒敘手法,讓她藉由對醫生說出這段長達幾十年的愛戀而釋放,重獲心靈的自由。

　　這些作品的女性形象,鮮活而豐滿,都努力在困頓的生活中跌跌撞撞地找尋正確的方向,表現了進步而成熟的女性意識。

結　語

　　在世界華文文學中,虹影和嚴歌苓以其敏銳的感觸和獨特的角度,對其小說表現的主題——不論是美國黃金夢、漂泊流浪,還是展現女性意識——進行深刻挖掘。作家獨特的文化身分與雙重邊緣化的處境,讓她們在創作之初,就可以把內心的孤獨,結合母體文化取得歸屬。遠離家國的作家,以漢語為表達工具,在異國文化的的氛圍中,漸而更能清晰地表達出對中國文化的認同,她們以獨特的女性視角重構歷史,揭示小說注重人性開掘,也體現了女性生命的韌性和心路歷程,展示其所試圖刻畫的極致人性,涵括了一個對國家和民族的深刻反思。

　　就像王文艷認為虹影的《K》和《飢餓的女兒》有一種異質性的存在,而這種異質性的存在不是從本土生長出來的,它背後的支撐是一種寬容、開放的文化精神,而這種文化精神的獲得從根本上說是虹影所特有的「全球化」的生命體驗息息相關的。正是在這種精神的獨照下,她獲得了一種重新

---

14 嚴歌苓:《人寰》,臺北:時報文化出版有限公司,1999年,頁1。

看待文學、自我、世界的方式，打破陳規，釀造出了獨特的文學質地。」[15]

　　雖然，虹影和嚴歌苓的懷鄉意識已有所弱化，但是「民族」、「故土」依然是她們始終關注的焦點，但在全球化的背景下，其視野已有所擴大，她們表現個人化的傾向，開始以其性別經驗出發，將「民族」和「文化」的思考置於國際舞臺。好比虹影《阿難》的空間跨度是很大的。蘇菲央求「我」去為她尋找她的愛人阿難，途經東南亞各國，也在英國留下足跡，展現各國的文化。作家把她們的「尋找」主題，放在文化衝突與調節的環境之中，深入描寫那種衝突，不僅對人的慾望的深入開掘，也講述了跨時代的心理掙扎與恩怨。嚴歌苓的小說也同樣提供的跨文化和敏銳的分析，有著一種精神文化的尋找，表現出人物處於異質文化時，所產生的文化衝突與困境，以及文化身分的認知，可以見出所要呈現的社會的精神和文化問題的敏感。

　　把文學放入文化中去研究考察，可以讓我們對文化內涵的理解更為深刻。經由本文所討論的兩位作家的小說可見作家自己在身分認同和文化尋根上的特有精神，所反映在她們筆下的小說人物多重文化衝撞處境的複雜性，而隨著作家作品的發表，我們可以肯定她們以開闊的文化視野，增大其創作空間而發展，超越了二元對立的中西文化模式。

　　隨著全球華文熱，海外華文女作家及其文本的研究是最具啟發性的，因為這種文學批評與文化研究最為接近，可以讓讀者了解各國的文化差異——價值觀、風俗習慣、宗教信仰、社會性別、種族等多重視角，因此，在全球化的語境與發展情勢中，我們是很能透過華文文學增進對文化交流與文化衝突的理解的。

　　虹影和嚴歌苓在異質的文化中從事漢語創作的努力與成績是大家有目共睹的，我們可以肯定的是她們為中國當代女性文學與世界華文文學的畫廊增添更為亮麗的色彩。相信未來在不同國家、地區，世界華文文學作為一個有

---

15 同註十。

計畫的整體去推動，研究者在視野融合的基礎上，可以為華文文學進行分析
與研究整合。

　　（發表於2007年6月10日，由實踐大學和世界華文學會主辦之「跨疆越域
　　　的追尋：2007年世界華文文學與華語文教育國際學術研討會」。）

問題與討論

一、請說說你心中的臺灣文化為何？你會如何向外國人介紹臺灣？

二、你有沒有身處異鄉的經驗？你如何對身邊的外來的朋友（外籍同學、外
　　勞、外籍新娘）給予協助與關懷？

Chapter 14

女性書寫：
陳染小說的藝術風景

大陸作家陳染（1962～），可說是上個世紀90年代以個人化寫作成為大陸極具代表性的作家，她被評論界認為是開啟女性自傳體文學領域，抗拒主流規範的超前性的代表作家。陳染作為晚生代的一員，從發表〈與往事乾杯〉、〈破開〉到《私人生活》，她的作品大膽探索現代人的生存困境、性愛生活，以強烈的女性意識，不懈的探索精神，對所謂的理想存有疑慮，所以反映在作品裡的是個人對世俗的反叛，把女性獨有的複雜的心理狀態與情慾地帶，還有人性幽微的黑暗面表現出來。

　　本文將以陳染90年代的小說為研究範圍，並分析其作品所呈現的女性意識的藝術特色，最後肯定其對於90年代的女性寫作的獨特貢獻。期待透過本文的研究，能夠提供大陸女性文學及兩岸性別文化研究相關參考資料，了解兩岸性別文化的歷史演進過程，以及在過程中如何建構社會中的性別議題及意識，並透顯出兩岸文學的發展脈絡。

　　葛紅兵曾在〈身體寫作及其審美效應：世紀末中國的審美處境〉指出，出生於60年代，而在90年代湧上文壇的作家，這些晚生代共同的思想背景與經歷就是：「他們都是站立在激情主義的廢墟上，60年代的政治激情本身沒有太大地影響他們，但是70年代中後期政治激情的廢墟卻成了他們成長的共同背景，在他們的成長中激情、理想、正義……統統成了貶義詞，他們失去了對這些正面詞彙的理解力……80年代新啟蒙的時代大潮給了他們一顆追求個人自由、追求人性解放的心，因而可以說他們這一代是非理想主義時代的理想主義者。」[1]對陳染而言童年時代父母的婚變，是比當時的政治與社會背景的影響更為巨大的。

　　陳染在《不可言說‧我的成長》中說：「我十八歲時，父母離婚，這在當時是件很稀罕的事，不像現在。……我以三分之差沒有考上大學，和母親借住在一個廢棄的寺廟裡，一住就是四年半。當時我沒覺得多麼不好，現在回想起來，覺得對於一個正在對世界充滿好奇的少女來說，是件很殘酷的

1　葛紅兵：〈身體寫作及其審美效應：世紀末中國的審美處境〉，2004年6月6日，「葛紅兵個人網站」──http://www.xiaoyan.com。

事。[2]於是，我們見到在陳染小說裡頻繁出現的尼姑庵背景，還有陳染勇敢地暴露她所體驗和感受的生存的痛苦，記錄青春成長的創傷——那些沒有歸依感的人物，破碎的家庭、受父親摧殘或對父愛的渴望，而在男性長者或男性權威者的身上去尋找父親的影子，還有母愛的不足，而對同性產生微妙的情愫與情感糾葛。

陳染在接受《中華讀書報》的採訪時，曾表明：「我喜歡用第一人稱寫作，但這並不能說明我的小說完全是我個人生活的『自敘』。人們是以兩種（或兩種以上）的方式經歷現實的，有的是真實的經歷，而更多的是心理的經歷。」[3]陳染以「私語」形式去處理屬於她自己的女性書寫，把她們的生活體驗，以第一人身——「我」真實披露，貼近讀者的靈魂。

陳染以第一人稱的敘事觀點，舒展最大的經濟效益，將其情慾模式加以展現，其情慾模式不單只是性而已，對象不同，人與人之間也會產生不同的關係，在她的潛意識裡要把那種被壓抑的慾望與心理鬱結，以反抗社會規訓的力量，坦率地表現熾烈的愛慾流動。

在大陸80年代的女性小說中，我們很能見出作家有意讓筆下的女性走出閨閣，參與社會，以求表達自己的權利，實現自我；但是到了90年代中期以後，女作家們努力往內在找尋自我，某些層面是拒絕參與社會的。陳染在接受荒林訪談時說：「到今天，張潔的任務已經完成了，參與社會的意義已經實現了。那麼，今天的我有權力不介入社會，這也應該是一種解放！」[4]

陳染所關心的是那些被隱藏起來非檯面上主流地位的，其關注焦點在於「自我」（the Self），指的是女性的自我。我們見到她們歌頌慾望，尤其強調情慾解放，重視個人選擇權，宣示情慾人權，按著自己的意願來使用自己的身體，而最重要的課題是傾聽內在的聲音、解放自己，對自己誠實，解

2　陳染：《不可言說》，北京：作家出版社，2000年，頁220。

3　朱偉、徐鋒：〈時間這個東西真的挺致命——訪女作家陳染〉，《中華讀書報》，2000年4月1日。

4　荒林：〈文本內外：陳染訪談〉，《花朵的勇氣：中國當代文學文化的女性主義批評》，北京：九州出版社，2004年，頁218。

放情慾。

陳染的小說是多樣貌的女性書寫。我們在陳染的長篇小說《私人生活》中可以見到她在90年代的寫作的基本主題，包括有：戀父和弒父情結、戀母和仇母情結、同性之愛、異性之愛與雙性之愛──一個出身於不幸家庭的女孩，經歷孤獨的童年、苦悶的青春期，在社會的壓力和失敗的愛情中，終於面對自我，忠於自我。

在陳染的《私人生活》裡，倪拗拗剪破父親的褲子，聽見剪刀與毛料褲子咬合發出的聲音，如同一道冰涼的閃電，有一種危險的快樂；《沈默的左乳‧巫女與她的夢中之門》中長期失去父愛的「我」終於決定主動現身給覬覦她身體很久的一個和她父親一般年紀的男人，這個男人先是退縮，後來在雨水交歡時，兩人互相咒罵對方毀了彼此的身體和靈魂。事後，「我」看著沈睡中的老男人──

> 這張死人的臉孔使我看到了另外一個活人的臉孔：他那終於安靜沈寂下來的男性的頭顱，使我看到了另外一個永遠騷動不安的男性的頭顱，這頭顱給我生命以毀滅、以安全以恐懼、以依戀以仇恨……我終於再也抑制不住，哈哈大笑起來。[5]

十六歲的「我」經由這次的性愛經驗成長了。但我們卻可以很輕易地在這樣的成長經驗中，見到最為深沈的孤獨感。

陳染的小說是多樣貌的，在〈站在無人的風口〉中，她藉由一位容顏老去、行將就木的老夫人，去對照英國紅白玫瑰，刀光劍影的沈重的歷史事件，並呈顯其中的荒謬；〈嘴唇裡的陽光〉巫女、空心人和禿頭女們都在為幻覺守寡；〈在禁中守望〉描寫了J的同性戀、性濫交等反社會的行為。除此而外，如前所提，她對精神分析的議題相當感興趣，所以，我們見到年長的、年輕的、年幼的男男女女，演述著病態的與異態的事物，也可以嗅到小

---

5 陳染：《沈默的左乳》，南京：江蘇文藝出版社，1996年，頁138。

說中充斥著閨房、病房、甚至是太平間的氣味。

　　陳染用著懷疑的眼光去看社會，打量生活中的林林種種，小說中有可以用來考察中國社會變遷的喧鬧與沈寂；有揭示生活中的背叛事件；也有面對人生三大感情——親情、友情與愛情的猶豫、徬徨、矛盾與懷疑，人際關係的封閉與剝奪和失落憂鬱狀態，在在以其悲觀主義極端化延展開來。

　　在陳染嘲弄而沈穩的尖刻敘述中，我們見到了作家獨有的藝術特質。

　　「戀母」情結在陳染的小說裡也有相當份量的著墨。《私人生活》裡的「我」說禾寡婦「實在是我乏味的內心生活的一種光亮，她使我在這個世界上找到了一個溫暖可親的朋友，一個可以取代我母親的特殊的女人。只要她在我身邊，即使她不說話，所有的安全、柔軟與溫馨的感覺，都會向我圍繞過來，那感覺是一種無形的光線，覆蓋或者輻射在我的皮膚上。」[6]「我」把對理想母親的形象投射在禾寡婦的身上了；〈與往事乾杯〉裡的蕭濛回憶睡在母親的懷抱裡，像睡在天堂一樣安全而美好，她的怯懦、憂鬱和自卑在母親的懷抱裡，在一個個溫馨的夜晚化為烏有。她覺得她的母親是天底下最溫情、最漂亮、最有知識的女人，但卻也是最不幸的女人。而她面對失婚的母親墜入愛河時，她的反應相當複雜，她為母親傷感，也慶幸歲月的滄桑沒有奪走她的風韻，然而這種感傷又有點角色替換，或者與母親融為一體的感覺，不管是性別傳遞、眼淚遺傳或悲戚感染。

　　陳染的情慾觀點也是極富自覺意識的。陳染〈與往事乾杯〉的女主角說：

　　　　「上帝知道，在我這並不很久的生命裡擁有過多少男人，見過多少他們渴望做愛的情態。老實說，我的確結識過不少有頭腦、思想深刻的男人。然而，我絕對做不來和一個只有思想而無漂亮軀殼的男人去親密，我無法克服自己生理上的、視覺上的、心理上的種種障礙。可是，內容與外殼的兼具，是多麼

6　陳染：《私人生活》，南京：江蘇文藝出版社，1996年，頁96～97。

的難得。肉體的滿足與靈魂的飢渴或者靈魂的滿足與肉體的飢
渴是相伴相生。」[7]

在陳染的小說中，是沒有以往既定的性別對應模式的，所謂的男/女、
主/從、善/惡的二元對立關係，在她的字典裡是被顛覆的。

汪躍華在談及關於陳染寫作的困境時說：「在〈無處告別〉中，黛二小
姐的個人背景大致如下：知識女性、獨身、經歷過婚姻失敗、孤獨、渴望
精神戀愛、情緒失調，有親近的同性朋友和獨身的母親等等。黛二的這些
個人檔案在好幾篇作品中的女主角身上都出現過，《私人生活》中的倪拗
拗、〈另一隻耳朵的敲擊聲〉裡的黛二，甚至雨子（〈潛性逸事〉）、麥戈
（〈飢餓的口袋〉）等等。在陳染的隨筆集《斷片殘簡》裡，更能讀到作家
個人經歷同作品中人物檔案內容上的重疊。可以說，作家在建立敘述者與人
物關係上表現出某種單一性，即敘述的過程總隱含著敘述者自我重複的色
調。」[8]

陳染小說所塑造的人物形象，似乎成了刻意強調的某種精神歷程的發展
線索或成長命運的軌跡，這一點可看成是其小說的顯著特色。而且，她的小
說有獨特的敘述手法，她常以陳染喜劇、幽默的調侃嘲弄語氣，表達她小說
中某些誇張的部分，比如《沈默的左乳‧角色累贅》裡：「我」去參加舞
會，見到「如今的舞越跳越邪乎，誰也不挨誰，自己跟自己較勁，屁股越蹶
越高，踩著『彈簧』爬『大山』。樂隊也是一會抽筋一會兒又軟得像餓了三
天沒吃飯。最餓的走不動步的一首舞曲是每天晚上電視臺播放天氣預報時的
那段音樂。當時我覺得很滑稽，好像大家在談著天氣預報跳舞。」[9]陳染透
過文字把這種嘲弄詼諧發揮得淋漓盡致；還有〈沙漏街荒語〉裡所涉及的權

7　陳染：《與往事乾杯》，南京：江蘇文藝出版社，1996年，頁3。

8　汪躍華：〈90年代的女性：個人寫作（筆談）〉，《文學評論》，1999年，頁
　　58。

9　同註五，頁309～310。

力爭鬥和慾望遊戲等黑幕，也顯現了她的語言的調侃才能。

　　王蒙在《沈默的左乳》的序言中評陳染說：「她的小說詭祕，調皮，神經，古怪；似乎還不無中國式的飄逸空靈與西洋式的強烈和荒謬。她我行我素……信口開河，而又不事鋪張，她有自己的感覺和制動操縱裝置，行於當行，止於所止。她同時女性得坦誠得讓你心跳。她有自己獨特的語言獨特的方式。」[10]這段話評論得相當中肯。

　　陳染用她自己獨一無二的辭彙與符號、奇異的比喻和暗示，以她的俏皮的意象去表現她的感覺，以及對世界的看法與期待。

　　我們先從陳染小說的篇名來看——〈另一隻耳朵的敲擊聲〉、〈巫女與她的夢中之門〉、〈禿頭女走不出來的九月〉、〈凡牆都是門〉、〈跳來跳去的蘋果〉、〈火紅的死神之舞〉、〈零女士的誕生〉、〈空心人誕生〉、〈禾寡婦以及更衣室的感覺〉——這一批特立獨行的小說的題名令人匪夷所思，她的筆下好似有另一個不同於其他作家的世界，也不是某一種主義或理論，而像是在實施一種弔詭的儀式。

　　接著看她筆下小說人物的姓名——拗拗、黛二、寂旖、伊墮人、水水、杞子、雨若、繆一、墨非、莫根、Ｔ……等琳琅滿目的名字，這些名字好像有著一種清高自傲的優越感，她究竟有意賦予人物怎樣的靈魂？

　　再從她的小說文字看看她特殊的語法。在《沈默的左乳・另一隻耳朵的敲擊聲》——

　　　　梵高的那隻獨自活著的諦聽世界的耳朵正在尾隨於我，攥在我的手中。他的另一隻耳朵肯定也在追求這只活著的耳朵。我只願意把我和我手中的這只耳朵葬在這個親愛的兄弟般的與我骨肉相關、唇齒相依的花園裡。……我只愛這隻純粹的追求死亡和燃燒的怪耳朵，我願做這一隻耳朵的永遠的遺孀。[11]

───────────────

10 同註五，序言頁2。

11 同註五，頁212。

《沈默的左乳‧與假想心愛者在禁中守望》——

　　她那條乳白色的麻絲褲子像一條永不凋謝與投降的旗幟，
在早已被改乘電梯的人們遺棄了的樓梯裡寂寞地閃動。那褲子
總是被燙得平展展地裹在她優雅纖秀的腿上，蕩出樂聲。[12]

　　此外，陳染還善於以夢境、夢囈、精神分裂狀態等超現實的書寫，去張
揚反正統文化主流地位的離經叛道，並在小說中以時間與空間變換自如，虛
構與寫實交替的多變風格，去書寫記憶的重現及隱匿；透過插敘記憶片段，
或是把許多飄忽不定的內心獨白以及時空交替的遐想穿梭到敘事中；利用時
空交錯法，以現在、過去、未來三種時態，揉合在一起，間雜錯綜進行。把
時間和空間分割成許多碎片，錯置開來，或以主線、支線交叉進行。形成互
不連貫的混合體，時間變成一張複雜的網路，敘述和回憶可以交替出現。
　　《沈默的左乳‧巫女與她的夢中之門》裡的「我」被父親排拒在外，因
為自她出世後，母親對丈夫的愛全數轉移給她，渴望父愛的「我」始終重複
又重複地迷戀在過往回憶的危險中穿梭迷失。文本中「我」有這樣的詩句：

　　父親們
　　你擋住了我
　　你的背影擋住了你，即使
　　在你蛛網般的思維裡早已布滿
　　坍塌了一切聲音的遺忘，即使
　　我已一百次長大成人
　　我的眼眸仍然無法邁過
　　你那陰影
　　你要我仰起多少次毀掉了的頭顱

---

12 同註五，頁102。

才能真正看見男人

⋯⋯

你要我走出多少無路可走的路程

才能邁出健康女人的不再鮮血淋漓的腳步[13]

　　而在〈無處告別〉中，陳染則記述了黛二的三個「典型夢」；另外〈麥穗女與守寡人〉也以夢魘的方式演出女性的內心描寫，可算是女性生存現實的寓言。

　　誠如戴錦華所說：「陳染80、90年代之交的寫作與其說是提供某種精神分析的素材，不如說是在其作品中進行著某種精神分析的實踐；與其說她的作品充滿了豐富的潛意識的流露，是某種夢或白日夢，不如說，那是相當清醒而理智的釋夢行為與自我剖析。」[14]這是相當精準的評論。

　　陳染在小說中展現了現代人的精神抑鬱、內心疏離、迷失和不安全感等焦慮，她筆下的人物多是屬於反常的病人。佛洛依德依據臨床的經驗，歸納常見的心理疾病有七種，其中的「抑鬱」（Depression）：遇事過度悲傷、不振、退縮、嚴重者有自殺的傾向；「妄想」（Delusion）：虛構許多自以為是的觀念，因而終日焦慮不安；還有「離解反應」（Dissociative Reaction）：產生幻覺、妄念或精神分裂等，以逃避外界之刺激，這些都反映在陳染的人物中。陳染筆下人物所承受的創傷，都與青春記憶攸關，儘管所承受的傷痛有別，但在其語境中我們卻同樣見到人物撕裂的痛苦，以及飽滿的愛慾，還有在往前探索的過程中的孤獨、恐懼與陰暗的無序的痛苦經歷。

　　而陳染〈麥穗女與守寡人〉算是迫害妄想自述的作品——小說裡的「我」想像被兩只催命的釘子咄咄逼著，那釘子和墓碑一樣碩大而耀眼，並且感覺到前胸和後腰已經死死頂住了兩只釘子，而「我」還想盡力保護她身

13　同註五，頁125～126。

14　同註五，頁402。

邊已經有了丈夫的女友英子——

> 我對著那兩隻逼人的釘子說：「我跟你們走，去哪兒都行，但是你們要讓她回家。」
>
> 兩隻釘子詭祕地相視一笑：「為什麼？」
>
> 難道不是嗎？我這種守寡人專門就是用來被人劫持和掠奪的，我天生就是這塊料。而且我早已慣於被人洗劫一空，我的心臟早已裹滿硬硬的厚繭，任何一種戳入都難以真正觸碰到我。
>
> 兩個男人發出釘子般尖銳的咳嗽：「如果不呢？」
>
> 「沒有餘地。碰她一下，我殺了你們！」我說。
>
> 又是一陣釘子般急迫的怪笑。
>
> 然後，四隻老鷹爪似的男人的手便伸向我們的胸部和腹部。[15]

又在〈空心人誕生〉裡陳染對於同情母親、憎恨父親的少男在聽見悲劇的母親與苗阿姨的對話時，他一面為母親感到傷痛，同時又在森林中對著蟻群，下意識地拿起石塊把地上「雄氣十足」的幾隻蟻王砸死，因為成長的痛苦，他把對父親的怨恨利用這種「弒父」的象徵動作發洩地表現出來；《私人生活》裡的父母角色也是一樣的，所以，女主角倪拗拗在成長過程也是相當壓抑而痛苦的，她長期面對暴戾又殘酷的父親、處境堪憐的母親，使得她在恐懼不安的陰影中生活，而這也造成她的叛逆性格，以及「早衰症」的警訊。

另外，還有〈角色累贅〉裡有著精神病的女主角；〈無處告別〉裡的黛二認知到自己的病症還不少——閉經、陰道痙攣、經前期緊張、性感缺乏，這種種的壓力，都讓她對未來感到無望；〈站在無人的風口〉裡拉上窗簾，

---

15 同註五，頁63～64。

獨自冥想的自閉主角。

　　陳染筆下的女性在渴求父愛不成後，就引發內在反撲，而在面臨「家變」後的情慾取向也跟著心隨境轉。《私人生活》裡成長過程受到父母忽略的「我」和禾寡婦有這樣一段對話——

　　　　我說，「人幹嘛非要一個家呢？男人太危險了。」

　　　　禾說，「是啊。」……

　　　　禾又說，「有時候，一個家就像一場空洞的騙局，只有牆壁窗戶和屋裡的陳設是真實的，牢靠的。人是最缺乏真實性的東西，男人與女人澆鑄出來的花朵就像一朵塑料花，外表看著同真的一樣，而且永遠也不凋謝，其實呢，畢竟是假的。」

　　　　我說，「你以後再不要找男人了，好嗎？像我媽媽有爸爸這麼一個男人在身邊，除了鬧彆扭，有什麼用？」……

　　　　「反正你也不要小孩子嘛。我以後就不要。」我說。

　　　　「那我老了呢？」她問。

　　　　「我照顧你。我永遠都會對你好，真的。」[16]

　　禾寡婦在「我」孤單無助的人格養成過程成為她心靈理想的依歸與寄託。

　　而在《沈默的左乳·麥穗女與守寡人》裡的「我」在和英子情感交流的同時，忽然走神，甚至「懷念起舊時代妻妾成群的景觀，我忽然覺得那種生活格外美妙，我想我和英子將會是全人類女性史上最和睦體貼、關懷愛慕的『同情者』。」[17]〈空心人誕生〉裡的少男觀察著婚姻失敗的母親和未婚的苗阿姨相濡以沫的情感，母親勸苗阿姨「以後要生個孩子」，苗阿姨說她不要，她認為孩子也不會永遠屬於自己，而且她也沒碰到合適的男人，她覺

---

16 同註六，頁104～105。

17 同註五，頁62。

得她們這樣很好。從少男的角度見到兩個女人對話的聲音很輕柔,距離也很近。說話的時候,她們把目光灑落到對方眼裡,彷彿要抓住對方沒有說出的內容;而〈破開〉又像是一則宣言,宣示姐妹情深與姐妹之邦。陳染小說中的女性,著迷於同性間的理解與友愛,在純粹的女性世界裡,心靈得到了撫慰。

另外,〈凡牆都是門〉的「我」和雨若、〈另一只耳朵的敲擊聲〉的黛二與伊墮人、〈破開〉的「我」和隕楠、〈潛性逸事〉的雨子和李眉、〈飢餓的口袋〉的麥弋和薏馨等,也都書寫了同性間的姐妹情誼與複雜的情感需求。

陳染〈飢餓的口袋〉中的麥弋小姐和〈潛性逸事〉中的雨子,背叛和傷害不僅來自異性,也來自同性。陳染很客觀地寫出了同性愛和異性愛一樣也是會情感善變、慾望無窮,也是要通過人性的考驗。

戴錦華在《與往事乾杯》中〈陳染:個人和女性書寫(跋)〉說:「陳染試圖在逃離那陰影籠罩中逃離『不安分』的自我,但一個女人的生命經歷必然地使她發現,她不僅無處告別,而且無處可逃。逃亡,是某種無力而有效的拒絕。她必須逃離的角色累贅,不僅是社會的偽善與假面,事實上,她不斷逃離的是女性的社會『角色』──一個如果不是『規範、馴順』的,便是曖昧不明的。然而,她和她的女主角的逃亡之行,同時是某種投奔,在逃離女性的『規範』角色時,也是在逃離一個『不軌』女人的命運。」[18]

「逃離」和「出走」,一直是陳染用在對抗現實的主要方式,她面對和現實環境的牴觸所產生的矛盾是那樣地源源不絕,處於邊緣的危機在各個角落滋生,所以她筆下的人物想要逃開,卻又逃不開自己。胡軍在〈神話的坍塌與重建──談陳染小說戀父、弒父與「回家」〉一文中曾表示,陳染的文學揭示的是女性文化自救的神話:「從戀父、弒父到『回家』,陳染通過女性心理情節的自我成長,為女性找到了衝出現實困境的力量和途徑。」[19]

---

18 同註五,頁406。

19 胡軍:〈神話的坍塌與重建──談陳染小說戀父、弒父與「回家」〉,《株洲

　　在《沈默的左乳・潛性逸事》裡一直在找尋愛情的雨子，告訴她的女友李眉她的離婚念頭時，雨子說她感受不到丈夫的愛，她不要再瑣碎、麻木的消損耗盡生命，她要離開，雨子領悟到：「只有喪失，才能不喪失。要想獲得，必先失去。」[20]〈時光與牢籠〉中當過記者和專欄撰稿人的水水「在每一個城市的最長時間也沒超過一年。她不停地奔波，不停地從失望中夢幻出新的希望去奔赴，落得身心疲憊，形銷體損殫精竭慮。」[21]但是，水水依然不停止追尋，她不願隨意被安放。

　　陳染透過女性人物逃離原生家庭，而展現對家的渴望，而其筆調所突出的「逃亡」和「漂泊」的意象，更加深了強烈的「不安分的自我」的女性意識。其筆下女性人物在逃離與投奔間掙扎、往復，與生命經歷的追尋過程中，雖然耗弱了身心靈，但每一次逃跑，都是一種成長，小說大抵上呈現的是正面的能量。

　　陳染以其與生而來的性別意識，用前衛性的話語方式，筆觸大膽地探索了現代人的性愛與生命，精神和情感的困境，審視女性內心深處獨有的複雜或變異的心理，既是華麗又是陰暗的弔詭的空洞，並試圖想要尋求一種出路。

　　石曉楓曾評論大陸90年代以降的女作家小說：「在『身體』背後所質疑的性別認同，更造成了情慾發展的多元性，以及血緣傳承關係的罅隙，在流動的情慾、流動的我不斷展演的同時，家國也成為相對不穩定的存在。凡此俱衝擊了傳統對於『身體』的掌控，以及空間對於個體的規訓作用。可以說，擺脫了家國權力論述之後，個人恢復了獨立意識，身體遂得到更為多元的發展可能，也得到更自由的展演與確認。」[22]

　　陳染的小說展現了複雜、性感而危險的多種樣貌，在面臨躁動與困惑之

師範高等專科學校學報》，2002年，7(1)：45。

20　同註五，頁48。

21　同註五，頁28。

22　石曉楓：〈林白、陳染小說中的家庭變貌及意義論述——以女兒書寫為觀察核心〉，《師大學報：人文與社會類》，2004年，49：62。

際企圖找出一種與生活的和解，在肉體與靈魂之間、精神和內心之間、愛情與婚姻、忠實與背叛之間，她安排筆下的人物掙扎和反抗著，急欲衝破陳舊的觀念和秩序，並以大膽的隱祕性和強烈的前衛性，為苦悶的心靈荒野尋求出路，在其書寫女性情慾、呈現女性自戀而實際的慾望與其自我追尋時，這當中瀰漫著詭祕憂傷，也同時真實展露了人性的扭曲──慾望、心智、孤獨、恐懼、病態。

陳染的小說的藝術特色是以夢境、囈語、獨白、對話的組接，把女性隱匿的「殺父」、「戀母」和「尋父」的心理情結，以迷亂而清幽的個人體驗，把孤獨的、惆悵苦悶的，甚至是虛無縹緲，若隱若現的同性愛戀，向內在的自我對應外在的世界坦然而真誠地傾訴。她努力書寫自己的精神體驗，以敏銳的感受，精緻的語言，表現了女性的特殊經驗，她們以著重個性的生存狀態為其創作主題，同時通過對女性體驗的書寫、質疑性別次序、性別規範與道德原則，算是為中國的女性文學彩繪了一大奇異風景。

（原載於臺灣大學人口與性別研究中心《婦研縱橫》第79期，2007年7月。）

問題與討論

一、陳染的小說真實展露了人性的扭曲，請說說你的孤獨與恐懼的經驗。

二、陳染透過人物逃離原生家庭，而展現對家的渴望，你是否也有想要「逃離」和「漂泊」的經驗。

兩岸卷

Chapter 15

淺談兩岸的女性
愛情小說

愛情的描寫，向來是文學中人性表現的一個重要內容。愛情足以激發各種力量，尤其是對女性而言。黑格爾在《美學》中曾說過：「女子把全部精神生活和現實生活都集中在愛情和推廣為愛情。」（李華珍：《中國新時期女性散文研究》，（合肥：安徽大學出版社，1996年12月，頁14。）的確，不可諱言地，「愛情」之於女性的確有著不容忽視的重要意義。

　　兩岸的女性小說，不約而同地，在不同的年代，以愛情小說為起點，集中體現女性的成長及其對愛情的不同於男性的敏感。

　　60年代是臺灣經濟起飛的重要階段，當人們在物質生活得到提升後，便繼而轉向對精神生活的要求，以愛情題材為主的小說，便在這個時候取代了50年代的反共小說。

　　經濟的發展，帶動女性教育程度的提高以及女性社會地位的變遷。女作家筆下柔軟溫婉的愛情小說成了人們在工作忙碌之後的心靈調劑品。

　　從瓊瑤在1963年出版他的第一部長篇小說《窗外》成名後，開始大量創作中、長篇的愛情小說，在這種風氣的帶動下，出現了「女強人」朱秀娟、「外遇殺手」蕭颯、「婚戀理論家」曹又方、突破「性禁忌」的李昂、營造「樸實愛情」的蕭麗紅、掌握「兩性情境」的廖輝英、還有袁瓊瓊和蘇偉貞。

　　一直到80、90年代愛情小說的潮流，不但絲毫未減，反而在這樣的流變中，出現了更多的新銳作家，如張曼娟、吳淡如、林黛嫚、彭樹君、楊明等。她們的進步在於解決了70年代社會工商化後的都會女子的生存困境，她們寬容地在愛情的能量中釋放女性長久以來的桎梏。

　　至於在海峽對岸呢？

　　「四人幫」垮臺後，新時期（1977年至1989年）的女性文學在改革開放、現代化建設事業的發展下，日趨成熟，經過反思，女作家們薪火相傳地，接下了繼「五四」後女性文學發展的火炬，她們反思歷史，並在一片呼喚人性、人道主義的思潮中，去尋回女性的特質。在新時期的女性小說中最直接反映的還是婚姻和愛情。

　　十年的文化大革命帶給中國大陸無法估量的嚴重災難，其中最深沈的是

對人的漠視與摧殘，於是我們間接見到了在新時期女性愛情小說中，社會政治因素影響兩性結婚、離婚；因為婚姻發生問題，而出現脫序的現象；或者環境造就女強人，女強人因性格的缺憾而在婚姻愛情中缺席。我們見到了在婚姻「圍城」裡外品嚐愛恨嗔痴的女性，也見到了在文化大革命之後，女性小說家重拾原本被列為文學禁區的愛情婚姻題材，設身處地地再次尋回失落的女性意識，以全面盡可能實現人的價值，為人生的終極目標，努力使得女性文學得以再度飛揚。

新時期浩浩蕩蕩的四代同堂的女作家，有：韋君宜、宗璞、問彬、李惠薪、諶容、張潔、航鷹、程乃珊、王小鷹、陸星兒、喬雪竹、張抗抗、張辛欣、王安憶、劉索拉、黃蓓佳、鐵凝、劉西鴻、方方、池莉。

隨著新時期女作家自身文化素質的加厚，一直到90年代的女作家們更是關注女性處境和命運，她們以呈現女性生命與價值為重任，關於女性的自我、人生、兩性問題的題材，在兩性關係中充分開展而深化，，其思考逐漸充溢著女權思想。

此外，筆者發現值得一提的是，兩岸愛情小說的內容有一個很大的差異，在於：大陸女知青作家，曾遭受文化大革命的政治迫害，處理感情是「理性」重於「感性」，有的可能情感受騙，但懂得即時抽身；或者吃虧上當後，立刻悟醒。而臺灣在60、70年代崛起的作家，也許身處穩定發展的政治環境，不曾遭遇過大變革，所以寫出來的東西多數是「感性」重於「理性」。

舉例來看：大陸作家張潔在〈祖母綠〉裡塑造了一個勇敢的單親媽媽。

左葳在1957年「鳴放」時期，寫了一份言詞激烈的意見書，由曾令兒抄成大字報，不久，風雲變色，曾令兒擔起罪名，說是一人所為。左葳為報答曾令兒，決定與她結婚。不久，左葳考慮到自己的前途又反悔了。曾令兒勇敢地面對被背叛的感情，北上接受勞改，此時發現懷了左葳的孩子，她的生命又燃起了希望。在眾人的欺負和羞辱之下，小孩終於出世了，她獨自艱辛地撫養兒子長大，誰知在兒子十五歲那年，游泳出事了。

她勇敢地走過傷痛，某家學報上出現了她的名字，她的研究在國際上引

起注意；左葳的妻子，深知左葳的能力不夠，想盡辦法邀請曾令兒幫忙，此時，曾令兒已走出愛情的傷痛，已能坦然面對逝去的那一段愛情。

宗璞的〈紅豆〉寫的是1949年在北京解放前夕，北京教會大學裡的一對情侶，熱戀中感情融洽，後來江玫漸漸感到男友將她「物化」，要她順從他的安排的利己主義的愛，完全不顧慮她也是一個獨立的個體，而給予起碼的尊重，彼此因為生活背景和政治立場的根本差異，再加上江玫受友人的影響，漸漸從溫室中甦醒，終於忍痛面對「貌合神離」的愛情與一心要帶她飛往異國的男友分手，而走向為新生活奮鬥之路。

這兩篇小說裡的女主人公都是以理性來面對她們的感情，慧劍斬情絲。

至於在臺灣的女作家方面，她們筆下的女主人公多數是「愛情至上」的，明知吃虧，仍甘於上當。

如蘇偉貞〈陪她一段〉裡的費敏，無怨無悔地為「需要很多很多的愛」的「他」全然付出所有，不求回報。儘管她從一開始就「清醒地」知道自己對「他」而言只是陪襯的角色，但還是寧願吃虧上當。

又如廖輝英《不歸路》裡的李芸兒和〈今夜微雨〉裡的杜佳洛，都甘願在不平等的愛情中，對她們所愛的男人義無反顧地飛蛾撲火。

90年代後，兩岸的女性愛情小說卻似乎有了殊途同歸的現象，隨著女性意識的逐漸增強，兩性平權的時代宛如近在眼前。

（原載於《國文天地》，第17卷第11期，2002年4月。）

問題與討論

一、請談談處理感情時，你的「理性」與「感性」如何平衡？

二、你認為愛情重要？還是麵包重要？為什麼？

Chapter 16

80年代兩岸女性
小說之比較

前　言

1

　　兩岸的女性小說，不約而同地，在不同的年代，以愛情小說為起點，集中體現女性的成長及其對愛情的不同於男性的敏感，而在80年代殊途同歸地使其女性小說達到高峰。

　　60年代是臺灣經濟起飛的重要階段，當人們在物質生活得到提升後，便繼而轉向對精神生活的要求，以愛情題材為主的小說，便在這個時候取代了50年代的反共小說。

　　由於經濟的發展，社會文化環境的變化、教育普及與文化的變化，帶動女性教育程度的提高以及女性社會地位的變遷，而有了女性語言的產生。女作家筆下柔軟溫婉的愛情小說，首先成為人們在工作忙碌之餘的心靈調劑品，後來其小說所呈現的社會關懷也漸漸受到注意。

　　瓊瑤在1963年出版他的第一部長篇小說《窗外》成名後，開始大量創作中、長篇的愛情小說，在這種風氣的帶動下，在80年代出現了「眷村」朱天文、朱天心、「女強人」朱秀娟、「外遇殺手」蕭颯、「婚戀理論家」曹又方、突破「性禁忌」的李昂、營造「樸實愛情」的蕭麗紅、掌握「兩性情境」的廖輝英、還有袁瓊瓊、蘇偉貞和鄭寶娟。

　　至於在海峽對岸呢？

　　「四人幫」垮臺後，新時期（1977年至1989年）的女性文學在改革開放、現代化建設事業的發展下，日趨成熟，經過反思，女作家們薪火相傳地，接下了繼「五四」後女性文學發展的火炬，她們反思歷史，並在一片呼喚人性、人道主義的思潮中，去尋回女性的特質。在新時期的女性小說中最直接反映的還是婚姻和愛情。

　　十年的文化大革命帶給中國大陸無法估量的嚴重災難，其中最深沈的是對人的漠視與摧殘，於是我們間接見到了在新時期女性愛情小說中，社會政治因素影響兩性結婚、離婚；因為婚姻發生問題，而出現脫序的現象；或者

環境造就女強人，女強人因性格的缺憾而在婚姻愛情中缺席。我們見到了在婚姻「圍城」裡外品嚐愛恨嗔痴的女性，也見到了在文化大革命之後，女性小說家重拾原本被列為文學禁區的愛情婚姻題材，設身處地地再次尋回失落的女性意識，以全面盡可能實現人的價值，為人生的終極目標，努力使得女性文學得以再度飛揚。

新時期浩浩蕩蕩的四代同堂的女作家，有：韋君宜、宗璞、問彬、李惠薪、諶容、張潔、航鷹、程乃珊、王小鷹、陸星兒、喬雪竹、張抗抗、張辛欣、王安憶、劉索拉、黃蓓佳、鐵凝、劉西鴻、方方、池莉。

本文所討論的「女性小說」定義在女作家以其眼光、切身體驗與表現方式，創作出以女性生活命運題材的小說。

而本論文所討論的小說文本範圍，以上述的兩岸女作家發表於80年代的小說為主。除了從政治、經濟及女權運動等社會環境面向切入，去分析兩岸女作家筆下的女性在親子關係、兩性關係及姻親關係中的處境與地位外，主要在比較兩岸80年代女性小說的異同點，並舉小說文本加以說明。

希望經由本文的研析，能夠達到以下兩個目的：一是，增進兩岸對彼此女性小說的了解與互通。二是，能更透顯出中國女性文學史的發展脈絡與全面。

80年代兩岸的社會背景

80年代的世界的共同潮流是「改革」，不管是資本主義還是共產主義國家，都群起響應這股風潮，頻呼改革。

李瑞騰在《臺灣文學的風貌》論及〈80年代的臺灣文學〉時提到：「臺灣經過60、70年代政治、外交上的起伏動盪，及經濟上的驚人成長，80年代的臺灣便以風起雲湧之勢進入了一個令人目不暇給的多元化社會。在政治

上，更趨於民主開放，解除戒嚴、開放黨禁、報禁等影響甚鉅的改革措施，陸續地實施；在社會上，各種過去長期被忽視、壓抑的問題，也紛紛暴現，諸如環保問題、雛妓問題、青少年犯罪暴增，及社會上所靡漫的一股追逐金錢的風氣，在在都呈現出80年代的臺灣社會是個物慾橫流、價值錯亂的世代。」[1]

　　經歷過鄉土文學的爭戰後，臺灣的小說開始平面化、多元化、彩色化，也同時進入了女性作家的時代。所以助長女性作家的興盛的原因在於：臺灣經濟的發展，社會形態轉變，省籍情結逐漸淡化，鄉土文學已不能滿足教育普及的大眾人們的胃口，多面化的女作家隨著大眾媒體推展文學獎的徵文而崛起，其細膩優美的筆調，滿足了人們精神上的需求，再加以出版事業的逐漸普及，出版公司紛紛推出女作家的作品集，符合大眾的需求。

　　而大陸方面在文化大革命的十年動亂中，林彪、「四人幫」控制文壇，愛情題材成為文學的禁區，那時的文學被稱為「無情文學」，當「四人幫」垮臺後，無情文學很快地被有情文學所取代，反映愛情生活的作品日漸增多，「也隨即湧起了一股以愛情為題來探索人的自然本性的熱潮」。[2]文革後，70、80年代的新時期，女性文學才在實際上，又有了她的一片天，回顧中國當代文學，就會發現這是有史以來中國女作家湧現得最多且最活躍的時期，這被比喻為是繼「五四」後的第二次思想解放運動，也是以反封建為其思想解放的起點，整個社會大環境為西方女權主義思潮的湧入提供了機遇。

　　身處這樣的世代的女性其精神受到傳統與現代的衝擊，從其小說作品中可見其安身立命的生存法則。

1　李瑞騰：《臺灣文學的風貌》，臺北：三民書局，1991年，頁167～179。
2　黃政樞：《新時期小說的美學特徵》，南京：南京大學出版社，1991年2月，頁193。

相異點

（一）臺灣重「感性」；大陸重「理性」

臺灣在60、70年代崛起的作家，也許身處穩定發展的政治環境，不曾遭遇過大變革，所以寫出來的東西多數是「感性」重於「理性」。

臺灣女作家筆下的女主人公多數是「愛情至上」的，明知吃虧，仍甘於上當。

如蘇偉貞〈陪她一段〉裡的費敏，無怨無悔地為「需要很多很多的愛」的「他」全然付出所有，不求回報。儘管她從一開始就「清醒地」知道自己對「他」而言只是陪襯的角色，但還是寧願吃虧上當。

蕭颯〈唯良的愛〉裡的第三者范安玲全然為對方付出真情，她義正嚴辭地對找上門的元配說：「也許在法律上我有罪，可是在感情上，我和偉業相愛，我愛他，就是愛他，我不覺得愛人有罪。婚姻只是制度，不一定合理。」[3]用情至深的她，後來不惜割腕以死明志。

又如廖輝英《不歸路》裡的李芸兒委身於已婚男子，甚至賺錢供養情夫全家，並上門希望得到他太太的承諾，但終究落得人財兩失，還有〈今夜微雨〉裡的杜佳洛也是，她們都甘願在不平等的愛情中，對其所愛的男人義無反顧地飛蛾撲火。

未婚女子搖擺在父家與夫家之間，進退維谷，她們浪漫地追尋真愛，對於婚姻是既期待又怕受傷害。

鄭寶娟《單身進行式》裡受傷的寶萍也想用懷孕來解決未婚的窘境；采菁懂得守住處女之身，是她聰明之處，因此如願得到了她認為拿得出去的丈夫；卜冰拿掉覬覦她家錢財的男友的孩子，幾年後，悲哀地想著如果當時留

3　蕭颯：《唯良的愛》，臺北：九歌出版社，1986年11月，頁35。

下那孩子，也許會有個愛他的理由，即使兩個人終究沒有結局。

　　在當時的小說中也有女性利用「婚姻」作為找不到出路的解決之道。

　　蘇偉貞〈不老紅塵〉裡的曾宇為了了結與一有婦之夫的戀情，企圖以「結婚」劃下終點；施叔青〈壁虎〉裡的女主角也說：「促成我產生背叛自己意識去跟一個我並不十分喜歡的男人結婚是緣由他將帶我遠離，擺脫了少女時代一些磨折心靈神經的苦痛記事。」[4]曹又方〈纏綿〉裡的顧敏之覺得到了適婚年齡，而和也搞不清楚喜不喜歡的王吉之同居，逼婚後，她覺得結婚就是護身符，她依然任性，不相信丈夫可以把她怎麼樣。當然這樣的婚姻註定是悲劇。

　　還有的是因為寂寞而結婚或當人家情婦的女性。

　　蕭颯〈葉落〉裡的培芳——「伊受不了同事的唆弄，經不起母親來信的敦促，更耐不住那份寂寞，伊嫁了一個連在禮堂行禮時，仍嫌惡他邋遢的男人。」[5]〈水月緣〉中因為一時寂寞而再婚清月，事後「懊悔自己倉卒草率的決定，更怨自己耐不住寂寞，這麼糊裡糊塗的嫁了個既沒錢財又沒人才的男人。」[6]施叔青〈困〉裡的葉洽，是家中唯一的獨生女，所以總是害怕孤單，她找了個博士嫁了，因為她覺得再怎麼樣，兩個人在一起總比一個人強。

　　成長於80年代的女性，物質生活不虞匱乏後，開始注意到心靈的需求，因為「寂寞」而介入他人的婚姻成為第三者的「情婦形象」出現在小說中。袁瓊瓊〈茶蘼花的下午〉裡的碧淑，覺得自己已屆三十，還能怎麼樣？而且他已經習慣了身邊有個人的生活，她懼怕從前自己無聲無嗅的活著；廖輝英《窗口的女人》裡的朱庭月主動追求情婦的角色，因為隨著年齡的增長，她開始意識到情感要找到著落；《不歸路》裡一直處於被動的李芸兒，承受著方武男一次次的打罵、欺騙、冷落，可她全然接受，就像是犯了毒癮，戒不

4　施叔青：《倒放的天梯》，香港：博益出版公司，1983年，頁1。
5　蕭颯：《日光夜景》，臺北：聯經出版公司，1977年，頁78。
6　同前註，頁226。

了了——「如果不是因為寂寞，我們實在無法了解為什麼一個女人會甘心任人蹧蹋身心至這等地步！」[7]

至於大陸女知青作家，曾遭受文化大革命的政治迫害，處理感情是「理性」重於「感性」，有的可能情感受騙，但懂得即時抽身；或者吃虧上當後，立刻悟醒。

航鷹的〈東方女性〉這篇小說不僅告誡已婚者要用心經營婚姻，而且還從側面去批判婚外戀情。她藉著方我素的口，讓她在走過那樣一段婚外戀後，勸誡也同樣成為他人婚姻第三者的小朵說：

> 「愛情是排他性的，但不應是害他性的。如果是以傷害別人為前提，何談純潔、美好呢？」
>
> 「你想過沒有，在別人的東西中，什麼是最寶貴的？不是金銀珠寶，是感情，是家庭的和諧與幸福。難道這不是人類視為最珍貴的東西嗎？」[8]

韋君宜〈飛灰〉裡已婚的嚴芬，忍痛埋葬愛情；王安憶〈金燦燦的落葉〉裡莫愁理性面對夫妻在婚姻中成長的問題，決定自我修正；宗璞〈紅豆〉裡的江玫不願被男友「物化」，理性面對彼此因為生活背景和政治立場的根本差異，忍痛與「貌合神離」的愛情分手；張抗抗〈北極光〉裡的陸岑岑在家長的安排下和理念不合的傅雲祥訂婚，後來，她勇敢地承認那段感情的錯誤；黃蓓佳的〈請與我同行〉裡的修莎，則能夠在認清愛情的錯誤時，及時抽身；陸星兒筆下〈啊，青鳥〉裡的榕榕——當她發現和丈夫有了隔閡，她並沒有自怨自艾，反而在困惑迷惘中尋求人生真理；方方〈船的沈

---

7 黃晴：〈從「油麻菜籽」到「不歸路」〉，《不歸路》，聯合報社，1983年，頁156。

8 馬漢茂編：《掙不斷的紅絲線——中國大陸的愛情、婚姻與性》，臺北：敦理出版社，民國76年10月，頁136～137。

沒〉裡的楚楚，經歷過一段愛情，她成長了，現在她只想憑自己的本事走完人生，她珍惜她的自尊。

　　而張潔筆下也多是堅毅的理性女子——〈祖母綠〉裡的曾令兒勇敢地面對被背叛的感情，北上接受勞改，獨自艱辛地撫養兒子長大。後來，勇敢地走過喪子的傷痛後，她的研究在國際上受到肯定；在〈愛，是不能忘記的〉我們見到鍾雨的愛情在傳統觀念的束縛下的無法解脫的痛苦，她不願以兩個家庭的破裂去換取自己的幸福；〈方舟〉寫的是在婚姻中跌跌撞撞的三個不幸的知識女性，處於理想與現實的衝突，為爭取女性獨立人格，理性地面對生活和事業的坎坷遭遇和奮鬥歷程。

　　由於社會約定俗成的期待，使得男性的責任義務大過女性，然而，經歷過文革，撐起半邊天的女性在面對困難與挫折，其化解與調適的能力也不輸給男性。

　　當然，在這些獨立的身影背後還是有柔軟的一面。

　　在張辛欣〈最後的停泊地〉我們見到那個情感豐厚的女主人公的內心，還是有著這樣的理解——「說到底我們在感情生活裡，從本質上永遠不可能完全『獨立』；永遠渴望和要求著一個歸宿。」[9]

　　當然，也不全然是每個女性都是為自己而活的——王小鷹〈失重〉裡的陶枝，原本自信愛情可以創造奇蹟，可當她理想破滅，她完全失卻我，不再堅持——不過，這樣的例子卻不多。

　　由於兩岸生存空間的差異，比較其80年代的小說所呈現的最大不同點在於大陸經歷過文革，其小說裡的女性形象較為獨立自主，理性多於感性；而臺灣的物質環境提升，反而人們的抗壓性低，有的為愛不顧一切的女性，其挫折忍耐度甚至低到選擇「自殺」，這一點是大陸小說中很少見的。

　　廖輝英《盲點》裡的齊子沅，被她已婚的上司玩弄感情，她一直期待上司離婚，但上司的妻子找上門興師問罪，她在身敗名裂的情況下割腕自殺。

　　蕭颯〈唯良的愛〉裡的唯良的父親早逝，母親改嫁，所以從小就很沒有

9　張辛欣：《我們這個年紀的夢》，臺北：新地出版社，1988年2月，頁168。

安全感，婚後她的家與家人是她生活的全部，當丈夫告訴她他有外遇的事實後，她找第三者懇談，可是第三者說她不願放棄。她開始藉著自我傷害以消解胸中之氣，她也想要尋求自立，可是她三十三歲了又沒有專才，根本不容易找到工作。在婚姻無法挽回，尋求工作寄託又無望的情況下，她選擇以死亡結束痛苦。

蘇偉貞筆下的女性大抵上都是受過高等教育、獨立有自我見解的女性，可是越是這樣的女性，面對愛情有時越是過不了難關──〈陪他一段〉裡的費敏因為無法擁有完整的愛而走向絕境；〈舊愛〉裡和已婚的青梅竹馬戀人舊情復燃的典青，在恨不重逢未嫁時的遺憾中結束了生命。

〈伊甸不再〉，是朱天文早期的短篇小說。甄素蘭長期生活在父母失和、婚姻暴力、母親瘋癲的陰影下，她在掙扎中開啟自己的事業，但也讓她與有婦之夫──喬樵結合，她開始扮演第三者的角色和喬樵同居。她的幸福在目睹喬樵一家人和樂出現的畫面時，開始破滅。她終於明白自己將永遠無法擁有期待中完整的家。伊甸不再，童年的「全家福」被父親給破壞了；喬樵的「全家福」畫面讓她明白他始終不屬於自己。她最後選擇自殺結束不快樂的一生。

袁瓊瓊〈迴〉裡的素雲和阿發相戀，但阿發家裡嫌她大阿發五歲，要他們分手，她懷著身孕嫁給了不知情的保衡。婚後，她搬了兩次家，想和過去做個了斷。四年後，阿發來找尋小孩，要她和保衡攤牌，但他只要小孩，不要她。她無法那樣殘酷地對待保衡，於是選擇結束自己的生命。

這一類的自殺事件，倒是很少出現在大陸的小說中。

（二）臺灣：顛覆母職；大陸：歌誦母愛

廖輝英〈焚燒的蝶〉裡的封碧娥為了讓兒女有個完整的家，她忍受丈夫外遇的事實，表現了傳統婦女為子女不計一切的犧牲奉獻的精神。但這樣的例子不多，又其《盲點》裡的丁素素和蕭颯《如何擺脫丈夫的方法》裡的苡天都是不會為了兒女而勉強自己去維繫生病了的婚姻的現代母親。

在臺灣80年代的女性小說中，出現了顛覆母職的情況，以往傳統無私奉

獻的母親形象，受到了強烈的考驗和質疑。

蕭颯〈人道〉裡的蕙芬不想因為意外懷孕而改變原來出國唸書的計畫，幾經掙扎還是決定去做人工流產；又《走過從前》裡的沒有固定工作的立平，經過理性的考量，把她所不捨的兩個孩子，送還給分居的丈夫。廖輝英〈玫瑰的淚〉裡的衣黎，當她陷在婚姻裡的兵荒馬亂時，她覺得婚姻都失去了，還要留住小孩做什麼？又《朝顏》裡的汪玲瓏，在得知丈夫有外遇後，冷靜思考自己未來的計畫，決定捨下幼子出國，她覺得孩子終究也有自己的路要走；再看《落塵》中的宜苓根本不想那麼年輕就有小孩，她生產完第一個孩子後的四個月又再度懷孕，在婆婆和丈夫的懇求下，才打消拿掉小孩的念頭。當她勉強生下小孩後，根本毫無耐心去對待孩子。

80年代的臺灣女性小說不再歌頌母親，反而以書寫的方式去證明並不是每個女人天生就有當母親的能力或本事，母愛絕不是天生的。

其母愛的展現也不是沒有，只是出現在「情婦角色」的扮演上——袁瓊瓊〈顏振〉裡扮演著情婦角色的蔣碧瑜，總是能讓受挫的顏振在她懷裡得到慈母的溫暖；蘇偉貞〈陪他一段〉裡的費敏和比她小的藝術家談戀愛，她「疼他疼到連他錯了也不肯讓他知道，以免他難過的地步」[10]而大陸的王安憶〈荒山之戀〉裡的「她」也是用全然的母愛包容著丈夫所有的一切。

大抵大陸作家是正面肯定母職的。

池莉〈月兒好〉裡的月好，並沒有因為人生旅途的坎坷而失志，反而教育出兩個懂事的雙胞胎兒子；張潔〈祖母綠〉裡的曾令兒在離開悔婚的左葳後，發現自己懷孕了，她「好像發現了一個金礦。一夜之間，她從一個窮光蛋，變成了百萬富翁。」[11]然而，不難想像當時大腹便便的她處於勞動改造時期，那樣的處境是如何的艱難：

　　「你必須交代自己的錯誤，檢查犯錯誤的政治根源、思想

---

10 蘇偉貞：《陪他一段》，洪範書店，1983年，頁194。
11 張潔：《張潔》，北京：人民文學出版社，1993年5月，頁246。

根源、歷史根源、社會根源。這是和誰發生的？在哪兒？是初
犯，還是屢教不改？這樣做的動機和目的？」

　　「政策我們已經向你交代清楚了，如果你拒不交代和檢
查，只會加重對你的處分，延長你的改造時間。」[12]

　　不論上頭的人怎樣輪番找她談話，要她交代，她只是用雙手護著肚子，
不發一語。為了孩子，忍辱負重地承受肉體和精神的慘痛折磨。

　　然而，女性在生育的過程中能夠讓自己尋回另一個自己。好幾次，她望
著吃不飽的兒子，總有衝動想寫封信向左葳求救，不過還是沒寫出一封信；
只有一次，兒子病危，她急得沒了主意，便打了一通長途電話，不過她還是
沒有出聲。等到兒子退燒後，她喃喃地對他說：「你看，我沒有對他說。我
們還是撐過來了，對麼？等你長大了，你就知道，頂好的辦法是誰也不靠，
而是靠自己。」[13]曾令兒說這話時，是多麼地語重心長啊！身為母親的她更
堅強了。兒子在名為「我的爸爸」的作文裡讚揚她的偉大，說：媽媽是條好
漢。

　　在航鷹的〈東方女性〉中則呈現了兩個不同的母親的心情。

　　原本想自殺的身懷六甲的第三者方我素，乞求林清芬的原諒，她請求身
為醫師的林清芬，希望她站在也是母親的立場，救救孩子，把他送給沒有孩
子的人家。

　　這是方我素的母愛流露，我們接著來看林清芬。

　　林清芬為方我素接生後，當她得知方我素還是沒有打消自殺的念頭時，
她理性地擔心事情萬一爆發，會影響兒女的前途發展，於是，便接方我素回
家，以保證她生命的安全。

　　這是兩個不同的母親，相同保護小孩的心情。

　　池莉〈太陽出世〉裡的李小蘭也表現了一個母親的擔當。李小蘭發現自

---

12 同前註，頁274。
13 同註一一，頁252。

己意外懷孕，因為經濟考量，決定拿掉小孩，就在重要關頭，她反悔了。她「邁著母親的穩重步態走出了人流室。全世界困難重重可嬰兒仍雨後春筍般冒出來。困難算什麼！」[14]

在王安憶的〈小城之戀〉裡女主人公經歷了性愛本能的期待與亢奮後，肚子裡的小生命喚起了她的母性意識，她發現自己又重新活了過來，也深刻體會對於新生命有著不可推卸的責任。

隨著兩岸不同的文明發展與社會的進步速度，女性在社會、政治和經濟上的地位，也因著其改變而有不同的定位，因此，女性為人母的角色與本性，在兩岸作家筆下也有著不同的形象呈現。

（三）臺灣：為「金錢」；大陸：為「生存」

80年代的臺北大都會是女作家筆下人物的活動區域，多采多姿的都市生活，成為四面八方而來的異鄉人追逐成功的標竿。生活空間的擁擠、人際關係的緊密，卻顯得生活在城市中的人物的寂寥。世故而冷漠的城市人，生活在物慾橫流、資訊發達的都會中，戀情的發生地點有辦公室、舞廳、酒吧、東區、西門町、百貨公司、會員俱樂部、飯店、咖啡廳、MTV、KTV，這些都是作家筆下小說人物生活的舞臺。

蕭颯〈馬氏一家〉裡的晴芳嫁給了談不上喜歡的小鍾，是因為她想過舒適的鍾太太生活；《如夢令》中的于珍為了過金錢無缺的生活，而以「性」作為工具，奪取好友的同居人；〈無題的畫〉裡的葉崇更是利用一個接著一個的更有價值的男友的更換來成就自己的事業；施叔青〈晚晴〉裡的倪元錦為了改善家裡的經濟狀況，而嫁給矮了她半個頭，且並不滿意的丈夫；李昂〈外遇連環套〉裡的李玲很明白情婦的角色，除了帶給她生活享受外，還能接濟鄉下的雙親，尤其對方是不離婚的，她對現有的一切感到滿意；〈暗夜〉裡的丁欣欣享受著和出手大方為她購買衣服皮鞋的葉原在一起的不

---

14 池莉：《一冬無雪／池莉文集2》，南京：江蘇文藝出版社，1999年4月，頁125。

勞而獲的快樂，後來她帶著更高的利益取向和留美歸國的孫新亞交往，儘管孫新亞對她說：「我朋友在美國講得真對，臺灣女孩，個個都太好『上』了嘛！」[15]這話聽在有著情慾自主的她的耳中，也只能乖乖屈服；而曹又方的《美國月亮》則是反映了當時社會崇洋媚外的現象。

在臺灣的小說中有不少以現實利害為主的愛情，女性總是在婚姻中更加發現「金錢」的重要，在當時所反映的是——物質越豐富，精神越空虛。

蕭颯《愛情的季節》裡的林佩心拋棄貧窮的男友，轉而主動引誘追求她的有錢人戴維良，婚後，她過著少奶奶的生活，可內心總覺有所缺憾，就在她離家出走後，見到前男友婚後的依舊寒酸，她終於死心踏地又回到戴維良身邊；〈戰敗者〉裡的靜禎對於生意失敗、無心經營婚姻的丈夫是不屑一顧的，她覺得他無能，所以提出離婚；〈姿美的一日〉裡的姿美在累積了一定的財富，有房子有店面後，便不再把丈夫視為天。廖輝英〈今夜微雨〉裡的杜佳洛也是，當她明白丈夫不屬於她之後，便盤算著要保住自己的錢，給孩子一個保障；〈油麻菜籽〉裡的阿惠覺得母親把錢看得比一切還要重要。蘇偉貞《陌路》裡的黎之白是因為「錢」才有辦法和丈夫維繫著名存實亡的婚姻關係。

在對岸像這種為了「錢」不擇手段或不顧情面的描寫並不多，如程乃珊〈女兒經〉是一例——蓓沁的母親一直告誡她貧窮的可怕，使得她一心要抓住有錢已婚的乜唯平。但其他多數的小說大抵只是為了求取基本的「生存」——在鐵凝〈棉花垛〉中我們見到「性」是支配男女關係的關鍵，小說裡的女性利用美色，換取長期飯票或一時溫飽，甘願成為男性的玩物的命運悲劇。

王安憶的〈崗上的世紀〉裡的李小琴，是一個把命運完全掌握在自己手裡的女性。在小說裡我們完全見不到傳統女子的含蓄和矜持，有的只是一個沒有背景，只能把命運掌握在自己手裡，不願聽任別人擺布的女子。

為求「生存」，大陸有著權謀利害的婚姻。

---

15 李昂：《暗夜》，臺北：李昂自印，1994年12月，頁43。

張辛欣〈最後的停泊地〉裡的女主人公的初戀對象，為了爭取留學，拋棄了她和他表妹結婚；黃蓓佳〈在那個炎熱的夏天〉裡的怡月則是被男主人公當成是事業跳板；又〈冬之旅〉裡的卉所以和小應的婚姻有了著落，卉的用盡心機，讓小應的單位組織得以插手干預的影響力也不容忽視。

　　池莉〈不談愛情〉裡的吉玲因為莊建非對她的疏忽，她提出了離婚。就在此時，莊建非醫院裡，到美國觀摩心臟移植手術的名額下來了，一位女主任和莊建非有了這樣的對話：

　　　　「你也想撈冰箱彩電？」
　　　　「我最想看看心臟移植。」
　　　　「那就好。外科你最有希望。但我似乎聽說你和妻子在鬧矛盾。」
　　　　「這有關係嗎？」
　　　　「當然。沒結婚的和婚後關係不好的一律不予考慮。」
　　　　「為什麼？」
　　　　「怕出去了不回來。」
　　　　「笑話。」
　　　　「不是笑話，有先例的。你們是在鬧嗎？」
　　　　「是的。她跑回娘家了。」
　　　　華茹芬這才抬起眼睛搜索了房間，說：「這事你告訴誰了？」
　　　　「曾大夫。」
　　　　「幼稚！這個時候誰都可能為了自己而殺別人一刀，曾大夫，他——你太幼稚了！」
　　　　「曾大夫會殺我嗎？」
　　　　「你現在應該考慮的是盡快與妻子和好。三天之內，你們倆要笑嘻嘻出現在醫院，哪怕幾分鐘。」
　　　　「可是她媽媽的條件太苛刻了。」

「你全答應。」

「但這──」

「宰相肚裡能撐船，一切都嚥下去，照我説的做！」[16]

　　在中國大陸，「政治」是左右兩性愛情、婚姻的黑手，家庭出身、個人成分、社會關係和政治面貌都是擇偶時必須考慮的標準，這當然造成了不少不幸的婚姻。

　　由於兩岸文化背景的差異，不難見出女性落實在生活中的「實際」所求。

（四）大陸：「文革」題材及其革命伴侶

　　大陸因為經歷過慘痛的文化大革命，所以其80年代的小說多數展現了作家對當時現狀的描寫與其沈重的內心反映，尤其是在這一類的題材中，所塑造出來的革命伴侶一路走來的情深意重，當然是在臺灣這邊所沒有的。

　　韋君宜〈舊夢難溫〉裡的男女主角，年少時她是跟著他才參加「反飢餓」運動的，是他寫詩編詩刊，她晚上特地跑到學生會，幫他刻鋼板的。還把名字改成了兩人同字顛倒，以示不二。

　　在「反右」時期，林喬輕信謠言和丈夫──喬林離異；她反躬自省，想想當時的自己「實在並沒有那種攀富貴棄糟糠的壞動機。自問和別的某些勢利眼婦女確是兩樣，所作所為無愧於心。頂多認識上不對，有點拉車不認路，過左。不過，那可不是自己一個人的問題。法不責眾嘛。」[17]

　　當喬林講述起他的妻子──不但尊重他，並且從一開始就不信那些流言，努力要了解他；林喬更感受到自己的蒙昧。

---

16 池莉：《一冬無雪／池莉文集2》，南京：江蘇文藝出版社，1999年4月，頁87～88。

17 韋君宜：《中國當代作家選集叢書──韋君宜》，北京：人民文學出版社，1995年12月，頁276。

宗璞《三生石》菩提和方知，一個是年近四十的癌症病人，一個是年輕的外科醫生；一個是共產黨員，一個是漏網右派。在這樣艱難的背景下，他們光明正大地申請結婚了；韋君宜〈飛灰〉裡的嚴芬和陳植是在同甘共苦中產生感情的。他們兩個一起挨批鬥，一塊串口供，一起在小小的臥室兼書房裡發牢騷，他們從談科學到政治，從談黨的傳統到民主，互相交了心。

　　1980年，是大陸粉碎四人幫，積極推動「四個現代化」的時期，科技人才的充實又是科技現代化最迫切需要的，至於人才的來源——無庸置疑地，是那些在歷經了文化大革命浩劫下存活過來的中年高級知識份子，他們便成了整個「四化」的骨幹。[18]出身於工人階級，卻對知識份子極為關懷的諶容，在此時所發表的〈人到中年〉所探討的正是這類中年高級知識份子的命運——陸文婷和傅家杰便是在堅苦卓絕的環境下相互協助成長的；而〈永遠是春天〉裡的韓臘梅和李夢雨的愛情也是經過革命的考驗，在艱困的環境背景下發展鞏固起來的。

（五）臺灣：「眷村」題材及其思鄉情懷

　　講起臺灣的「眷村」文學，第一個想到的是出身於眷村家庭的朱天心、朱天文，在她們自傳性質濃厚的「眷村」作品中，呈現了眷村地位的起伏，在她們所呈現給讀者的外省族群的空間經驗中，除了充滿著眷村氣息的文本，還有著強烈的族群認同與鄉愁，這當然是在對岸的作品中所沒有的。

　　而在朱天心以眷村為背景的書寫中，「除了顯示城市性格、質疑資本主義對人的異化，也埋藏著外省族群在經濟、政治失勢的焦慮以及文人物質缺乏的窘迫。」[19]在這些小說中，所呈現的筆調是灰色的，總有著淡淡的哀愁，每個人物的靈魂都一直努力在尋找出路，可又像是困在生活的磨難中，

---

18 吳達芸：《女性閱讀與小說評論》，臺南：臺南市立文化中心，1986年5月，頁41。

19 曾意晶：《族裔女作家文本中的空間經驗——以李昂、朱天心、利格拉樂‧阿、利玉芳為例》，臺北：國立臺灣師範大學碩士論文，1998年，論文摘要頁2。

進退兩難。

　　以下以朱天心發表於80年代初的三篇小說為例，加以說明。

　　〈天之夕顏〉中的丁亭是眷村裡的孩子王，但快樂的童年隨著他父親的退役而結束，父親退役後在家吃終身俸，等死，因為他得了氣喘，長年吵得人不安寧，他一直覺得父親是他最大的恥辱。後來，父親帶著保險金和朋友到山下開店，結果錢被騙了，才死心回家來。

　　有一天，父親被車子撞死了，他哭得很傷心，母親告訴他，他的親生父親是怎麼死的，而她為了他，只好嫁了這個父親，要他不必如此傷心。他心中感到「恨」，覺得自己的一生荒謬極了。

　　他愛上了一個女孩——紀塵，後來紀塵得了癌症，他想用強大的力量緊緊地抱住她，不讓她走。紀塵死前忽然說要見他，她又哭又鬧，走得很不甘心。那天，丁亭想起養大他的父親，那個從北方來的人。

　　服完兵役後，他仍不回家，可也不會讓他母親缺錢用。

　　〈閒夢遠〉講了一對家庭背景懸殊的眷村子女——楊展威的父親是村裡的鄰里幹事，大小事情都歸他管，大家都叫他老楊；江蘺的父親是軍醫，大家見了她父親都恭恭敬敬地喊一聲江伯伯。她的生活、家庭和功課都太清亮圓滿了。

　　楊展威沒上大學，當完兵後，自己開了個小舖子。這次同學會再見到幼時彼此愛戀的江蘺，才發現高中時和村裡的一些國中女孩廝混時，心中總彷彿有一處是空的，原來是江蘺占據了那麼久。

　　江蘺他們家很早就搬離了那眷村，她上了北一女，又念了大學，有一個永遠準備一雙溫暖的手來迎接她的男友。多年來，她的心中也掛念著小學時她所喜歡的楊展威，同學會時再見後，在回家路上的車上，她見到楊展威自己獨自走著，並沒有和其他男同學接著去喝酒，她覺得很安慰放心。她打開皮包，找到她剛剛在同學會中所脫下的銀戒，那是男友送的，每當他們鬧彆扭，她總是脫下它，但仍收得好好的，一旦言歡，她又馬上戴好它，擦得雪亮恨不得人人都看得到。

　　朱天心〈無事〉裡彥彥的母親，是二次東征棉湖之役後生的，她父親見

東征軍的戰事慘烈，給她取名為大同，她是個家世背景不錯的人。彥彥的父親在臺灣遇見她母親時，她是個三十歲孤苦伶仃的人，她「不甘願做女人，但還是就這樣的嫁了他……他是個事事不徹底的人，所以讓她連落個半生潦倒落魄江湖的落拓之名亦不能夠。」[20]母親各方面都比父親強，父親也怕了她一輩子，可是到頭來，她病了，自殺不成，便只得靜靜地承他照料。

　　環境弄人，讓這些離鄉流浪的人們，因為，或想終結孤寂，或想落地生根，而與他人結合，誰知也可能會衍生更難解的問題，對雙方都是——不見天日，懷抱著遺憾而活。朱天文〈小畢的故事〉也是一例。

　　小說描寫了大陸來臺的下層人民的「瑕疵」的婚姻。畢媽和工廠領班發生了關係，懷了小畢，但領班是個有家室的人，沒法對她負責，她絕望地割腕自殺不成，只好生下小畢，為了生活，她將小畢托給人家照顧，自己到舞廳上班。後來，她嫁給了在大陸已經有家室的來臺老兵，婚後，為他生下了兩個孩子。有一次，小畢偷東西，被畢爸教訓，小畢頂他說：「你又不是我爸爸，憑什麼打我。」畢媽為這話賞了小畢兩巴掌，並要小畢跪在畢爸面前請求原諒；畢爸對小畢說：要跪去跪你的親生爸爸，我承受不起。隔天，畢媽開瓦斯自殺了，畢爸後悔地說：結婚十年沒說過一句重話，沒想到她就把那句話當了真。

　　在眷村中成長的外省第二代作家，他們也經歷過身分的認同困境，於是透過小說所呈現的生活內容、自我思辨，表現出強烈的鄉愁，記錄了極具時代意涵的——「眷村」生活，這個短暫存在於臺灣歷史脈絡，已經式微的時代氛圍和文化環境。

（六）臺灣：長輩決定婚姻

　　施叔青〈回首，驀然〉裡的范水秀的父母為她選擇了一個留美博士當丈夫，他們從認識到結婚不到兩個月，就算范水秀後來在婚姻中跌跌撞撞，父母還是覺得他們的決定是對的，因為他們有這樣的權利；蘇偉貞〈情分〉裡

---

20 朱天心：《昨日當我年輕時》，臺北：三三書坊，1987年5月，頁188。

的于平慧割捨了自己的所愛,接受相依為命的父親的安排嫁給唐隸,只因唐隸住得離他們家較近。此外,還有李昂〈殺夫〉裡的林市、廖輝英〈油麻菜籽〉裡的阿惠母親的結婚對象都是長輩決定的。

這一點在對岸的小說不但不多見,反而家長要子女自己主宰婚姻選擇權,像張潔〈祖母綠〉裡在愛情十字路口徘徊的女兒向母親求教時,母親給了中肯的意見後,要她自己作決定。

（七）大陸：離婚難

在80年代的臺灣小說中,提到離婚議題的並不多,最先想到的是蕭颯的〈走過從前〉,該小說是以施寄青的婚變為藍本,記錄女性面對婚變的心情還有處理的過程——得知消息後的懷疑、求證、證實後企圖挽回、與第三者談判、求神問卜,以溫柔體貼取代爭吵,向雙方家長甚至對方家長討救兵,還把可以傾訴的對象,包括同學、同事、朋友全都加入戰場,長期抗戰後,終於投降簽字離婚。

至於對岸這一類探討離婚「歷程」的小說就多得多了。

相對於西方離婚觀的自由開通,婚姻的穩定性一直是保守含蓄的中國人所自豪的。特別是在中國大陸「高離婚率曾被視作資本主義腐朽性的標誌,是家庭崩潰、社會不穩定的危險信號」[21]所以,在80年代的小說中,我們見到他們在為求經濟穩定、社會發展的情況下,會用政治的力量,不管婚姻的質量,而去抑制離婚率的上揚。

諶容〈懶得離婚〉裡的那對夫妻從提出離婚後,家裡就沒安寧過。先是街坊鄰居來勸解,接著是親戚家族,最後出現來調解的一男一女——「單位和社區對婚戀當事人的行政控制除了在其違規時的組織處理外,還具有其他多種功能,諸如幫助調解情侶或夫妻糾紛、維護當事人的合法權益、為大齡男女或業務骨幹當『紅娘』以及對其未婚夫(妻)的家庭出身、社會關係進

---

21 徐安琪主編:《世紀之交中國人的愛情和婚姻》,北京:中國社會科學出版社,1997年9月,頁94。

行政治審查等。」[22]

　　這對幫助調解夫妻糾紛的男女在問過他們姓名、婚史後，便把婚姻法宣講一遍又一遍，認為他們的感情還沒有「確已破裂」，應該進行調解。

　　家裡高朋滿座的人群，勸告著他們夫妻倆別自找麻煩。他們也知道離婚是不容易的：要調解，要調查，要上法院。要把好多私事公諸於眾，弄得身敗名裂。

　　大陸的「離婚難」還可以在張潔〈方舟〉裡找到線索。

　　柳泉為了要擺脫把她當作性工具的丈夫而要求離婚，可是僅僅為了爭奪兒子的撫養權，那離婚案就拖了五年之久；梁倩和丈夫分居，丈夫料定梁倩家庭的社會地位不允許她離婚；荊華是順利離了婚，但也不敢有再婚的想法——

　　　　只要想起離婚這件事，她們到現在還心有餘悸，膽戰心驚。難怪一般人都要在離婚這一個詞彙前面，加上一個「鬧」字或「打」字。[23]

　　因為她們是那樣地走過，所以感受得到切膚之痛，她們認為離婚是一場身敗名裂，死去活來的搏鬥——

　　　　誰要想離婚，那就得有十足的勇氣，丟掉一切做人的尊嚴，把自己頂隱祕的、頂不好意思說出口的……對形形色色陌生的，有權干預你的婚姻的人們，重複、申訴個上百遍，以求他們理解，以求他們恩准。這理由對他們也許荒誕無稽，對你卻是生命攸關。這景況如同把衣服扒個精光，赤身裸體地站在

22 同前註，頁56。
23 張潔：《方舟》，臺北：新地出版社，1990年4月，頁29。

千百人的面前。[24]

　　透過以上文字敘述的歷歷在目，我們更不難想像當時在大陸離婚的困難重重。此外，在大陸往往婚姻家庭的完滿，還影響著當事人的前途遠景。

　　通常知識女性面對背叛自己的丈夫都是決心離婚的，可是那念頭往往如曇花一現。航鷹〈東方女性〉裡的林清芬最終還是沒有和丈夫離婚，也許因為在舊有文化的浸染下，她們的離異觀也更保守，對於離婚的後顧之憂也比較多，比如，孩子的前途，就是最大的考慮因素；再者，也許因為「傳統觀念的根深蒂固，離異女子在婚姻市場上往往更具劣勢，她們因生理上已『失貞』和名譽上的『失分』而自身價值被貶，再婚前景往往不如離異男子樂觀。」[25]這一點在張潔〈方舟〉裡也可以見到。

　　「四人幫」橫行的那幾年實行半夜三更清查戶口，離過婚的荊華和柳泉的單元沒有一次不被查的，好像她們那裡藏著好幾個野男人似的。起先她還以為家家都得查，後來才知道人家是有重點的。在一般人眼裡──離過婚的女人，都是不正經的女人。

　　因為離婚過程的繁難，使得當時在中國大陸的婚姻表面上看起來是屬於高穩定性的，其實骨子裡卻是低質量的。再加上中國人是個講面子的民族，就拿張抗抗〈北極光〉裡的陸岑岑要和未婚夫解除婚約來說，未婚夫的第一個反應是：他該怎麼樣去面對他的親朋好友。由此可知，更何況那些跳進了婚姻陷阱裡的人，想要逃出來更是難上加難了。

---

24 同前註，頁30。
25 同註二一，頁101。

相同點

（一）著重婚姻生活的探討

　　蕭颯〈死了一個國中女生之後〉從藍惠的眼中見其父母，她知道她那會彈琴、愛看書的母親，相當後悔憑媒妁之言嫁給了只會做生意，沒有一點藝術修養的父親；施叔青〈困〉裡的葉洽，婚後承認她與丈夫沒有任何共通點；廖輝英《藍色第五季》裡一結婚就發現錯了的季玫，坦承從未與丈夫享受過相濡以沫的滋味；袁瓊瓊〈燒〉裡的安桃和蘇偉貞〈兩世一生〉裡的余正芳都在婚姻中和另一半進行著「角力賽」。

　　朱天心〈鶴妻〉寫一個喪妻不久的鰥夫，在探索家庭的角落時，透過妻子生前所購買的家庭用品，意識到家庭主婦生活空間的貧瘠與乏味。又〈新黨十九日〉也從側面寫出了以「廚房」為主的家庭主婦，從未看過晚間新聞的空虛而狹隘的生活型態。

　　蘇偉貞〈矮牆〉裡的「她」和軍人丈夫聚少離多，「她」和一個同是已婚的女性好友合租了一間房，這間房是她想要出走的心靈寄託；〈離家出走〉裡的仲雙文丟下一個她先生認為的好好的家和有前途的工作消失了，她先生放棄尋找她之後，才發現自己對她並不熟悉。又〈斷線〉裡的「她」和丈夫奉子成婚，婚後她感到孤單，因為丈夫常應酬，又有複雜的婚外關係，她常幻想他消失在她的世界裡，生產時，她找不到他為手術簽名，她也沒有當母親的喜悅。她在國中教書，後來申請赴美進修，同時把小孩帶到美國唸書，沒想到發生車禍，孩子意外喪生。她沒有按習慣打電話給丈夫，決心瞞他，然後失蹤。她找了她的同學，訴說她的婚姻，之後，消失在大學的校園裡，從此丈夫再也沒有她的下落。

　　這些小說都表現臺灣社會轉型期，舊式婚姻家庭處於破裂中的真相。蕭颯《小鎮醫生的愛情》更是撕裂了表象完美的模範家庭的假面具——六十歲

的王利一從臺北的大醫院退休後，回鄉開了一間小診所。他和第二任妻子從
未吵架，生活有條有理，可是他卻占有了他的年輕護士劉光美，劉光美跑回
家後，被母親打了一頓，可是當王利一來接劉光美時，母親還交代王利一要
好好待她。從此劉光美進入了他們的家庭，她不上樓去，王利一的妻子也
不下樓來，王利一享著齊人之福，在妻子身上滿足道義的完善，在劉光美身
上尋求青春和情慾的滿足。難得的是劉光美面對他人的追求絲毫不動心，後
來，王利一的妻子鬧離家出走，劉光美在王利一的兒媳的勸說和幫助下離開
王利一到臺北找工作，離開後，兩人還藕斷絲連，一直到王利一的妻子因氣
病而死，劉光美才下定決心離開王利一。

　　而在大陸這邊所著重的婚姻生活的探討，較多的也是在精神方面的提
升。〈飛灰〉裡的嚴芬和〈錦繡谷之戀〉裡的女主人公都是經濟獨立的現代
女性，她們不像傳統「嫁雞隨雞，嫁狗隨狗」的女性，只求生活溫飽；她們
更多地是要求婚姻精神層面的提升。

　　池莉在〈少婦的沙灘〉中描繪了婚後女子面對婚姻的無奈。女性嫁入一
個新環境，面對新生活，丈夫如果無法扮演好橋梁的角色，將衍生諸多問
題；妻子如果無法拿捏所扮演的角色的尺度，也將產生婚姻危機。黃蓓佳
〈冬之旅〉裡的卉，也是因未能認清妻子的角色，而造成更嚴重的婚姻悲
劇。

　　張辛欣〈我們這個年紀的夢〉裡的女主人公曾因快樂的童年而懷有夢
想，但她的夢想卻隨著婚姻的現實生活，一點一滴地打碎，當她為了生活而
盤算，為了菜價每天在市場和人討價還價，什麼白馬王子簡直就離她越來越
遠。幻夢的覺醒，代表一種成長，也許日後她將克服自身的障礙，開始適應
對方的生活方式或者溝通她的想法。

　　婚姻生活在一個女人的生命中占著相當重要的部分，兩岸的小說家皆看
重了該部分，而從各個角度或深或淺地探究女性的婚姻生活，可說是為中國
女性婚姻史的接續提供了很好的一頁。

（二）顛覆父權傳統

　　1970年美國爆發激進的婦女解放運動，這對國內的知識女性產生了相當的影響；加以當時國內的社會環境是處在一個社會轉型、經濟起飛的最佳狀態，這為現代女性意識的覺醒與發展，提供了肥沃的土壤。

　　臺灣的女性文學在60、70年代是一重要探索期，在此期間女性文學在逐步中成長，為80年代崛起的浩大聲勢，奠立了深厚的基礎。

　　愛情與婚姻對女人來說似乎是生命中最重要的全部，但她們總是在當這兩者不如意時，才會與事業連在一起。在臺灣當代的小說中，很多作品裡的女主人公都是因為感情受創有所覺悟，轉而往事業發展，呂秀蓮的〈這三個女人〉便是最好的例子。作者在小說中創造了三個女子不同的人生際遇，透過描寫她們對兩性、婚姻、家庭與事業的看法與省悟，藉以闡揚其女性主義之觀點。透過這三個女人的故事，我們見到作者所希冀的兩性的社會關係是在「愛」中有「合作」、有「溝通」，而不是處於「對立」、「競爭」的「恨」意中。

　　80年代的臺灣家庭雖多半是人口簡單的核心家庭——丈夫、妻子、小孩，但當時職業婦女的最大困境是，她們已不同於傳統婦女，她們和男性一樣是家庭的「生產者」，而非「消費者」，可是她們卻仍舊必須要擔負起傳統婦女的角色，在傳統觀念中的兩性地位關係並沒有與時俱進的狀況下——家務和小孩都是女人的責任——職業婦女只是蠟燭兩頭燒，當有一天她們承擔不了那樣的壓力，婚姻便容易產生問題。

　　走過婚姻的挫敗，成為獨立自主的女性，活出自己的一片天，如廖輝英《盲點》裡的丁素素、袁瓊瓊《自己的天空》裡的靜敏、蕭颯《走過從前》裡的何立平，這些女性形象的出現，打破了長久以來父系社會所緊握著的對女性的宰制權。

　　朱秀娟《女強人》裡高考落榜的林欣華從一個在公司裡什麼都不會的小職員，蛻變提升到可以在商場上叱咤風雲，與男性並駕齊驅的女企業家。

　　這種「女強人」形象，在大陸的小說中，尤為多見。

　　為了擴大自己的聲音，女性武裝起自己，反抗男性，但卻在不知不覺中向男性靠攏，漸而培養出男性的特質以成為自己的保護色，認同男性，相對地減弱了女性的柔美特質，造成女性自身的失落，這是極致雄化的反效果。張辛欣〈我在哪兒錯過了你〉裡的女主人公便是一例——「我常常寧願有意隱去女性的特點，為了生存，為了往前闖！不知不覺，我便成了這樣！」[26]她的行為踰越了傳統社會所加諸女性的要求，然而，當她遇上她所心儀的對象時，她那沈睡許久的女性的一面，便被喚醒了。可是只要一接觸到工作——她便又無法克制地把她「男性」的一面顯露了出來。和男友爭執過後，她便後悔了，她十分感傷地想：「我以為那只是一件男式外衣，哪想到已經深深滲入我的氣質中，想脫也脫不下來！」[27]

　　社會主義制度的建立，為女性創造了與男性同等的工作條件，在兩性平等觀念的導引下，與男性並駕齊驅的目標成了女性往前的力量，新時期的「男女都一樣」的政治意識時代，造就了女性的充分自信，而所謂的「女強人」就在這種情況下產生了。

　　張潔〈方舟〉裡那三個覺醒程度不同的女性，卻都相同地向男權提出回擊；在程乃珊〈當我們不再年輕的時候〉我們見到女性因為政治和社會的迫害，其人格形象的扭曲，女性雄化所產生問題，在「男女都一樣」的口號下，還是得不到解決，性別歧視依然存在。

　　在70年代的文學作品中出現了不少只談革命，不談愛情；不愛紅裝，愛武裝的「男性化的女人」；80年代則出現了過分在事業上與男性較勁的「大女人」，但這些「大女人」又似乎是被環境所逼。

　　政治經濟的變遷與開放，經濟景氣的發展，女權運動讓女性地位得以提升，這些社會環境的因素，影響著兩岸女作家的創作意識。她們筆下的女性已懂得審視自己，她們不再依賴男人，而是擺脫了過去對男人的那種崇拜和

26　呂晴飛主編：《當代青年女作家評傳》，河北：中國婦女出版社，1990年6月，頁523。

27　同前註。

神話，她們懂得去追求自己所想要的生活，她們已經能夠培養在自己的抉擇
中，具有面對困難、解決事情的能力以及面對痛苦的容忍力。在這種情形之
下，她們的心理和人格，隨著其意識在環境的磨練下，將更加堅強和健全。
她們的越挫越勇，在在對傳統父權提出挑戰。

（三）反傳統世俗禁忌

講到「性」，在臺灣女作家的作品中第一個想到的是李昂的《殺夫》，
小說裡寫實的性動作描寫，無疑是對封建的父權主義提出了控訴與制裁——
林市終於在無法忍受丈夫精神與肉體凌虐的狀況下，做出了最後的反抗。
《暗夜》比起《殺夫》對於潛在的社會問題（資本主義社會，物質充裕，精
神空虛）又有了更進一層的探討，該小說曾因描寫露骨而遭到查禁——丁欣
欣和李琳是在社會陰暗面不被注意的兩個女性，前者是在不只一個男人的身
上尋求金錢與性愛的縱情快樂，但其他卻一事無成的女大學生；後者則是個
四十歲一直處於性壓抑的有夫之婦，丈夫在情婦身上釋放熱情，她則和丈夫
的朋友有了性關係，且為他墮胎而造成身心的折磨，最後，丈夫得知姦情，
想必她日後的煎熬又更深。

女作家們大膽地藉著筆下的女性，講述她們的精神需求，那些感官形象
看似肉感的性行為的明喻或暗喻的描寫，實際上是潛入了女性生命本體，在
深層結構上直接表現了女人物質與精神上的兩面，真實展示了女性的性心
理，釋放了女性的性能量，站在女性本位的立場提示並伸張了女性應有的性
權利，無疑對中國女性的傳統文化性心理的結構，形成一股強大的衝擊。

在大陸80年代中期後，新一代的女作家將愛情題材引向「性愛」的境
界，對於現代性愛的追求，在精神上更為提升，在行動上更為大膽，從對性
的迴避、性的關注到對女性性心理的揭示，展現了完全女性化的自覺，她們
從長期以來的性壓迫以及性壓抑的禁慾文化中掙脫，男性在性活動中不再居
主導地位，女性也不甘於只能默默承受，她們開始意識到心底深處性愛意識
的確實存在。女作家們所正視的「性愛」領域不但貼近了女性生命本身，更
重要的是張揚了其女性意識。

　　談到新時期的性愛小說，第一個想到的是王安憶後期發表的「三戀」，這三篇小說對兩性加以辨別，試圖透過兩性關係去探索人性的複雜面，已經能夠敏感地注意到性別的差異問題。

　　〈荒山之戀〉裡的兩位女主人公，她們一個是內向、柔弱的男主人公的妻子，一個是他婚外戀的情人，這兩個女人為了成就她們的母愛意識和性愛意識，在男主人公的身上耗盡了她們的青春和生命；在〈小城之戀〉中，我們見到男女主人公在不可抑制的性愛驅使下，展開一場野性的肉搏戰，從迷亂焦灼的性渴求，到沮喪疲憊的性消蝕，他們利用痛苦的互毆，發洩其性苦悶。為使男女雙方的愛情能夠和諧發展，精神世界是必須不斷充實和拓展的，王安憶的第三篇性愛小說——〈錦繡谷之戀〉也講到了這個主題；到了1989年，王安憶發表了〈崗上的世紀〉更是極致發揮了女性本位主義。

　　在兩岸女作家關於性的書寫中，我們見到作家正視這份來自生命深處的原始衝動，並肯定其合理性，進而提升自己。她們明白兩性關係既是人生中無往不在且無法避免的基本現象，那麼就必須學習在衝動強烈的肉體愛和深厚持久的精神愛兩者之間尋求中庸之點。在這個不再囿於刻板禮教守忠，而著重於追求個人性愛意識自由的年代中，我們的確見識到了女性的成長。

（四）女性特質的展現

　　在臺灣80年代的女性小說裡出現傳統女性鮮明形象的，以蕭麗紅的作品為最。《千江有水千江月》裡的貞觀的二姨也是一個例子，傳統文化對於女性的宰制力量尤以寡婦最深，雖然昔日的貞節牌坊已不復出現，但一女不事二夫的貞操觀仍影響著傳統婦女，女人一旦成為寡婦後，只能夫死從子，壓抑自我的情慾，無奈的等待著生命的終點。而貞觀的大妗，是集所有認命於一身的女性，丈夫出征南洋，30年來生死未卜，她如寡婦般恪守婦道的伺候公婆與兒子，甚至當丈夫帶著另娶的女子歸來時，她仍毫無芥蒂的接納他們。當所有的讚賞集中在她身上時，她以向神明許下出家的承諾為由，執意還願，但從另一個角度看，出家或許是她逃避現實的最好選擇，既能符合傳統要求女性接受男性納妾的陋習，又能讓她保持著「婦德」的形象。

　　女性似乎有一種為了所愛的人犧牲成全的勇氣，尤其在艱困的環境中掙扎圖存，把她們的韌性表露無遺，航鷹的〈前妻〉又是一例——我們在王春花身上見到了寬容，女人常常有一股為所愛之人挺身而出的意想不到的勇氣；另外一個例證是諶容〈永遠是春天〉裡的韓臘梅，當「造反派」批鬥她的前夫時，她並不因為前夫迫於大環境的變心而記恨，反而挺身而出，為他辯解澄清。女人的韌性總是在艱困的環境中呈現。

　　透過以上小說男女主人公遇事時的強烈對比，不難見出女作家們企圖在小說中所反映的女性的可貴特質，尤其是新時期的女作家受到社會因素與文化背景的影響，在其作品中或多或少都會流露出其性別意識。她們並不刻意宣揚女權主義，但其對女性的關注卻自然地展現在其作品當中。

　　韋君宜在〈洗禮〉中，極力集中描繪劉麗文這個具有深度的知識女性，她有是非道德觀，富有正義感，能言人所不敢言；陸星兒〈美的結構〉裡的林楠是一個執著地安排自己生活道路的女子；喬雪竹〈北國紅豆也相思〉裡的魯曉芝掙脫包辦婚姻後，為了實現理想，離開貧瘠的農村到大森林，艱辛地為她的事業奮鬥，詠出了頑強生命的謳歌，有著廣博的女性意識；池莉〈月兒好〉裡的月好，還有王安憶〈流逝〉裡的端麗也都是在遭受挫折的環境中，發現自己除了賢妻良母的角色外，還擁有追求事業理想的潛能。

　　張潔是新時期特別把寫作的焦點擺在關注女性命運的問題上面的女作家之一。在她的小說中我們見到在新舊交替的時代裡女性艱難的覺醒，她塑造了幾個不屈服於命運安排，不妥協於環境壓力，在生活的磨練中，越挫越勇的女性形象——〈祖母綠〉裡的曾令兒也是個敢愛敢恨的女子。當她為左葳頂罪時，站在臺上接受批判，還微微地笑著，為了所愛而犧牲，她覺得值得，儘管後來自私的左葳背棄了她，她也忠於自己的選擇；〈愛，是不能忘記的〉裡的鍾雨執著地守著一段真摯的、理想中的愛情，無怨無悔；〈方舟〉裡的三位女主人公毅然決然走出失敗的婚姻，把精神寄託在事業上，在不斷地追求與幻滅中，奮發向上。

　　女性在婚姻中總渴望來自另一半的呼應，但如果兩性之間不同步，有些臨危不亂的女性會勇敢走出渾沌，其擁抱事業的表現，絕對會讓男性刮目相

看的。關於這一點，兩岸的女作家都從不同的方面去呈現女性的潛能與其特殊的風格和氣質；尤其她們的小說沒有過去女性文學的剛強的桀驁不馴，反而有著女性平穩而自信的特質。

（五）女性意識的逐漸加強

兩岸女性小說裡的成長模式，先是其女性意識的覺醒，接著尋求經濟獨立，再來是努力實現自我。她們在犧牲自我的過程中發現其衝突與矛盾，在反思抉擇中尋求自我意識的解脫，因此，開始正視自己的需要。

范銘如教授在論及臺灣80年代的女性小說時說：「80年代女性大量、多樣地書寫與閱讀以愛情為主題的小說，不代表她們逃避、消遣，更不代表其『天真無知』；相反地，它意味著女性自主意識的抬頭，她們企圖由愛情中解碼，找出成為兩性私密關係裡主導、強勢的奧義。」[28]

臺灣現代文學發展走過現代主義、鄉土文學階段，在70、80年代交替之際，一群新興女性創作者突然受到文壇重視並被稱為「閨秀文學」作家，對於長期處於男性主導下被忽略的女作家來說，她們的耕耘努力總是有了撥雲見日的機會了。在蕭麗紅筆下最突出的人物是誠摯認命和看透人世的女性。《千江有水千江月》是她的代表作，小說中提供了豐富的女性經驗，文本中的女性以「認命」的態度生活，並影響下一代，比如貞觀的母親，從小不斷被灌輸著傳統的婦德與男尊女卑觀念，被訓練成為一個好妻子、好母親、好媳婦的完美女人，母親還不准貞觀將衣服與弟弟們的作一盆洗，連弟弟們脫下來的鞋，都不准貞觀提腳跨過去，而必須繞路而行。

作者利用這樣的書寫，「自覺」地揭示了男女不平等的現實是必須被正視的。

袁瓊瓊〈自己的天空〉裡的靜敏在得知丈夫有了外遇後，不願接受夫家所安排的「同居」的兩全其美的辦法，反而提出離婚的要求，主動掙脫婚姻

---

28 范銘如：《眾裡尋她——臺灣女性小說縱論》，臺北：麥田出版社，2002年3月，頁156。

的枷鎖，她要成為一個自主的女性；廖輝英《盲點》裡的陸萍也是一個毅然
走出品質不良的婚姻，尋求自由的女子；《朝顏》裡走過低潮的蘇荷、蕭颯
《走過從前》婚後的立平、〈唯良的愛〉裡的安萍，這幾位都是在現實生活
中受挫的女性，她們憑著自我的毅力，努力不懈充實自己，在自己有能力面
對生活的同時，也不忘給予他人關懷與支持。

又蕭颯《小鎮醫生的愛情》裡的媳婦面對公公王利一的外遇，並沒有任
何譴責、抱怨或痛恨劉光美，反而還會時常站在兩方的立場去做協調。顯示
了臺灣現代青年可以成熟到去理解感情與婚姻制度有時是可以分開去看待
的。

中共在1988年，中國婦女第六次全國代表大會工作報告指出：當代婦女
要爭取自身的進一步解放，必須努力提高思想道德素質和科學文化素質，樹
立自尊、自信、自立、自強的新女性意識。[29]這「四自」的精神，是要女性
從精神上擺脫依附狀態，發展獨立健全的人格。

王安憶〈雨，沙沙沙〉裡的雯雯和韋君宜〈洗禮〉裡的劉麗文都是勇敢
地忠於自我女性，甚至勇於面對錯誤；這一點在問彬〈心祭〉裡的「我」的
身上也可見到——「我」不但客觀地描述了她們這群女兒是如何扼殺了母親
第二春的愛情，造成母親終生的遺憾外，還「展示了當代女性敢於正視自身
弱點，進而否定自身，尋求現代生活價值的悲愴和莊嚴。」[30]敘述者「我」
在母親過世後，試著揣想母親的心，她想母親一定多次想過：這些有知識、
懂得生活價值的後輩們，應該會支持和讚許她的希望與追求；可事實並非如
此。「我」懷著深沈的負罪感「勇於反省和自責，自覺地清理自己頭腦中存
在的各種錯誤思想」[31]

---

29 周裕新主編：《現代女性心理》，上海：上海社會科學院出版社，1998年1月，
  頁39。

30 任孚先、王光東：《山東新時期小說論稿》，濟南：山東教育出版社，1991年
  12月，頁266。

31 賀興安：〈婦女解放的一聲深長的呼籲〉，北京《作品與爭鳴》，1982年9月，
  第9期，頁20。

（六）婚戀觀的進步

婚戀題材小說可說是兩性關係的縮影。

呂秀蓮〈這三個女人〉裡的汪雲在丈夫死後，受到亡夫好友歐富川的開導。有一次在特殊的時空環境下，她感受到和歐富川之間一種似有若無的曖昧情愫。於是她和歐富川有了這樣的對話。

> 「我想我現在可以接受感情的發生與道德無關的說法，感情常在某種機緣、某種情境下產生，凡是有血有肉的人難免都會有此經驗；那些大驚小怪的，只因他們機緣未到。至於道德不道德，應該就感情的處理方式予以判斷。」
>
> 「……但我承認亦宏感情出軌，我要負部分責任，我太不成熟，甚至於……太差勁了。」[32]

歐富川把第三者對汪雲的丈夫在金錢和精神上的支持告訴她，她才頓悟：原來當年當她在洗三溫暖，逛委託行拋鈔票時，丈夫卻在為每天的三點半焦頭爛額。而這一切居然要在丈夫死後三年才知曉。是丈夫捨不得她操心煩惱？還是怕她哭鬧嘮叨？

許玉芝呢？她覺悟到：「閉門索居的妻子未必能拴住她的丈夫，一個決心重建自我的女人也無須甩掉婚姻包袱。」[33]她相信自己會擅用其資質與天賦，既做好賢妻良母，更做好獨立、自主的女人！

至於高秀如，則相當公允地面對婚姻問題：

> 與其勸導離婚，我寧可鼓勵他們面對現實，重建自我，使自己學會在婚姻的硬格中伸縮自如，進退有據，因為就像結婚

---

32 呂秀蓮：《這三個女人》，臺北：自立晚報社，1985年8月，頁103。
33 同前註，頁58。

不是人生的避風港，離婚，也非煩惱的止痛丹。[34]

她所追求的新女性主義是在獨立自主的性格中兼具賢妻良母的角色的。

相當難得的是，我們在這篇小說中見到這些覺醒的女性還是保有傳統女性的特質，並沒有一概否定他們的陰柔之美。高秀如仍然期待和諧而平等的兩性關係；許玉芝在突破賢妻良母的角色格局後，同樣珍惜她的婚姻與家庭生活；汪雲經過自我檢討，人同此心地去體會亡夫外遇的心情，並且對第三者表現出惺惺相惜的情感。這不同於其他激進女性主義者一味地要求與男性平起平坐，而忽略了兩性的不同特性。

對岸也是如此。隨著時代的變遷，80年代的女作家對愛情的理解有著較豐厚的深度，我們見到她們筆下的女性的精神成長，以及她們在愛情中對人生目標追逐的價值觀，她們從對愛情、婚姻的希望到失望，進而以自省意識努力活出自己。

此外，女作家把愛情題材放到文學的恰當位置上，讓小說人物能夠在愛情中流露自然的本性，同時也證明了那和純粹的動物性是不同的，誠如韋君宜的〈飛灰〉、航鷹的〈楓林晚〉和問彬的〈心祭〉裡的三對黃昏愛侶，他們的愛悅，已超越了外貌和形體上的相互吸引的因素，這無疑呈現了人類所獨有的高尚而美好的感情。

（七）表現現代女性的困境

80年代的臺灣女性小說以探討兩性關係的題材受到關注，因為當時婦女運動蓬勃發展，婦女面臨著家庭與事業所處的立場的雙重考驗，廖輝英曾就此時期的兩性關係說：「身處轉型期社會之中，目睹男女兩性同樣在新舊交纏之下，面臨了安身立命最大的困頓艱難，不僅在現有社會中，適應一己之多重角色，存在著極大的衝突和困難；而且彼此對於相互情境、對應關係，一時也陷入了道德規範青黃不接的混亂狀況。換言之，現代男女，不僅自處

---

34 同註三二，頁52。

艱困，相處也有或明或暗、如此那般的危機。對紅塵兒女而言，一切皆在不安定的轉換與錯亂之中紛擾，於是，個別行為，通常也有意料之外的非常情表現。所以，現代男女，其實必須飽受傳統例行與現代專有的雙重磨難之煎熬，無疑苦過從前那些世代的男男女女。」[35]

呂秀蓮在〈這三個女人〉中藉著高秀如的口說：

> 一個女人如果沒結婚，一個結了婚的女人如果沒有生育，或者一個生過小孩的女人如果沒生男孩，這都是一種缺陷，不只是他個人的缺陷，更是他嫁所屬的整個家族的缺陷。[36]

這段話很現實地講出了當時女性的生存困境。於是我們見到了袁瓊瓊〈小青與宋祥〉裡只要同居，不願結婚的小青，她認為女人會被摧毀在婚姻裡——「要擔負一切事，懷孕生子，操持家務，忍耐你們男人的薄倖、無情、自私自大、糊塗、任性！」[37]

此外，現代女性還有一個困境就是自我成長的速度快得讓另一半追趕不及，因此產生了隔閡與落差。像蕭颯《如何擺脫丈夫的方法》裡的苂天即是因此而離婚。

廖輝英在〈紅塵劫〉裡寫出了在工作上已能獨當一面的黎欣欣仍然遭到性別歧視的窘境。黎欣欣因為加班和男同事夜宿辦公室，總經理給她扣上了有損名節的帽子，而遭到革職；當她對於男同事沒被開除而提出抗議時，總經理回答說：

「公司這樣處理經過很慎重的考慮，事實上我們做這個決定，也是基於愛護你的立場，閒言可怕，越傳越盛，你留下來永遠抬不起頭。為了讓大家不再公開談論，所以留下唐兆民，都是同事，有他在，大家會忌諱點；而且

---

35 廖輝英：《今夜微雨》，臺北：聯經出版事業公司，1986年3月，頁2、3。
36 同註三二，頁44。
37 袁瓊瓊：《自己的天空》，臺北：洪範書店，1981年，頁121。

這種事吃虧的本來就是女性。」[38]傳統兩性觀所設立的疆界,讓職業女性感到窒息。

在對岸也可以見到關於性別歧視與職場騷擾的題材。張潔〈方舟〉裡的梁倩在導戲過程,受到男性的百般刁難與歧視,戲殺青後,又無故被封殺、禁演;荊華發表的論文遭指責,受到書記的支持,卻又捲入情色風暴中;柳泉在工作上一直受到排擠,上司也仗著權勢,想吃她豆腐。

此外,女性兼顧事業與家庭的辛苦與艱難,也是其困境之一。諶容〈人到中年〉裡的女醫師陸文婷——

> 每天中午,不論酷暑和嚴寒,陸文婷往返奔波在醫院和家庭之間,放下手術刀拿起切菜刀,脫下白大褂繫上藍圍裙。可以毫不誇張地說,這是分秒必爭的戰鬥。[39]

兩岸的女作家真實展現女性生活於現實的難處與堅忍。

(八)兩性平等的追求

廖輝英可堪稱是80年代女性小說作家的代表,其小說代言了臺灣一半人口的心聲,她「巧妙地運用種種反父權策略,於精神上或形體上閹割了作品中的男性人物,彰顯女性主體論述;但因自身成長背景使然,作家溫柔敦厚的人格特質涵蘊於小說中,顯示在其對男性人物的塑造,並未對男性大加撻伐;而透過婚姻變奏的情節,演繹女性救贖與成長的方式,闡述新女性的出路,這使得小說風格呈現作家期望兩性平等、溫柔相待之標的。」[40]從她的《油麻菜籽》我們見到傳統的母親要把加諸在自己身上的苦難,再套用在女

---

38 廖輝英:《油麻菜籽》,臺北:皇冠文學出版有限公司,1983年12月,頁143。

39 諶容:《諶容》,北京:人民文學出版社,1993年5月,頁31。

40 莊淑玲:《廖輝英女性小說研究》,臺北:南華大學文學研究所碩士論文,2002年,論文摘要頁2。

兒阿惠身上。當阿惠抗議母親重男輕女的差別待遇時,母親要她不要計較,說女孩子是油麻菜籽命,落到那裡就長到那裡;而哥哥則是要傳香菸的。母親認為家裡那麼窮還讓她唸書,沒去當女工,她已經要知福了;而當阿惠考上大學時,母親竟對著成績單感慨說:「豬不肥,肥到狗身上去。」

在朱天文〈最想念的季節〉中也很明顯地傳達了女性努力與男性齊頭的想望與行動。廖香妹懷了她的老闆一個有婦之夫的孩子,老闆無法負責,但她想要生下這個孩子,她明白非婚生子女的不合法的社會現實。為了要給小孩一個姓,她和畢寶亮在朋友輾轉的介紹下認識了,畢寶亮願意簽下以一年為期的婚約同意書,孩子出世後就可以離婚。婚後,經濟獨立的廖香妹和畢寶亮分擔著家用;畢寶亮的生活也因為結婚有了改變,後來,廖香妹因工作意外,小孩流產了。一年期限到了,可是他們倆都願意讓婚約延長。一個原本只要孩子,不要父親的「交易」,卻得來意外的收穫。

在〈這三個女人〉中呂秀蓮彷彿化身為小說中的高秀如,客觀地對兩性平等問題提出見解:

> 所謂男尊女卑的論調,無非是以壓抑女性來抬舉男性罷了,男人的趾高氣揚,好比女人的低聲下氣,都是人為的不自然,前者有如穿高跟鞋,後者是裹小腳,皆有失天足本色。[41]

對岸的女作家也是為兩性平等的呼聲在高喊著。韋君宜〈飛灰〉裡守寡的嚴芬有一段抱怨男女不平等的感慨:

> 六十幾歲的男子死了老婆還可以再娶,五十幾歲女子如果再嫁就成了笑話。同理,六十幾歲的男子,尤其是知識份子,有的仍能顯得風度不凡。即會有人愛慕。至於六十歲的女子,則無例外都是又醜又討厭的老祖母。即使不說別的荒唐話,只

---

41 同註三二,頁67。

要自己去想想昔日的愛情，都是犯罪。[42]

鐵凝〈麥稭垛〉中沈小鳳和陸野明的關係東窗事發後，沈小鳳主動坦誠；而羞愧的陸野明，不敢面對現實，把責任全部推給了沈小鳳去承擔。我們試想，如果他們在坑上野合的事沒有被發現，陸野明是不是會繼續利用沈小鳳的身體去滿足他的需要？

作者似乎有意藉此提高女性的地位與男性等同，甚至更為高尚。

在黃蓓佳〈冬之旅〉的女主人公的意識裡，「性」的發生是你情我願的，誠如她所說的「愉悅是雙方的」，就這六個字肯定了兩性的平等，表面上看來她似乎是把「性」作為利益交換手段，其實並不然。

王小鷹〈她不是灰姑娘〉裡的菜市場的賣魚女工，並不因為身處物慾橫流的環境，而敗倒在物質與金錢之下。她斷然拒絕高幹子弟的求愛，原因是：對方不了解她，也沒有向她表示過她的感情，甚至不屑問問她的姓名、年齡。

再來看看王安憶〈崗上的世紀〉裡的李小琴一直處於主動積極的地位去主宰、去牽動楊緒國的心思、行蹤和生活種種。她去告發楊緒國一舉，不但說明了女性不是弱者，也表明了兩性等同的價值位置。她掌握自己的命運，決定自己要走的路，並肯定了自我存在的價值。

早期的女性文學作品，女作家主要取材於親身見聞，從她們最易投入的主題切入——愛情、婚姻和家庭；而隨著歐美女權主義思潮的影響，女作家眼界的擴大，兩岸的女性文化產生了越來越強烈的本位要求，已走向要求兩性平等對話的年代。

---

42 同註一七，頁290。

5

結　語

　　綜上之比較，我們得出以下九點看法，條列如下：

　　㈠在女性文學發展的初級階段，其作品集中在宣洩女性的悲苦與哀怨，抨擊男性的霸權與獨裁，但當女性文學的發展深入漸趨成熟階段時，其作品則集中在女性對自我的檢討與要求，她們有了正確的人生觀與世界觀，因此，當她們遭遇失敗時，她們會進一步檢查自己的過失加以反省改進。

　　隨著兩岸女作家自身文化素質的加厚，女性處境和命運在兩性關係中充分開展而深化，女作家以呈現女性生命與價值為重任，因而此時，關於女性的自我、人生、兩性問題的題材才被開掘出來，其思考逐漸充溢著女權思想。

　　兩岸的女作家們通過寫作尋找女性自身，她們不再僅僅著眼於展現女性的痛苦心靈與對現實生活的種種不平，而是學習從生命角度認真地進行整體的把握。

　　㈡兩岸作家皆對女性的自我進行剖析，把現代女性在婚姻中的不幸或不協調與事業奮鬥的矛盾和痛苦，真實地展現其心靈世界於讀者面前，她們努力保有獨立尊嚴，期待在愛情與事業中尋求統一，以完成其人格理想。小說中所傳遞的訊息除了女性自我的成長及其相關問題外，還有兩性思想的差異。

　　當代女性新人格的形成，是在瞬息萬變的外部世界的影響下所造就的，這樣新人格一旦養成，她們便無法再漠視自我的存在，她們關心自己的情與慾、痛苦與掙扎、報復與希望。此外，在小說的分析中，我們從女作家的小說經營中見到了她們真切和細微的女性體驗和洞察；透過小說中的女性，我們了解到女性越是覺醒，生活得越是艱辛，付出的代價也越大。

　　㈢范銘如在論及80年代的小說時說：「在80年代時，這一批新出道女作家最關心的莫過於愛情及兩性議題，她們對自身的性別及創作定位還不是那

麼確定。她們普遍地在文本中質詰傳統定義下的兩性關係及愛情價值,也試圖再建構新女性典型。她們的文本重點往往聚焦於女性身分的反思,以及女性對應周遭人際和社會位置等問題。」[43]透過本文的分析,確實可見其發展軌跡。

㈣ 80年代臺灣社會環境的改變,「一方面沒有革除傳統中的不合理因素,但另一方面卻又動搖了傳統的價值觀。傳統道德觀念不再是約束男女關係的主力;在情慾與利益觀念的交織影響下,兩性關係進入一個多變而複雜的新局面,多發性的外遇事件就在這個新局面的常見環節。」[44]例如:蕭颯的《小鎮醫生的愛情》和廖輝英的《不歸路》。

而在大陸小說中介入他人婚姻的第三者,還不至於像臺灣女性小說中「情婦」角色的豐滿——有的是寂寞難耐,為求性慾上的滿足;有的是以功利取向,甚至會反客為主地上門爭取名分——但是小說中男女主人公那種精神上的交流,其實反而是更細水長流的,更令家中的妻子感到威脅的。尤其作家並沒有對第三者的角色提出道德譴責,而是站在女性的立場去看待,並指出第三者在現實生活中所處的困境。

㈤ 十年的文化大革命帶給中國大陸無法估量的嚴重災難,其中最深沈的是對人的漠視與摧殘,於是我們間接見到了在80年代女性小說中,社會政治因素影響兩性結婚、離婚;因為婚姻發生問題,而出現脫序的現象;或者環境造就女強人,女強人因性格的缺憾而在婚姻愛情中缺席。透過以上的分析,我們見到了在婚姻「圍城」裡外品嚐愛恨嗔痴的女性,也見到了在文化大革命之後,女性小說家重拾原本被列為文學禁區的愛情婚姻題材,設身處地地再次尋回失落的女性意識,以全面盡可能實現人的價值,為人生的終極目標,努力使得女性文學得以再度飛揚。

---

43 范銘如:《眾裡尋她——臺灣女性小說縱論》,臺北:麥田出版社,2002年3月,頁152。

44 劉秀美:〈臺灣社會言情小說中主題之變遷〉,《研究生論文發表會論文集》,臺北:中國文化大學中國文學研究所,頁31。

㈥在80年代的大陸小說中我們見到結婚或離婚的政治或多或少的干預，也因此有無愛的婚姻或者離婚不成而造成的婚外戀情；再加以女性經濟地位的提高和獨立意識的增強，她們不再仰賴男性，而是積極地投身社會，因此她們的生活層面擴大了，對精神層次的要求也嚴格許多，一旦因為種種因素無法結束婚姻，她們與傳統女性相形之下便容易出軌。

㈦袁瓊瓊〈風〉裡有男女一夜情的心理狀態描寫；〈鄰家女兒〉的女主角和一個外國男人發生了關係，結果卻被其女友捉姦在床，趕走了她。在大陸80年代的小說中還未見到有所謂的「一夜情」或「捉姦在床」的題材。

㈧蕭颯對青少年問題的關懷，確切地反映了臺灣工商化、都市化後，連帶所衍生的日益嚴重青少年問題。後起之秀的暢銷書作家張曼娟於1985年出版《海水正藍》，透過社會問題的提示，對筆下人物賦予悲憫的關懷，〈海水正藍〉即是一例，小說藉由一個面對父母離異身心受創的男孩的意外死亡，提示兩性面對婚姻問題的必須慎重。

㈨大陸到90年代經濟起飛，走的是臺灣80年代的路，在一些小說中，也折射出資本主義急功好利、都會女子虛浮物慾、缺乏文化省思的虛無感的重重危機，但小說中又同時呈現出濃厚的個人主義色彩，無論是在情感或自我的追求。例如：衛慧的《上海寶貝》。

（發表於2003年11月28日，由兩岸學術交流會與中國文化大學所主辦，教育部與國科會協辦的「兩岸國際學術研討會」，文見《兩岸國際學術研討會論文集》。）

問題與討論

一、請說明你對女性小說的特色？

二、請說說兩岸的文化差異為何？以及對於兩岸交流的看法？

Chapter 17

兩岸小說：呂秀蓮
〈這三個女人〉與
張潔〈方舟〉

前　言

　　大陸作家張潔的〈方舟〉寫於1982年，呂秀蓮的〈這三個女人〉晚它兩年完成，隔著臺灣海峽，兩人卻不約而同地在小說中創造了三個女子不同的人生際遇，透過描寫她們對兩性、婚姻、家庭與事業的看法，藉以闡揚女性主義。

　　1970年美國爆發激進的婦女解放運動，這對國內的知識女性產生了相當的影響；加以當時國內的社會環境是處在一個社會轉型、經濟起飛的最佳狀態，這為現代女性意識的覺醒與發展，提供了肥沃的土壤。

　　臺灣的女性文學在60、70年代是一重要探索期，在此期間女性文學在逐步中成長，為80年代崛起的浩大聲勢，奠立了深厚的基礎。

　　與此同時，海峽對岸社會主義制度的建立，為女性創造了與男性同等的工作條件，在兩性平等觀念的導引下，與男性並駕齊驅的目標成了女性往前的力量，新時期（1979～1989年）的「男女都一樣」的政治意識時代，造就了女性的充分自信，她們和男性一樣有著獨立的生存和思考能力，而所謂的「女強人」就在這種情況下產生了。

　　愛情與婚姻對女人來說似乎是生命中最重要的全部，但她們總是在當這兩者不如意時，才會與事業連在一起。在兩岸的小說中，很多作品裡的女主人公都是因為感情受創有所覺悟，轉而往事業發展，今所要討論的這兩篇小說便是最好的例子。

〈這三個女人〉——姐姐妹妹站起來

　　呂秀蓮於70年代便已打出「新女性主義」的口號，並且在她的《新女性

《主義》中，宣揚其觀點，而〈這三個女人〉這篇小說，便是對於其主張的文學實踐。

　　首先，先來看看小說裡的三位女主角的故事。

　　高秀如，是一個不拒絕愛情的獨立女性，她渴求的是一份保有自我且人格境界相當的婚姻。她的事業發展順利，是大學的系主任。她的生命中曾有兩段戀情。

　　第一個男友因為有著父權主義所灌輸的男尊女卑的觀念，她無法苟同，便忍痛分手；第二次戀情的男主角是一個離婚男子。後來她發現這個男子竟是她正在輔導的一個可憐女子——江和玉——的負心漢。江和玉氣得精神病發作，要掐死高秀如。雖然這個江和玉口中的負心漢已從不成熟變為成熟，但高秀如不願捲入三角糾紛的風暴中，她慧劍斬情絲地拒絕了那位男子，保有了與江和玉的友情，輔導她重新站起來。

　　許玉芝，研究所畢業後，當上大學講師，婚後，隨夫赴美，扮演賢妻良母的角色，原以為她在穩固的城堡中過得很好——博士丈夫，三個孩子，花園洋房。但就在一次聽完好友高秀如關於婦女問題的演講後，她審視自己十年來相夫教子的婚姻生活，徹底覺悟到自我的喪失。

　　她在自我的衝突中，一方面仍努力保有美滿的家庭，另一方面則有所突破，重拾昔日的豪情壯志，積極參與社會活動，關心社區與社會性的兒童婦女問題，並著手撰寫論文，求取學位。

　　汪雲，和她的丈夫不顧雙方家長的反對，在長跑七年後結婚，婚後丈夫的事業蒸蒸日上，隨著雙胞胎女兒的誕生，她過起少奶奶的闊綽生活。

　　八年來，她一直努力保持丈夫所愛的「美」的自己，後來發現丈夫外遇了，要和她離婚，為了補償她，願意養她一輩子，但卻不和她一起生活。她以為丈夫愛上了比她還要美的女子。她失去理智，對他大吼大叫，他喝了酒，開車出去，發生車禍喪生。

　　母性的天職是她活下去的力量，結束了養尊處優的日子，她在亡夫公司的設計師兼合夥人林欣婉的幫助下開店，學習獨立。後來竟發現這個顏面留下灼傷疤痕的林欣婉，就是那個第三者，且和亡夫生下了一個男孩。知道內

情的友人說，林欣婉曾在亡夫事業的低潮陪他渡過難關。如今男孩生了重病，急需一筆醫藥費。

汪雲整理思緒，檢討自己，走出陰霾，馬上對林欣婉伸出援手。

透過這三個女人的故事，我們見到作者所希冀的兩性的社會關係是在「愛」中有「合作」、有「溝通」，而不是處於「對立」、「競爭」的「恨」意中。

在小說中呂秀蓮彷彿化身為小說中的高秀如，客觀地對兩性平等問題提出見解：

> 一個女人如果沒結婚，一個結了婚的女人如果沒有生育，或者一個生過小孩的女人如果沒生男孩，這都是一種缺陷，不只是他個人的缺陷，更是他嫁所屬的整個家族的缺陷。[1]
>
> 所謂男尊女卑的論調，無非是以壓抑女性來抬舉男性罷了，男人的趾高氣揚，好比女人的低聲下氣，都是人為的不自然，前者有如穿高跟鞋，後者是裹小腳，皆有失天足本色。[2]

兩性傳統以來的不平等地位，一直是造成兩性愛情與婚姻問題的一根卡在喉嚨的大魚刺。值得一提的是，作者還提示了兩性在情感中成長的問題。

當高秀如正在著手撰寫博士論文時，她的第一任男友才唸完碩士，又跟指導教授意見相左，面臨著何去何從的困惑。為了他，她勉強在芝城待了一年，最後還是決定走了。走前他還問她願不願意放棄學業跟他走？她搖頭。那是因為她不認為學業和感情有必然的衝突，他卻不以為然。他覺得她的搖頭其實是搖撼他的男性尊嚴，所以隔年當她拿到學位去看他時，他內心是感動的，但意志已動搖。她告訴他，雖然她的路子走得比他快，但她從未故意把頭抬高起來，她只不過順順當當，卻也勤勤勉勉地走她該走的路而已，她

1　呂秀蓮：《這三個女人》，臺北：自立晚報社，1985年8月，頁44。
2　前引書，頁67。

珍惜屬於她和他之間的那份情緣。

　　他們在他結婚後相遇。他說他已有個滿週歲的兒子，然後聳聳肩說，反正就是那麼一回事，有人煮飯洗衣帶孩子。後來，他伸手握她說：「吃過酸辣麵之後再嚐陽春麵，那來的味道？習慣了跟妳理論和爭逐，再和一個對我唯命是從的女人生活在一起，雖然滿足了我的自尊，久而久之，也就平淡乏味了。」[3]

　　這樣的論調，見到了男性沙文主義的內在底層的矛盾，也從另一個側面看到了志同道合在愛情與婚姻中的重要性。汪雲和她先生的關係又是一例。

　　汪雲在她先生死後，回溯他對她說過的最後的話：「不錯，我以前非常愛妳，因那個時候我們兩人的心智成熟度差不多。可是這些年來，我在外面衝鋒陷陣，吃了苦，也成長許多。而妳在家養尊處優的，不但沒進步，恐怕比學生時代退步了，難道妳不覺得我們的心靈距離越拉越遠，共同關注的事情越來越少？」[4]

　　的確，在愛情或婚姻中的兩個當事人，都應當有個認知：在這個城堡中，彼此要同進退，其中一人前進了，另一個沒有動靜，就表示後退了。如果你不能在愛情或婚姻的經營中尋求自我成長，你也不能阻礙他人的成長。

　　美國女評論家瑪格麗特‧富勒說：「婦女所需要的，不是作為女人去行動、去主宰什麼，而是作為一種本性在發展，作為一種理智在辯解，作為一種靈魂在自由自在的生活中無拘無束地發揮她天生的能力。」[5]的確如此，女性的勁敵不是男性，而是女性自己。成熟的女性意識，不再只是男性能做的，女性也能做。在這篇小說中我們見到了這樣理性成熟的女性意識。

　　汪雲在丈夫死後，受到亡夫好友歐富川的開導。有一次在特殊的時空環境下，她感受到和歐富川之間一種似有若無的曖昧情愫。於是她和歐富川有

3　同註一，頁67。

4　同註一，頁103。

5　殷國明、陳志紅合著：《中國現代、當代小說中的知識女性》，廣東：廣東高等教育出版社，1990年8月，頁248。

了這樣的對話。

「我想我現在可以接受感情的發生與道德無關的説法，感情常在某種機緣、某種情境下產生，凡是有血有肉的人難免都會有此經驗；那些大驚小怪的，只因他們機緣未到。至於道德不道德，應該就感情的處理方式予以判斷。」

「妳是説妳原諒了亦宏？」

「不見得，我到現在還不清楚他到底如何處理他的感情出軌……包括對『她』的態度。但我承認亦宏感情出軌，我要負部分責任，我太不成熟，甚至於……太差勁了。」[6]

歐富川把第三者對她丈夫的感情告訴她：那幾年經濟不景氣，亦宏的公司搖搖欲墜，有一次差一點吃官司，她把她父親留給她的遺產抵押貸款，供他周轉，這是有形的，至於無形的方面，她和妳一樣愛他，愛得不比妳少，至少比妳苦。

汪雲聽了頓悟：

天啊！原來當我舒舒服服地洗我的三溫暖時，溫亦宏可能在角頭崢嶸地從事一場艱辛狡詰的商業廝殺，而當我逛委託行拋鈔票時，他卻在為每天必然到來的三點半焦頭爛額。

而這一切我居然要在亦宏死後三年之後才知曉。是亦宏捨不得我操心煩惱？抑或他怕我哭鬧嘮叨？

慚愧啊，荒謬。[7]

許玉芝呢？她覺悟到：「閉門索居的妻子未必能拴住她的丈夫，一個決

6　同註一，頁103。
7　同註一，頁105。

心重建自我的女人也無須甩掉婚姻包袱。」[8]她相信自己會擅用其資質與天賦，既做好賢妻良母，更做好獨立、自主的女人！

至於高秀如，則相當公允地面對婚姻問題：

> 每個人都該為自己而活，悲哀的是，我們卻很難痛快地只為自己而活，當我們懷揣著與生俱來的基本權利時，我們其實已被許許多多的義務和責任所羈絆，尤以婚姻為然，你可以不結婚而避開婚姻所不可避免的愛和怨，既然結婚了，便似烏龜馱著硬殼，雖有安全保障，卻也要同時馱負著沈重的負擔，要甩掉它，談何容易呢？因此，與其勸導離婚，我寧可鼓勵他們面對現實，重建自我，使自己學會在婚姻的硬格中伸縮自如，進退有據，因為就像結婚不是人生的避風港，離婚，也非煩惱的止痛丹。[9]

她所追求的新女性主義是在獨立自主的性格中兼具賢妻良母的角色的。

相當難得的是，我們在這篇小說中見到這些覺醒的女性還是保有傳統女性的特質，並沒有一概否定他們的陰柔之美。高秀如仍然期待和諧而平等的兩性關係；許玉芝在突破賢妻良母的角色格局後，同樣珍惜她的婚姻與家庭生活；汪雲經過自我檢討，人同此心地去體會亡夫外遇的心情，並且對第三者表現出惺惺相惜的情感。

這不同於其他激進女性主義者一味地要求與男性平起平坐，而忽略了兩性的不同特性。作者有心針對此不同於男性的特性加以發揮其優點，展現男性所未擁有的一面。

從這篇小說我們見到這三個知識女性，在愛情、婚姻、家庭與事業間掙扎的心路歷程。她們內心的轉變，成熟的表現，充分發揮女性不同於男性的

8　同註一，頁58。

9　同註一，頁52。

特質，她們能正確地看待自己、解析自己，以生為女人而自豪，適度保持自我，充分發揮志趣，以求積極的自我實現。可看出作者努力於以全面的女權視角觀察世界，致力於消除長久滲透在她們心中的男權意識；矯正被父權社會所壓抑的幾近變形的女性意識，以跳出女性的局限。

〈方舟〉──向男權提出反擊

　　女性是極需要安全感的，的確她們「冀求恬靜、平穩地度其一生」，然而，當她們的另一半無法給她們恬靜、平穩的生活時，當她們失望於婚姻或愛情生活時，她們對婚姻或愛情就不會再有「高度的忍耐力」，她們會走出傳統對女性的禁錮，尋求自己成為自己的依靠。

　　針對這一點，我們更可以在張潔的〈方舟〉中得到印證。

　　張潔的〈方舟〉寫的是在婚姻中不幸的三個知識女性，處於理想與現實的衝突，為爭取女性獨立人格，面對生活和事業的坎坷遭遇和奮鬥歷程。

　　小說裡的三位女主人公曾是同學，大學畢業後，各自先後離婚，然後，一起住進梁倩的家，她們把這裡稱是「寡婦俱樂部」。

　　梁倩是個電影導演，她的父親是位高幹，為了被社會承認，她不靠父親的關係，在事業上努力地想要闖出一片天空。她的丈夫要她當女人，不要她有自己的事業。他們貌不合，神也離，但是他不願意離婚，因為他還要利用她父親的關係謀取利益。他和她協定：各行其事，互不干涉。他料準了梁倩的家庭關係讓她不得不放棄離婚的念頭，離婚會敗壞他們梁家的家風，會喪失她父親的尊嚴和形象。

　　他不顧梁倩的感受，當著她的面和女人鬼混；還在背地裡破壞梁倩的事業。梁倩在艱難的環境中獨當一面導了一部片子，作品完成後，竟然無故被封殺、禁演。然而，梁倩並沒有因此而倒下。梁倩面對事業的挫折仍然不氣

餂：

> 　　不論是為了女人已經得到和尚未得到的權利；不論是為了
> 女人所做出的貢獻和犧牲；不論是為了女人所受過的、種種不
> 能言說或可以言說的苦楚；不論是為了女人已經實現或尚未實
> 現的追求……每個女人都可以當之無愧地接受這一句祝辭，為
> 自己乾上一杯！[10]

　　荊華是一位學有專精的理論工作者。文革時她被發配到林區，為了養活被打成反動權威的父親和因此失去生活保障的妹妹，她嫁給了一個森林工人。婚後，她成了丈夫傳宗接代的工具。在十年劫難的艱苦歲月和丈夫長期的摧殘下罹患殘疾。當她懷孕，去做人工流產（她覺得在那樣的年月，再送一個生命到世上，真是一椿罪惡）被丈夫發現後，丈夫和她離婚。她在林區學校遭到大字報圍攻和拳頭毒打。

　　她有一篇有關馬克思主義的論文發表後，引起強烈反響，一年後，該論文遭到指責，但卻得到黨支部書記老安的支持而「過關」，老安在生活上關照她，為此她遭到了一些蜚短流長的男女關係的議論。

　　柳泉畢業於外語學院，做的是翻譯的工作。她原指望丈夫寬大的肩膀能為她遮風擋雨，但她失望了。文革初期她為了要洗清父親被冤枉的罪名，在奔波了一天徒勞無功回到家後，面對的竟是滿嘴酒氣強迫她履行夫妻義務的丈夫，丈夫從來也沒有把她當成妻子，僅僅當她是「性」的化身，她再也無法忍受每個夜晚成為他的性奴隸。為了爭取兒子的撫養權，他們的離婚拖了五年，最後因為她沒有房子，母子只能一個禮拜見一次面。

　　她的上司仗著權勢，老是想占她便宜，在梁倩的幫助下，借調到外貿局，她在工作上稱職的表現，受到一位有後臺的同事的排擠，人家要她回到原單位，並造謠中傷。她感到萬分沮喪，怎麼連離婚、找房子、調工作都要

---

10 張潔：《方舟》，臺北：新地出版社，民國79年4月，頁181。

去尋求關係。梁倩為她出頭,鼓勵她要反擊,不要一直處於被動;荊華陪她到局長家反映情況,她終於正式調到外貿局。她再不怕上級與周圍惡勢力的欺壓與批判,勇敢堅持她的真理,必要時加以反擊。

這三個覺醒程度不同的女性,卻都相同地向男權提出回擊。她們在逆境中屢撲屢起,不再安命於舊有,也不再受宿命觀擺弄,她們不堪在不正常的婚姻中,耗損生命,便勇敢出走。挫折在她們身上激勵出前所未有的堅韌意志,體現了女性的希望。

尤其在這裡作者提示了這樣一個重點:女性也有權利決定自己的性生活,當她們面對任何一個人乃至於是她的丈夫都應該有性的自主權,即使就算是進入婚姻生活對於性也應該有說「要」或「不要」的自主權。而這也正是女性主義者對社會的雙重「性道德」標準所提出的抗議,她們要求將婚姻內的強暴及性行為也應該置於法律的罰則之下。

她們經過婚變後的心理建設,更加清醒而堅強,轉化成長為自信且經濟自立的新女性,決心戰勝軟弱和孤獨。當然她們在對父權傳統提出控訴,追求人格獨立時,付出了相當的代價,不過這也從另一個角度顯示了女性在追求新生時的頑強。

〈方舟〉裡的三位女主人公毅然決然走出失敗的婚姻,把精神寄託在事業上,在不斷地追求與幻滅中,奮發向上,當然,同時張潔也向社會訴說了:女性所以隱藏其特徵,是為求能適應生存,有著無奈的心情。

外部環境造就張潔〈方舟〉裡的荊華成為女強人,她總覺得「男人的雌化和女人的雄化,將是一個不可避免的、世界性的問題。也許宇宙裡一切事物的發展,不過都是周而復始地運動。那麼,再回到母系社會也未必是不可能的。」[11]另一個在婚姻中受創的女主人公柳泉則把希望放在她兒子身上,期待等他們「這一代人長大,等他們成為真正的男子漢的時候,但願他們能夠懂得:做一個女人,真難!」[12]

---

11 前引書,頁16。
12 同註十,頁182。

　　在當代文學中張潔在〈方舟〉中首先直截了當地提出了「性溝」這個名詞：「也許她們全會孤獨到死。這是為什麼？好像她們和男人之間有一道永遠不可互相理喻的鴻溝，如同上一代人和下一代人之間有一道『代溝』，莫非男人和女人之間也存在著一道性別的溝壑？可以稱它作『性溝』麼？那麼在歷史發展的這一進程中，是否女人比男人更進步了，抑或是男人比女人更進步了，以致他們喪失了在同一基點上進行對話的可能？」[13]

　　李小江進一步解釋「性溝」：指的是男女兩性在精神情感上互不理解、難以溝通的現象。她還追溯到在女性意識尚未充分覺醒時，男性思想家羅曼·羅蘭就公允地指出：「性溝」的出現是因為婦女前進了，而男子還沒有跟上她們前進的步伐。[14]

　　張潔在〈方舟〉中指出：女人要面對的是兩個世界，能夠有所作為的女人，一定得比男人更強大才行。為什麼呢？因為要想在事業上闖出一番成就的女性，不但要面對傳統角色——妻子和母親的問題，而且在扮演現代角色時，不僅「要像男人一樣獨立奮鬥，還要向傳統作戰，而傳統勢力的代表往往就是男人，因此她還要向男人作戰。」[15]

　　對於在工作上面對男人的性歧視，張潔〈方舟〉裡的梁倩大聲斥責：「婦女不是性而是人！然而有些人的認識還沒有達到這個水平。更不幸的是有些女人也以取悅男性為自己生存的目的，這全是一種舊意識。」[16]

　　〈方舟〉的副標題是——「你將格外地不幸，因為你是女人」[17]但是在這篇小說中我們見到這三個不幸的女人的成長，她們正視作為一個「人」所應有的權利——要保有自己的生活和世界；正視要尋求解放，所將面臨的困難與衝突。她們不願在貧瘠的婚姻生活中苟延殘存，她們有著獨立的人格

---

13 同註十，頁98～99。

14 李小江：《夏娃的探索——婦女研究論稿》，鄭州：河南人民出版社，1988年5月，頁299。

15 同前註，頁300。

16 同註十，頁165。

17 同註十，頁15。

和意識，毅然走出婚姻後，雖然在工作上面對女性職能與個人抱負的衝突，但她們仍舊為自己的事業理想而奮鬥。她們「執著於自己超現實的能力，於是不趨附於現成的價值認同，不屈從傳統的公眾輿論，甚至不屑於世俗的安逸。她們以無性的姿態面對事業與人生，卻無時無刻不為男性宇宙中傳統的價值觀所排斥，落入孤獨、困窘的境遇中。」[18]的確，她們所感受的現實壓力，主要來自生活中陳腐的氣息，然而，一個尋求自主的女性可能面臨生存的孤獨，但事業上的成就卻可以為孤獨的女性帶來生活的力量。〈方舟〉裡的女主人公有著不妥協的進取精神，企圖闖出屬於自己的一片天空，儘管結局並非「一分耕耘，一分收穫」；儘管外部世界無法與她們的覺醒相對應，但她們終究是邁開了步伐，為人生中的挫敗走向自我拯救之路，並勇於發展、塑造自我。

提到女性發展自我的潛能，追逐成就，不免就想到「女強人」的問題。凡是走出家庭，和男人一樣在事業上有所成就的女性，幾乎都被冠上了「女強人」的頭銜，這些女性形象的男性化的雄化的女性，顯現於外的是剛強潑辣的性格——「改革、開放的浪潮，猛烈衝擊了傳統觀念對婦女的歧視，這在觀念上就為女性充分實現自己的潛能和價值，創造了良好的心理前提。」[19]我們見到張潔〈方舟〉裡的梁倩、荊華和柳泉，當她們在遭受丈夫精神或肉體上的摧殘後，她們不再沈默，反倒在充滿男性價值觀念的社會中，努力超越自己的性別角色，並仿造、襲用男性的行為模式，以求得到社會的認同和接受，這些「雄化」的女性的確開創了自我的潛能，因此，我們可以說「『女性雄化』既是女性超越傳統範疇、改變、主宰自己命運的結果，又是改革的社會的大潮，所重塑的女性形象。」[20]

現代女性為了追求自身存在價值，她們不願承受在婚姻中所受到的屈

---

18 王緋：《女性與閱讀期待》，西安：陝西人民教育出版社，1998年9月，頁89。
19 金一虹、張惜金、胡發貴：《女性意識新論——甦醒中的女性》，南京：南京大學出版社，1991年9月，頁95。
20 前引書。

辱、痛苦和憤怒，而成為絕對的悲劇角色，她們從挫敗的婚姻中理性的自我反省，進而在她們的「方舟」裡，努力實現「在同一地平線上」的兩性價值平等觀。

結　語

　　西方心理學家發現女性的心理上都存在「避免成功」的動機。美國學者哈莉艾特・B・布萊克博士曾這樣分析這種動機：「首先，在婦女所接受的教育中，女性魅力是與聽從、依靠和被動等特徵相聯繫的。然而，在當今的事業中若想取得成就，婦女就必須果斷、獨立、有競爭力和志向遠大。這兩個特徵──一組是取得成功所必須的特徵，一組是在傳統意義上作為女性能被人接受所需要的特徵──顯然會產生矛盾。」因而女性「害怕被拋棄；害怕被她們戰勝者的報復；害怕自己所愛的人拒絕和蔑視自己；害怕失去女性魅力和對男子的性吸引力。」[21]然而，這種「避免成功」的動機在這兩篇小說中的六位女主人公身上是不存在的，因為〈這三個女人〉裡的她們已能勇敢地正視她們婚姻與愛情中的問題；因為〈方舟〉裡的她們已經勇敢地走出殘敗的婚姻，有著豁出去的膽識，因此，她們有的只是「追求成功」的動機，甚至也沒有恐懼「雄性化」的心理。

　　在女性文學發展的初級階段，其作品集中在宣洩女性的悲苦與哀怨，抨擊男性的霸權與獨裁，但當女性文學的發展深入漸趨成熟階段時，其作品則集中在女性對自我的檢討與要求，她們有了正確的人生觀與世界觀，因此，當她們遭遇失敗時，她們會進一步檢查自己的過失加以反省改進。

　　兩性由於性別角色的差異，專注於愛情的程度也有所不同。一般說來，

---

21 王琳：〈走出女性心靈的藩籬──新時期女性文學若干心理癥結的梳理〉，北京《中國現代、當代文學研究》，1997年2月，第2期，頁29。

愛情是男性生命中的一部分，卻可能是女性生命的全部；男性在他的生命中可能可以同時發展好幾場戀情，但女性卻往往只專情於一，而且如果那正好是她所要的愛情，就算是荒謬的錯誤，也是執著到底，她忠心地將整個身體和靈魂毫無保留、毫無顧慮地奉獻。誠如西蒙‧波娃所說的：「女人要求他感激地接受她加諸於他身上的負擔。她的專制永不滿足。愛情中的男人也是專制的：但是一旦他獲得他想要的東西，他就感到滿足，女人苛求的奉獻就永無止境。」[22]由此，可看出男女兩性的代溝問題，兩性在心靈上的互不相通，確實造成了不少悲劇，〈方舟〉裡吃盡了做女人苦頭的柳泉，認知到這樣的代溝問題，雖然企圖把自己化身為和男性一樣的堅強，但其內心深處還是希望能夠做一個被人疼愛，也疼愛別人的女人；〈這三個女人〉裡的高秀如也是一樣。

　　在這兩篇小說中，作者對女性的自我進行剖析，把現代女性在婚姻中的不幸或不協調與艱辛的事業奮鬥的矛盾和痛苦，真實地展現其心靈世界於讀者面前，她們努力保有獨立尊嚴，期待在愛情與事業中尋求統一，以完成其人格理想。

　　當代女性新人格的形成，是在瞬息萬變的外部世界的影響下所造就的，這樣新人格一旦養成，她們便無法再漠視自我的存在，她們關心自己的情與慾、痛苦與掙扎、報復與希望。此外，在小說的分析中，我們從女作家的小說經營中見到了她們真切和細微的女性體驗和洞察；透過小說中的女性，我們了解到女性越是覺醒，生活得越是艱辛，付出的代價也越大。

　　任一鳴在〈臺灣女性文學的現代衍進——從女性文學到『新女性主義』文學〉一文中曾提及這兩篇小說，說這兩篇小說的側重點有明顯的不同：「如果說〈這三個女人〉更多是通過女性自省，來激勵現代女性立足現實，自立圖強、幸勿抱殘守缺的話，〈方舟〉則更多通過揭示覺醒的女性意識與

---

22 西蒙‧波娃著、楊翠屏譯：《第二性》，臺北：志文出版社，民國81年9月，頁56。

社會惰性意識的衝突，證實改造和完善社會環境的重要性與必要性。」[23]這話可從兩個不同的政治背景來看，在當時臺灣長期處於民主安定的政治氛圍中，社會進步，經濟發達；大陸則否。所以我們見到的是呂秀蓮〈這三個女人〉的「剛中有柔」，她們既要努力追求獨立自主，同時又希望能有幸福的婚姻；而張潔〈方舟〉裡那三個中年寡居走出不幸婚姻的知識女性，生活的歷練使其不得不「剛中有剛」，她們和男性一樣抽菸、喝酒，遮蔽了女性柔美的一面，其中必然蘊涵了不少的無奈。

在尋求女性發揮自我潛能的解放過程，除了在外部世界要解除社會習俗、傳統觀念的根源外，女性本身的努力更為重要，想要追求獨立的人格，不依賴男人，唯有自愛自重，自尊自強才能活出自我，這應該是呂秀蓮和張潔在這兩篇小說所帶給讀者的重要啟示。

（原載於《崇右學報》，第10期，2004年7月。）

問題與討論

一、在家族史的探尋中，請試著比較你的外婆（或奶奶）和母親的女性處
　　境。

二、你覺得現代新女性要如何活出自我。

---

23 任一鳴：〈臺灣女性文學的現代衍進——從女性文學到『新女性主義』文
　　學〉，北京《中國現、當代文學研究》，1996年2月，頁218。

參考書目

1. 劉再復：《性格組合論（下）》，臺北：新地出版社，1988年

2. 鍾慧玲主編：《女性主義與中國文學》，臺北：里仁書局，1997年

3. 鄭明娳：《當代臺灣女性文學論》，臺北：時報文化出版公司，1993年

4. 殷國明、陳志紅：《中國現當代小說中的知識女性》，廣東：廣東高等教育出版社，1990年

5. 馬漢茂編：《掙不斷的紅絲線──中國大陸的愛情、婚姻與性》，臺北：敦理出版社，1987年

6. 黃政樞：《新時期小說的美學特徵》，南京：南京大學出版社，1991年

7. 李瑞騰：《臺灣文學的風貌》，臺北：三民書局，1991年

8. 彭小妍主編：《認同、情慾與語言》，臺北：中央研究院中國文哲研究所，1996年

9. 張小虹：《性帝國主義》，臺北：聯合文學出版社，1998年

10. 張小虹：《性／別研究讀本》，臺北：麥田出版社，1998年

11. 徐安琪主編：《世紀之交中國人的愛情和婚姻》，北京：中國社會科學出版社，1997年

12. 吳達芸：《女性閱讀與小說評論》，臺南：臺南市立文化中心，1986年

13. 范銘如：《眾裡尋她──臺灣女性小說縱論》，臺北：麥田出版社，2002年

14. 莊淑玲：《廖輝英女性小說研究》，臺北：南華大學文學研究所碩士論文，2002年

15. 周裕新主編：《現代女性心理》，上海：上海社會科學院出版社，1998年

16. 任孚先、王光東：《山東新時期小說論稿》，濟南：山東教育出版社，1991年

17. 呂晴飛主編：《當代青年女作家評傳》，河北：中國婦女出版社，1990年

18. 邱貴芬：《（不）同國女人聒噪》，臺北；元尊出版社，1998年

19. 顧燕翎主編：《女性主義理論與流派》，臺北；女書店，2000年

20. 張小虹：《慾望新地圖》，臺北；聯合文學出版，1996年

21. 劉亮雅《情色世紀末：小說、性別、文化、美學》，臺北：九歌出版社，2001年

22. 梅家玲編：《性別論述與臺灣小說》，臺北；麥田出版社，2000年

23. 王鐵仙：《新時期文學二十年》，上海：上海教育出版社，2001年

24. 吳義勤：《中國當代新潮小說論》，南京：江蘇文藝出版社，1997年

25. 林丹婭：《當代中國女性文學史論》，廈門：廈門大學出版社，2003年

26. 洪鎌德：《人的解放——21世紀馬克思學說新探》，臺北：揚智出版社，2000年

27. 徐岱：《邊緣敘事——20世紀中國女性小說個案批評》，上海：學林出版社，2002年

28. 盛英：《中國女性文學新探》，山東；中國文聯出版社，1999年

29. 莫言：《會唱歌的牆》，臺北：麥田出版公司，2000年

30. 馬振方：《小說藝術論稿》，北京：北京大學出版社，1991年

31. 文森：《比較哲學與文化（二）》臺北：東大圖書公司，1977年

32. 張小虹：《性別越界：女性主義文學理論與批評》，臺北，聯合文學，1995年

33. 紀大偉：《酷兒啓示錄：臺灣當代 Queer 論述讀本》，臺北；元尊文化，1997年

34. 何春蕤：《從酷兒空間到教育空間》，臺北：城邦出版社，2000年

35. 何春蕤：《豪爽女人》，臺北：皇冠出版社，1994年

Note

國家圖書館出版品預行編目資料

兩岸當代女性小說選讀／陳碧月著.

--初版.--臺北市：五南，2007.09

面；　公分 --(現代文學系列)

ISBN 978-957-11-4931-8（平裝）

1.中國小說 2.現代小說 3.女性文學4.文學評論

820.9708　　　　　　　　　　96016969

1XZR 現代文學系列

兩岸當代女性小說選讀

作　　者－陳碧月(256.4)

發 行 人－楊榮川

總 編 輯－龐君豪

主　　編－黃惠娟

責任編輯－胡天如　連玉瑩

出 版 者－五南圖書出版股份有限公司

地　　址：106台北市大安區和平東路二段339號4樓

電　　話：(02)2705-5066　傳　　真：(02)2706-6100

網　　址：http://www.wunan.com.tw

電子郵件：wunan@wunan.com.tw

劃撥帳號：01068953

戶　　名：五南圖書出版股份有限公司

台中市駐區辦公室/台中市中區中山路6號

電　　話：(04)2223-0891　傳　　真：(04)2223-3549

高雄市駐區辦公室/高雄市新興區中山一路290號

電　　話：(07)2358-702　傳　　真：(07)2350-236

法律顧問　元貞聯合法律事務所　張澤平律師

出版日期　2007年9月初版一刷
　　　　　2011年9月初版三刷

定　　價　新臺幣360元